# ポリッセーナの冒険《ぼうけん》

ビアンカ・ピッツォルノ 作／クェンティン・ブレイク 絵／長野徹 訳

# [ポリッセーナの冒険《ぼうけん》]目次《もくじ》

## 主な登場人物

**ポリッセーナ・ジェンティレスキ**

この物語の主《しゅ》人《じん》公《こう》。

**ルクレチア**

動《どう》物《ぶつ》曲《きょく》芸《げい》団《だん》をひきいる、
みなしごの女の子。
ポリッセーナといっしょに
旅《たび》をする。

**子ブタの
シロバナ**

ポリッセーナとともに、
旅《たび》をする。

ビエーリ・ジェンティレスキ…ポリッセーナのお父さん
ジネブラ・ジェンティレスキ…ポリッセーナのお母さん
イッポリタ……………………ポリッセーナの妹
ペトロニッラ…………………ポリッセーナの妹
アニェーゼ……………………ジェンティレスキ家のばあや
セラフィーナ…………………薬《くすり》屋《や》の娘《むすめ》。ポリッセーナにいじわるをする。

## 動物曲芸団のメンバー

クマの
**ディミトリ**

セントバーナード犬の
**ラミーロ**

ガチョウの
**アポロニア**

チンパンジーの
**ランチロット**

バーバリーザルの
**カシルダ**

ベルナルド…………海辺《うみべ》のテンペスタル村に住む、貧《まず》しい漁師《りょうし》の子

パクビオ……………豊《ゆた》かな農家《のうか》の長男。まじめで、正直。

アスプラ夫人………緑《みどり》のふくろう亭《てい》の、ごうつくばりな女主人

イザベッラ王女……ピスキッローニ王家の王位継承者《おういけいしょうしゃ》。

# 第《だい》一部《ぶ》

# チェパルーナの町で

# 1

ひょっとして、自分はお父さんとお母さんのほんとうの子じゃないのかも、と考えたことのある子どもは、たくさんいることでしょう。十一歳《さい》になるポリッセーナ・ジェンティレスキも、よくそんなふうに思っていました。

たとえば、お母さんの言うことを聞かなかった罰《ばつ》として、夕食ぬきで寝《ね》かされたときなど、ポリッセーナは、おなかがすくよりも頭にきて、ふとんの中でなんども寝返《ねがえ》りをうちながら、ぷんぷん腹《はら》をたてるのでした。（いつもばあやのアニェーゼが、こっそりパンケーキをまくらもとに持《も》ってきてくれましたから、おなかがすくことはありませんでした。）

わたし、うえ死《じ》にしてやるわ。あしたの朝になったら、きっと、このベッドの上ですっかり干《ひ》からびてるのよ。お母さんは、すて子《ご》だったわたしを、かわいそうに思って育《そだ》ててくれただけなんだわ。ほんとうのお母さんなら、こんなことをするはずないもの。実《じつ》の娘《むすめ》じゃないから、こんなひどいことも平気《へいき》でできるのよ。

そして、眠《ねむ》くなるまでのあいだ、あれこれ空想《くうそう》をふくらませるのでした。中身《なかみ》は毎回ちがっていましたが、想像《そうぞう》の中のお父さんとお母さんはかならず身分《みぶん》が高く、大金持《おおがねも》ちでした。わけがあって、生《い》き別《わか》れになってしまったけれど、いまはわたしのことを必死《ひっし》でさがしているのよ。そして、もうすぐわたしを見つけだしてくれて、わたしにおしおきをするようなひどいまま母たちに仕返《しかえ》しをしてくれるんだわ……。そんなふうに、ものがたりを思いえがくのです。

けれども、つぎの日になると、ポリッセーナは、前の晩《ばん》に空想《くうそう》したことなんかけろりとわすれて、妹たちといっしょに朝ごはんの席《せき》につくのでした。たまにおぼえていることがあっても、朝になってみると、なんだか子どもっぽくてつまらない考えに思えます。それに、おしおきだって、よく考えてみれば、そんなにひどいものではありませんでした。おぎょうぎが悪《わる》かった罰《ばつ》におやつをもらえなかったり、馬車での遠乗《とおの》りにつれていってもらえなかったり、ひどくしかられたり、それから乱暴《らんぼう》な遊《あそ》びをして服《ふく》をよごしたりやぶいたりしたときに、「たいせつにしないのなら、復活祭《ふっかつさい》に新しい服《ふく》を作ってあげませんよ」と言われたりとか、まあ、せいぜいそんなことなのです。（二年ほどたつと、妹のイッポリタがポリッセーナの服《ふく》のおさがりを着《き》ることになるのですが。）

腹《はら》をたてていないとき、お父さんとお母さんはわたしをとてもたいせつにしてくれているし、チェパルーナの町のどの親よりもわたしのことを愛《あい》してくれているわ、とポリッセーナは思うのです。

たとえば、とても小さいころは、なんどかおしりをたたかれたこともありますが、大きくなってからぶたれたことはありませんでしたし、商人《しょうにん》のお父さんは、仕事《しごと》でどこかに出かけると、かならずおみやげを持《も》って帰ってくれました。ささやかでも、心のこもったおみやげです。もちろん妹たちへのおみやげもわすれたりしません。

それに、ポリッセーナは家の中の仕事《しごと》をおぼえなくてはいけない年ごろなのに、手伝《てつだ》いなさいと言われたことはありません。

お母さんは、子どもは勉強《べんきょう》がいちばんだいじだと考えていたからでした。末《すえ》っ子のペトロニッラには自分で読み書きを教え、ポリッセーナとイッポリタには家庭《かてい》教師《きょうし》を何人かつけて、ちゃんとした家の子どもにふさわしく、音楽や歌や社交ダンスや、絵や刺繍《ししゅう》や礼儀《れいぎ》作法《さほう》を習《なら》わせていました。ポリッセーナはいちばん年上だったので、算数や歴史《れきし》や文法《ぶんぽう》や、ラテン語やギリシャ語の勉強《べんきょう》もはじめていました。ギリシャ語の先生は、「『ポリッセーナ』という名はお姫《ひめ》さまの名前なのですよ、トロイのプリアモス王には娘《むすめ》がたくさんいましたが、そのひとりがポリッセーナという名前だったのです。使用人《しようにん》の中には『ポリッセナ』と呼《よ》ぶ者《もの》もいるけど、とんでもないまちがいですよ」と教えてくれました。また召使《めしつか》いたちは、お父さんの見ていないときに、こっそり、倉庫《そうこ》の中で馬車の走らせ方を教えてくれました。お父さんが王国じゅうに売る品物《しなもの》を運《はこ》ぶのに使《つか》う荷馬車《にばしゃ》です。

ポリッセーナは、お父さんとお母さんが大好《だいす》きでした。美人《びじん》で有名《ゆうめい》なお母さんのことは、じまんに思っていましたし、お父さんのことは、だれよりも信頼《しんらい》していました。お父さんほどたのもしい人は、どこをさがしたっていない、と思うほどです。

でも、妹のペトロニッラにいじわるしたとか、家畜小屋《かちくごや》からラバをにがしてしまったとかで、お父さんからお目玉をくらったりすると、ポリッセーナはすぐさま、ほんとうのお父さんはどこかの王さまで、美《うつく》しいお妃《きさき》のお母さんは、悪者《わるもの》のよその国の王にさらわれて、塔《とう》の中にとじこめられているんだわ、と空想《くうそう》にふけりはじめるのでした。でも、本で読んだり、ばあやのアニェーゼがしてくれたりしたお話をふくらませてあれこれ考えているだけで、ほんもののすて子《ご》や王女さまに会ったことなどありませんでした。

# 2

　ある日曜日の午後のことでした。ポリッセーナは、妹たちや友だちといっしょに、チェパルーナの町の役場前《やくばまえ》の広場でボール遊《あそ》びをしていました。その日、お父さんとお母さんは、馬車でいなかに住《す》んでいるロザリーチェおばさんの家に行っていました。おばさんはいつもタバコのいやなにおいをぷんぷんさせているうえに、女なのに濃《こ》い口ひげを生やしていて、キスされるとちくちくと痛《いた》いので、子どもたちはいっしょに行きたがらなかったのです。

　でもあとになって、ポリッセーナは、おばさんの家に行けばよかったと、ひどくくやむはめになりました。おばさんのしらがまじりのちくちくするひげや、タバコのやにのまじったよだれをがまんして、午後のあいだ、ソファーの上でミイラみたいにじっとしたまますごすほうが、ずっとましだったと思うほど、とんでもない話を聞かされることになったからです。

　さて、ポリッセーナたちは広場で侯爵家《こうしゃくけ》の屋敷《やしき》のへいにボールをぶつけて遊《あそ》んでいました。ところがペトロニッラが投《な》げたボールがそれて侯爵《こうしゃく》の屋敷《やしき》のへいをこえて、庭《にわ》に落《お》ちてしまったのです。女の子たちは、「あーあ」というがっかりした声をあげました。庭師《にわし》のおじいさんはとてもこわいので有名《ゆうめい》でしたから、ボールは返《かえ》してもらえないでしょうし、子どもたちの親はもちろん、司祭《しさい》さんや警察隊《けいさつたい》の隊長《たいちょう》さんや判事《はんじ》さんといった町のえらい人たちみんなに、文句《もんく》を言いに行くにちがいありません。

ところが、ポリッセーナは、だまって晴《は》れ着《ぎ》のスカートをたくしあげ、絹《きぬ》のリボンのついた靴《くつ》をぬぐと、フジの木によじのぼりはじめました。ねじくれて、でこぼこした木の幹《みき》に足をかけ、どんどんのぼっていきます。もともと高いところによじのぼるのは、おちゃのこさいさいだったのです。

小さいころから、ポリッセーナは、干《ほ》し草《くさ》の山、岩、木、へい、屋根《やね》、鐘楼《しょうろう》と、どんな高いところにも、すいすいのぼりました。町にあるものでのぼれないものなどありません。ふたりの妹たちは、いつもうらやましそうに見つめていましたが、お母さんは、はらはらしながら「首の骨《ほね》をおってしまうわ！」と泣《な》き声《ごえ》をあげ、ばあやのアニェーゼは、天にむかって両手《りょうて》を上げて、ありとあらゆる聖人《せいじん》さまに助《たす》けをもとめて祈《いの》るのでした。

サルやネコのように高いところにのぼるなんて、ちゃんとした家の娘《むすめ》のすることではありませんが、ポリッセーナははずかしがるどころか、とてもじまんに思っていました。だからその日の午後も、侯《こう》爵家《しゃくけ》の庭《にわ》からボールをひろい、またへいに上《あが》ると、もといた広場にとびおりるかわりに、その上をしゃなりしゃなりと歩いて見せました。

みんながおどろいて目をみはり、「きゃあー」という悲鳴《ひめい》をあげたので、ポリッセーナはとくいでたまらなくなりました。

ところがそのとき、ふだんからポリッセーナにやきもちをやいていた薬屋《くすりや》の娘《むすめ》のセラフィーナが、

バカにしたようにポリッセーナを見あげると、大声で言いました。
「そんなことでじまんするのは、やめてくれない。てんぐになったりしてみっともない。だいたい、ちゃんとした家の娘《むすめ》は、みんなの前で足を見せたりなどしないものよ、軽業師《かるわざし》じゃないんだから。ジェンティレスキのおじさまとおばさまにもらわれる前、ベツレヘム修道院《しゅうどういん》にすてられていたあんたは、いったいだれの子なのかしらねえ？」
ポリッセーナは雷《かみなり》に打《う》たれたような気がしました。もちろんポリッセーナだって、なんども、わたしはもらい子《ご》なんだ、と考えたことがあります。でも、みんなの前で、あんたは修道院《しゅうどういん》にすてられていたなどと言われるなんて！　しかも、セラフィーナなんかに！
「うそつかないで！」ポリッセーナは、へいの上からさけびました。

「うそなもんですか。みんな、おじさまとおばさまが、修道院《しゅうどういん》からあんたをもらってきたって、知ってるわ！」

「うそつき！」ポリッセーナは木をつたっておりながら、すごいけんまくでどなりました。

「うそつき！」妹のイッポリタもおこって、セラフィーナをけとばしたり、ぶったりしました。末《すえ》の妹のペトロニッラは、絹《きぬ》の靴下《くつした》の上からセラフィーナのふくらはぎにかみつきました。

セラフィーナは「痛《いた》い！」とさけぶと、ペトロニッラをつきとばして、「うそだと思うなら、修道《しゅうどう》院長《いんちょう》に聞いてみれば！」と、いじわるく言いながら、自分の家の中に、にげこんでいきました。

# 3

いっしょに遊《あそ》んでいた女の子たちは、靴《くつ》をはき直しているポリッセーナのほうをむいて、「いまのはほんと？」というような顔をしています。ポリッセーナはほんとうに、修道院《しゅうどういん》にすてられていた、すて子《ご》なのでしょうか？

「家に帰りましょうよ」イッポリタが、はずかしさでまっかになったポリッセーナの手をとると、言いました。

帰り道、ポリッセーナの頭の中をいろんな考えがぐるぐるまわっていました。

みんなからは、姉妹三人は、ほんとうによく似《に》ていると言われます。なのに、自分にイッポリタとペトロニッラと同じ血《ち》が流《なが》れていないなんて、そんなことがあるでしょうか？　でもよく考えてみると、似《に》ていないところもありました。三人とも黒い髪《かみ》に黒い目なので、ちょっと見たところではよく似《に》ています。でも、それだけで似《に》ていると言えるでしょうか？　ペトロニッラの丸い鼻《はな》はお父さん似《に》で、イッポリタの鼻《はな》はお母さんに似《に》て、高くて、すっきりした鼻《はな》です。じゃあ、わたしのは？

「ポリッセーナの鼻《はな》は、お母さま方《がた》のアサロッティのおばあさまにそっくりですよ」とばあやのアニェーゼは言います。でも、おばあさんの顔は、目を開《あ》けているかどうかもよくわからないくらいしわくちゃなので、ほんとうに似《に》てるかどうかなんて、わかりません。それに、おでこの髪《かみ》の毛《け》の生えぎわがV《ブィ》の字になっているのはわたしだけだわ、どうして？

けれども、ポリッセーナとイッポリタの声は、親でさえ区別《くべつ》がつかないほどそっくりですし、ポリッセーナが怒《おこ》ったときに眉間《みけん》が赤くなるのも、お父さんそっくりでした。

「やきもちやきのセラフィーナの言ったことなんか、信《しん》じないわよね？」イッポリタが、ポリッセーナをなぐさめました。「もし、町じゅうの人が知っているのなら、だれかからもう、聞いているはずだもの」

「かわいそうだから、だれも言わなかったのよ」

お父さんたち、ううん、ちがう、おじさんとおばさん――これからはこんなふうに呼《よ》ばなければならないの？――も、そう思ったから話してくれなかったのね。アニェーゼも同じだわ。みんなは、ほんとうのことを言えば、わたしが悲《かな》しむと思っているのね。

「ねえ、お願《ねが》いがあるの」家が見えてきたとき、ポリッセーナはイッポリタに言いました。「わたしはここで待《ま》っているから、あんたとペトロニッラは先に家に入って、アニェーゼに言ってみてほしいの。『ポリッセーナは修道院《しゅうどういん》にすてられていたんだって、セラフィーナが言いふらしてるのよ』って。アニェーゼがなんて答えるか、聞いてみたいのよ」

「いいわ」とイッポリタは答えました。

きっとアニェーゼは、セラフィーナのいじわるなんか笑《わら》いとばして、安心《あんしん》させてくれるにちがいありません。

アニェーゼは、むかし、お母さんの乳母《うば》をしていました。やがてお母さんがお父さんのところへお嫁《よめ》に来ることになると、いっしょについてきたのでした。だから、三人の姉妹が生まれたときのようすをみんな知っているはずですし、ポリッセーナはまちがいなくお父さんとお母さんの子だと、はっきり教えてくれるはずです。

アニェーゼは、ひとりで台所《だいどころ》にいました。今日は日曜日なので、ほかの召使《めしつか》いたちは教会へ夕方のお祈《いの》りに行ったり、親戚《しんせき》の家をたずねたり、ダンスに行ったりして、出はらっていました。年とったアニェーゼは、うす暗《ぐら》い台所《だいどころ》で炉《ろ》ばたにすわり、数珠《じゅず》を手に持《も》ってお祈《いの》りをとなえながら、るす番をしていました。イッポリタが入っていくと、アニェーゼはすぐに、イッポリタがこまった顔をしているのに気がつきました。

「どうかしたのかい？　小鳩《こばと》ちゃん？　こっちに来て、ばあやに話してごらん」

イッポリタは、一気に言いました。

「あのね、さっき、セラフィーナがみんなの前で、ポリッセーナはすて子《ご》で、修道院《しゅうどういん》からもらわれてきたんだ、って、いじわるを言ったの」

ポリッセーナは、約束《やくそく》どおりに家の前で待《ま》ってはいませんでした。そっと妹のあとをついて家に入り、台所《だいどころ》の入口が見えるあたりの廊下《ろうか》の壁《かべ》に体をよせて、ふたりの話を聞いていたのです。心臓《しんぞう》は、つかまった小鳥のようにバタバタ打《う》っていましたが、アニェーゼが「まあ、ばかばかしい！　まったくセラフィーナは、いつもうそばっかり言うんだから。お母さんのおなかから出てきたとき、わたしがこの手で、ポリッセーナを取《と》りあげたっていうのにね」と大笑《おおわら》いしてくれるのを、いまかいまかと待《ま》っていました。

イッポリタも、アニェーゼが「ばかな話だ」と笑《わら》いとばしてくれるだろうと、すっかり思いこんでいました。ところが、アニェーゼは、不意《ふい》打《う》ちをくらったようにびくっとすると、まっかになってふるえだし、のどの奥《おく》からしぼりだすような声で、もごもごと、こう言ったのです。

「セラフィーナが……。セラフィーナはまだ十二歳《さい》なのに！　だれがしゃべったんだろう？　どうやって知ったのか……」

イッポリタはあまりのことに、身動《みうご》きひとつできませんでした。

それじゃ、ほんとうなの？　お姉ちゃんになんて言えばいいの？　あーあ、ここにお母さんがいてくれたら、相談《そうだん》できるのに……。

そのとき、「お姉ちゃん！」と、ペトロニッラがイッポリタのスカートのすそをひっぱって、台所《だいどころ》の入口を指《ゆび》さしました。

廊下《ろうか》から、おし殺《ころ》したようなすすり泣《な》きが聞こえてきました。

「お姉ちゃん！」イッポリタがさけび声をあげました。

するると、とつぜん、バケツをひっくり返《かえ》したような音と、パタパタと走っていく足音が聞こえました。

「ぜんぶ聞かれちゃったんだわ！」

「ポリッセーナ、わたしの話を聞いておくれ！」アニェーゼがしわがれ声でさけびながら、おろおろと立ちあがりました。

イッポリタは、すぐに追《お》いかけました。

「お姉ちゃん！　お姉ちゃん、待《ま》って！」

でも、廊下《ろうか》には、もう、ポリッセーナの姿《すがた》はありませんでした。

アニェーゼは、家の中も商品《しょうひん》の倉庫《そうこ》の中もくまなくさがしまわりました。召使《めしつか》いたちが帰ってくると、町のまわりの野原をさがさせました。さらに、馬に乗《の》った人たちを近くの村々にさしむけました。

けれども、ポリッセーナの姿《すがた》は、どこにもありませんでした。

# 4

夜になりました。月の光が、山をのぼっていく道を白いリボンのように照《て》らしています。ポリッセーナはくたくたでした。もう三時間以上《いじょう》も歩きつづけているのです。これがベツレヘム修道院《しゅうどういん》へ続《つづ》く道だということは知っていましたが、一度《いちど》も行ったことがなかったので、あとどれだけ歩けば着《つ》くのか、見当もつきません。

疲《つか》れて、のどがかわいて、足が痛《いた》みました。絹《きぬ》のリボンのついたよそゆきの靴《くつ》は、夜道を歩くのにはむいていないのです。そのうえ、ポリッセーナはこわくてしかたがありませんでした。木の影《かげ》を見れば、人殺《ひとごろ》しが待《ま》ちぶせしているんじゃないかと思いましたし、草がザワザワいう音はおばけが動《うご》きまわっているように、鳥の鳴き声は、死人《しにん》のうめき声のように思えました。

それでも、ポリッセーナは歩きつづけました。セラフィーナはいじわるのつもりで「修道院長《しゅうどういんちょう》に聞いてみれば」と言ったのでしょうが、ほんとうのことをたしかめるには、そのとおりにするのがいちばんだと思ったからです。

もう、お父さんの言うこともお母さんの言うことも信《しん》じられない。ううん、お父さんでもお母さんでもなくて、おじさんとおばさんなんだ。もうお父さん、お母さんと呼《よ》んじゃいけないんだわ。早くなれなくちゃね。ふたりとも、十年間もわたしにうそをつきつづけてきたんだもの。こんども、もっともらしい話を作りあげるにきまってる。でも、もしうそをついていたんじゃなかったら……。ポリッセーナは、わずかな希望《きぼう》にすがりつく思いで、こう考えました。うそをついていたのはセラフィーナかもしれないじゃない。それにもしかしたら、ばあやはべつのことを言おうとしていたのに、わたしが早合点《はやがてん》しちゃったのかも。どうして、あのとき立ちどまって、ちゃんと話を聞かなかったのかしら？　お父さんとお母さんは、やっぱりほんとうのお父さんとお母さんかもしれないのに。そしたら、なにもかも、いままでどおりなのに。でも、どうしたら、ほんとうのことがわかるかしら？

「修道院長《しゅうどういんちょう》に聞いてみれば」ポリッセーナは、またセラフィーナの言ったことばを思い出しました。

ポリッセーナは修道院《しゅうどういん》に行ったことはありませんでしたが、『ベツレヘムに生まれたおさな子《ご》イエスをおがむ女たち』――それが修道院《しゅうどういん》の修道女《しゅうどうじょ》たちの正式《せいしき》な呼《よ》び名《な》でした――のよい評判《ひょうばん》は、あたり一帯《いったい》に知れわたっていました。修道女《しゅうどうじょ》たちは、つつましく、働《はたら》き者《もの》で、こまっている人がいればいつでも救《すく》いの手をさしのべてくれるし、裁縫《さいほう》や刺繍《ししゅう》やおいしいお菓子《かし》を作るのもとてもじょうずだという話は、ポリッセーナも聞いたことがあります。なかでも修道院長《しゅうどういんちょう》は、正真正銘《しょうしんしょうめい》の聖女《せいじょ》さまで、生まれてから一度《いちど》も悪《わる》いことをしたこともなければ、まばたきするようなほんのいっしゅんでさえ、心に悪《わる》い考えをいだいたこともないというのです。百歳《さい》近いお年にもかかわらず、頭はこのうえなくしっかりとしているので、こまったときにはみんなが、院長《いんちょう》の智恵《ちえ》をかりに修道院《しゅうどういん》をおとずれるのでした。

でも、院長《いんちょう》の顔をじかに見た者《もの》はだれもいませんでした。院長《いんちょう》は、おたがいの姿《すがた》が見えない、目のこまかい格子《こうし》のはまった小窓《こまど》のむこうがわの小部屋《こべや》で、相談《そうだん》に来た人たちの話にじっと耳をかたむけ、年寄《としよ》りらしいかぼそい声で、ふたことみこと、ぴたりと的《まと》を射《い》たことを言うのです。山の中にある修道院《しゅうどういん》から一歩も外へ出たことがないというのに、いったいどうやって、人々がかかえている悩《なや》みを解決《かいけつ》してあげることができるのでしょうか？

修道院長《しゅうどういんちょう》さまは、天使《てんし》から直接《ちょくせつ》、智恵《ちえ》やひらめきをさずけてもらっているのだ、と言う人もいました。天使《てんし》は、目には見えないけれども、そこらじゅうをひらひらと飛《と》んでいて、あらゆることを知っているといわれているからです。

そんな聖女《せいじょ》のような院長《いんちょう》さまなら、うそをついたりはしないはずだわ、とポリッセーナは思いました。院長《いんちょう》さまが、「あなたはほんとうに商人《しょうにん》ジェンティレスキ夫妻《ふさい》の娘《むすめ》なんですよ」ときっぱり言ってくれたら、どんなにほっとすることでしょう。そうしたらすぐに家に帰って、みんなにあやまろう。それから、セラフィーナがダンスのレッスンから帰るところを待《ま》ちぶせて、体がコマみたいにくるくるまわるくらい、思いっきりひっぱたいてやるんだから。

でも、もしも院長《いんちょう》さまに、「あなたはほんとうに修道院《しゅうどういん》にすてられていたのを、わたしがジェンティレスキの家族《かぞく》に、たくしたのです」と言われたら、もう二度《にど》と家にはもどらない。そして、ほんとうのお父さんとお母さんをさがしに行くのよ！

それに、院長《いんちょう》さまは、きっと、ほんとうの両親《りょうしん》をさがす手助《てだす》けをしてくださるわ。ひょっとすると、金糸《きんし》で織《お》った産着《うぶぎ》とか、貴族《きぞく》の紋章《もんしょう》がきざまれたメダルとか、王冠《おうかん》とか、なにか手がかりになるものを保管《ほかん》しているかもしれないな。ポリッセーナは、すて子《ご》だと言われてうろたえてはいましたが、自分が貧《まず》しい家の子かもしれないなどとは、これっぽっちも考えませんでした。わたしのほんとうの両親《りょうしん》は、王さまやお妃《きさき》さまではないかもしれないけど、貴族《きぞく》の血《ち》をひいているにちがいないもの。そう思うと、もう二度《にど》とお母さん、いや、お母さんだったジネブラおばさんと、お父さんだったビエーリおじさん、それにイッポリタやペトロニッラやアニェーゼや、召使《めしつか》いのみんなにも会えないのだという悲《かな》しさが、すこしはうすらぐような気がするのでした。

なみだを流《なが》して坂道《さかみち》をのぼりながら、ポリッセーナは、いつものように空想《くうそう》にふけりはじめました。

ほんとうのお父さんとお母さんを見つけたら、ビエーリおじさんたちには、いままで育《そだ》ててくれたお礼《れい》をしなくちゃ。そのときは、わたし、七頭の白馬《はくば》がひく銀《ぎん》の馬車に乗《の》って、この町に帰ってくるの。行列《ぎょうれつ》の先頭を行く従者《じゅうしゃ》や小姓《こしょう》、金の肩章《けんしょう》に羽根飾《はねかざ》りのついた帽子《ぼうし》で盛装《せいそう》して、ラッパや太鼓《たいこ》を持《も》った将校《しょうこう》たちが、おともをつとめるの。馬車には、みんなにあげるプレゼントをどっさり積《つ》んでこよう。イッポリタには、夜のような黒毛のアラブ種《しゅ》の子馬もあげよう。生垣《いけがき》をとびこえたり川を泳《およ》いでわたれる、元気のいい子馬を。ペトロニッラへのプレゼントは、まるで生きてるみたいに動《うご》いたりしゃべったりする、大きなからくり人形よ。それからセラフィーナには、許《ゆる》してやるふりをして、にせものの宝石《ほうせき》をちりばめた銀《ぎん》の箱《はこ》をくれてやろう。箱《はこ》を開《あ》けたら、中からガラガラヘビがとびだして、かまれて死《し》んじゃうの……。

こんな空想《くうそう》にふけっているうちに、ようやく道のつきあたりに修道院《しゅうどういん》が見えてきました。砦《とりで》を思わせるような窓《まど》のない灰色《はいいろ》の高い壁《かべ》がそびえ立ち、入口のとびらはしまっていました。

# 5

こんな夜中に、開《あ》けてくれるかしら？　ポリッセーナがそう思ったとき、むこうの木立《こだち》のあいだから、さっと人影《ひとかげ》があらわれ、建物《たてもの》に近づいていくのが見えました。月明かりに照《て》らされたその人は、二十歳《はたち》そこそこの若《わか》い農夫《のうふ》のようでした。胸《むね》に、黒っぽい布《ぬの》でつつんだものをかかえています。若者《わかもの》は人目をはばかるように、入口のそばの壁《かべ》にはめこまれた大きな筒形《つつがた》の木の物入《ものい》れに近づくと、筒《つつ》を回転《かいてん》させて、ものを入れる口が自分のほうをむくようにしました。

赤んぼうをすてようとしているのかしら？　ポリッセーナの胸《むね》は、早鐘《はやがね》を打《う》つようにどきどきしてきました。子どもをすてるところに行きあわせるなんて、これもめぐりあわせってこと？　若者《わかもの》がつつみをそっと筒《つつ》の底《そこ》に置《お》き、ぐいっとおして回転《かいてん》させると、筒《つつ》の中身《なかみ》は厚《あつ》い壁《かべ》の内《うち》がわに、見えなくなりました。と、そのとき、壁《かべ》のむこうから、かんだかい泣《な》き声《ごえ》が聞こえてきました。こんなへんな赤んぼうの泣《な》き声《ごえ》は、聞いたことがありません。

大仕事《おおしごと》を終《お》えたような晴れやかな顔で自分のほうに歩いてくる若者《わかもの》を、ポリッセーナはにらみつけました。むかむかと腹《はら》がたってきます。どうして子どもをすてたりするの？　赤んぼうのお母さんは知っているのかしら？　あの子はいったいどうなるの？　わたしみたいに、ちゃんとやさしい家族《かぞく》にもらわれるかしら？　赤んぼうがあんなに泣《な》きさけんでいるのに、この人には聞こえないの？

農夫《のうふ》がそばまで来たとき、ポリッセーナは声を荒《あら》らげて言いました。

「はずかしいと思わないの！」

うれしさのあまりポリッセーナがいることに気づいていなかった若者《わかもの》は、いっしゅんぎょっとしたようでしたが、すぐにくすくす笑《わら》いながら言いました。

「ああ、そうだね、はずかしいことだよ！　ぼくのしたのは、ほめられたことじゃないからな。あしたになって、父さんが気づいたら、ぼくはこっぴどくなぐられるだろうよ」

この人、頭がどうかしてるんじゃないかしら？　こんなひどいことをしておきながら、笑《わら》っているなんて！　若者《わかもの》は話しつづけました。

「人に見られたくなかったから、こんな夜中にやってきたんだよ。でも、修道院長《しゅうどういんちょう》さまには、どうしてもお礼《れい》がしたくてね」

「お礼《れい》ですって？」

「そうだよ。じつはね、ぼくの愛《あい》するリディアに、『あんたなんかもうきらい！』って言われたのさ。ぼくは目の前がまっくらになって、話を聞いてもらいにここへ来たんだ。そしたら院長《いんちょう》さまは、ぼくのたいせつな、五月のバラのようにきれいなリディアにまた好《す》きになってもらうにはどうしたらいいか、教えてくれたんだよ。おかげで、ぼくたちは仲直《なかなお》りをして、けさ、結婚《けっこん》の約束《やくそく》をしたのさ。ヤッホー！」

若者《わかもの》は帽子《ぼうし》をほうりあげ、ぴょんととびあがって空中で受《う》けとめました。

ポリッセーナは、あっけにとられて若者《わかもの》を見つめました。それから、責《せ》めるように言いました。

「きっと、そのリディアって人は、あなたとべつの女の人とのあいだに子どもがいたから、きらいになったのよ。だからあなたは、じゃまになった赤んぼうをすてたのね。かわいそうな子。でも、わたしはこの目でちゃんと見たんだから。みんなに言いふらしてやるわ」

「なんの話をしているんだい？　赤んぼうって、いったいなんのことだい？」

「たったいま、修道院《しゅうどういん》に赤んぼうをすてたじゃないの」

若者《わかもの》は大きな声で笑《わら》いだしました。

「赤んぼう！　はっはっはっ！　あれは子ブタだよ。わからなかったのかい？　うちで飼《か》っているめすブタが産《う》んだのさ。修道院長《しゅうどういんちょう》さまにさしあげようと思って、こっそり持《も》ちだしたんだよ。直接《ちょくせつ》おわたしすることはできなかったけどね。だって、父さんに返《かえ》せと言われるにきまってるから。でも、こうすれば、院長《いんちょう》さまだって、受《う》けとらないわけにはいかないだろう？　肉がとってもやわらかいから、すぐに焼《や》いて食べることもできるし、太らせてソーセージにもできるってわけさ。ところで、きみはどこから来たんだい。赤んぼうの泣《な》き声とブタの鳴《な》き声も区別《くべつ》できないなんて？」

ポリッセーナは、なんと答えていいかわかりませんでした。それで、若者《わかもの》に軽《かる》くおじぎをすると、そそくさと修道院《しゅうどういん》のとびらのほうに走っていきました。とびらのむこうからは、子ブタの声がますます大きく聞こえてきます。

　ポリッセーナはドンドンととびらをたたきました。するととつぜん、とびらが開《ひら》いて、ひとりの修道女《しゅうどうじょ》があらわれました。うでに、鳴きさけぶ子ブタをかかえて、かんかんになっています。ピンク色で、赤んぼうのようにぽっちゃりとした子ブタは、バタバタともがいています。

「いったい、なんの悪《わる》ふざけです？」修道女《しゅうどうじょ》はポリッセーナをどなりつけました。「みんながめいわ

くするとは思わなかったんですか？　朝まで待《ま》って、料理番《りょうりばん》の修道女《しゅうどうじょ》にわたせばいいでしょう。もう、みんな目をさましてしまうわ……」

「わたしじゃありません」ポリッセーナは言いました。でも、せっかくしあわせに酔《よ》いしれている若者《わかもの》をこまらせるようなまねはしたくなかったので、「そういえば、ここに来たとき、木立の中に入っていく人影《ひとかげ》を見ました。こっそり贈《おく》り物《もの》をしたかったんじゃないでしょうか」とだけ言いました。

「では、あなたはこんな夜中になんの用なのですか？　あなたみたいな女の子がひとりでうろついているなんて、あぶないじゃないですか」

「わたし、修道院長《しゅうどういんちょう》さまに、どうしてもお話があるんです」

「朝まで待《ま》てないような急用《きゅうよう》なのですか？」

「ええ、ものすごく急《いそ》いでいるんです」

「わかりました。呼《よ》んできてあげましょう。院長《いんちょう》さまはまだ起《お》きておられるから。礼拝堂《れいはいどう》で死者《ししゃ》の魂《たましい》に祈《いの》りをささげていらっしゃるのです。あなたは面会所《めんかいじょ》で待《ま》っていなさい」

修道女《しゅうどうじょ》は、がらんとした大きな部屋《へや》にポリッセーナをつれていくと、うでに子ブタをあずけて、立ち去《さ》りました。

# 6

面会所《めんかいじょ》の壁《かべ》には、目のこまかい格子《こうし》がはまった、小さな窓《まど》がありました。そのそばには、外の壁《かべ》にあったのよりも小さな、回転《かいてん》する筒《つつ》がついていました。相談《そうだん》にのってもらった人が、お礼《れい》に、くだものや卵《たまご》やニワトリや小麦粉《こむぎこ》や油《あぶら》を置《お》いていくためです。広い部屋《へや》の明かりは、壁《かべ》につるされた小さなランプがひとつだけでした。

「わたしも院長《いんちょう》さまに、なにか贈《おく》り物《もの》を持《も》ってくればよかった」ポリッセーナは、おちつかなくなりました。せめてスカートのしわをのばして、くしゃくしゃの髪《かみ》をなでつけたいと思いましたが、うでの中でおとなしく自分の指《ゆび》をチューチューすっている子ブタを床《ゆか》におろすわけにもいきません。

そのとき、窓《まど》のむこうで物音《ものおと》がしたかと思うと、しわがれた声がたずねました。

「わたしになんの用ですか、おじょうさん」

「ほんとうのことが知りたいんです」ポリッセーナが言いました。

「わたしはいつもほんとうのことを話していますよ。みんなも、そうすべきなんですけどね。いったいなにが知りたいのです？」

「わたしはポリッセーナといいます。十一歳《さい》です。わたしは今日までずっと、商人《しょうにん》のビエーリ・ジェンティレスキの長女だと思っていました。ところが、薬屋《くすりや》さんの娘《むすめ》のセラフィーナが、わたしはこの修道院《しゅうどういん》からもらわれてきた、なんて言うんです。わたしは修道院《しゅうどういん》にすてられていたんだって。ほんとうですか？」

窓《まど》のむこうで、長いため息《いき》が聞こえました。

「ほんとうですか？」ポリッセーナは、子ブタをぎゅっとだきしめて、もう一度《いちど》聞きました。

しばらくして、修道院長《しゅうどういんちょう》が言いました。

「ほんとうですよ」

ポリッセーナは、ぞっとして、背中《せなか》を冷《つめ》たい汗《あせ》が流《なが》れるような気がしました。

「じゃあ、だれが、わたしをここにすてたんですか？　わたしのほんとうのお父さんとお母さんは、だれなんでしょう？」ポリッセーナは、消《き》え入《い》るような声でたずねました。

「それはわたしにもわかりません。でも、ここで見つかったとき、あなたはおかしな毛布《もうふ》につつまれていてね、そばには、いろいろなものが入った手箱《てばこ》が置《お》いてありました。それはみな、ここに保管《ほかん》してあります。あなたに見せるときが来ないといい、と願《ねが》っていましたけれど」

「どうして、お父さんだったビエーリさんは、その箱《はこ》のことを話してくれなかったんでしょう？」ポリッセーナは、ひどいわというように、たずねました。

「知らないのですよ。箱《はこ》は見ていませんからね。どうして見せる理由《りゆう》があります？　ジェンティレスキ夫妻《ふさい》は、すぐにあなたをわが子として受《う》け入れ、心から愛《あい》してくれたから、あなたは、もうほんとうの両親《りょうしん》をさがす必要《ひつよう》なんかなかったのですし」

「じゃあ、わたしは王さまの子どもかもしれないんですね！」

「あるいは、家のない貧乏人《びんぼうにん》の子どもかもしれませんね。でも、あなたは、あの家にもらわれて運《うん》がよかったのですよ。たいせつにされ、何不自由《なにふじゆう》ない暮《く》らしをしてこられたのですから」

「わたし、ほんとうの両親《りょうしん》を見つけたいんです」

「もちろん、あなたには、その権利《けんり》があります。でも、かんたんにはいかないでしょうね」

「きっと見つかるわ」

「わかりました。ちょっと待《ま》っていなさい。いま、その毛布《もうふ》と手箱《てばこ》を取《と》ってきますから」

修道院長《しゅうどういんちょう》の足音が遠ざかっていくのが聞こえました。ポリッセーナの胸《むね》は高鳴りました。王女のあかしである金糸《きんし》で織《お》った産着《うぶぎ》や、ふたつに割《わ》ったメダルの片方《かたほう》や、王家の印章《いんしょう》を持《も》ってきてくれるのね……。そう考えると、わくわくしてきました。でも、同時に、心がちくちくしました。ことばにはできない痛《いた》みが、じわじわと強くなってくるような気がします。

ビエーリ・ジェンティレスキとジネブラ・ジェンティレスキは、わたしのお父さんとお母さんじゃなかった。イッポリタとペトロニッラも妹じゃなかった……。修道院長《しゅうどういんちょう》のことばを聞いたいま、ポリッセーナは、ひとりぼっちで、まるでこの世《よ》から消《き》えてしまったような気がしていました。これからのことを考えるとわくわくすることはするのですが、心にぽっかり穴《あな》が開《あ》いたような感《かん》じもしてしまうのです。

「さあ、これですよ」修道院長《しゅうどういんちょう》の声がして、回転筒《かいてんづつ》の口がポリッセーナのほうをむきました。筒《つつ》の底《そこ》には灰色《はいいろ》っぽい毛布《もうふ》と革《かわ》ばりの箱《はこ》が置《お》いてあります。毛布《もうふ》はていねいにおりたたまれ、箱《はこ》のかどはすり切れています。ポリッセーナは手に取《と》って見たいと思いましたが、子ブタをかかえているので、両手《りょうて》がふさがっています。

そのとき格子《こうし》のむこうから、しわがれた笑《わら》い声《ごえ》がひびきました。

「あなたがかかえているブタは、わたしへのおみやげですか？」

「いいえ、でもだれかから院長《いんちょう》さまへの贈《おく》り物《もの》のようですよ。どこに置《お》いたらいいでしょう？」ポリッセーナは箱《はこ》と毛布《もうふ》を早く見たくてたまらず、こうたずねました。

「床《ゆか》におろしておやりなさい。あなたになついているようだから、にげたりしませんよ」

ポリッセーナは子ブタを床《ゆか》におろすと、とびつくように手箱《てばこ》をつかみました。すると、修道院長《しゅうどういんちょう》が言いました。

「お待《ま》ちなさい。まだ開《あ》けないで。今晩《こんばん》はここにお泊《と》まりなさい。ゼリンダ修道女《しゅうどうじょ》に部屋《へや》を用意《ようい》させておきましたから、ひとりになってから、ゆっくり見るといいでしょう。わたしは礼拝堂《れいはいどう》にもどります。おやすみ」

「でも、子ブタは？　これは院長《いんちょう》さまのです。どうやっておわたししましょうか？　筒《つつ》に入れま

しょうか？」
「いいえ、その子ブタは、あなたがつれていきなさい。わたしからの贈《おく》り物《もの》ですよ。あなたは長い旅《たび》をすることになるから、お金がいるでしょう。旅《たび》のとちゅうで農場《のうじょう》を見つけたら、売ればいいのです。では、おやすみ。幸運《こううん》を祈《いの》っていますよ」
「どうもありがとうございました」ポリッセーナは、礼儀作法《れいぎさほう》の授《じゅ》業《ぎょう》で教わったことを思い出して、ていねいにお礼《れい》を言いました。でも、修道院長《しゅうどういんちょう》は、もう格子《こうし》のむこうにはいませんでした。

# 7

部屋《へや》に案内《あんない》され、ひとりになると、ポリッセーナは急《いそ》いで手箱《てばこ》を開《あ》けてみました。部屋《へや》の壁《かべ》のくぼみには、ミルクのカップとすこしばかりのパンと、弱々しい光をゆらゆらとはなつ短《みじか》いろうそくが、置《お》いてありました。ゼリンダ修道女《しゅうどうじょ》が用意《ようい》してくれたのです。部屋《へや》の中にある家具《かぐ》は、かたくて小さなベッドだけでした。その上に、ほころびだらけのかけぶとんがかかっています。

ポリッセーナは、ベッドの上に箱《はこ》を置《お》きました。子ブタは、部屋《へや》の中をうろうろしながら、においをかぎまわったり、ポリッセーナの足に体をこすりつけたりしています。

ポリッセーナは、ほのかなろうそくの光のもとで、ふたを開《あ》けてみました。あれ、からっぽなのかしら？　そういえば、部屋《へや》まで持《も》ってくるとき、とっても軽《かる》いとは思ったけど……でも、よく見ると、底《そこ》のほうに、いくつか、ものが入っていました。ポリッセーナはていねいに取《と》りだして、ひとつひとつ、ベッドの上にならべました。

金糸《きんし》の産着《うぶぎ》もなければ、レースもないし、メダルや宝石《ほうせき》や暗号《あんごう》が書かれた羊皮紙《ようひし》もありません。ポリッセーナはがっかりしました。ポリッセーナが好《す》きなものがたりの中に出てくるような、出生《しゅっしょう》の秘密《ひみつ》を明かす手がかりらしきものは、魚の形をしたサンゴ細工《ざいく》の小さなペンダントくらいでした。最《さい》初《しょ》は、角《つの》の形をした、よくあるお守《まも》りかと思いましたが、よく見ると、魚の形をしていたのです。あ

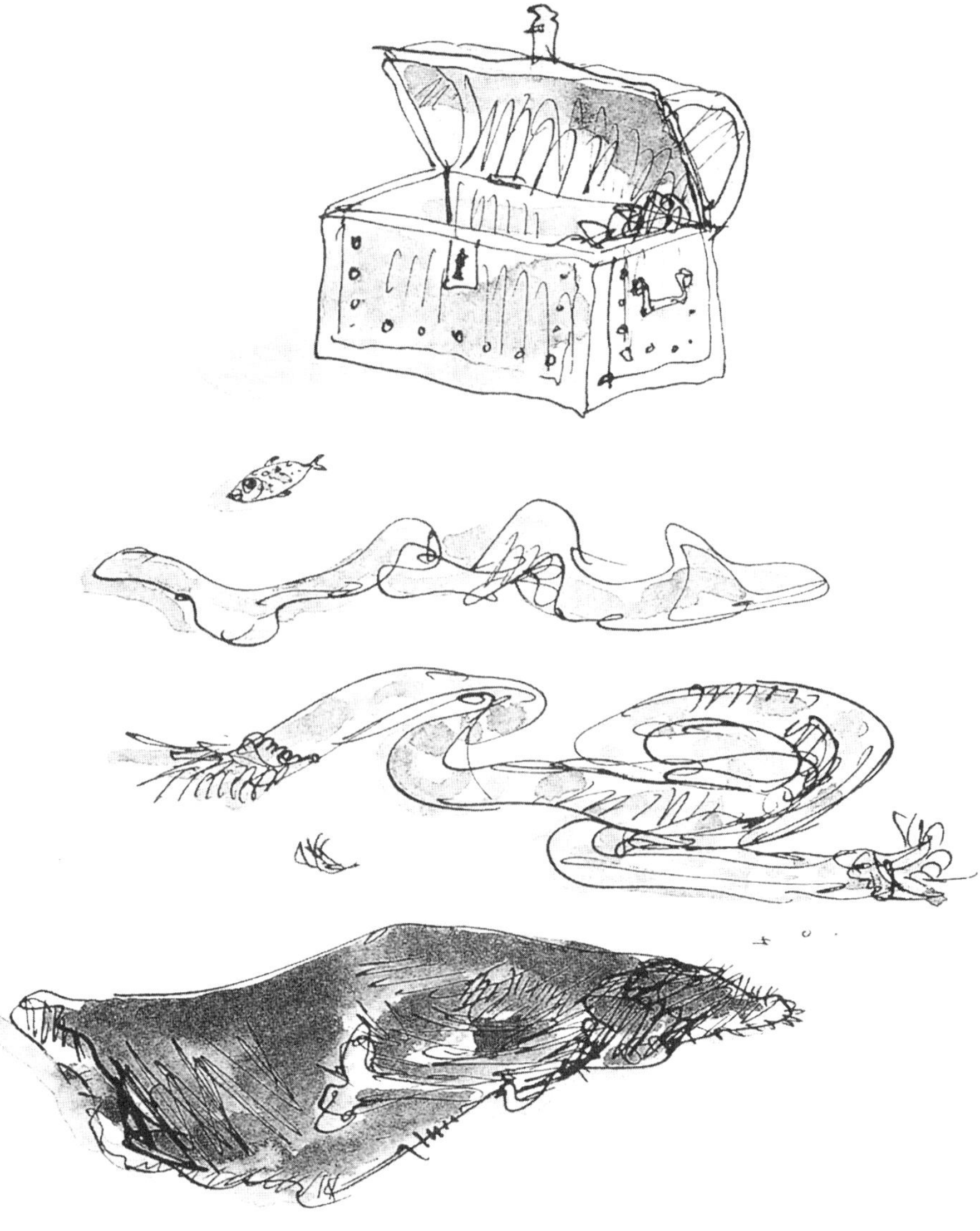

ざやかな赤い色のサンゴで、頭やひれやしっぽのみごとな細工がしてあり、あっさりした形の銀《ぎん》のわくがついていています。でも、ろうそくの炎《ほのお》に近づけていくら目をこらしても、ペンダントには、場所《ばしょ》や日《ひ》づけや人の名前をしめすようなことは、なにもきざまれていませんでした。

それから、黒い布《ぬの》のきれっぱしがありました。うすよごれてふちがほころびた、ごわごわした布《ぬの》で、はしのほうに白っぽいもようがついていています。

赤い絹《きぬ》の長靴下《ながくつした》も片一方《かたいっぽう》だけありました。男物《おとこもの》の、ひざまである長靴下《ながくつした》です。こんな靴下《くつした》をはくのは、とてもおしゃれな人にちがいありません。それにしても、まっかだなんて！　ポリッセーナは、これまでこんな色の靴下《くつした》をはいた人には会ったことがありませんし、お父さん、いいえ、もとお父さんの売っているものの中にも、こんな靴下《くつした》はありませんでした。

さいごに、おりたたんである灰色《はいいろ》っぽい毛布《もうふ》をていねいに広げてみました。するとそれは、毛布《もうふ》ではなく、毛糸であんだ、しまもようのあみ物《もの》でした。でも、こんなざらざらした毛糸で、赤ちゃんのやわらかなはだをつつむなんてことがあるでしょうか。

ポリッセーナには、さっぱりわけがわかりませんでした。もし、この箱《はこ》の中のものをわたしといっしょにここに置《お》いていったのだとすれば、なにかわけがあったはずだわ。でも、いったいどんな理由《りゆう》かしら？

ベッドのそばにひざまずき、かけぶとんの上にひじをついたまま、ポリッセーナは手箱《てばこ》の中身《なかみ》を見つめつづけました。そうしていれば、秘密《ひみつ》が明らかになるとでもいうように。

一時間以上《いじょう》も見つめているうちに、ポリッセーナは眠《ねむ》くなってきて、ちょっと目をとじました。その日は朝ごはんしか食べていなかったので、おなかもすいていました。でも、ミルクのカップを手にすると、急《きゅう》にむかむかしてきました。あんまりどきどきしたからだわ。ポリッセーナはブタの鳴き声をまねて子ブタを呼《よ》ぶと、床《ゆか》にカップを置《お》いて、中にパンをすこしちぎって入れてやりました。子ブタは、うれしそうに鼻《はな》を鳴《な》らしてパンを食べ、ミルクをなめました。子ブタがカップの底《そこ》まできれいになめ終《お》わったとき、ろうそくの芯《しん》がジッジッと音をたて、炎《ほのお》が大きくゆらめいたかと思うと、消《き》えてしまいました。

ポリッセーナは、ふうーっとため息《いき》をつくと、手さぐりでペンダントと布《ぬの》と靴下《くつした》と毛糸のあみ物《もの》を箱《はこ》の中にもどしました。そして、服《ふく》を着《き》たまま（ばあやのアニェーゼが見たらなんて言うかしら！）、ベッドに横《よこ》になりました。

疲《つか》れていたので、すぐにも眠《ねむ》りこんでしまうだろうと思っていたのに、ポリッセーナはなかなか眠《ねむ》れませんでした。

心の中に、とりとめのない考えが、嵐《あらし》の空の雲のように、つぎつぎとわきあがってきたからです。

わたしのほんとうの名前はなんていうのかしら？　ポリッセーナというのは、お母さん方《がた》のアサロッティのおばあさんとおんなじ名前。だから、おばあさんの名前をもらったにちがいないわ。でも、ほんとうのお父さんとお母さんは、わたしをなんて呼《よ》んでいたのかしら？　いったいどうして、わたしと、はなればなれにならなきゃいけなかったのかしら？

ポリッセーナは、両親《りょうしん》がわざと自分をすてたなんて、思いたくはありませんでした。だから、きっと誘拐《ゆうかい》されて、こっそりつれ去《さ》られたにちがいない、と思うことにしたのです。でも、だれが、なんのために？　ほんとうの家族《かぞく》からひきはなされたとき、わたしは生まれて何日目くらいだったのかしら、それとも、生まれて何カ月もたってから誘拐《ゆうかい》されたの？

歩きはじめたときには、もうジェンティレスキ家にいたはずよ。だって、アニェーゼやお母さ……いいえ、ジェンティレスキのおばさんだけじゃなくて、近所《きんじょ》の人たちも、わたしがよちよち歩きのころにしでかしたことを、よく、おもしろおかしく話してくれるもの。たとえば、七面鳥《しちめんちょう》のしっぽをひっぱって、逆《ぎゃく》に追《お》いかけまわされた、なんて話を。

ポリッセーナの頭には、つぎつぎ、わからないことがうかんできます。自分たちのほんとうの子がさずかるかもしれないのに、ジェンティレスキのおじさんとおばさんは、いったいどうして、すて子《ご》をもらいに修道院《しゅうどういん》に来たりしたんだろう。わたしをもらったあとで、イッポリタやペトロニッラが生まれているし。

目を開《あ》けたまま暗闇《くらやみ》の中で横《よこ》になっていると、チェパルーナの家での、さまざまな思い出がうかんできました。妹たちと遊《あそ》んだことやけんかしたこと、音楽のレッスンを受《う》けているときのこと、散歩《さんぽ》をしたり、馬車であちこち行ったりしたこと、ブドウの取《と》り入《い》れを手伝《てつだ》ったこと、ペトロニッラがお祭《まつ》りの行列《ぎょうれつ》で、天使《てんし》のかっこうをしたこと……。どれもこれも、ごくふつうの毎日のできごとのはずなのに、いまではもう、夢《ゆめ》の中でおきたことのように思えます。

それから、本で読んだり、おとなたちが話してくれたりした、おとぎ話の中の場面《ばめん》もうかんできました。塔《とう》のあるお城《しろ》や、だれもすわっていない玉座《ぎょくざ》、喪服《もふく》を着《き》た王妃《おうひ》さま、王妃《おうひ》さまのなみだでぬれた、からっぽのゆりかご、といった……。

七月だというのに、夜もふけてくると、ひどく寒《さむ》くなってきました。ポリッセーナは、ベッドからおりて子ブタをつかまえると、うすいかけぶとんの下に入れ、ぎゅっとだきしめました。

朝になったら、チェパルーナに、家に帰ろうか。手箱《てばこ》は川に投《な》げすてて、なにもなかったふりをしようか。そんな考えが頭をよぎるたびに、ポリッセーナの心はゆれました。

家族《かぞく》は、大よろこびでむかえてくれるにちがいありません。いまごろ、みんな、わたしをさがしているだろうな。ペトロニッラなんか、わたしの名前を呼《よ》びながら泣《な》いているにちがいないわ。わたしが家に帰りさえすれば、なにもかもうまくいくのに。

でも、やっぱり帰るわけにはいかない。わたしがほんとはだれの子どもなのか、ほんとうのお父さんとお母さんはどんな人たちなのかを、なんとしてもつきとめなくてはならないもの。

# 第《だい》二部《ぶ》

# ジラルディ動物曲芸団《どうぶつきょくげいだん》

# 1

朝の六時に、ゼリンダ修道女《しゅうどうじょ》が、ポリッセーナを起《お》こしに来ました。修道女《しゅうどうじょ》は、湯気《ゆげ》の立つミルクのカップと大きなパンをふたつ、それにナプキンでくるんだ大きなつつみを持《も》ってきました。

「これは旅《たび》の食料《しょくりょう》です。院長《いんちょう》さまからのおせんべつですよ」

ポリッセーナはお礼《れい》を言いました。それから、ゆうべのように、パンをひときれちぎって、ミルクのカップにひたして子ブタにあげました。子ブタはすぐに、ピンクの鼻先《はなさき》をつっこんで、がつがつ食べはじめました。ポリッセーナもひときれ食べようかと思いましたが、ぜんぜんおなかがすいていなかったので、ほかの食べ物《たもの》といっしょに、ナプキンにつつみました。おなかをすかせたまま歩くのは、かしこいことではありませんが、いま、のみこむことができるのは自分のつばくらい。むかむかして、食べるどころではなかったのです。

「まあ、そのうちきっと元気も出てくるわ」朝のさわやかな空気をすいこみながら、ポリッセーナは気分を変《か》えようと、つぶやきました。

ゆうべはいろいろなことを考えすぎて、よく眠《ねむ》れなかったわ。天国においでの天使《てんし》と聖人《せいじん》さまみんなに、いい考えをさずけてくださるよう祈《いの》ってみたけど、いったいどこからほんとうのお父さんとお母さんをさがしはじめればいいのか、さっぱりわからない。あのおかしな毛布《もうふ》も、手箱《てばこ》の中に入って

いたほかのものも、手がかりになるとは思えないもの。けれども、ポリッセーナは心をきめました。

「歩いていれば、いい考えもうかぶでしょ」

ともかく、修道院《しゅうどういん》にいたところで、奇跡《きせき》がおきるわけでもないのです。セラフィーナが「修道院長《しゅうどういんちょう》に聞いてみれば」と言ったのをイッポリタが思い出せば、家族《かぞく》のみんながここにさがしに来るでしょうし、そうなれば家につれもどされてしまうでしょう。

そこでポリッセーナは、食《た》べ物《もの》のつつみを取《と》ると、首にくくりつけました。それから片手《かたて》に子ブタを、もう片方《かたほう》の手に手箱《てばこ》をかかえると、部屋《へや》を出ました。そして、鍵《かぎ》の束《たば》をガチャガチャいわせて門を開《あ》けてくれた修道女《しゅうどうじょ》にさよならを言うと、森の方にむかって歩きだしました。町や家があるのとは反対《はんたい》の方向《ほうこう》に行きたかったのです。

木立《こだち》のあいだをしばらく進《すす》むと、森の奥《おく》から、タンバリンの音が聞こえてきました。思わずおどりだしたくなるような、調子《ちょうし》のいいリズムです。子ブタが地面《じめん》におりようと、身《み》をくねらしてもぞもぞしはじめたので、ポリッセーナは、うでに力をこめました。迷子《まいご》になってもらいたくなかったからです。ポリッセーナは、ここは用心しなくちゃ、と思いながらも、なにがおきているのか知りたくなったので、音楽が聞こえてくるほうにむかいました。姿《すがた》を見られないように、ハシバミの木の前で立ちどまると、そのむこうは空《あ》き地になっているようでした。手が使《つか》えないので、枝《えだ》のあいだから首をのばしてようすをうかがいました。

ところが、むこうを見たとたん、ポリッセーナの心配《しんぱい》は、たちまち吹《ふ》っとんでしまいました。

「ルクレチア！　ジラルディ一座《いちざ》のルクレチアじゃないの！」

さっきまでの用心深《ようじんぶか》さはどこへやら、ポリッセーナは、空《あ》き地にとびだしました。

おとなしく腰《こし》をおろしている動物《どうぶつ》たちの輪《わ》のまん中で、若《わか》いクマにおどりをおどらせようと、タンバリンをふりあげて打《う》ち鳴らしていた金髪《きんぱつ》の女の子は、そのままのかっこうで、口をぽかんと開《あ》け、ポリッセーナを見つめました。ポリッセーナがとつぜんあらわれて、よほどびっくりしたのにちがいありません。まるで、めずらしい見世物《みせもの》は自分たちではなくて、ポリッセーナのほうだというように。

「ポリッセーナさんじゃありませんか？」ようやく、金髪《きんぱつ》の女の子、ルクレチアは、うやうやしくおじぎをしながら、口ごもるように言いました。「ジェンティレスキさまのご長女で、イッポリタさんのお姉さまの……」

「そんなにていねいな口のきき方、しなくていいのよ」ポリッセーナは言いました。「だって、ジェ

ンティレスキさんは、わたしのお父さんじゃないんだもの。まあそのうち、わたしが王女さまだったってことがわかれば、『殿下《でんか》』って呼《よ》んでもらうかもしれないけど、わたし、いまのところは、ただのすて子《ご》なの」

ポリッセーナのことばに、ルクレチアは、ますます目を皿《さら》のように丸くしました。

「すて子《ご》ですって？」

ポリッセーナは、手短《てみじか》にわけを話しました。

「……だから、わたし、いったいだれの子なのか、わからないのよ。ほんとうのお父さんとお母さんを見つけるために、旅《たび》に出たっていうわけ」

「どちらへ、ええと、どこへ行くとこなの？」ルクレチアは、あっというまに友だちに話すようなことばづかいになって、たずねました。「ねえ、なんなら、あたしたちといっしょに旅《たび》をしない？」

そのとき、セントバーナード犬が、こっちを見てよ、というようにほえました。すると、ルクレチアが言いました。

「はいはい、ラミーロ、わかってるって。お昼ごはんの時間だっていうんだろ。でも、あげるものがないんだ。あんた、クマやサルとちがって、草の葉《は》っぱや木《こ》の実《み》を食べないものねえ。せめて、じいさんに猟犬《りょうけん》としてしこまれていたら、野ネズミでもとれたのに。だけど、あんたはいつもパン入りスープや焼《や》き肉《にく》なんかを食べてきたから。このつぎ、見世物《みせもの》をするまで、スープも、肉も、手に入らないんだよ」

これを聞くと、犬はしかたないな、というように耳をたれました。

いっぽうポリッセーナは、きょろきょろと、旅《たび》まわりの一座《いちざ》を見まわしました。いるはずの人がひとりたりません。

「ジラルディ親方はどこにいるの？」

「死《し》んじゃったよ、先週」ルクレチアは、おちついたようすで答えました。「ポンテルカールの町の鐘楼《しょうろう》のてっぺんから、落《お》ちたんだ。酔《よ》っぱらい同士《どうし》でバカな賭《か》けをして、よじのぼった塔《とう》から落《お》ちて頭をかちわったってわけ。ポンテルカールの司祭《しさい》さまは親切な人だったから、親方を教会の墓地《ぼち》にうめさせてくれたうえに、あたしを下働《したばたら》きとしてやとってくれる未亡人《みぼうじん》まで見つけてくれた。でも、そこで世話《せわ》になっちゃったら、いったいだれが動物《どうぶつ》たちのめんどうを見るのよ？」

「まさか、あなた、ひとりで見世物《みせもの》を続《つづ》けていく、っていうんじゃないでしょうね！」ポリッセーナは信《しん》じられないというように言いました。

「ひとりじゃないよ。犬、クマ、ガチョウ、バーバリーザル、チンパンジーとあたしで、五匹《ひき》とひとり。ジラルディ動物曲芸団勢《どうぶつきょくげいだんせい》ぞろいよ」

「でも、親方がいないのに、どうするつもりなの？」

「ふん！　最近《さいきん》じゃ、飲《の》んだくれてばっかりで、芸《げい》なんか、なにもしなかったんだ。飲《の》み代《しろ》にするお金をお客《きゃく》から集《あつ》めるだけ。あんなのいないほうが、うまくいくくらいだって」

ルクレチアがあまりにもたんたんと、まるでおじいさんが死《し》んだことをよろこんでいるみたいに話すのを聞いて、ポリッセーナはあきれ返《かえ》りました。ルクレチアは自分より小さいのに、たったひとりの身《み》寄《よ》りが死《し》んでも平気《へいき》な顔をしているのです。

でも思い出してみれば、ジラルディじいさんは、しょっちゅうルクレチアをなぐっていましたし、どなりつけたり、まるで動物《どうぶつ》のようにあつかって食事《しょくじ》をあげないこともありました。チェパルーナの町では、だれもが知っていることです。でも、やめさせようとする人はいませんでした。きっとこの子が罰《ばつ》を受《う》けるようなことをしたんだろう、と考えたからでもありましたが、ジラルディじいさんは乱暴《らんぼう》で、だれにたいしてもすぐに腹《はら》をたてるような人だったので、へたに『家族《かぞく》の問題《もんだい》』に首をつっこんだりしようものなら、「犬やクマをけしかけるぞ」と、おどかされるからでもありました。

そんなジラルディじいさんも、ただひとり、商人《しょうにん》のジェンティレスキ氏《し》には一目《いちもく》置《お》いていました。ですから、ルクレチアが乱暴《らんぼう》にあつかわれるさまを見かねたジェンティレスキ氏《し》が注意《ちゅうい》しても、怒《おこ》りだしたりはしませんでした。

だれもが、ルクレチアはジラルディ親方の孫《まご》なのだと思っていましたが、じつはそうではありませんでした。

ルクレチアはすて子《ご》ではありませんが、みなしごでした。ルクレチアの両親《りょうしん》はパルディス村の貧《まず》

しいお百姓《ひゃくしょう》でしたが、ペストにかかって亡《な》くなったのです。

ペストのせいで村人はほとんど死《し》んでしまったけれど、ルクレチアは生きのび、毎年その地方に見世物《みせもの》をしに行っていたジラルディ親方が、あやうくうえ死《じ》にしかかっていたルクレチアを見つけて、ひきとったのでした。もう何年も前のことです。ルクレチアは、九歳《さい》のイッポリタとたぶん同じ年ごろです。でも、生きていくために、軽業《かるわざ》や、動物《どうぶつ》たちを相手《あいて》に演《えん》じるおもしろおかしいお芝居《しばい》や、手相《てそう》うらないや、そのほかたくさんのことを、おぼえなければなりませんでした。

ジラルディ一座《いちざ》はいつもびっくりするような芸《げい》を見せてくれましたから、ジェンティレスキ家の三姉妹はもちろん、チェパルーナの町の子どもたちみんなが、その見世物《みせもの》をたのしみにしているのでした。

## 2

ポリッセーナがもの心ついたころから、毎年春の復活祭《ふっかつさい》（キリストが生き返ったことを記念するお祭り）の前日になると、ジラルディ一座《いちざ》はチェパルーナの町にやってきていました。十日ばかり町にいて、毎晩《まいばん》、町役場《まちやくば》の前の広場で芸《げい》を見せるのです。

一座《いちざ》は、いつも教会の軒下《のきした》に寝泊《ねと》まりしていましたが、寒《さむ》さがきびしい年には、ジェンティレスキ氏《し》が、家の一階《かい》にある、商品《しょうひん》や馬車をしまっておく倉庫《そうこ》に泊《と》めてやり、召使《めしつか》いにあたたかいスープとパンを運《はこ》ばせました。でも、そのたびに、アニェーゼはぶつくさ言いました。

「だんなさまは人がよすぎます！　鍵《かぎ》もかけずに、あの人たちをだいじな商品《しょうひん》のあるところに寝泊《ねと》まりさせるなんて。小麦や絹《きぬ》をくすねられたらどうするんです？」

やはりふたりの曲芸師《きょくげいし》を信頼《しんらい》しているほかの召使《めしつか》いたちが、「ぬすみを働《はたら》くなんてうわさが広まったら、見世物《みせもの》をさせてもらえなくなるってことくらい、連中《れんちゅう》だってわかってるさ」と言っても、アニェーゼは耳をかそうとはせず、こんなことはもううんざりというように、言い返《かえ》しました。

「そのうち、わたしたち全員《ぜんいん》、寝首《ねくび》をかかれて死《し》んでいるところを警察《けいさつ》に見つかることになりますよ！」

アニェーゼは、ちゃんとした家もなくあちこち流《なが》れ歩いて暮《く》らしているような人たちが、きらいなのでした。それに、口ばかり達者《たっしゃ》な人も好《す》きではありません。けれど、なにより気にくわなかったのは、イッポリタとペトロニッラが、自分の目をぬすんでは、しょっちゅう倉庫《そうこ》に行き、ふだん見ることのできない動物《どうぶつ》たちにさわろうとすることでした。もちろん、動物《どうぶつ》たちはしつけがよく、ジラルディ親方とルクレチアの言うことをよく聞きました。でもアニェーゼは、「ノミやシラミがいっぱいついていることには変《か》わりありませんですよ！」と、はきすてるように言うのです。そして、夜には、熱《あつ》いお酢《す》にひたして消毒《しょうどく》したくしでイッポリタとペトロニッラの髪《かみ》をせっせとすいたり、ふたりの服《ふく》を虫よけの効果《こうか》があるという薬草《やくそう》を燃《も》やした煙《けむり》でいぶしたりするのでした。

妹たちとちがって一日じゅう勉強《べんきょう》や習《なら》いごとをしなければならないポリッセーナは、ルクレチアや動物《どうぶつ》となかよくなる機会《きかい》がありませんでした。それでも見世物《みせもの》はなんども見ましたし、むずかしくてあぶない技《わざ》を平気《へいき》でやってのけるルクレチアをいつもうらやましく思っていました。

セラフィーナが、「ちゃんとした家の娘《むすめ》は、人の前で足を見せたりしないものよ、軽業師《かるわざし》の娘《むすめ》じゃないんだから」と言ったときは、きっとルクレチアのことを思いうかべていたんだろうなと、ふと、ポリッセーナは思いました。でも、あれはほんとうにきのうのことだったのでしょうか？　あれからもう、一生ぶんの時間がすぎ去《さ》ったように思えます。

さて、ルクレチアは、興味深《きょうみぶか》そうに子ブタをながめていました。

「ねえ、この子ブタ、なにか芸《げい》はできる？」

「芸《げい》ができるかですって？　食べて、寝《ね》て、鳴《な》いて、石みたいに重《おも》たいだけよ！」子ブタをかかえて歩くのに疲《つか》れたポリッセーナは、うんざりして言いました。

「自分で歩けないの？」

「歩けるわ。でも、にげちゃうんじゃないかと思って」

「バカね。人になれている動物《どうぶつ》は、にげたりしないんだってば」

「でも、この子ブタは、人になれてなんかいないのよ」

「でもさ、あんたにかかえられても、おとなしくしてるじゃない？」

「きのう、ベツレヘム修道院《しゅうどういん》の院長《いんちょう》さまが、わたしにくださったの。農場《のうじょう》を見つけたら、売ってお金にかえなさいって」

「じゃ、あたしに売ってよ。『遺産相続《いさんそうぞく》』のお芝居《しばい》が、もっとおもしろくなるもん。ブタって、とってもかしこいんだよ。きっとすぐに役《やく》をおぼえるって」

ポリッセーナは、自分がほめられたみたいにうれしくなって、うなずきました。

「じゃあ、こっちにちょうだい」ルクレチアが手をのばしたので、ポリッセーナはほっとして、ブタを手わたしました。

「さあ、みんな！　新しい仲間《なかま》を紹介《しょうかい》するね。なかよくしてやってよね。この子のお手本になってよ」ルクレチアは、子ブタを動物《どうぶつ》たちに見せながら、言いました。

動物《どうぶつ》たちは、ルクレチアの目をじっと見つめて、もっとなにか言われるのを待《ま》っているようです。

「ランチロット、この子をお願《ねが》い！」そう言うと、ルクレチアはチンパンジーにむかって子ブタをほうりました。ランチロットは、さっと前に出て、ボールを受《う》けとめるみたいに、子ブタをつかまえました。バーバリーザルが、がっかりしたような声をあげて、手で目をおおいました。

「まあ、カシルダ、いい子にしてよ」ルクレチアがやさしく言いました。「あんたには世話《せわ》できないだろ。だって、この子はあんたの二倍《ばい》は大きいんだよ。さあ、こっちに来て、キスしておくれ！」

バーバリーザルのカシルダは、ルクレチアの肩《かた》にとびのると、あいそをふりまきはじめました。

いっぽうランチロットは、もったいぶったようすで、子ブタを犬とクマとガチョウの鼻先《はなさき》に持《も》っていきました。新しい仲間《なかま》のにおいをゆっくりかがせるためです。

「ねえ、見た！　もう、この一座《いちざ》の一員《いちいん》よ！」と、ルクレチアがポリッセーナに言いました。

「で、いくらはらってくれるの？」ポリッセーナは、商人《しょうにん》の娘《むすめ》らしく（いや、商人《しょうにん》のもと娘《むすめ》らしくというべきでしょうか）、お金をもらうのをわすれてはいませんでした。でもルクレチアは笑《わら》いました。

「いまはむりよ。だって、親方の棺《ひつぎ》を買うのに、お金をぜんぶ使《つか》っちゃったから。でも……そうねえ、

金貨《きんか》三十枚《まい》なら、はらえるよ。ただし、十回くらい見世《みせ》物《もの》をしてからね」

「そんなに待《ま》てないわ。すぐにも旅《たび》を続《つづ》けなきゃいけないんだもの」ポリッセーナが文句《もんく》を言いました。

「えっ？　いっしょに旅《たび》をしよう、ってさそったじゃない」

「いっしょって、あなた、どこへ行くの？」

「そういうあんたは？」

ポリッセーナには、これといった行き先などありませんでした。でも、正直にそう言うのがいやだったので、なんとなく山のほうを指《ゆび》さしました。

すると、ルクレチアが言いました。

「あっちのほうは寒《さむ》くなるよ。そんなかわいい絹《きぬ》の服《ふく》しか着《き》てないんだから、よしたほうがいいと思うな。もっと厚《あつ》い服《ふく》は持《も》ってないの？　かぜひいちゃうよ」

まったく、わたしより頭ひとつも小さいくせに、さしずするなんて！　と、ポリッセーナはいらいらしました。でも、手箱《てばこ》を開《あ》けて、しまもようのあみ物《もの》を取《と》りだすと、首のまわりに巻《ま》きつけました。

「その箱《はこ》には、なにが入ってるの？」ルクレチアが興味《きょうみ》しんしんで、箱《はこ》をのぞきこもうとしましたが、ポリッセーナは、自分の宝物《たからもの》を見せたくなかったので、あとずさりしました。けれども、箱《はこ》は手からすべり落《お》ちて、中身《なかみ》が草の上にころがりでました。

「あれっ！　このサンゴの魚、あたしのと同じだ！」ルクレチアがおどろいたような声をあげました。そして、いそいで胸《むな》もとから革《かわ》ひもにつけた首飾《くびかざ》りを取《と》りだしました。ひもにはいくつも飾《かざ》りがぶらさがっていましたが、その中に、手箱《てばこ》からころがり落《お》ちたのとそっくりな、小さな魚の形の赤い飾《かざ》りがありました。

# 3

ポリッセーナの顔が青ざめました。心臓《しんぞう》は早鐘《はやがね》のように打《う》っています。頭の中では、いろいろな考えがかけめぐっています。もし、このペンダントが亡《な》くなったほんとうの両親《りょうしん》の形見だとしたら？　ルクレチアはわたしの妹ってこと？　わたしも、お姫《ひめ》さまなんかじゃなくて、何年も前にパルディス村で亡《な》くなった、貧《まず》しい夫婦《ふうふ》の娘《むすめ》だったらどうしよう？

「だれにもらったの？」ポリッセーナはくり返《かえ》しました。そう言いながらも、答えを聞くのがこわくてたまりません。

「去年《きょねん》、テンペスタル村の漁師《りょうし》からもらったんだ。子どもづれであたしたちの見世物《みせもの》を見に来ててね。カシルダが帽子《ぼうし》を持《も》ってお客《きゃく》からお代《だい》を集《あつ》めてまわったときに、その漁師《りょうし》がこれを入れたんだよ。お金を持《も》ってなかったんだね、きっと」そう言いながら、ルクレチアは指先《ゆびさき》でそっと魚の飾《かざ》りにふれました。「でも、親方は文句《もんく》を言わなかった。それどころか、これはとてもねうちのある芸術品《げいじゅっぴん》だって言ってたよ。売れば、それなりのお金になるって。だけど、あたし、とっても気に入っちゃったから、自分のものにしたかったわけ。で、こっそり壁《かべ》の穴《あな》の中にかくしておいて、親方には、カシルダがいじわるして、ペンダントを取《と》って海にすてちゃった、ってうそついたんだ。親方はものすごく怒《おこ》ったっけ。あたし、棒《ぼう》とむちで打《う》たれて、三日間、なにも食べさせてもらえなかった。もちろん、あのときは泣《な》いたけど、心の中ではうれしくてしかたなかった。親方をだましてやったうえに、ほしいものが手に入るんなら、これくらいはお安《やす》いもんだって。だけど、カシルダには悪《わる》いことをしたな。あの子もたんまりむちをくらったから。『ごめんね。あたし、どうしてもほしかったんだ』って言って、おわびにたくさんキスしてあげたけど。だからきっと、許《ゆる》してくれたと思うな。まあそういうわけで、あたしのものになったってわけ。見て、とてもきれいだろ」

ねうちのある芸術品《げいじゅつひん》……。そのことばがポリッセーナの頭の中で、ぐるぐるかけめぐりました。

「ねえ、その漁師《りょうし》はどこで手に入れたか、言ってなかった？　だれにもらったのかしら？」

「なんにも言ってなかったよ。でも、だれが作ったにせよ、あんたのペンダントを作ったのと同じ人なのはたしかだよね」

「どうして、そう思うの？」

ルクレチアは、ふたつのペンダントを手のひらの上にならべてみせました。

「ほら、色も同じだし、材質《ざいしつ》もまったく同じ。きっと、ひとつのサンゴから作ったんだよ。それに、細工のしかたを見てごらん。ひれの彫《ほ》り方や尾《お》のまがりぐあいも同じだし、目も同じキリを使《つか》ったにちがいないよ。頭のところにある二枚《まい》の小さなうろこなんか、ほんとうにそっくり。同じ人が作ったっていう証拠《しょうこ》みたい」

もとお父さんも、世界《せかい》じゅうから宝石《ほうせき》やぞうげ細工《ざいく》やカメオや、貴石《きせき》で作った印鑑《いんかん》などを輸入《ゆにゅう》していたので、ポリッセーナも、こまかな細工のちがいを見わけられました。

「あなたの言うとおりね。同じ人が作ったんだわ」ポリッセーナは、旅芸人《たびげいにん》のルクレチアが専門家《せんもんか》のような目をしていることに、内心とてもおどろきました。でも、それにしてもいったい、漁師《りょうし》がなぜ、みすぼらしい曲芸師《きょくげいし》の一座《いちざ》なんかに、こんな貴重《きちょう》で高価《こうか》なものをくれてやったのでしょう？　ともあれ、これで、まずどこへむかえばいいのかがきまりました。

「ねえ、その漁師《りょうし》はテンペスタル村で暮《く》らしているって、言ったわよね。道を教えてくれない？」

「あたしも行くよ。いっしょに旅《たび》をしようって、なんど言わせればいいの？」

じつをいえば、ポリッセーナがあらわれるまで、ルクレチアもどこに行くかをきめかねていたのでした。ジラルディ親方をほうむったあと、これからどうするかゆっくり考えようと思って、これまでなんども親方と野宿《のじゅく》したことのある、森の中のこの空《あ》き地にやってきたところだったのです。

たったひとりで動物《どうぶつ》たちと旅《たび》をするのは、ちっともこわくありませんでした。ラミーロみたいな大きな犬もいればクマもいるのです。追《お》いはぎだって、おそってきたりはしないでしょう。それにこのあたりのことは、すみずみまでよく知っています。街道《かいどう》や小道、畑《はたけ》や川や橋《はし》、海辺《うみべ》や野原や丘《おか》、農場《じょう》や村や町……。いろんな場所《ばしょ》を親方といっしょに何年も旅《たび》してまわったのですから。住《す》んでいる人もひとりひとりよく知っていましたし、人々もルクレチアのことをよく知っていました。

でも、そのせいでかえって、ルクレチアは悩《なや》んでいたのです。だれかれとなく怒《おこ》りちらすジラルディ親方がいなくなったいま、どこかの親切な人が、ルクレチアのことをきのどくがって、「ひとりぼっちで身寄《みよ》りもないなんて、かわいそうに！」とかなんとか言って、よけいなおせっかいをやくかもしれません。そうなったらルクレチアは動物《どうぶつ》を取《と》りあげられて、身寄《みよ》りのない子どもの家か、貧《ひん》救院《きゅういん》に入れられてしまうかもしれないのです。

そんなおり、ポリッセーナがあらわれたのでした。ポリッセーナの話を聞いているうちに、ルクレチアの頭には、ふたりのどっちにとってもつごうのいい考えがうかんだのです。

ルクレチアは、年のわりに小さくて、きゃしゃで弱々しく見えます。ほんとうは、曲芸《きょくげい》の訓練《くんれん》を積《つ》んだおかげで筋肉《きんにく》もついていてがんじょうなのですが、そうとは知らない人の目には、ひよわであわれで、おとなが守《まも》ってやらないといけない子どもに見えるのです。だから、それがジラルディ親方のような乱暴《らんぼう》でやさしさのかけらもない人間でも、おとながついてさえいれば、だれも文句《もんく》は言わないのです！

ですから、ルクレチアはだれかいっしょに旅《たび》をする人がひつようでした。その点、ポリッセーナはうってつけです。年のわりに大きく見えるから、十四歳《さい》だといっても通用するでしょう。とにかく、ひとりではないということがたいせつでした。連《つ》れがいれば、みんなが、かわいそうだと言ってうるさく寄《よ》ってくることもないし、ジラルディ親方が亡《な》くなる前と同じように、ルクレチアをそっとしておいてくれるでしょう。

そういうわけで、ルクレチアは言いました。

「あたしたちは、行く先なんてどこでもいいんだ。どこに行ったって、大人気だからね。だから、いっしょに旅《たび》をして、あんたのほんとうの両親《りょうしん》がいそうなところに行こうよ。あたしもいっしょにさがしてあげる。あたしはこのへんの人たちをすっかり知ってるし、みんな、あたしがおしゃべりなのも知ってるから、あれこれ聞いてもあやしまれないしさ」

「それもそうね」ポリッセーナも賛成《さんせい》しました。

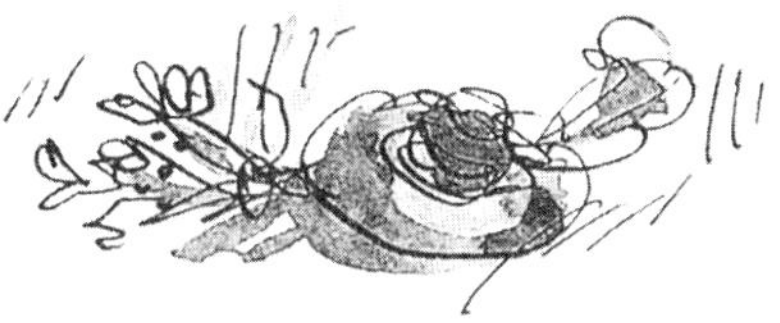

# 4

ルクレチアは、ポリッセーナに近づくと、頭のてっぺんからつま先まで、しげしげと見まわしました。

「さてと。それじゃまず、あんたも曲芸師《きょくげいし》のふりをすること。あたしがかんたんな芸《げい》を教えてあげる。あんたと子ブタの両方《りょうほう》に教えてあげるけど、どっちが早くおぼえるかなあ？」そう言うと、ルクレチアは笑《わら》いました。

「教えてもらわなくてもけっこうよ」ポリッセーナは、むっとして言い返《かえ》しました。「わたし、ダンスもできるし、歌も歌えるし、バイオリンも弾《ひ》ける。それに、柵《さく》の上を落《お》ちないで歩くこともできるし、どこへでもよじのぼれるわ」

「それ、ほんと？　じゃ、ちょっとやってみせてよ。あ、待《ま》って、その前に服《ふく》を着《き》がえたら。そんなぴらぴらした絹《きぬ》の服《ふく》じゃ、うまく動《うご》けないよ」

「でも、ほかの服《ふく》なんて持《も》ってないわ！」

「だいじょうぶ、まかせといて。ジラルディ一座《いちざ》には、いろんな衣装《いしょう》があるんだから」

ルクレチアは、ポリッセーナを荷車《にぐるま》のところへつれていきました。この荷車《にぐるま》は、ふたつの車輪《しゃりん》とながえがついた、牛乳《ぎゅうにゅう》を運《はこ》ぶ古い荷車《にぐるま》で、一座《いちざ》が移動《いどう》するときにはセントバーナード犬のラミーロが引くのです。ジラルディ親方はこの車にきれいな色をぬって、チリンチリンと音のする鈴《すず》を取《と》りつけていました。一座《いちざ》はその荷車《にぐるま》で、芝居《しばい》に使《つか》う道具《どうぐ》が入った籐《とう》のかごを運《はこ》んでいました。かごの中には、いろいろな衣装《いしょう》、かつら、楽器《がっき》、火の輪《わ》くぐりの輪《わ》、竹馬、綱《つな》わたりの綱《つな》、そのほかのこまごました小道具類《こどうぐるい》、それに、ジラルディ親方とルクレチアが食事《しょくじ》のときに使《つか》うお皿《さら》やブリキのコップなどが入っていました。荷車《にぐるま》は人を乗《の》せるには小さすぎましたが、バーバリーザルのカシルダやガチョウのアポロニアなら、歩き疲《つか》れたときに、乗《の》せてやることもできました。

一座《いちざ》の持《も》ち物《もの》があまりにみすぼらしいので、ポリッセーナは、はずかしくなって顔が赤くなりました。そして、ばつが悪《わる》くなって、なんとか話題《わだい》を変《か》えようと、「わたし、食欲《しょくよく》がないの。きのうからなにものどを通らないのよ。でも、もしかして、あなたはおなかが……」と言いながら、修道院《しゅうどういん》でもらった食《た》べ物《もの》のつつみをおろして、ほどきました。中には大きなパンのほかに、ゆで卵《たまご》、チーズ、サラミソーセージ、タマネギ、リンゴ、クルミが入っていました。ほかにも紙づつみが入っていて、開《あ》けてみると、お米とショウガと砂糖漬《さとうづけ》のくだもので作ったお菓子《かし》が、十二個《こ》入っていました。ベツレヘム修道院特製《しゅうどういんとくせい》のお菓子《かし》です。ゼリンダ修道女《しゅうどうじょ》は、女の子ひとりなら一週間はじゅうぶんにたりるだけの食《た》べ物《もの》を用意《ようい》してくれたのでした。

ごちそうを見ると、ルクレチアの目の色が変《か》わりました。口の中にはなまつばがわき、胃袋《いぶくろ》がぎゅっとちぢみました。でも、ルクレチアは、ジラルディ親方よりもいい座長《ざちょう》になろうと心にきめていたので、犬のラミーロを呼《よ》ぶと、半分にちぎったパンと、サラミソーセージとチーズをすこしあげました。

そして、そばに寄《よ》ってきたほかの動物《どうぶつ》たちには、「おまえたちはもう食べただろ！」ときっぱり言いました。でも、動物《どうぶつ》たちの「お願《ねが》い」というようなまなざしに負《ま》けて、クマと二匹《ひき》のサルにリンゴをあげ、ガチョウにはクルミを二個《こ》、割《わ》ってやりました。

せっかくの食《た》べ物《もの》をルクレチアがぜんぶ動物《どうぶつ》たちにやってしまうのではないかと、ポリッセーナは心配《しんぱい》になりました。けれども子ブタにはミルクとパンをやったことを思い出して、ポリッセーナはほっとしました。ルクレチアが、おいしそうなお菓子《かし》を子ブタにあげてしまうことはないでしょうから。

動物《どうぶつ》たちが食べ終えると、ルクレチアも石の上に腰《こし》をおろして、食べはじめました。つつみの中に入っていたものをひとかけらも残《のこ》さずきれいに平《たい》らげると、満足《まんぞく》そうにおなかに手をあてました。

そのようすを見てポリッセーナは、がつがつしているのもむりないわよね。だって、貴族《きぞく》の親をさがしているわたしとちがって、ルクレチアは貧《まず》しい生まれのみなしごなんだもの、と心の中でつぶやきました。でも、貧《まず》しい家に生まれたのは、ルクレチアのせいではありません。そう考えて、ポリッセーナはくちびるをしっかりとじて、なにも言いませんでした。

## 5

おなかがいっぱいになると、ルクレチアは立ちあがり、手をたたいて動物《どうぶつ》たちを呼《よ》びました。

「ポリッセーナ、悪《わる》いけど、あたしたち、ちょっと練習《れんしゅう》するよ。見世物《みせもの》をしない日も、体がなまらないように、毎日二、三時間は練習《れんしゅう》をするんだ」

ポリッセーナは、なんどもジラルディ一座《いちざ》の見世物《みせもの》を見たことがあったので、みんながどれだけすごい技《わざ》ができるか、よく知っていました。らくらくやっているように見えたけれど、じつはこれほどきびしい練習《れんしゅう》があってこそだったのです。

二匹《ひき》のサルに手伝《てつだ》ってもらいながら、ルクレチアは、地面《じめん》から三メートルほどの高さに綱《つな》わたりの綱《つな》をはり、その両《りょう》はしを二本の太い木にしっかりと結《むす》びつけました。そして、犬をのぞく全員《ぜんいん》が、順《じゅん》番《ばん》に綱《つな》わたりをはじめました。

まず、クマのディミトリとチンパンジーのランチロットが、おっかなびっくり綱《つな》の上を進《すす》んでゆきました。二匹《ひき》はとちゅうで、なんどもよろけるふりをし、つりあいをとるのにはまったく役《やく》にたちそうにないほどちっぽけな白いレースのかさをふりまわしました。それから、チンパンジーのランチロットが綱《つな》のはしで立ちどまってタンバリンを鳴らしはじめると、クマのディミトリは綱《つな》の上でゆさとコサック・ダンスをおどりだしました。足をふりあげたり、とびはねたり、それはそれはむずかしそうなおどりです。でもディミトリは、よろめきもしなければ、足をふみはずすこともありませんでした。しかも、こんなのは序《じょ》の口《くち》とでもいうように、ランチロットにむかって手をふると、一輪《いちりん》車《しゃ》を持《も》ってくるよう合図しました。そしていきおいよくとびのって、ペダルをふみはじめ、まるで平《たい》らで広い、なんのじゃまもない道を走っているかのように、前へ進《すす》んだりうしろへ行ったりしてみせました。

つぎはガチョウのアポロニアの番でした。ルクレチアに高くほうり投《な》げてもらうと、アポロニアは軽《かろ》やかに綱《つな》の上におりたちました。そして、羽をばたつかせ、ガーガー鳴きたてながら、水かきのついた足でひょこひょこ歩きだしました。それから、首をまげてくちばしで綱《つな》をくわえると、ぶらさがり、物干《ものほ》し場《ば》につるされたシャツみたいに、ぶらぶらとゆれました。

バーバリーザルのカシルダとルクレチアは、いっしょに芸《げい》をしました。ルクレチアたちも綱《つな》の上をわたっていきましたが、足で歩くのではなく、さかだちしながら進《すす》んでいくのです。ルクレチアは、空中で足を開《ひら》いたりとじたりしました。いっぽう、カシルダは、ポリッセーナにむかって、うしろ足とピンクのリボンを結《むす》んだしっぽをふりまわしてみせました。

それからルクレチアは、カシルダとならんで、片手《かたて》だけで綱《つな》をつかみ、いっしょにぐるぐる大回転《だいかいてん》をはじめました。つぎに、急《きゅう》に動《うご》きをとめて綱《つな》の上に腰《こし》をおろすと、こんどは、ブランコをこぐみたいに、体を前後にふり動《うご》かしました。そして、さっとうしろにとびすさると、落《お》ちる寸前《すんぜん》に足先を綱《つな》にからめ、頭を下にして宙《ちゅう》づりになりました。つぎにまた綱《つな》の上に立つと、ぽーんと高くとびあがり、とんぼ返《がえ》りをして、綱《つな》の上にぴたりとおり立ちました。

ポリッセーナは、ルクレチアの芸《げい》を口をぽかんと開《あ》けて見つめていました。本番のときに着《き》るきれいな衣装《いしょう》を身《み》に着《つ》けていなくても、ルクレチアは、まるでチョウかゴクラクチョウのようでした。タイツはぼろぼろだし、顔はうすよごれて髪《かみ》もくしゃくしゃだけど、身《み》が軽《かる》くてとてもきれい、とポリッセーナは思いました。

そういえば、イッポリタは、ルクレチアのことを『はなたれの小ザル』と呼《よ》ぶアニェーゼに、いつもくってかかっていたっけ。「ルクレチアは金髪《きんぱつ》で黒い目だし、すごくきれいだわ」と言って。ほかの家族《かぞく》の見方はちがっていましたが、それでも、まばゆい絹《きぬ》の舞台衣装《ぶたいいしょう》を着《き》て背中《せなか》に小さなサギの羽根《はね》飾《かざ》りをつけたルクレチアに、観客《かんきゃく》の目をひきつけるだけの魅力《みりょく》があることは、だれもがみとめていました。

ほかの動物《どうぶつ》たちとちがって、セントバーナード犬のラミーロだけは、軽業《かるわざ》をしません。大きいうえにのっそりとしているので、軽業《かるわざ》にはむかないのです。でも、ラミーロは、読み書きや計算ができました。

もちろん、しゃべることはできませんが、文字は読めるのです。観客《かんきゃく》の中からでたらめに選《えら》ばれた人が黒板《こくばん》に書いたとおりのことをやってみせたり、文字が書かれた木ぎれを人がしゃべったとおりにならべて、文章《ぶんしょう》を作ってみせたりしました。それから、計算もできます。

ルクレチアが大きな声で「ラミーロ、三かける四はいくつ？」だとか、「百八わる十二は？」とか、質問《しつもん》すると、ラミーロはいっしゅん考えこむように頭をさげて、それから、「ワン、ワン、ワン！」と、正しい答えの数だけ、ほえるのでした。まちがえることはぜったいありません。観客《かんきゃく》が質問《しつもん》しても同じです。

また、チンパンジーのランチロットは、バイオリンやアコーディオンを弾《ひ》いたり、タンバリンを鳴らしたり、笛《ふえ》を吹《ふ》いたりできました。前足やうしろ足を器用《きよう》に使《つか》ってあみ物《もの》もできましたし、二回宙《ちゅう》返《がえ》りもできました。

火の輪《わ》くぐりの芸《げい》をするときに輪《わ》を持《も》ちあげるのは、チンパンジーのランチロットとクマのディミトリの係《かかり》です。交替《こうたい》で輪《わ》を持《も》ちあげると、ほかの動物《どうぶつ》たちは、ぴょんとはずみをつけてとびあがり、火の輪《わ》の中を、勇敢《ゆうかん》にひょいひょいとくぐりぬけていくのです。ガチョウのアポロニアまでもが、輪《わ》をくぐりました。

ルクレチアは、子ブタに、まずはこの芸《げい》を教えたいと思っていました。

「まず、名前をつけなきゃね。なににしようか？」ルクレチアは、ポリッセーナに聞きました。

ポリッセーナはしばらく考えこみました。動物《どうぶつ》に名前をつけるなんて、子どもっぽくないかしら。家でも、動物《どうぶつ》やなんかと遊《あそ》んでいるのは、いちばん小さなペトロニッラだけだもの。

「見世物《みせもの》に出すからには、芸名《げいめい》が必要《ひつよう》なんだよ」ルクレチアがせっつきました。

ポリッセーナは、考えに考えました。そのうちに、お母さん、いえ、ジェンティレスキのおばさんがよく読んでいる小説《しょうせつ》の主人公《しゅじんこう》の名前をふと思い出しました。

「シロバナ！」

「いいんじゃない」ルクレチアは賛成《さんせい》すると、こうつけくわえました。「ねえ、あたしたち、これから仲間《なかま》としていっしょにやっていくわけだよね。だから、この子は売ら

ないことにしてよ。そりゃ、売ればあんたはお金が手に入るかもしれないけど、仲間《なかま》を売り買いするのもどうかと思うし」

「でも、それじゃあ、わたしは食べるものが買えないじゃない？」修道院長《しゅうどういんちょう》が子ブタをくれた理由《りゆう》を思い出して、ポリッセーナは言い返《かえ》しました。

「あんたも子ブタも、働《はたら》くんだよ。一座《いちざ》に新しいメンバーがくわわれば、その人がちゃんと食べていけるようにするのは、座長《ざちょう》の役目《やくめ》なんだ。あたしみたいなちびじゃ、たよりない？」

「そんなことないわ。でも、わたし、あなたたちみたいにりっぱな芸《げい》なんてできないもの。あんなむずかしいことは、やったことがないし……」

「さっき、高いところにのぼったり、楽器《がっき》を弾《ひ》いたり、おどったり歌ったりできるって、言ったじゃない……そうだ、ふたりでデュエットするのは、どう？」

「ねえ、ルクレチア……わたしなんかやとっても、なんの得《とく》にもならないわ。もちろん、いろんなことができるわ。でも、人前でやったことがないの。できるかどうか心配《しんぱい》だし、なんだかはずかしいし……」ポリッセーナは、こまりはてて言いました。

「あせらなくっていいって。しばらくは芸《げい》をするのは子ブタだけでかまわない。この子があんたのぶんまでかせいでくれるから。そのかわり、助手《じょしゅ》になってよ。見世物《みせもの》にひつような道具《どうぐ》を準備《じゅんび》したり、衣装《いしょう》をかたづけたり……それならできるだろ？」と、ルクレチアが安心《あんしん》させるように言いました。

それを聞いて、ポリッセーナはほっとしました。

「わたし、絵を描《か》くのもとくいなの！　だから、壁《かべ》にはる宣伝《せんでん》のポスターを描《か》くわ。ポスターがあれば、ジラルディ一座《いちざ》が町に来たことを知らせられるでしょ……」

「すごいじゃない！　やっぱり、あんたをやとっても損《そん》なんかしないよ」ルクレチアは笑《わら》いました。

夕方になりました。でも、暗《くら》くなるにはまだ時間があります。『遺産相続《いさんそうぞく》』のお芝居《しばい》のけいこができそうです。

『遺産相続《いさんそうぞく》』は、とてもゆかいなパントマイム、つまり、せりふのないお芝居《しばい》でした。なによりおかしいのは、役者《やくしゃ》たちのかっこうでした。主役《しゅやく》は、金持《かねも》ちの将軍役《しょうぐんやく》のクマのディミトリです。将軍《しょうぐん》は客間《きゃくま》で、ふたりの姪《めい》がやってくるのをいらいらしたようすで待《ま》っています。これから、ふたりのうちどちらに財産《ざいさん》を相続《そうぞく》させるか、きめようとしているところなのです。そばの机《つくえ》には、遺言《ゆいごん》を書きとめるための羊皮紙《ようひし》が広げてあって、公証人《こうしょうにん》（公的な文書を作成する人）役《やく》のガチョウのアポロニアがひかえています。

そこへ、セントバーナード犬のラミーロとチンパンジーのランチロットが演《えん》じるふたりの姪《めい》があらわれます。ラミーロは、肩《かた》にショールを巻《ま》き、頭には未亡人《みぼうじん》が着《つ》けるしかつめらしいボンネットをかぶっていて、ランチロットは、えりぐりが大きく開《あ》いてすその長い優雅《ゆうが》なドレスに真珠《しんじゅ》のネックレスを身《み》に着《つ》け、黒い巻《ま》き毛《げ》のかつらをかぶっています。

ふたりはそれぞれ赤んぼうをつれていて、のどから手が出るほどおじの遺産《いさん》がほしいので、子どもたちに愛嬌《あいきょう》をふりまかせて、おじにとり入ろうとやっきになります。ところが、豪華《ごうか》なバラ色の錦《にしき》の子ども服《ふく》を着《き》せられた赤んぼう役《やく》のカシルダは、ティーポットのお茶を将軍《しょうぐん》の頭にぶちまけるやら、スプーンでたたくやら、いたずらのしほうだい。将軍《しょうぐん》があやしてやろうとしても、あっかんべーをする始末《しまつ》。あげくのはてには、テーブルクロスを引きはがし、ガラガラガシャーンと食器《しょっき》をぜんぶひっくり返《かえ》してしまいます。

母親役《やく》のランチロットは、必死《ひっし》でいたずらをやめさせようとしますが、子どものほうはまったくおかまいなし。母親はとうとう絶望《ぜつぼう》のあまり天をあおぐと、ソファーの上にへなへなとくずおれて、そのまま気を失《うしな》ってしまいます。

いっぽう、ライバルのラミーロはといえば、これで遺産《いさん》はわたしのものよ、と大よろこび。さいごのひとおしとばかりに、白いモスリンにくるまれた赤んぼうのシロバナをおじさまにだいてもらおうと、さしだします。ところが、赤んぼう役《やく》のシロバナは、将軍《しょうぐん》のうでの中でおしっこをもらし、きらびやかな軍服《ぐんぷく》をぐっしょりとぬらしてしまうだけでなく、将軍《しょうぐん》の手からにげだすと、足もとをちょろちょろと走りまわります。シロバナをよけようとして運悪《うんわる》くけつまずいた将軍《しょうぐん》は、ばったりたおれて、足をおってしまいます。目もあてられないこのありさまに、ラミーロは、おもわず前足で顔をおおうのでした。

かんかんに怒《おこ》った将軍《しょうぐん》は、ふたりの姪《めい》と子どもたちを追《お》いだして、お手伝《てつだ》いのルクレチアを相続《そうぞく》人《にん》にすると宣言《せんげん》します。このさわぎのあいだじゅう、ルクレチアはただもくもくと働《はたら》きつづけ、お客《きゃく》を部屋《へや》に通したり、お茶をいれたり、こわれた食器《しょっき》をかたづけたり、将軍《しょうぐん》の服《ふく》にブラシをかけたり、骨《ほね》をおった足に包帯《ほうたい》を巻《ま》いたりしていたのでした。

けいこが終《お》わると、ルクレチアが説明《せつめい》しました。

「見てのとおり、本格的《ほんかくてき》なお芝居《しばい》ではないんだけど、お客《きゃく》は、動物《どうぶつ》が人間のかっこうをしているだけで、おもしろがるの。ごうつくばりの女がおろおろしたり、いばりんぼうの将《しょう》軍《ぐん》がへまをしたりするようすに大笑《おおわら》いして、貧《まず》しくてもまじめなお手伝《てつだ》いさんがさいごは大金持《おおがねも》ちになるっていう結末《けつまつ》に、喝采《かっさい》を送《おく》るってわけ。でも、この出《だ》し物《もの》は毎晩《まいばん》やるわけじゃないんだよ。衣装《いしょう》を長持《ながも》ちさせなくちゃなんないし。それに、お客《きゃく》の中にほんものの将軍《しょうぐん》とか上品《じょうひん》なご婦人《ふじん》がいるようなときは、やらないんだ。気を悪《わる》くするとまずいからね。このお芝居《しばい》はね、飢饉《ききん》でおなかいっぱい食べられなくて、みんなの気持《きも》ちがしゅんとしているようなときにやる、とっておきの出《だ》し物《もの》なんだ。つらいときこそ、お客《きゃく》は心の底《そこ》から笑《わら》いたいと思ってるんだって、ジラルディ親方がよく言っていたけど、そのとおりだと思うんだ」

ジラルディ親方は、お客《きゃく》の気持《きも》ちや商売《しょうばい》のこつについて、ルクレチアにたくさんのことを教えていたのでした。それから読み書きや算数も。ルクレチアは、教わったことをしっかり身《み》につけていたので、旅先《たびさき》で農家《のうか》の人から、帳簿《ちょうぼ》にまちがいがないかどうか調《しら》べてくれ、とたのまれたり、軍隊《ぐんたい》にいる息子《むすこ》に出す手紙や若者《わかもの》のラブレターの代筆《だいひつ》をたのまれたりしました。

「親方は、さきざきあたしが食べるにこまったら、代筆屋《だいひつや》をやって暮《く》らしをたてればいいって、いつも言ってたよ」

ルクレチアの話は、びっくりするようなことばかりでした。ポリッセーナは、いままで、勉強《べんきょう》するのは、たくさん本があって家庭教師《かていきょうし》をやとえるような裕福《ゆうふく》な家に生まれ育《そだ》ち、子どもの教育《きょういく》に気を配《くば》ってくれる母親がいるような子どもたちだけだと思っていたからです。もし、それだけのことを教えていたのだとすれば、ジラルディじいさんも、つまるところ、ルクレチアをそんなにひどくあつかっていたわけではないのかもしれません。

でも、そんなポリッセーナの考えを見すかしたように、ルクレチアはこう言いました。

「親方がいろいろなことを教えてくれたのは、あたしが村の人の手伝《てつだ》いをしてもらったお金が、自分のふところに入るからなんだよ。それにね、見世物《みせもの》ができない長い冬のあいだは、教えるのがたいくつしのぎになるだろ。ともかく、親方にはこっぴどくなぐられてばかりだったから、教えてもらっても、ありがたいなんて思いもしなかったよ」

## 第《だい》三部《ぶ》

## 海辺《うみべ》のテンペスタル村

## 1

それから六日《むいか》かかって、ポリッセーナたちはテンペスタル村に着《つ》きました。

ルクレチアが言ったことは、ほんとうでした。ジラルディ一座《いちざ》は、どこへ行っても、土地の人たちから大歓迎《だいかんげい》され、出《だ》し物《もの》はいつも大成功《だいせいこう》でした。一日目の出《だ》し物《もの》が終《お》わってからカシルダが帽子《ぼうし》を持ってお客《きゃく》のあいだをまわると、帽子《ぼうし》の中にはお金がぎっしり入っていました。おかげでポリッセーナも、食べる物《もの》を買うお金の心配《しんぱい》をしなくてよくなりましたし、またおなかがへるようになりました。

ポリッセーナは、ルクレチアがかごの中から選《えら》んでくれたお百姓《ひゃくしょう》さんの服《ふく》と、それに合った帽子《ぼうし》とショールを身《み》に着《つ》けました。それにルクレチアは一日目の出《だ》し物《もの》のもうけで、木靴《きぐつ》を一足買ってくれました。こんなじみな身《み》なりのわたしを見たら、きっとだれも、ビエーリ・ジェンティレスキの長女だなんて気づかないでしょうね、とポリッセーナは思いました。

ルクレチアは、ポリッセーナが着《き》ていたきれいな絹《きぬ》の服《ふく》を籐《とう》の衣装《いしょう》かごの中にしまいながら言いました。

「ランチロットにぴったりの大きさだね。この服《ふく》が使《つか》えそうなお芝居《しばい》を考えてみるよ。ゆかいなお芝《しば》

居《い》をね」

シロバナは毎晩《まいばん》、ほかの動物《どうぶつ》たちといっしょに、出《だ》し物《もの》に出ました。ですから、回を追《お》うごとにお芝居《しばい》がじょうずになっていきました。つぎの土地へ移動《いどう》するときも、子ブタは元気よく、仲間《なかま》といっしょに、ほこりっぽい道をトコトコ歩いていきました。それでも疲《つか》れたときには、うでにだいてほしいとせがみましたけれど。

昼のあいだ、ポリッセーナは、荷車《にぐるま》に積《つ》んだ籐《とう》のかごの中に手箱《てばこ》をしまっていました。でも、寝《ね》る前にはかならず取《と》りだし、ふたを開《あ》けて、中のものをながめながら、もの思いにふけるのでした。こんなものが手がかりになるのかしら？　ほんとうにお父さんとお母さんを見つけることができるのかしら？

自分を育《そだ》ててくれたジェンティレスキ一家のことはわすれようと心にきめても、やはりつい考えてしまいます。とりわけ夜になると、十年ものあいだ『お母さん』と呼《よ》んでいた美《うつく》しいジネブラおばさんのことが、なつかしくてたまらなくなるのです。妹のイッポリタとペトロニッラのことも、よく思い出しました。いっしょに遊《あそ》んだり勉強《べんきょう》したり、泣《な》いたり笑《わら》ったり、同じ病気《びょうき》にかかったり、いたずらしたり、キスしたりけんかしたり、大きなベッドでいっしょに寝《ね》たりしたっけ……。

もちろん、『お父さん』のビエーリさんやばあやのアニェーゼのことも、かならず思い出しました。家の中の部屋《へや》、ひとつひとつが目にうかんできます。お父さんたちが使《つか》っている天蓋《てんがい》のついた大きなベッドや、暖炉《だんろ》や、商品《しょうひん》がいっぱいしまってある倉庫《そうこ》……それから、チェパルーナの町のことも思い出しました。通りや、噴水《ふんすい》のある広場や、公園、町の人たち……なにもかもが、なつかしくて、しかたありません。

泣《な》いてしまわないように、ポリッセーナは、こう自分に言い聞かせました。あそこは、わたしのほんとうの家じゃなかった。生まれ故郷《こきょう》じゃなかった。あそこに住《す》んでいる人たちは、わたしの家族《かぞく》や友だちじゃない。わたしは、まちがってあそこで暮《く》らしていたんだ。ヒワの巣《す》で育《そだ》ったカッコーのひなみたいに、わたしはよそ者《もの》だったのよ、と。

でもそう思いながら、みんなはわたしが家出したことに気がついて、いったいどうしただろう、と考えずにはいられませんでした。アニェーゼやイッポリタやペトロニッラは、わたしがいなくなったわけを話したかしら？　みんなはわたしをさがしたかな？　だれかがセラフィーナのところへ文句《もんく》を言いに行ったりしたかしら？

朝ごはんのとき、となりの席《せき》にだれもいないのを見て、ペトロニッラは泣《な》いてるかも……。お母さ……いえジェンティレスキのおばさんは、わたしのことをきつくしかりすぎたって、くやんでいるかしら？

みんなには、家出した自分のことを、すぐにわすれてほしくはありませんでした。わたしのことをたいせつに思ってくれているなら、草《くさ》の根《ね》をわけても、さがしだそうとするはずだわ、そうポリッセーナは思っていました。

でもそのいっぽうで、だれかがさがしに来て、見つかってしまったらどうしよう、と心配《しんぱい》しました。家族《かぞく》に知らされるのはいやでした。さがしてもらいたいし、自分のために泣《な》いてもらいたいけれど、もう二度《にど》と、家に帰ったり、家族《かぞく》のみんなと顔を合わせたりしたくはなかったのです。

テンペスタル村が見えてくると、ルクレチアは遠くのほうにある漁師《りょうし》の家を指《ゆび》さしました。家から少しはなれたところに立っている、いまにもくずれ落《お》ちそうなぼろ屋《や》でした。屋根《やね》は海草で葺《ふ》いてあります。家のまわりには砂地《すなじ》の小さな庭《にわ》があり、その庭《にわ》を石垣《いしがき》がとりかこんでいました。そして、年のちがう子どもが何人も、家から出たり入ったりしているのも見えました。

「あれが、サンゴのペンダントを帽子《ぼうし》に入れた漁師《りょうし》の家だよ。あたしはここで待《ま》ってるから、漁師《りょうし》と話をしてくれば？」ルクレチアが言いました。

「いっしょに来てほしいんだけど」

「でも、動物《どうぶつ》たちをつれて、よその家に入るわけにはいかないよ。かといって、ここに置《お》いてくわけにもいかないし……。そうだ、じゃあまず村の宿屋《やどや》に行こうよ。使用人《しようにん》にとても親切な人がいるんだ。きっと、動物《どうぶつ》たちを馬小屋《うまごや》であずかってくれるよ」

宿屋《やどや》に寄《よ》って動物《どうぶつ》たちをあずかってもらうと、ふたりは漁師《りょうし》の家にむかいました。

旅《たび》のあいだ、ルクレチアは、男の子が着《き》るような上着《うわぎ》を着《き》ていましたが、いまはポリッセーナと同じように、農家《のうか》の娘《むすめ》が着《き》るような服《ふく》を身《み》につけていたので、ふたりはどこにでもいるような、いなか娘《むすめ》に見えました。ポリッセーナは手箱《てばこ》をショールにくるんで持っていましたが、それもやはり、ごくありふれた荷物《にもつ》をかかえているように見えたことでしょう。

漁師《りょうし》の家の前に着《つ》くやいなや、子どもたちがワアワアとさわぎながら、ふたりをとりかこみました。どの子もみんなうすよごれた顔をし、はだしで、髪《かみ》はくしゃくしゃで、ぼろを着《き》ています。

ルクレチアは、去年見世物《きょねんみせもの》を見に来た子どもたちの顔をおぼえていました。

「お父さんはどこ？」ルクレチアがたずねました。

「海の底《そこ》だよ」いちばん小さな子どもが、答えました。

## 2

ポリッセーナは心臓《しんぞう》がとまるかと思いました。

おぼれ死《し》んだっていうの？　それじゃあ、わたしのほんとうのお父さんとお母さんをさがす手がかりを知っている人が、いなくなっちゃったってこと？　ここまで来たのはむだ足だったの？

けれども、すぐにべつの子どもが、「夕方までには帰ってくるよ。舟《ふね》で沖《おき》に行ったんだ。サンゴをとりに」と、つけくわえたので、ポリッセーナは、ほっと胸《むね》をなでおろしました。

「海にとびこんで、底《そこ》までもぐるんだよ。深《ふか》いところへ行けば行くほど、きれいなサンゴがあるんだって」三人目の男の子が言いました。

「魚をとる漁師《りょうし》だと思ってた」と、ポリッセーナ。

「魚でも、カキでも、真珠《しんじゅ》でも、難破船《なんぱせん》の残骸《ざんがい》でも、海の中にあるものなら、なんでもとるのさ」四人目の男の子が答えました。この子がいちばん年上のようです。

「じゃあ、帰ってくるまで待《ま》たせてもらうね」ルクレチアはそう言うと、庭《にわ》に入って石垣《いしがき》に腰《こし》をおろしました。

子どもたちは、ルクレチアのことをちゃんとおぼえていました。去年《きょねん》見に行った旅《たび》まわりの一座《いちざ》にいた、むずかしい曲芸《きょくげい》を軽々《かるがる》こなす、あの勇敢《ゆうかん》な女の子です。みんなはそのときのわくわくした気《き》持《も》ちを思い出すと、ルクレチアをとりかこみ、動物《どうぶつ》たちについて口々にたずねはじめました。

ルクレチアは、根気《こんき》よく答えてやりました。

「大きな犬はラミーロっていうんだ。小さなサルはカシルダで、大きいほうはランチロット。とんぼ返《がえ》りができるガチョウは、アポロニア。毎日卵《たまご》も産《う》むの。それからね、あした、見世物《みせもの》を見に来たら、おどろくよ。新しい動物《どうぶつ》が仲《なか》間《ま》になったんだ。おどったり、自転車《じてんしゃ》に乗《の》ったり、かさをさしたりしながら綱《つな》わたりができるクマなんだ。名前はディミトリ。きっと、あんたたちも大好《だいす》きになるよ」

でもポリッセーナは、口をきっと結《むす》び、だまりこくって、海を見つめていました。この子たちのお父さんがほんとうに帰ってくるのか、心配《しんぱい》でたまらなかったのです。

ルクレチアと子どもたちがおしゃべりしているあいだに、風が吹《ふ》きはじめました。さいしょのうちは、ルクレチアの金色の巻《ま》き毛《げ》や子どもたちのくしゃくしゃの髪《かみ》を軽《かる》くなでているだけでしたが、やがて、びゅうびゅう強くなってきました。

とつぜん、空がなまり色に変《か》わり、海面《かいめん》が泡立《あわだ》つ波《なみ》でふくれあがりました。

「父さん、どうしてまだ帰ってこないんだろう？」年上の子どものひとりが、心配《しんぱい》そうにつぶやきました。

家のとびらや窓《まど》が、ガタガタと音をたてはじめました。やがて、木々の枝《えだ》がピューピューとむちのようなうなりをあげ、岩にくだける波《なみ》の音がとどろきわたるようになりました。漁師《りょうし》の子どもたちも、ポリッセーナとルクレチアも、不安《ふあん》になって海を見つめました。

と、そのとき、はるか遠くの波《なみ》の上に、小さな白い帆《ほ》が見えました。

「父ちゃんだ！」いちばん年下の子どもがさけびました。けれども、ほかの子たちはだまったまま、小さな白い帆《ほ》を見つめています。

舟《ふね》の帆《ほ》は、泡立《あわだ》つ波《なみ》のてっぺんまで上ったかと思うと、大波《おおなみ》にのみこまれるようにしずんでいき、見えかくれしながら、波間《なみま》にうかんでいます。いまにもひっくり返《かえ》ってしまうのではないでしょうか。とうとう子どもたちのひとりが泣《な》きだしました。そのときです。

「おまえたち、どうして外に出てるんだい？　早く中に入って窓《まど》をしめな！　ガタガタ鳴ってるのが聞こえないのかい？」

とつぜん、女の人が、ポリッセーナたちのうしろから、けわしい声でどなりつけました。

「全員《ぜんいん》、いますぐ家の中に入るんだよ！　おい、そこのふたりは、うちの石垣《いしがき》の上でなにをしてるんだい？　とっとと帰りな！」

それは、子どもたちの母親、つまり漁師《りょうし》のおかみさんでした。野菜《やさい》や薬草《やくそう》がいっぱい入ったかごをさげて、野原から帰ってきたところだったのです。

「わたしたち、ご主人《しゅじん》とお話がしたいんです」ルクレチアが、ていねいに言いました。

「おや、そうかい。でも、あの人はいつ漁《りょう》から帰ってくることやら！」

「母さん、見て！」いちばん年上の息子《むすこ》が、母親のショールをひっぱり、海を指《ゆび》さしてさけびました。舟《ふね》は、もう、はっきりと見えるところまで近づいていました。舟《ふね》の上では、男が必死《ひっし》に帆《ほ》をあやつろうとしています。

「まったく、つぎからつぎへとめんどうをおこしてくれるよ、あのろくでなしは！　ただでさえ、おまえたちのおかげで頭痛《ずつう》の種《たね》はつきないってのに！」おかみさんはきすてるように言うと、金切り声でどなりました。

「全員《ぜんいん》家に入れって、言っただろう！　ぐずぐずしてると、またむちをくらわしてやるよ！」

子どもたちはすぐさま、言われたとおりに家にかけこみました。母親は門のかけ金《がね》をかけると、ルクレチアにむかって、ぶっきらぼうに聞きました。

「うちの亭主《ていしゅ》にいったいなんの用だね？　金のことかい？　おまえの親方に借金《しゃっきん》でもこさえたってのかい？　あのごうつくばりのおいぼれに言っておくれ。うちは腹《はら》をすかせたガキどもを食わせるのにせいいっぱいで、借金《しゃっきん》なんぞ返《かえ》すゆとりはないってね！」

用心深《ようじんぶか》いルクレチアは、ジラルディ親方が亡《な》くなって、いまは自分が一座《いちざ》をひきいていることはおくびにも出さずに、「ちょっと聞きたいことがあるんです」とだけ、おちついた調子《ちょうし》で答えました。

「ほう、そいつはまた、間の悪《わる》いときに来たもんだねえ！」おかみさんは海のほうにちらりと目をやりながら、皮肉《ひにく》っぽく言いました。

小舟《こぶね》は、もう岸《きし》の近くまで来ていましたが、砂浜《すなはま》ではなく、岩場のほうに流《なが》されていました。

岩にぶつかって、バラバラになっちゃうわ！　ポリッセーナは心の中で悲鳴《ひめい》をあげていました。けれども、わ、岩にぶつかる！　と思ったそのしゅんかん、漁師《りょうし》は力をふりしぼって帆《ほ》のむきを変《か》え、なんとか舟《ふね》を砂浜《すなはま》のほうにむけました。

「わが家《や》の英雄《えいゆう》がご帰館《きかん》だよ」おかみさんは、皮肉《ひにく》たっぷりに言いました。

と、そのとき、舟《ふね》は大きな波《なみ》に持《も》ちあげられたかと思うと、一気に浜辺《はまべ》に打《う》ちあげられました。舟《ふね》がひっくり返《かえ》ったひょうしに、マストがまっぷたつにおれました。ずぶぬれの漁師《りょうし》は、波《なみ》に打《う》ちよせられた海草の上にうでを広げ、あおむけにたおれています。気を失《うしな》っているようでした。

ルクレチアとポリッセーナは、助《たす》けおこそうとかけよりました。おかみさんは、ゆっくりとふたりのあとを追《お》ってきました。

ポリッセーナはハンカチで、漁《りょう》師《し》のぬれた顔をふいてあげました。ルクレチアは手足をそっとさわって、骨《ほね》がおれていないかどうかたしかめています。

「頭が……頭が痛《いた》い……おれたマストが……ぶつかって……」漁《りょう》師《し》は息《いき》も苦《くる》しそうです。それからびくっと体を動《うご》かし、目を開《あ》けると、肩《かた》にうでをまわして体を支《ささ》えてくれているポリッセーナの顔をじっと見ました。「あんたは、だれだ？」

答えるかわりに、ポリッセーナは、漁《りょう》師《し》に魚のペンダントを見せました。

「十年前、おかしな毛糸のあみ物《もの》にくるまれてすてられていたわたしのそばに、これが置《お》いてあったんです」

「置《お》いたのは、わしだ……わしが、あんたを、修《しゅう》道《どう》院《いん》へ、つれて、いったんだ」漁《りょう》師《し》は、記《き》憶《おく》の中から、ことばをひとつひとつひろいあげるように、ゆっくりと言いました。

「このペンダントを作ったのは、だれなんです？　だれにもらったんですか？」ポリッセーナはたたみかけるようにたずねました。漁《りょう》師《し》が気が遠くなっているように見えたからです。「わたしのお父さんはだれなの？」ポリッセーナは、思わず漁《りょう》師《し》の体をゆすりながら、大声を出していました。

「わしだ……」漁《りょう》師《し》はすぐに答えました。

「ええっ！」

「そいつはもらったんじゃない」漁師《りょうし》は、声をしぼりだすようにして言いました。「わしが作ったんだ、あんたのために……もしものときに、だれだかわかるように……」

そこで、漁師《りょうし》の目はとじ、頭ががくんとたれました。海水にぬれてひえきった体が、うでの中で石のように重《おも》くなりました。ポリッセーナは、自分自身《じぶんじしん》もひや水をあびせられたように感《かん》じていました。ほんとうの親さがしの旅《たび》は、はじまったばかりで、あっけなく終《お》わりを告《つ》げてしまったのです。

わたしも、ルクレチアみたいに、お父さんを亡《な》くしてしまったんだわ。わたしは、子どもに靴《くつ》も買ってやれないような、貧《まず》しい漁師《りょうし》の子だったんだ。

ポリッセーナは目の前がまっくらになって、しくしく泣《な》きだしましたが、すぐにだれかにうしろから乱暴《らんぼう》に肩《かた》をゆさぶられました。

「なにをめそめそ泣《な》いているんだい？　まったく、やわなおじょうさまだこと。いったい、あたしの亭主《ていしゅ》に、なんの用だったんだい？」

ポリッセーナは、全身《ぜんしん》の血《ち》がこおりつくような気がしました。このかわいそうな漁師《りょうし》さんがお父さんだっただけじゃない。この血《ち》もなみだもない鬼《おに》ババのような人が、お母さんなんだわ。あのぼろを着《き》た子どもたちが兄弟で、きたならしいあばら家《や》が、わたしの家なんだ。

「さあ、もういいかげんに泣《な》くのはやめて、このおせっかいな連《つ》れといっしょに、とっとと帰ったら

「どうだい？」おかみさんはまた、とげとげしく言いました。どうやら、漁師《りょうし》が死《し》ぬ前につぶやいたことばは、聞いていなかったようです。

にげよう。お母さんであろうとなかろうと、こんな人といっしょに暮《く》らしたりはできないわ！

ポリッセーナがそう考えたときでした。漁師《りょうし》の胸《むね》に耳をおしあてていたルクレチアが顔を上げて、言いました。

「死《し》んでないよ！　まだ心臓《しんぞう》が動《うご》いてる。早く、家の中に運《はこ》んで、医者《いしゃ》を呼《よ》ぶのよ」

# 3

それから何日かがすぎても、漁師《りょうし》は目をさましませんでした。漁師《りょうし》は、そまつなベッドの上に寝《ね》かされていました。顔色はまっさおでしたが、ただ眠《ねむ》っているように見えます。でも、なにをしても目をさまさないのです。おかみさんが漁師《りょうし》の口をこじあけて、医者《いしゃ》からもらった薬《くすり》や熱《あつ》いラム酒《しゅ》を流《なが》しこんでも、長男が塩《しお》をなめさせたり酢《す》のにおいをかがせたりしても、だめでした。まわりで小さな子どもたちがそうぞうしく遊《あそ》びまわっても、ポリッセーナがそばにつきそってやさしく顔をなでても、漁師《りょうし》は目を開《あ》けません。

父親がまだ生きていることがわかったいま、ポリッセーナは、もうにげだそうとは思いませんでした。お父さんはぐあいが悪《わる》くて、看病《かんびょう》してくれる人が必要《ひつよう》なのです。あの、自分のことしか考えない鬼《おに》ババ——悲《かな》しいことにほんとうのお母さんなのだけれど——に、まかせておけるはずがありません。

漁師《りょうし》のおかみさんはといえば、夫《おっと》の命《いのち》が助《たす》かっても、ほっとしているようすなど、これっぽちもありませんでした。それどころか、重病人《じゅうびょうにん》を看病《かんびょう》しなければならず、うんざりしているようなのです。

「あたしは、一日じゅう、病人《びょうにん》につきっきりでよだれをふいてやるほど、ひまじゃないんだよ！」

おかみさんはいらいらしたように言いました。

だから、ポリッセーナが、「わたしがこのかたの看病《かんびょう》をします」と言いだしたときも、追《お》っぱらいもせずに、一家が生活している暗《くら》くてきたない小屋《こや》の片《かた》すみで、ポリッセーナが寝起《ねお》きすることを許《ゆる》してくれたのでした。「あんたが、なんでそんなことを買ってでるのか、あたしにゃ、さっぱりわからないけどね。まあ、したいって言うんなら、勝手《かって》にすればいいさ！」

子ブタのシロバナも、ポリッセーナといっしょでした。シロバナは、いまではポリッセーナにすっかりなついていて、そばをはなれようとしないのです。漁師《りょうし》のおかみさんは、シロバナのことは見て見ぬふりをしていましたが、子どもたちは新しい遊《あそ》び仲間《なかま》ができて、大よろこびでした。キャッキャッと大きな声をあげながら、一日じゅう、シロバナを追《お》いかけて、取《と》りあいっこしています。

そんな小さな弟や妹を見ると、ポリッセーナは、ずっと妹だと思ってきたペトロニッラと、思わずくらべてしまいました。ペトロニッラも元気いっぱいでしたが、こんなにはげしく動《うご》きまわったり、地面《じめん》をころげまわったり、ひとりで家から出たりすることは、許《ゆる》されていませんでした。ペトロニッラがけがをしないか、寒《さむ》くないようにちゃんと服《ふく》を着《き》ているか、きたないことばを使《つか》わないか、なにくれとなく気を配《くば》る人がいつもそばにいました。たとえていうなら、ペトロニッラはくさりにつながれた子ライオンのようでした。度《ど》をこしたいたずらをして、おしりをたたかれるようなときはべつですが、みんな、ペトロニッラをとてもかわいがっていました。ペトロニッラがなにかたずねると、わかるまでしんぼう強く答えてあげたり、キスしてあげたりするのです。

ところが、この漁師《りょうし》のおかみさんときたら、小さい子が足もとをちょろちょろしていると、けとばしたり、きたないことばをあびせたり、ほんのちょっとしたことでたたいたりします。だから、ポリッセーナは漁師《りょうし》のおかみさんに、「わたし、じつはあなたの娘《むすめ》なんです」とうちあけたり、「ほかの子どもたちは育《そだ》てて、どうしてわたしだけすてたんですか？」とたずねたりする勇気《ゆうき》は、とてもありませんでした。

あの鬼《おに》ババを『お母さん』と呼《よ》ぶなんて、死《し》んでもいやだという気がしましたし、娘《むすめ》であることをうちあけるのも、お父さんの意識《いしき》がもどってからにしようと思っていました。だから、いまのところは、病人《びょうにん》を見たらほっておけない、根《ね》っからの親切ないなか娘《むすめ》のふりをしつづけるつもりでした。

ルクレチアはポリッセーナの気持《きも》ちをわかってくれて、「あんたがお父さんと話ができて、わけがすっかりわかるまで、あたしもこの村をはなれないよ」と、約束《やくそく》してくれました。ポリッセーナにとっては、それが、大きな心の支《ささ》えでした。

ルクレチアは、動物《どうぶつ》たちといっしょに村の宿屋《やどや》に泊《と》まり、毎晩《まいばん》広場で芸《げい》を見せていたので、一座《いちざ》の見世物《みせもの》を見ようと近くの村からもお客《きゃく》がやってきました。今年は豊作《ほうさく》で、お百姓《ひゃくしょう》たちも、たっぷりお金を持《も》っていたのです。ルクレチアは、毎晩《まいばん》、動物《どうぶつ》たちにちがう芸《げい》をさせ、なんどもたのまれないかぎり、自分も同じ曲芸《きょくげい》や歌はやらなかったので、お客《きゃく》さんは、あきずに足を運《はこ》んでくれました。

それにルクレチアは、毎朝、浜辺《はまべ》のあばら家《や》にいるポリッセーナをたずね、病人《びょうにん》の体をふいたり、下着《したぎ》をかえたり、マストにぶつけた頭にあてるぬれた布《ぬの》を取《と》りかえたりするのを、手伝《てつだ》ってくれました。

漁師《りょうし》のおかみさんは、昼間は家にいませんでした。村の市場で露店《ろてん》をやっているからです。いつもはそこで、漁師《りょうし》がとってきた魚を売るのですが、漁師《りょうし》が漁《りょう》に出られないいまは、年上の子どもたちに野原でとってこさせた、山菜《さんさい》や、キノコや、カタツムリを売っていました。

ポリッセーナは、漁師《りょうし》の家で暮《く》らすようになってまもなく、子どもたちが、年の大きい子たちと小さい子たちの、ふた組にわかれることに気づきました。

年上の子たちは、九歳《さい》から十三歳《さい》までの三人の男の子で、ペラージョとベルナルドとテオフィロといいました。小さな子どもたちは六人いました。そのうち、五歳《さい》になるベルティッラとブランディーナというふたごの女の子は、八カ月の赤ちゃんの子守《こも》りをしていました。そのほかに、四歳《さい》と三歳《さい》と二歳《さい》の三人の男の子がいます。この子たちは、ぼろぼろの服《ふく》を着《き》て、うすよごれていて、いつも大声をあげたり、子ブタみたいに地面《じめん》をほじくり返《かえ》したりしていました。

どの子も、心の底《そこ》から母親をおそれていました。ジラルディ親方もルクレチアにひどいことをしましたが、漁師《りょうし》のおかみさんが子どもたちにするしうちは、それよりもっとひどかったのです。ふたごの姉妹などは、遠くで母親の声がしただけで、赤んぼうをかかえて、いちもくさんにどこかにかくれてしまうほどでした。

お母さんは、お父さんが病気《びょうき》なのをいいことに、子どもをいじめているのかしら？　それとも、前からこうで、お父さんは見て見ぬふりをしていたの？　ひょっとしたら、お父さんも元気になったら（もし元気になったらだけど）、お母さんよりも乱暴《らんぼう》で、わたしたちにひどいことをするんじゃないかしら？　とポリッセーナは心配《しんぱい》になりました。

新しくできた兄弟たちの中で、ポリッセーナが好《す》きになれたのは、いちばん陽気《ようき》な性格《せいかく》で、だれよりも父親のことをだいじに思っている、次男《じなん》のベルナルドでした。赤の他人《たにん》のポリッセーナが父親をいっしょうけんめい看病《かんびょう》してくれることに感謝《かんしゃ》しているのは、一家の中で、ベルナルドだけでした。ベルナルドは、ポリッセーナが看病《かんびょう》に疲《つか》れてこっくりこっくりしているのを見て、「すこし、寝《ね》ておいで。そのあいだぼくが見ているから」と、やさしいことばをかけてくれたり、「きみ、顔色が悪《わる》いよ。一日じゅう家の中にとじこもってるのは、よくないぞ。ちょっと外の空気をすっておいでよ」と、言ってくれたりしました。

ある日のこと、父親の容態《ようだい》がいつもよりもおちついているのを見て、ベルナルドが、ポリッセーナを家の裏手《うらて》につれていってくれました。うらの石垣《いしがき》にくっついて、屋根《やね》を小枝《こえだ》で葺《ふ》いた小さなさしかけ小屋《こや》が立っていました。

「ここが父さんの作業場《さぎょうば》なんだ。サンゴを彫《ほ》ってきれいな飾《かざ》り物《もの》を作るのさ。とくに小さな魚を彫《ほ》るのがとくいなんだ。ほんものそっくりなんだから。こっちへ来てごらん。見せてあげるよ」

小屋《こや》の中には、いろんな道具《どうぐ》が置《お》かれた木の作業台《さぎょうだい》と、まだ加工《かこう》していないサンゴの枝《えだ》が入ったかごと、いすがふたつありました。

「あの嵐《あらし》の日の前、ぼく、父さんから仕事《しごと》を教わってたんだ」ベルナルドが言いました。「父さんは、ぼくたち上の兄弟三人が早く仕事《しごと》をおぼえて一人前になって、まま母からはなれて暮《く》らしてほしいと思っているんだよ」

ポリッセーナはおどろいて、ベルナルドの顔を見ました。

「それじゃ、あなたのお母さんじゃないの？」

「うん、あれは父さんの二番目の奥《おく》さんなんだ。ぼくたちの母さんは七年前に死《し》んじゃって、その後、あいつがやってきたんだ。母親を亡《な》くしたぼくたちにやさしそうなふりをしたり、あいそをふりまいたりして、父さんをうまいことだまして結婚《けっこん》したのさ」

思いもかけぬ話に、ポリッセーナは、いっしゅんめんくらいました。けれども、すぐに、頭の中であれこれ考えをめぐらせました。

二番目の奥《おく》さんだというあのおかみさんがこの家にやってきたときには、わたしはジェンティレスキ家にいたわ。それはまちがいない。だって、ペトロニッラが生まれたときのことや、生まれる前のことははっきりおぼえているもの。わたしとイッポリタは、なんどもお母さん、じゃなかった、ジェンティレスキのおばさんの大きなおなかに耳をあてて、赤ちゃんがおなかをける音を聞いたっけ。

やさしい人々にかこまれた平和《へいわ》なチェパルーナでの生活を思い出し、思わず胸《むね》が苦《くる》しくなったポリッセーナは、あわてて、なつかしいと思う気持《きも》ちをふりはらい、考えつづけました。

……ということは、わたしも、ベルナルドとテオフィロとペラージョと同じように、お父さんのさいしょの奥《おく》さんの子どもなんだわ。そう考えると、ポリッセーナは心の中のおもしが取《と》れたように、ほっとしました。あのいじわるなおかみさんが、実《じつ》のお母さんでないとわかったからです。

ポリッセーナの顔がぱっと明るくなったのに気づいたベルナルドが、「どうかしたの？」とたずねました。ポリッセーナは、思わずベルナルドをぎゅっとだきしめると、「わたし、あなたの妹なのよ」と、これまでのことをすべてうちあけました。手箱《てばこ》の中に入っていた品々《しなじな》のことや、魚のペンダントをくれた人をさがして、ルクレチアといっしょにテンペスタル村までやってきたことなどを。

# 4

ベルナルドは信《しん》じられないという顔をして、ポリッセーナの話に耳をかたむけていましたが、話がすむと、ポリッセーナが首にかけているペンダントをじっくりとしらべて言いました。

「うん、これを作ったのはまちがいなく、父さんだよ。でも、どうしてきみをすてたりしたんだろう。父さんは、ぼくら子どもを、とってもかわいがってくれるのに。いったい、どんなわけがあったんだろう？」しばらくしてベルナルドは、ひたいをぽんと手のひらでたたくと、言いました。

「もしも、きみが父さんの子だとしても、ぼくの母さん、つまり父さんの正式《せいしき》な奥《おく》さんの子じゃないとしたら？　父さんがどこかの女の人と浮気《うわき》して、きみが生まれた……だけど、母さんを悲《かな》しませたり、さわぎになったりしないよう、ふたりで赤んぼうをすてに行ったんだとしたら……。うん、ありうる話だぞ。でも、待《ま》てよ。その浮気《うわき》の相手《あいて》って、いったいだれなんだ？　それに、どうして、その女の人が赤んぼうを育《そだ》てなかったんだろう？　育《そだ》てられない理由《りゆう》でもあったのかな？」

たちまちポリッセーナも、空想《くうそう》をめぐらせはじめました。

その女の人は海の底《そこ》に住《す》んでいる人魚で、海の中では人間の赤んぼうは育《そだ》たないからとか……まさかね！　おとぎ話じゃあるまいし……それじゃ、こういうのはどうかしら？　女の人はテンペスタル村に住《す》んでいる貴族《きぞく》の娘《むすめ》だったんだけど、むりやりおじいさんと結婚《けっこん》させられて、相手《あいて》がみにくくて、いじわるなうえに、ひどいやきもちやきで、それで浮気《うわき》をしちゃったとか？

こうなったら、なんとしてもお父さんに、真実《しんじつ》をすっかり話してもらわなくちゃ。

「きみの手箱《てばこ》の中には、ほかにも手がかりになるものがあるんじゃないかな……」ベルナルドが言いました。

ポリッセーナは、お父さんのマットレスの下にかくしておいた手箱《てばこ》を取《と》りに行きました。きゅうくつな部屋《へや》の中には、ほかに、自分のものを置《お》く場所《ばしょ》なんてなかったのです。

ポリッセーナはもどってくると、作業台《さぎょうだい》の上のサンゴのかごの横《よこ》に箱《はこ》を置《お》いて、ふたを開《あ》けました。ベルナルドがはっとした顔になり、「この黒い布《ぬの》はなに？」とたずねました。

「さあ、布《ぬの》か革《かわ》かもわからない。さわってみて。ほら、しっかりしているけど、羊皮紙《ようひし》みたいになめらかでしょ」

ベルナルドは布《ぬの》を手に取《と》って、顔に近づけ、においをかいでみました。

「松《まつ》ヤニだ。水を通さないように、松《まつ》ヤニをぬって、ろうを引いてあるんだよ」

「ここに白いところがあるの。なにかのもようか、絵の一部《いちぶ》みたいだけど」そう言いながらポリッセーナは布《ぬの》のはしを指《ゆび》さしました。

ベルナルドはうなずきました。そして、声を出さないよう合図すると、ポリッセーナの手をとって家の中にもどりました。いま家の中にいるのは、眠《ねむ》ったままのお父さんと、ゆりかごの中の赤んぼうだけです。

ベルナルドはゆりかごに近づくと、赤んぼうが目をさまさないように、そっとかかえあげました。ゆりかごの底《そこ》には、灰色《はいいろ》のぼろ布《ぬの》のシーツが敷《し》いてあります。

「シーツを取《と》って」ポリッセーナがベルナルドに言われたとおりにすると、シーツの下からおりたたんだ黒い布《ぬの》があらわれました。手箱《てばこ》の中にあった布《ぬの》のきれはしによく似《に》ています。

「いまの母さんは、赤んぼうがおもらししてもゆりかごのマットレスがぬれないように、いつもその布《ぬの》を敷《し》いてるんだ。ぼくの母さんも、この布《ぬの》を使《つか》ってた。ずっとむかしから家にあるんだと思う。さあ、ぼーっと見てないで、赤んぼうが目をさます前に早くそれを取って、シーツをもとにもどすんだ」

ポリッセーナは布《ぬの》をぬきとりました。それは、ポリッセーナが持《も》っているきれはしよりも、ずっと大きな布《ぬの》でした。そして、やはり白いもようのようなものがついています。

ふたりはぐっすり眠《ねむ》っている赤んぼうをゆりかごにもどすと、黒い布《ぬの》を持って、小屋《こや》にひき返《かえ》しました。

ベルナルドは作業台《さぎょうだい》の上をかたづけると、大きいほうの布《ぬの》を広げ、手でしわをのばしました。それから、ポリッセーナの持《も》っていたきれはしを近づけました。白いもようは、ぴたりと合いました。

「ガイコツだわ！」ポリッセーナは気味《きみ》が悪《わる》くなって声をあげました。

「どくろだよ」ベルナルドが言いました。「ぶっちがいの骨《ほね》にどくろ……黒地に白い頭蓋骨《ずがいこつ》……海賊《かいぞく》船《せん》の旗《はた》だ！」

それがわかったところで、なぞはときあかされるどころか、ますます深《ふか》まるばかりです。いったいなぜ、ふつうの漁師《りょうし》の家に、こんな旗《はた》があるのかしら？　海賊《かいぞく》の旗《はた》だなんておそろしい！　しかも水がしみこまないように、松《まつ》ヤニやろうをぬって、ゆりかごに敷《し》いて使《つか》ってるなんて。それに、どうしてお父さんは、わたしをすてるときに、旗《はた》のはしっこを切《き》りとってそばに置《お》いておいてくれたの？　ゆりかごの底《そこ》に敷《し》くためじゃないわよね。だって、小さすぎるもの。それじゃ、なぜ？　魚のペンダントだけじゃ身元《みもと》を知る手がかりとして、たりないと思ったからかしら？

と、そのとき、ベルナルドのほっぺたに、平手打《ひらてう》ちがとびました。頭ががんがん鳴り、耳が焼《や》けつくようにヒリヒリするほど強い平手打《ひらてう》ちです。ふたりは、なぞときに夢中《むちゅう》になるあまり、砂《すな》をけたてて小屋《こや》に近づいてくる足音に気づかなかったのです。

「なにをしてるんだい！」まま母のとげとげしい声が、小屋《こや》の中にひびきわたりました。「赤んぼうのベッドがおしっこでびしょぬれじゃないか！　おまえたちに、なめてかわかしてもらうからね！　なんで防水布《ぼうすいふ》をぬきとったのか、教えておくれでないかい？」

まま母はベルナルドにもう一発《いっぱつ》おみまいしようと、手を上げました。でも、ポリッセーナがさっと前に出て、盾《たて》になりました。

「やったのはわたしよ！ベルナルドじゃないわ。それに、あんたなんかに、子どもをぶつ権利《けんり》なんてないわ。わたしたちのお父さんの意識《いしき》がもどったら、言いつけてやるから」
「『わたしたちのお父さん』だって？『わたしたち』って、だれのことだね？」
　ポリッセーナは怒《いか》りのあまりわれをわすれて、自分が修道院《しゅうどういん》にすてられていたこと、手箱《てばこ》に入っていたペンダントのこと、漁師《りょうし》が気を失《うしな》う前に言ったことなどをまくしたてました。こういうことは、はっきりさせておいたほうが、ベルナルドのためにもなるし、漁師《りょうし》が元気になるまで、堂々《どうどう》と看病《かんびょう》を続《つづ》けることができると思ったのです。

ところが、思ったとおりになるどころか、まま母の強烈《きょうれつ》な平手打《ひらてう》ちがとんできたではありませんか。生まれてから一度《いちど》もおとなにぶたれたことがなかったポリッセーナは、痛《いた》さを感《かん》じるよりなにより、息《いき》がとまりそうなほどおどろきました。

「またひとり、世話《せわ》のやけるガキが降《ふ》ってわいたってわけかい！」まま母はあざ笑《わら》うように言いました。「そういうことだったんだね、まねかれもしないのにおしかけてきて居《い》すわったのは。おまえさん、遺産《いさん》のわけ前でももらえると思ったのかい？　それなら、くれてやろうじゃないか。もう家族《かぞく》なんだから」

そう言うと、漁師《りょうし》の妻《つま》はポリッセーナの髪《かみ》をつかんで引きずりまわしました。それから、つめがくいこむほど力をこめてうでをつかむと、壁《かべ》にむかってつきとばしました。そして、いすの脚《あし》をつかんで持《も》ちあげ、ふりかざしながら言いました。

「このうちで、いちばんえらいのはだれだい？」

ポリッセーナはふるえあがって答えました。

「あなたです」

「あなただって？」

そのときぶたれたほおをさすりながら、その場に立ちつくしていたベルナルドが、なんて答えればいいのか、口だけ動《うご》かしてこっそり教えてくれました。

ポリッセーナはあわてて言い直しました。

「お母さんです……」

「よおし、これからは、おとなしくあたしの言うことを聞くんだよ。むちでひっぱたかれたくなければね」

# 5

まま母はポリッセーナの話をうたがってはいませんでした。でも、どういう事情《じじょう》でポリッセーナがすてられたのかとか、なぜ自分の家に海賊《かいぞく》の旗《はた》があるのかといったことには、これっぽっちの関心《かんしん》もないようでした。

「あたしがこの家に来る前のことなんて、知りたくもないね」まま母は、漁師《りょうし》の前の奥《おく》さんをあざけるような調子《ちょうし》で言うのでした。そして、ポリッセーナに、「食わしていかなきゃならないガキをまたひとりおしつけられたあたしは、いい面《つら》の皮《かわ》だよ」と、恩着《おんき》せがましく言いました。

でも、まま母の言うことは、ほんとうではありませんでした。というのも、ルクレチアが、毎日見《み》世物《せもの》のもうけの中からくれる金貨《きんか》を二、三枚《まい》、まま母にわたしていましたし、これだけあれば、自分が食べるものだけでなく、病人《びょうにん》の薬《くすり》や小さな子どもたちと子ブタのためのパンやミルクを買うのにも、じゅうぶんだったからです。

けれども、まま母は知らんぷりをして、「まったく、どうしようもない、ただめし食《ぐ》らいだよ。おまえも、家のためにかせいだらどうだね」と、ポリッセーナに文句《もんく》を言いつづけました。

ポリッセーナが赤の他人《たにん》ではなく家族《かぞく》の一員《いちいん》だということがわかると、とうぜん子ブタも自分のものだと、まま母は考えました。そして、いますぐ殺《ころ》して焼《や》いて食べてしまおうか、それとも、もっと太らせてから食べようかと、考えはじめました。「きっと食べたことがないほどやわらかな肉だろうねえ」口の中をよだれでいっぱいにして、まま母はひとりごとを言いました。「でも、家族全員《かぞくぜんいん》で食べるには、ちょっとたりないね。しかたがない、ジャガイモをたっぷり入れて、肉汁《にくじゅう》をしみこませるとしようか。そうすりゃ、かさがふえるだろ」

ポリッセーナは、どうなることかと不安《ふあん》でたまりませんでした。そして、いざというときには、ベルナルドが勇気《ゆうき》を出して、シロバナを助《たす》けてくれますように、と祈《いの》りました。

まま母は、シロバナを太らせてハムにすることにきめました。ポリッセーナはほっとしました。とにかく、いますぐ殺《ころ》されることはなくなったからです。でもシロバナは、庭《にわ》のきゅうくつなおりの中にとじこめられてしまいました。まま母は『清潔《せいけつ》なブタは太らない』ということわざを信《しん》じているのか、おりはきたないうえにせまかったので、かわいそうに、シロバナは身動《みうご》きひとつできませんでした。

まま母は、口ではずっと文句《もんく》を言っていましたが、心の中では大よろこびしていました。ポリッセーナはふたごの姉妹よりもずっと働《はたら》かせがいがあるからです。

ポリッセーナはもう、一日じゅう、病気《びょうき》のお父さんのまくらもとにいてあげることは、できなくなりました。召使《めしつか》いみたいにこき使《つか》われるようになってしまったのです。まま母が村の居酒屋《いざかや》や市場で売る、キノコや野生のタマネギや山菜《さんさい》を野原で集《あつ》めたり、海岸《かいがん》の砂《すな》を掘《ほ》って貝をとったりするだけでなく、家の床《ゆか》をはいたり、料理《りょうり》をしたり、おさない弟たちのめんどうを見たりもしなければなりません。でも、どんなにまじめに働《はたら》いても、夜になると、まま母はいつも、なにか気に入らないところを見つけてはポリッセーナを責《せ》めるのです。そして、口実《こうじつ》を見つけては、ブラシや、めん棒《ぼう》や、ほうきの柄《え》や、舟《ふね》のオールや、むちや、暖炉《だんろ》の火かき棒《ぼう》などでぶつのでした。

ポリッセーナはうちひしがれていました。

ある朝、ルクレチアがたずねてくると、ポリッセーナは、なみだをぽろぽろ流《なが》してこう言いました。「毎晩《まいばん》、村の家を一軒一軒《いっけんいっけん》まわって、シロバナにあげる残飯《ざんぱん》を集《あつ》めさせられるのよ。でも、シロバナはそんなものは食べたがらないし、わたしははずかしくてたまらないわ」

「心配《しんぱい》しないで。あたしがかわりに行ったげるよ」ルクレチアが言いました。「くだものと野菜《やさい》の皮《かわ》だけをもらうことにする。あたしの動物《どうぶつ》たちにあげるんだと言えば、みんな、よろこんでくれると思うよ。ほんとうは、靴下《くつした》にいっぱいいつまった金貨《きんか》を宿《やど》のマットレスの底《そこ》にかくしているんだけど、村の人たちは、あいかわらずあたしのこと、貧《まず》しくて腹《はら》をすかせたみなしごだって思ってるから」

「でもわたし、お金は返《かえ》せそうにないわ」ポリッセーナはめそめそして言いました。「いっしょに旅《たび》をはじめたときには、わたしはお姫《ひめ》さまだってわかると思っていたのに……」そして、ここの生活がどんなにみじめか見てちょうだい、と言うように両《りょう》うでを広げました。

「じゃあ、いつかお金ができたら返《かえ》してよ」ルクレチアは言いました。『返《かえ》してくれなくてもいいよ』などと言えば、ポリッセーナがかえって傷《きず》つくと思ったのです。「病気《びょうき》のお父さんが元気になって、あんたの秘密《ひみつ》をすっかり話してくれたら、ここからおさらばして、どこかに行こうよ。あんたはきっとりっぱな曲芸師《きょくげいし》になって、どっさりお金をかせげるようになるから、だいじょうぶだよ」

「でも、お父さんを置《お》いて出ていくなんて、できないわ！」ポリッセーナは怒《おこ》って言い返《かえ》しました。

ルクレチアは笑《わら》いました。

「あの人たちは、あんたがいなくてもこれまでちゃんと生きてきたじゃない。これからだってだいじょうぶだよ！」

「あなたって、ほんとになさけ知らずなのね！」

つらい毎日の中で、ポリッセーナの心の支《ささ》えは、お父さんがすこしずつよくなっていることでした。最近《さいきん》では、寝返《ねがえ》りをうったり、大きく息《いき》をしたり、手足を動《うご》かしたりします。気がつくのも、もうすぐにちがいありません。

ところが、そんなある日のことでした。

ポリッセーナは、このところ毎朝髪《かみ》をとかしているときに、まま母が自分のほうをじっと見ているのに気がついていました。なんで、あんなにじっと見ているのかしら……ポリッセーナは考えました。

漁師《りょうし》の子どもたちは、ふたごの姉妹もふくめてみんな、髪《かみ》を短《みじか》く刈《か》っていました。髪《かみ》をしょっちゅう洗《あら》ったり、毎日とかさなくていいので、短《みじか》いほうがつごうがいいのです。

でも、ポリッセーナは、黒くてりっぱな二本のおさげを腰《こし》までたらしていました。家では、アニェーゼに手伝《てつだ》ってもらっていましたが、いまでは自分ひとりで髪《かみ》をあんでいました。身《み》だしなみをきちんとするのが好《す》きでしたし、美《うつく》しい髪《かみ》がじまんでもあったからです。

いっぽう、まま母も、身《み》なりにはとても気をつかっていました。子どもたちが、ぼろぼろの服《ふく》を着《き》て、うすよごれた顔にはだしで走りまわっていてもぜんぜんおかまいなしなのに、自分はいつもそれ相応《そうおう》のおしゃれをして、外出するときはかならず帽子《ぼうし》と手袋《てぶくろ》を身《み》につけるほどです。そして家に帰ると、何時間も鏡《かがみ》の前で髪《かみ》を結《ゆ》っていました。もっとも、その髪《かみ》は、きたないねずみ色でごわごわしているうえに、もうかなりうすくなっていました。また、耳に耳飾《かざ》りの穴《あな》も開《あ》けていましたが、おかしなことに、耳飾《かざ》りをしているのは片方《かたほう》の耳だけでした。いいえ、それは耳飾《かざ》りではなく、産着《うぶぎ》をとめる安全《あんぜん》ピン、それも、エメラルドをはめこんだ大きな金の安全《あんぜん》ピンなのでした。

父親の仕事《しごと》のおかげで宝石《ほうせき》にも安全《あんぜん》ピンにもくわしいポリッセーナは、二重《にじゅう》におどろきました。安《あん》全《ぜん》ピンを耳飾《かざ》りのかわりにしているだけでもへんなのに、赤んぼうの産着《うぶぎ》に使《つか》うようなありふれたものが、純金《じゅんきん》とキラキラ光る宝石《ほうせき》でできているなんて！

ポリッセーナが安全《あんぜん》ピンをじっと見ているのに気がついたベルナルドが、説明《せつめい》してくれました。

「あれは、ぼくの母さんのものだったんだ。あの鬼《おに》ババは、ここに来るとすぐ、母さんのものをぜんぶ自分のものにしてしまったんだ。靴《くつ》も、絹《きぬ》のショールも、結婚式《けっこんしき》の服《ふく》も、ぞうげのブラシも、あの金の安全《あんぜん》ピンも！　父さんを自分のものにしただけじゃなく、母さんのものまでひとつ残《のこ》らず！」

どうやらまま母は、こんどは、ポリッセーナの髪《かみ》をほしがっているようなのです。自分のつけ毛を作るために！

ある朝、まま母は言いました。

「そんなに長く髪《かみ》をのばしているのは、よくないね。シラミがつくかもしれないよ」

「ついても、取《と》る方法《ほうほう》は知っていますから」アニェーゼが油《あぶら》と酢《す》で薬《くすり》を作ってくれたのを思い出して、ポリッセーナは言い返《かえ》しました。

けれども、口答えされたまま母はかっとなって、ポリッセーナをひっぱたきました。それから、おさげをつかむと、ふたごのひとりに命令《めいれい》しました。

「ブランディーナ、はさみを持《も》っておいで」

ブランディーナは自分もひっぱたかれるのがこわくて、すぐに言われたとおりにしました。

はさみを手に持つと、まま母は、ポリッセーナを見ながら、あれこれひとりごとを言いました。

「このままザックリ切ってしまおうか、それとも、一度《いちど》ほどいて、すこしずつ切ることにしようか？　そのほうが、根元《ねもと》からそろえて切ることができるかねえ。だけど、切りとった髪《かみ》をそろえるのもめんどうだね……何センチかのためにそこまですることもないか。このままだって、じゅうぶん長いんだし……」

ポリッセーナはふるえあがりました。でも、おそろしさのあまり、こおりついたみたいに動《うご》けませ
ん。

だれか助《たす》けに来て！　ポリッセーナは祈《いの》りました。ルクレチアでもベルナルドでもいい、いますぐとびこんできて、助《たす》けて！

でも、だれも来てくれませんでした。二本のおさげ髪《がみ》は、みえっぱりのまま母のために、むざんにも、ちょきんちょきんと、切《き》り落《お》とされてしまったのです。

# 6

ポリッセーナは、その晩《ばん》、くやしくて眠《ねむ》ることもできませんでした。なんども頭に手をあてて、すこしだけ残《のこ》ったぼさぼさの髪《かみ》にさわっては、ぼろぼろとくやしなみだを流《なが》していました。

兄弟たちが目をさまさないように声を殺《ころ》してすすり泣《な》いているうちに、病人《びょうにん》のベッドから長いため息《いき》がもれるのが聞こえました。急《いそ》いで起《お》きあがり、ランプの明かりを手でおおい、病人《びょうにん》を起《お》こさないようにそっと近づいてみると、どうでしょう。漁師《りょうし》が目を開《あ》けているではありませんか。目もちゃんと見えているようです。

「お父さん」ポリッセーナはささやきました。「お父さん、とうとう気がついたのね！」

ポリッセーナはひざまずいて、父親の手に、なんどもキスをしました。

漁師《りょうし》はとまどったような顔をしてそのようすをながめていました。それから、「ここは……息《いき》がつまるな……頭がぼーっとする。新鮮《しんせん》な空気がすいたい……」と、声をしぼりだすように言いました。

「手をかしてあげたら、立ちあがれる？　歩けそう？」ポリッセーナがたずねました。

「ああ、足はしっかりしてる……でも、頭がしゃんとしないんだ。おまえはだれだね？　テオフィロか？　ペラージョか？　それともベルナルドか？　暗《くら》くてよくわからん」

「いいえ、わたしよ」お父さんのかんちがいに思わずほほえみながら、ポリッセーナは答えました。

「お母さんに髪《かみ》を切られちゃったから、男の子みたいに見えるかもしれないけど」

漁師《りょうし》は目をとじて、苦《くる》しげに息《いき》をしました。

「今夜は晴れてるわ。すこし浜辺《はまべ》に出てみる？　お父さんが目をさまして、わたし、うれしいわ。いまベルナルドを呼《よ》んでくるわね」

ポリッセーナとベルナルドは、父親をゆっくりゆっくりベッドの上に起《お》きあがらせると、足をさすってやりました。

「大きく息《いき》をしてみて。まだ、めまいがする？　もうすこし待《ま》とうか」

しばらくすると、漁師《りょうし》はふたりの手をかりて立ちあがりました。

「さあ、ぼくにつかまって。うでを肩《かた》にまわして」

「こっちのうではわたしの肩《かた》に」

三人は、眠《ねむ》っている家族《かぞく》に気づかれないように、ゆっくりと外に出ました。ほおをなでるさわやかな潮風《しおかぜ》を、漁師《りょうし》はふかぶかとすいこみました。満月《まんげつ》が浜辺《はまべ》を銀色《ぎんいろ》の光でみたしています。

漁師《りょうし》はポリッセーナの顔を見て、言いました。

「ペラージョでもテオフィロでもないな。あんたはいったいだれだね？」

「父さん、ポリッセーナだよ！」ベルナルドが答えました。「妹だよ、嵐《あらし》の日にやってきたんだ。あれからずっと、父さんの看病《かんびょう》をしてた。父さんが元気になれたのも、ポリッセーナのおかげだよ」

「だれの妹だって？」漁師《りょうし》は、目をこすりながら言いました。

「お父さん、わたしよ、ポリッセーナよ、お父さんが修道院《しゅうどういん》にすてた娘《むすめ》の。おぼえてないの？　サンゴで作った魚のペンダントを置《お》いていってくれたでしょ」

「ちょっとすわらせておくれ」漁師《りょうし》はあえぎながら言いました。ポリッセーナとベルナルドは、父親を石垣《いしがき》のところにつれていきました。

「おじょうちゃん」漁師《りょうし》はポリッセーナの手をとると言いました。「わしはあんたの父親じゃないよ。だれがそんなうそをついたのかね？」

「そう言ったのはお父さんよ！　嵐《あらし》の日の、気を失《うしな》う直前に。おぼえていないの？」

「まだ頭がずきずきする。ずいぶん強く打《う》ったからな。きっと、わしはうわごとを言ったんだろう」

漁師《りょうし》は頭をふりながら、うめくように言いました。

「いいえ、お父さんは、頭はしっかりしていたわ。あのとき、わたしが魚のペンダントを見せたら……」

「ああ、思い出した。だれがそれを作ったのかって、聞かれたんだったな」

「それに、わたしのお父さんはだれなの、とも。そしたらお父さんは、『わしだ』って答えたわ」

漁師《りょうし》は悲《かな》しそうにほほえんで、言いました。

「おじょうちゃんや、わしにはふたつ目の問《と》いは聞こえてなかったんだよ。『わしだ』というのはさいしょの質問《しつもん》にたいしてだ。たしかにあのペンダントは、わしがこの手で作ったものだ。あんたのためにな。そして、もしふたつ目の問《と》いが聞こえていたとしても、『わからない』としか、答えられなかっただろうよ」

「でも、赤んぼうのわたしを修道院《しゅうどういん》へつれていったのは、お父さんなんでしょう？」

「ああ、しかたなくだがな。女房《にょうぼう》が……つまり、さいしょの女房《にょうぼう》のことだが……あれが、『あたしたちの子どもたちだけでも手《て》いっぱいなのよ。このうえすて子《ご》まで育《そだ》てるよゆうなんか、ありませんよ』と言ったんだ。わしはうなずくしかなかった。なにしろ、貧乏《びんぼう》だったんでな」

「すて子《ご》だって！　じゃあ、どこでひろったの？」ベルナルドが口をはさみました。

「すまんが、水を一杯《いっぱい》、持《も》ってきておくれ。ぜんぶ話してあげよう。話せば長くなるんだが」

思いもかけない漁師《りょうし》のことばに、ポリッセーナはすすり泣《な》きはじめました。でも、この人が父親ではないとわかったときはひどくがっかりしたものの、よく考えると、それほど悪《わる》いことではないのかもしれません。

やっと会えたと思ったのに、この漁師《りょうし》さんは、わたしのほんとうのお父さんじゃなかった。でも、そのかわり、わたしはもう、この暗《くら》くてきたない家にいなくてもいいし、まま母になぐられることもないんだわ。だけど、ベルナルドたちはずっとこんな生活をしていくのね。なんだかかわいそう。そうだ、いつかほんとうのお父さんとお母さんに会えて、王さまとお妃《きさき》さまだとわかったら、ベルナルドたちをむかえに来て宮殿《きゅうでん》に住《す》まわせてあげよう、と、またもやポリッセーナは、空想《くうそう》をふくらませはじめました。

やがて、ベルナルドがもどってきました。漁師《りょうし》はひと口水を飲《の》むと、話しはじめました。

「あれからもう十年がたったのか。まだきのうのことのように思えるが……。あれは、一週間も海があれた嵐《あらし》がようやくすぎた日のことだった。風もおさまり空も晴れてきたので、わしは漁《りょう》に出ることにした。舟《ふね》をこぎだしたわしは、いつもより沖《おき》のほうまで進《すす》んでいった。そうして、お昼ごろ、鵜岩《ういわ》と呼《よ》ばれている小さな島《しま》の近くまで行ったときだ。船の甲板《かんぱん》だったらしい板《いた》きれが何枚《なんまい》も波間《なみま》にただよっているのを見つけたんだ。すぐに、船が難破《なんぱ》したんだなと思った。しばらくすると、底《そこ》のぬけたたるや、こわれた舵《かじ》や、ずたずたになった帆《ほ》がついたままのマストの一部《いちぶ》なんかも流《なが》れてきたからだ。どういうわけか海の底《そこ》にしずまずに、うかんでいる長靴《ながぐつ》もあった。どれも、ひろいあげる価値《かち》もないようながらくたばかりだった。

ところが、そのとき、わしは変《か》わったものがただよってくるのに気がついたんだ。さいしょは、ただの大きな木箱《きばこ》かなにかだと思ったんだが、よく見ると、しずまないように両《りょう》がわにコルクがとりつけてあるじゃないか。なんだか知りたくなったわしは、箱《はこ》が舟《ふね》の近くまで運《はこ》ばれてくるのを待《ま》って、もりをひっかけ、舟《ふね》の上に引きあげた。食《た》べ物《もの》か酒《さけ》か、さもなければ、なにか、ねうちのあるものが入っているんじゃないかと思ったからだ。ところが、どうだ。箱《はこ》の中には、一歳《さい》にもならない赤んぼうがおったんだ！　もう、おどろいたのなんの！　あとで女房《にょうぼう》から聞いて女の子だってことがわかったんだが、その子は、しまもようの毛布《もうふ》のようなものにつつまれていて、その上から、波《なみ》しぶきがかからないように、油《あぶら》とろうを引いた黒い布《ぬの》がかけてあった。赤んぼうは目をさましていたが、泣《な》いてはいなかった。それどころか、まるで日光浴《にっこうよく》でもしているように、おとなしく空をながめていた」

「それがわたしなのね」ポリッセーナがつぶやきました。

「ああ。わしは漁《りょう》をやめて、すぐさま家に引き返《かえ》した。だが、赤んぼう

を見た女房《にょうぼう》はいやな顔をした。わしらにはもう二人も子どもがいて、いちばん下の子はまだ六カ月だったし、おまけに借金《しゃっきん》をたくさんかかえていたんでな。だが、女房《にょうぼう》は、ひどいやつだったわけじゃあない。赤んぼうが泣《な》きだすと、あいつはすぐに乳《ちち》をやったんだ。あんたは、それはもうすごいいきおいですっとったよ。まるで、何日も乳《ちち》を飲《の》ませてもらえなかったぶんを、とりもどそうとするみたいに。女房《にょうぼう》はそのようすを見ながら、『ごらんなさい。うちに置《お》くわけにはいかないわ。うちの子とこの子の両方《りょうほう》にあげられるほどのお乳《ちち》は出ないから』と言ったんだ。そうかといって、わしらにはあんたに乳《ちち》をやるためのヤギを手に入れるよゆうはなかったし、ましてや、乳母《うば》をやとうわけにもいかなかった。それで、けっきょく、尼《あま》さんたちのところへつれていくことにしたんだ」

# 7

「でも、わたしがいったいだれなのか、だれがそのおかしなゆりかごにわたしを乗《の》せて海に流《なが》したのか、調《しら》べはしなかったんですか？」

「もちろん、この村でも聞いてまわったし、都《みやこ》の海軍省《かいぐんしょう》にも問《と》いあわせてみた。するとすぐに、漂流《ひょうりゅう》していたのは海賊船《かいぞくせん》のものだということがわかったよ。この国に登録《とうろく》されている帆船《はんせん》でゆくえ不明《ふめい》になった船は一隻《せき》もないし、こちらの港《みなと》にむかっていた外国の商船《しょうせん》についても同じだ、ということだったから。難破《なんぱ》した船について問《と》いあわせたり、生《い》き残《のこ》った人間がいないかどうかたずねたりする者《もの》もいなかったそうだ。それになにより、あんたを水から守《まも》っていた布《ぬの》は、どくろが描《か》かれた海賊旗《かいぞくき》だったし……。

けっきょく、あんたの身元《みもと》はもちろんのこと、わからないことだらけだった。だいたい、海賊《かいぞく》は乳《ち》飲《の》み子《ご》を船に乗《の》せたりはしないもんだ。奴隷《どれい》として売りとばすためにさらってきた子どもならべつだがね。だがそういう子どもは貴重《きちょう》な積荷《つみに》ではあるが、船が難破《なんぱ》したときにまっさきに助《たす》けなくちゃならないほどたいせつというわけじゃない。あんたを助《たす》けたのがだれにしろ、そいつはあんたのことをとてもだいじにしていたにちがいない。自分の命《いのち》を危険《きけん》にさらしてまで助《たす》けようとしたにちがいないし、じっさいに、そのせいで死《し》んでしまったのかもしれないんだから。そいつは、自分の危険《きけん》もかえりみずに、貴重《きちょう》な時間をさいて、箱《はこ》の底《そこ》や海賊《かいぞく》の旗《はた》に水がしみこまないように細工《さいく》したり、コルクを取《と》りつけたり、おかしな服《ふく》を着《き》せたりしたんだ。沈没《ちんぼつ》しかけている船では、一分一秒《いっぷんいちびょう》がほんとうに貴重《きちょう》だというのに」

「そのおかしな服《ふく》って、どんなものだったの？」興味《きょうみ》をそそられたベルナルドが、ポリッセーナよりも先にたずねました。

「わしが赤んぼうをつれて帰ると、母さんはまず赤んぼうの服《ふく》をぬがせたんだよ。服《ふく》をかわかさなきゃならないし、身元《みもと》を知る手がかりがないかと思ってね。赤んぼうは、へんてこりんなものにくるまれとったよ。赤んぼうを見つけたときわしが毛布《もうふ》だと思ったのは、水夫《すいふ》がよく身《み》につける、しまもようの長いマフラーだったんだ……」

「そうだったの！　マフラーだとは思いもしなかった。でも、言われてみると、たしかにそうだわ！」ポリッセーナは、びっくりして言いました。

「だが、もっときみょうだったのは、あんたがふつうの産着《うぶぎ》にくるまれたり、子ども服《ふく》を着《き》たりしておらず、赤い絹《きぬ》の男物《おとこもの》の靴下《くつした》に入れられとったことだ。まるで袋《ふくろ》につめるみたいに、首まですっぽりとな。きっと、その靴下《くつした》をはいていたやつは、長くて大きな足をしてたんだろうな。手箱《てばこ》に入れておいたから、あんたも見ただろうが」

「どうしてこんなものがって、ずーっと考えていたわ。でも、まさか、靴下《くつした》を着《き》せられていたなんて。

で、ほかにはどんなものを身《み》につけていたの？」

「それだけさ。ロケットもなければ、刺繡《ししゅう》のある頭巾《ずきん》もなかった。あんたの体にも、ほくろやあざや入れずみや傷《きず》あとのようなものは、なにもなかった。黒くてふさふさした巻《ま》き毛《げ》の赤ちゃんで、もう歯《は》が九本生《は》えていたよ。

わしは、できたらあんたを手もとに置《お》きたかった。情《じょう》がうつりはじめていたからね。でも女房《にょうぼう》ときたら、『あんたがすぐに修道院《しゅうどういん》へつれていかないって言うんなら、あたしがあのみょうちくりんな箱《はこ》に乗《の》せて、また海へ流《なが》すわ！　すてネコみたいにおぼれ死《し》んだって、これっぽっちのなみだも流《なが》しませんからね。あたしたちの子どもと、どこの馬《うま》の骨《ほね》かもわからない赤んぼうと、どっちがたいせつなの！』と、まあ、すごいけんまくだったんだ。わしだって、あいつの言うことがわからないではなかった。したがわないわけにはいかなかったのさ。

だが、わしは、あんたの身元《みもと》をしめす手がかりをうばったりはしたくなかった。それで、海賊《かいぞく》の旗《はた》のはしを切《き》りとって、以前海岸《かいがん》でひろった手箱《てばこ》に入れたんだ。残《のこ》りの布《ぬの》は、いつの日か、あんたがここにもどってくることがあれば、証拠《しょうこ》として見せようと取《と》っておいたんだが、女房《にょうぼう》のやつがどこかにしまってしまい、それっきり見つからなくなってしまった」

かつては海の上でひるがえっていた海賊旗《かいぞくき》が、めぐりめぐって、いまではどんな使《つか》われ方をしているかを思いうかべて、ベルナルドは思わずにやりとしました。ポリッセーナも同じことを考えて、思わず微笑《びしょう》をうかべました。

「ほかには、これといって手箱《てばこ》の中に入れるものはなかった。あの宝石《ほうせき》をべつとして……」と、漁師《りょうし》は話しつづけました。

「手箱《てばこ》の中には宝石《ほうせき》なんてなかったわ！」ポリッセーナがおどろいて言いました。

「ああ、たしかになかったはずだ。けっきょく、入れなかったんだから」漁師《りょうし》はため息《いき》まじりに言いました。「じつは、おどろいたことに、あんたをつつんでいたマフラーは、金の安全《あんぜん》ピンでとめられていてな。しかも、そのピンには小さなエメラルドがはめこまれていたんだよ」

「あの人の耳飾《かざ》り！」

「そうだ。まさしくあれさ。はじめの女房《にょうぼう》は、こんなきれいなものを赤んぼうの産着《うぶぎ》をとめるのに使《つか》うなんて、ぜいたくでもったいないって言ったんだ。自分のものにしたかったのさ。わしは反対《はんたい》したんだが、女房《にょうぼう》は泣《な》きだし、テーブルをたたいて、『どうして、あたしにくれないの！　あんたと結《けっ》婚《こん》してから、いいことなんてなにもなかったわ！』ってわめく始末《しまつ》だ。とうとう、わしもおれるしかなくて、やることにしたのさ。あいつは晴《は》れ着《ぎ》のショールをとめるのに使《つか》っていたが、いまの女房《にょうぼう》は耳飾《かざ》りにしてしまったというわけだ。

　ぬすみのつぐないとして――ぬすみにはちがいないからね――わしは、自分が作ったサンゴ細工の魚を手箱《てばこ》に入れたのさ。あんたがわしをさがしたくなったら、手がかりになるだろうと考えてね。

そんなわけで、あんたをまたマフラーでくるむと、わしは近所《きんじょ》の者《もの》に馬をかりて、修道院《しゅうどういん》までつれていった。ベツレヘム修道院《しゅうどういん》を選《えら》んだのは、近すぎもせず、遠すぎもしなかったからだ。いつか、あんたが帰ってくることがあるかもしれないと思っていたからね。

修道院《しゅうどういん》に着《つ》いたら、暗《くら》くなるのを待《ま》って、手箱《てばこ》といっしょにあんたを回転筒《かいてんづつ》に入れて、家にもどったというわけだ。これで、わしの話は終《お》わりだ」

漁師《りょうし》の話を聞き終《お》えて、ポリッセーナの頭は、またまたぐるぐるまわりはじめました。

じゃあ、わたしは海からやってきたわけね。絹《きぬ》の靴下《くつした》に入れられ、金とエメラルドの安全《あんぜん》ピンといっしょに。わたしを愛《あい》していて、命《いのち》を助《たす》けたいと思っていただれかの手で海に流《なが》されて。ということは……ひょっとして、わたしは、海賊《かいぞく》の女王の娘《むすめ》じゃないかしら……。

海賊《かいぞく》の女王なんて、ほんとうにいるのかどうか、わかりま

せん。でも、ポリッセーナは、いるかもしれないと想像《そうぞう》しただけで、わくわくしました。

それとも、大金持《おおがねも》ちの海賊《かいぞく》の娘《むすめ》かしら。フランス製《せい》のレースでできたえりやカフスのついた服《ふく》を身《み》につけているような、おしゃれで粋《いき》な海賊《かいぞく》の……そしてわたしは、七つの海の支配者《しはいしゃ》の娘《むすめ》……。

「で、これから、どうするの？」ベルナルドが心配《しんぱい》そうにたずねました。空想《くうそう》に夢中《むちゅう》になっていたポリッセーナは、はっとわれに返《かえ》りました。

「また旅《たび》に出るわ。いますぐに。ここでずいぶん時間をむだにしちゃったもの。でもその前に、金の安全《あんぜん》ピンを返《かえ》してもらうわ。それに、わたしの子ブタもね」

# 第《だい》四部《ぶ》
# 霧降《きりふり》砦《とりで》と
# パクビオの農場《のうじょう》

# 1

テンペスタル村の宿屋《やどや》の馬小屋《うまごや》の中で、ルクレチアは動物《どうぶつ》たちといっしょに、ぐっすり眠《ねむ》っていました。

その晩《ばん》の見世物《みせもの》は大成功《だいせいこう》でした。お客《きゃく》は惜《お》しみなく拍手《はくしゅ》してくれて、帽子《ぼうし》の中にはお金が雨のように降《ふ》りそそぎました。一座《いちざ》はなんどもアンコールにこたえなければならなかったほどです。両手《りょうて》のひらの皮《かわ》がすりむけるほど拍手《はくしゅ》をしてくれたお客《きゃく》たちがようやく帰ったころには、座長《ざちょう》ルクレチアも動《どう》物《ぶつ》たちも、へとへとに疲《つか》れていました。

宿屋《やどや》にひきあげて、わらぶとんの上にたおれるなり、あっというまに眠《ねむ》りについたルクレチアと動《どう》物《ぶつ》たちは、身《み》を寄《よ》せあったまま、それぞれがちがった夢《ゆめ》を見ていました。

ガチョウのアポロニアは、おいしそうなミミズ、オタマジャクシ、カタツムリがすきまもないほどいる沼地《ぬまち》を、パシャパシャ水をはねあげて走りまわる夢《ゆめ》を見ていました。しかもうれしいことに、ごちそうがみな、自分のくちばしをめがけておしよせてくるのです。

クマのディミトリは、コケモモのしげみが広がる野原にいました。そこへ金色のミツバチのむれがあらわれて、ブドウ棚《だな》に案内《あんない》してくれました。棚《たな》にはブドウのふさのかわりに、みつがたっぷりつまったハチの巣《す》がぶらさがっています。

バーバリーザルのカシルダは、見世物《みせもの》のあいだじゅう自分のしっぽをひっぱろうとしていたわんぱくぼうずの鼻面《はなづら》に、ココヤシの実《み》をぶつけて割《わ》る夢《ゆめ》を見ていました。セントバーナード犬のラミーロの見ているのは、でっぷり太った宿屋《やどや》の主人《しゅじん》の足にがぶりとかみついて、太くてうまそうな骨《ほね》にしゃぶりつく夢《ゆめ》でした。

ルクレチアはといえば、夜の道をたったひとり、はだしで歩いていました。肩《かた》には大きくて重《おも》たい袋《ふくろ》をかついでいますが、心ははずんでいました。袋《ふくろ》の中にずっしりつまった金貨《きんか》で、木の屋根《やね》のついた大きな馬車を買いに行こうとしているところなのです。四頭立てで、中に住《す》むことだってできる、家のような馬車を。ところが、道のまがりかどまで来ると、大きなマントで目もとまで顔をおおった得体《えたい》の知れない男が、杖《つえ》をつきつき、こちらのほうへ歩いてくるのが見えました。

夢《ゆめ》の中で、ルクレチアは、にわかに不安《ふあん》になりました。顔を見るまでもなく、その男はジラルディ親方で、自分をさがしているのだとわかったからです。親方は、ルクレチアがひとりで汗水《あせみず》たらしてかせいだたいせつなお金を取りあげるつもりなのです。じいさんは、杖《つえ》をルクレチアにむかって、おどすようにふりあげました。

「あんたはもう死《し》んでるんだ、なにもできるもんか」ルクレチアはさけびました。けれども、じいさんはその声が聞こえないかのように、杖《つえ》をふりおろしました。

ドン、ドン、ドン、ドン！

動物《どうぶつ》たちが先に目をさまして、耳をそばだてました。犬のラミーロはとびらにむかってうなり声をあげ、クマのディミトリは、大きな体に似合《にあ》わずさっと立ちあがり、主人《しゅじん》を守《まも》ろうと、ルクレチアの前に立ちはだかりました。ガチョウのアポロニアは首をのばし、くちばしを開《ひら》いて、羽をバタバタさせました。

まわりでこんな大さわぎをしているのに、ルクレチアはひどく疲《つか》れていたせいで、なかなか夢《ゆめ》からさめませんでした。

「およしよ！　そんな杖《つえ》でなぐろうたってむだだよ。あんたは死《し》んでるんだから、もうあたしにはなにもできないんだ」

ドン、ドン、ドン、ドン！

「開《あ》けてよ、開《あ》けて！　わたしよ！　入れてちょうだい！」

やっとのことで目がさめたルクレチアは、頭をふって、夢《ゆめ》を追《お》いはらいました。そして、ぴょんととびおきると、しのび足でとびらに近づいて、鍵穴《かぎあな》からそっと外をうかがいました。

外にいる人がたたきつづけているせいで、とびらはガタガタゆれています。月明かりの下にいるのは、男の子でした。両《りょう》うでに手箱《てばこ》と子ブタのシロバナをかかえ、木靴《きぐつ》をはいた足で木のとびらをけりつけています。ドン、ドン、ドン！

「だれなの？　ポリッセーナになにかあったの？」ルクレチアは不安《ふあん》になってたずねました。

「なに言ってんのよ。そんなところにつっ立ってないで、早く入れてちょうだい」いらいらしたようなその声は、ポリッセーナのものです。

ポリッセーナが中に入るなり、ルクレチアが聞きました。

「その髪《かみ》、いったいどうしたの？　なんで男の子みたいな服《ふく》を着《き》てるの？」

動物《どうぶつ》たちは静《しず》かになりました。ランチロットはすぐに、シロバナをぎゅっとだきしめて、キスをあびせました。

ポリッセーナは寝《ね》わらの上にどかっと腰《こし》をおろすと、その晩《ばん》におきたことや、ベルナルドが眠《ねむ》っているまま母の耳から、気づかれないように安全《あんぜん》ピンをぬきとってくれたことなどを話しました。

「ベルナルドと服《ふく》を取《と》りかえたほうがいいって言ってくれたのは、漁師《りょうし》さんなの。この髪《かみ》なら、男の子みたいでしょう。それにあしたの朝、あの鬼《おに》ババが目をさましても、すぐにはわたしがいなくなったのに気づかないはず。ベルナルドがわたしのスカートをはいて、浜辺《はまべ》で貝をとっていてくれることになっているの。だから窓《まど》の外をのぞいてみたって、ぜんぜんうたがったりしないでしょうね。少なくともお昼《ひる》ごはんの時間までは」

「男の子のかっこうも、けっこう似合《にあ》うよ」ルクレチアが言いました。「それに、このほうが旅《たび》を続《つづ》けるのにも好《こう》つごうだし。じゃあ、あたしたち、すぐに村をはなれなきゃいけないね？」

「ええ、あの鬼《おに》ババは、わたしがいなくなっただけじゃなくて、安全《あんぜん》ピンや子ブタまで消《き》えてるのに気づいたら、きっと怒《いか》りくるうわ」そう言うと、ポリッセーナはおそろしさに身《み》ぶるいしました。

「かわいそうにベルナルドは、あんたのぶんまでなぐられるだろうね」ルクレチアが言いました。「きっとあんたのことが大好《だいす》きだったんだ。勇気《ゆうき》があるよね……」

「王さまのお父さんとお母さんを見つけたら、ベルナルドを大臣《だいじん》にしてあげるわ。でもいまはとにかく、さっさと出発《しゅっぱつ》しなくちゃ」ポリッセーナはきっぱりと言いました。

ふたりは大急《おおいそ》ぎで、荷車《にぐるま》に荷物《にもつ》を積《つ》みました。ルクレチアは、出発《しゅっぱつ》する前に窓敷居《まどじきい》の上に金貨《きんか》を二枚《まい》置きました。「宿代《やどだい》をふみたおしてにげたなんて、言われたくないからね」

夜明け前に出発《しゅっぱつ》すると、ふたりは、それぞれもの思いにふけりながら、だまって歩きつづけました。ポリッセーナは、いったいどうやって海賊船《かいぞくせん》のことを調《しら》べればいいんだろう、と考えていました。もしも難破《なんば》した船《ふね》の乗組員《のりくみいん》が全員《ぜんいん》おぼれ死《し》んでいたら？　お父さんやお母さんを見つける手がかりも海の底《そこ》に消《き》えてしまっていたらどうしよう？

わかれ道にさしかかると、ルクレチアは、まよわず海岸《かいがん》にそって続《つづ》く道を選《えら》びました。

「どこかあてがあるの？」そのときはじめて、ポリッセーナはたずねました。ポリッセーナは、でき

るだけ早く鬼《おに》ババのいるテンペスタル村から遠ざかりたかったのです。

「霧降砦《きりふりとりで》だよ。むかしの砦《とりで》があるんだ。もう戦《いくさ》には使《つか》われてないんだけど、何年も前から、年をとりすぎて海に出られなくなった海賊《かいぞく》たちが暮《く》らしているんだよ。まあ、いってみれば、海賊《かいぞく》の隠居所《いんきょじょ》だね。なんどか親方と行ったことがあって、みんなともなじみだし、あの人たち、うちの動物《どうぶつ》が大のお気に入りなんだ。なかでもカシルダとアポロニアは人気者《にんきもの》だよ。しずんだ海賊船《かいぞくせん》についてなにか知っていそうなのは、このあたりではあの人たちだけだと思うな」と、ここまで話したところで、ルクレチアはため息《いき》をつき、頭をかきました。「ただひとつやっかいなのは、みんな、かなりの年寄《としよ》りで、すこし、もうろくしているってこと。こっちが知りたいことを、まだしっかりおぼえてる人がいるといいんだけど」

ふたりは二日目の夕暮《ゆうぐ》れどきに、切り立った岬《みさき》の上にある霧降砦《きりふりとりで》に到着《とうちゃく》しました。

とちゅうで一度《いちど》、ポリッセーナは、ちょっと待《ま》ってちょうだい、とルクレチアにたのみました。道のわきを流《なが》れる小川で水あびをして、漁師《りょうし》の家でたまったあかを落《お》としたかったからです。

漁師《りょうし》の家の生活はみじめで苦《くる》しいものでしたが、なかでもつらかったのは、行水《ぎょうずい》ができないことでした。ジェンティレスキ家の子どもたちは、毎週日曜日になると、アニェーゼに手伝《てつだ》ってもらって、大きな木のたらいで行水《ぎょうずい》しました。すきま風でかぜをひいたりしないよう、夏でも暖炉《だんろ》の前で行水《ぎょうずい》するのです。ときにはお母さんだったジネブラおばさんも、暖炉《だんろ》の火でタオルをあたためてくれたり、水をぽたぽたしたたらせているペトロニッラをタオルでくるんでごしごしこすったり、体をくすぐったりしました。もう大きなイッポリタまでふざけて水を天井《てんじょう》まではねとばし、暖炉《だんろ》の炎《ほのお》をジュージューいわせてアニェーゼにしかられることもありました。イッポリタのはだは、かまどから取《と》りだしたばかりの香《こう》ばしいパンのように、やわらかで金色をしていました。

それにひきかえ、漁師《りょうし》の家のふたごの姉妹ときたら、体じゅうあかだらけなだけでなく、かさぶたや青あざや虫さされのあとだらけです。

でも、そんなことを考えるのはもうよそう。どっちの家族《かぞく》とも、もう会うことはないんだから。それに、ほんとうの家が見つかったら、毎晩《まいばん》、銀《ぎん》のたらいで水あびするのよ、とポリッセーナは思いました。

## 2

年老《としお》いた十三人の海賊《かいぞく》は、ジラルディ一座《いちざ》を大歓迎《だいかんげい》してくれました。みんな砦《とりで》から一歩も外に出ずに、いじわるをしたりけんかをしたりする毎日にあきあきしていたので、お客《きゃく》をむかえてにぎやかになったばかりか、見世物《みせもの》まで見られることになって、うれしくてたまらなかったのです。もっとも、十三人のうちの九人は、耳が遠くて、音楽や歌をたのしむことはできないし、十一人は、目がひどく悪《わる》くて、光やあざやかな衣装《いしょう》の色を見わけるのがせいいっぱいで、ダンスや曲芸《きょくげい》や手品《てじな》をじゅうぶんに味《あじ》わうことなどできないのでしたが。

でも、だからといってルクレチアは、手をぬいたり、何年か前に見せた出し物《だしもの》をくり返《かえ》したりはせずに、動物《どうぶつ》たちに、テンペスタル村でも大成功《だいせいこう》をおさめた、おぼえたての芸《げい》を披露《ひろう》させました。

バーバリーザルのカシルダは、手足としっぽを器用《きよう》に使《つか》って、バイオリンとピアノを同時に弾《ひ》きながら、太鼓《たいこ》をたたいてみせました。ガチョウは、綱《つな》の上をわたりながら二回宙返《にかいちゅうがえ》りをやってみせました。それから、シルクハットにもぐりこんだと思うと、つぎのしゅんかんには、子ブタに姿《すがた》を変《か》えました。もちろん、シロバナと入れかわったのです。そしてシロバナはといえば、あの『遺産相続《いさんそうぞく》』の劇《げき》でも大活躍《だいかつやく》してとくいげでした。

いっぽう、ルクレチアは、クマのディミトリが高くかかげる火の輪《わ》を、髪《かみ》の毛《け》をなびかせ、くぐり

ぬけてみせました。つぎにランチロットが輪《わ》を支《ささ》えると、クマのディミトリを背中《せなか》に乗《の》せたセントバーナード犬のラミーロが輪《わ》をくぐりました。ラミーロは、ディミトリをふり落《お》とそうと、背中《せなか》をまげたり棒立《ぼうだ》ちになったりしながら、ぐるぐる走りまわりました。

みんな、大笑《おおわら》いで拍手喝采《はくしゅかっさい》し、大声で「アンコール」とさけびました。

砦《とりで》の海賊《かいぞく》たちは、乗《の》っていた船が難破《なんぱ》して全財産《ぜんざいさん》を失《うしな》ったり、ライバルの海賊船《かいぞくせん》にとらえられて奴隷《どれい》として売りとばされたあげく、自由《じゆう》の身《み》になるためにばくだいな身代金《みのしろきん》をはらわされたりして、いまではすっかり貧乏《びんぼう》になった者《もの》ばかりでしたが、カシルダが帽子《ぼうし》を持《も》ってまわると、惜《お》しげもなく金貨《きんか》を投《な》げ入《い》れてくれました。

感激《かんげき》したルクレチアは、タバコのにおいをぷんぷんさせ、針金《はりがね》みたいにごわごわしたひげを生やし、よだれをたらしている海賊《かいぞく》たちをひとりひとりだきしめました。

そうこうするうちに、夕食の時間になりました。その日の料理当番《りょうりとうばん》だった海賊《かいぞく》は、魚のフライを山のようにもった大皿《おおざら》をテーブルに運《はこ》んでくると、「これは、あんたら若《わか》いもん用だ！」と言って、ルクレチアとポリッセーナの前に置《お》きました。仲間《なかま》の海賊《かいぞく》たちには、ミルク入りの麦のおかゆを用意《ようい》していました。みんな、歯《は》がぬけて、かたいものは食べられないのです。

動物《どうぶつ》たちは、どちらでも好《す》きな料理《りょうり》を食べさせてもらえました。もちろん、クマのディミトリは、魚のフライを腹《はら》いっぱいつめこみましたし、シロバナは子ブタらしく、おかゆをたっぷりごちそうになりました。

料理番《りょうりばん》が食事《しょくじ》のあとかたづけを終《お》えると、おしゃべりの時間になりました。

「みんな、あたしがジラルディ親方といっしょじゃないんで、おどろいただろ」ルクレチアが言いました。

「親方といっしょじゃないだって？　なにを言っとるんだね。それじゃあ、ここにいるのはだれだい？」一号《ごう》と呼《よ》ばれている海賊《かいぞく》が、ポリッセーナを指《ゆび》さしてたずねました。ポリッセーナは出《だ》し物《もの》には出ませんでしたが、男の子のかっこうをしたまま、わきのほうで、出《だ》し物《もの》と出《だ》し物《もの》のあいだに動物《どうぶつ》たちが衣装《いしょう》をかえるのを手伝《てつだ》っていました。

ルクレチアは笑《わら》いだしました。

「あきれた。この子を親方とまちがえるなんて！　この子はまだ十一歳《さい》の女の子だよ。こんどここに来るときには、メガネを一ダース持《も》ってきてあげないとね」

「メガネなら、わしらもひとつ持《も》っておるわい」十号《ごう》が、すこしむっとしたように言い返《かえ》しました。

「ひとつっきりなんで、かわりばんこに使《つか》わにゃならんがな」

「それなら、そのメガネを持《も》ってきてよ。みんなに見てもらいたいものがあるんだ」

十三号《ごう》が足を引きずりながら部屋《へや》を出てゆき、たいせつなメガネの入ったケースをかかえてもどってきました。

そのあいだに、ルクレチアは、ほかの海賊《かいぞく》たちに、親方が亡《な》くなったことや、ポリッセーナが赤んぼうのとき海でひろわれたことなどを話して聞かせました。

「だれか、その船についてなにか知っているんじゃないかと思って、ここに来たってわけ……」

「じゃが、わしらはもう、ずいぶん前に引退《いんたい》したんでのう。それに、他人《たにん》のうわさ話は好《す》きじゃないし……」五号《ごう》がぶあいそうにつぶやきました。

「わしらはここで、ずっと世間《せけん》からはなれた暮《く》らしをしておるんじゃ。難破船《なんぱせん》のことなど、どうして知っておろう」九号《ごう》も言いました。

ポリッセーナはいらいらしてきました。

ルクレチアったら、どうしてこんなおいぼれ海賊《かいぞく》のかくれがなんかにつれて来たのかしら。まったく、耳も遠いし、年寄りの旅芸人《たびげいにん》の親方と商人《しょうにん》の若《わか》くてきれいな娘《むすめ》の見わけもつかないなんて。あっ、わたしはもう商人《しょうにん》の娘《むすめ》じゃないんだっけ！　それにしても、いったい、だれの娘《むすめ》なのかしら？　ともかく、このもうろくじいさんたちがなにかおぼえているとは思えないわ……。

「どうか、この手箱《てばこ》の中身《なかみ》を見てくれませんか」ルクレチアはていねいにたのみました。「一号《ごう》、あなたから、メガネをかけて、さあどうぞ」

一号《ごう》は手箱《てばこ》に近づき、鼻《はな》の上にメガネをかけると、中をのぞきこみました。そして、びっくりしたように大声をあげました。

「ザンニーンだ！　まちがいない。難破船《なんぱせん》というのは、あいつの船の『流血号《りゅうけつごう》』にちがいない！」

するど、老海賊《ろうかいぞく》はみんな、一号《ごう》のまわりに集《あつ》まって、われ先にメガネをかけようと、おしあいへしあいになりました。

「ザンニーンだって！」海賊《かいぞく》たちは、その名を口にするのもおそろしいというように、つぶやきました。

「みんな一列《いちれつ》にならんで！　ひとりずつ順番《じゅんばん》よ」言うことを聞かない動物《どうぶつ》たちをたしなめるような調子《ちょうし》で、ルクレチアが言いました。

ポリッセーナはどきどきして、子ブタのシロバナをぎゅっとだきしめました。ザンニーン！　なんて不吉《ふきつ》な名前かしら……それに、船の名前も……『流血号《りゅうけつごう》』だなんて！　一号《ごう》の言うことが、どうかまちがいでありますように！

でも、残《のこ》りの十二人の海賊《かいぞく》たちも、手箱《てばこ》の前で順番《じゅんばん》にメガネをかけると、うなずきました。

「ほかのものについてはよくわからん。だが、この赤い靴下《くつした》はまちがいなく、流血号《りゅうけつごう》にあったものだ」

「その船はちょうど十年前にしずんだんだ。漁師《りょうし》が難破船《なんぱせん》の残骸《ざんがい》の中からこのおじょうちゃんをひろいあげたというころだな」考えこむように二号《ごう》がつけくわえました。

「十三号《ごう》、あんたはみんなの中でいちばん若《わか》いんでしょう。その船と船長についておぼえていることをみんな、話してよ」とルクレチアがたのみました。そして、ポリッセーナをそばに引きよせて手をにぎると、「海賊《かいぞく》だろうとなんだろうと、きっとあの漁師《りょうし》のおかみさんが親よりはましよ」とささやきました。

でも、ポリッセーナはなんだか不安《ふあん》でした。そして、その予感《よかん》は的中《てきちゅう》したのです。

## 3

十三号《ごう》は話しはじめました。

「ザンニーンは、どんなひどいことでも平気《へいき》でやってのける、血《ち》もなみだもない男として、わしら海賊《かいぞく》のあいだでも有名《ゆうめい》じゃった。それに、たいそうおしゃれ好《ず》きでな。なにしろ、服《ふく》はいつもロンドンの一流《いちりゅう》の仕立《した》て屋《や》に作らせていたし、えりやカフスに使《つか》うフランドル製《せい》のレースがほしいというだけの理由《りゆう》で、オランダの船を攻撃《こうげき》したくらいじゃったから。

ザンニーンは、裏地《うらじ》が毛皮《けがわ》の、しゅすのマントを何枚《なんまい》も持《も》っていたし、かつらだって二十七も持《も》っていて、フランス人の召使《めしつか》いに手入れをさせていた。召使《めしつか》いは『きちんと手入れしないとおまえの首をはねてやるからな』と、ザンニーンからいつもおどかされていたそうな。そのうえあいつは、下着《したぎ》も上等《じょうとう》な布《ぬの》でできたものしか身《み》につけんのさ。だが、なんといっても、あいつの目印《めじるし》となっておったのは、血《ち》の色のようにまっかな絹《きぬ》の靴下《くつした》じゃ。

赤い靴下《くつした》は、海の上では不吉《ふきつ》なものとして船乗《ふなの》りたちから忌《い》みきらわれておってな、どんなに若《わか》くてものを知らない見習《みなら》い水夫《すいふ》でさえ知っておるよ。ところがザンニーンは、『たしかに不幸《ふこう》をもたらすだろうよ。おれさまの敵《てき》にはな』と言って、笑《わら》っておったそうじゃ。ともかく、七つの海で、赤い靴下《くつした》をはいているのは、やつだけだったんじゃよ。

海の上で流血号《りゅうけつごう》に出あうのは、わざわいの最《さい》たるものじゃった。まっとうな船にとっても、海賊《かいぞく》船《せん》にとってもな。ザンニーンは、ふつうの船であろうとなかろうと区別《くべつ》はせんし、同じ海賊仲間《かいぞくなかま》だからといって、ようしゃはせんかった。船はすべてえものだと思っていたんじゃ。積荷《つみに》をうばい、火をはなち、海にしずめるためのものだとな。相手の船の乗組員《のりくみいん》は敵《てき》だから、その持《も》ち物《もの》をうばい、生きたまま皮《かわ》をはぎ、しばり首にし、石をつめた袋《ふくろ》に入れて海にしずめたのさ。

しかもザンニーンは、自分の船の乗組員《のりくみいん》にたいしても、このうえなく残忍《ざんにん》じゃった。でも、だからといって、流血号《りゅうけつごう》の乗組員《のりくみいん》はけっして謀反《むほん》をおこそうとは思わんかった。やつは、『九尾《きゅうび》の猫《ねこ》』と呼《よ》ばれるおそろしいむちを持《も》っておったし、そのむちをちらつかせて乗組員《のりくみいん》たちにいつも目を光らせていたからじゃ。万一、ザンニーンにさからおうものなら、どんなひどい仕返《しかえ》しが待《ま》っていることか。

だから、ザンニーンを好《す》きな者《もの》など、ひとりもおらんかった。だれもがザンニーンをにくみ、おそれ、やつが死ぬ日を待《ま》ち望《のぞ》んでおった。だが、ザンニーン本人は、他人《たにん》に好《す》かれないことをほこりにさえ思っておったようじゃ。『友情《ゆうじょう》だと、愛情《あいじょう》だと……ふん！　そんなものは腰《こし》ぬけどものたわごとよ』というのが口《くち》ぐせだったそうな。あの男は人におそれられるのが生きがいだったんだ。そして、じっさい、ザンニーンは『海の恐怖《きょうふ》・赤靴下《あかくつした》』と呼《よ》ばれて、だれからもおそれられておった」

このとき、ルクレチアが十三号《ごう》の話をさえぎってたずねました。

「ザンニーンは結婚《けっこん》してたの？　子どもはいたの？」

「あいつに子どもだって？　まさか！　たとえ子どもがいたとしても、丸焼《まるや》きにして食っちまっただろうさ！」六号《ごう》が言いました。

ポリッセーナは十三号《ごう》の話を信《しん》じられない思いで聞いていました。

わたしを海に流《なが》した人は、わたしのことをとてもたいせつに思ってくれていたはずだわ。寒《さむ》くないように赤い絹《きぬ》の靴下《くつした》を着《き》せ、マフラーでつつんで、高価《こうか》なピンでとめてくれたし、箱《はこ》に水がしみこまないようにして、旗《はた》にも油《あぶら》を引いてくれた……そんな人が、残忍《ざんにん》なはずないわ。いま、どこにいるの？　わたしに会ったらよろこんでくれるかしら？

「流血号《りゅうけつごう》が沈没《ちんぼつ》したとき、ザンニーンはどうなったんだい？」ポリッセーナが聞こうと思ったことを、ルクレチアがたずねました。

「それなんだがね、言《い》い伝《つた》えはほんとうだったってことを自分で証明《しょうめい》したのさ」八号《ごう》が答えました。

「とどのつまり、赤い靴下《くつした》はザンニーン自身《じしん》にも不幸《ふこう》をもたらしたんじゃよ」

ポリッセーナは、話の続《つづ》きを聞くのがこわくなりました。

「さて、船がしずんでいくことがわかって、ザンニーンはどうしたか」十三号《ごう》がまた話しだしました。

「やつには乗組員《のりくみいん》の命《いのち》を救《すく》おうなんて気はこれっぽっちもなかったし、手下どもがボートに乗《の》りこむのを待《ま》ったりもしなかった。ボートといっても、ほとんど嵐《あらし》で流《なが》されたりこわれたりして、残《のこ》っていたのは一そうだけだった。ザンニーンは、そのたった一そうのボートにかき集《あつ》められるだけの水と食《しょく》

料《りょう》をのせ、こぎ手をつとめさせようと見習《みなら》い水夫《すいふ》をつれて乗《の》りこんだ。もちろん自分でオールをにぎるつもりなどなかったんじゃよ。ボートはかなり大きかったから、乗《の》せようと思えば乗組員全員《のりくみいんぜんいん》が乗《の》れただろうに、ザンニーンはほかの人間を乗《の》せる気はなかった。それで、剣《けん》をひとふりして、もやい綱《づな》を断《た》ち切《き》ると、ボートのほうに泳《およ》いでくる連中《れんちゅう》にむかって銃《じゅう》を撃《う》った。乗組員《のりくみいん》は全員《ぜんいん》おぼれ死《し》んで、船はズブズブ海にしずんでしまったというわけさ」

「でも、ザンニーンと見習《みなら》い水夫《すいふ》は助《たす》かった……」ルクレチアがつぶやきました。

「いいや、かわいそうに、その見習《みなら》い水夫《すいふ》がどうなったのかはわからない。助けられたとき、ボートにはザンニーンしか乗《の》っていなかったからな。食料《しょくりょう》も底《そこ》をついていたから、見習《みなら》い水夫《すいふ》はザンニーンに食われてしまったのかもしれんな。あるいは、水と食料《しょくりょう》をひとりじめするために、海につき落《お》とされたのかも。なにしろザンニーンは大ぼら吹《ふ》きだったから、取調《とりしら》べのときも、話のすじがころころ変《か》わったらしい。ともかく残酷《ざんこく》な話をじまんげに語っておったそうだ。だからけっきょく、見習《みなら》い水夫《すいふ》がどうなったかは、いまもってなぞのままなんじゃ。まあ、どっちにしたって、たいしたちがいはないだろうがね。魚の腹《はら》におさまろうと、人の顔をしたサメの腹《はら》におさまろうと……」

ポリッセーナはおそろしさに身《み》ぶるいしました。そんな怪物《かいぶつ》のような男をお父さんと呼《よ》ばなきゃいけないなんて！　人間を食べてしまうような男を！　でも、娘《むすめ》のわたしが心から愛《あい》してあげれば、残《ざん》忍《にん》な性格《せいかく》も、すこしは変《か》えられるかもしれない。ほんのすこしくらいは……そしたら、ふたりで流《りゅう》血号《けつごう》に積《つ》んであった財宝《ざいほう》を引きあげに行くことだってできるかも……。

「十三号《ごう》、いま、『取調《とりしら》べ』って言ったけど、だれが取《と》り調《しら》べたの？」ルクレチアがたずねました。

「判事《はんじ》だよ。ザンニーンを救出《きゅうしゅつ》したのは海軍《かいぐん》の船だったんだ。海軍《かいぐん》のおえらがたは『海の恐怖《きょうふ》・赤《あか》靴下《くつした》』をついにとらえたっていうんで、それはもう大よろこびだった。じゃが、靴下《くつした》といえば、きみょうなことに、やつは発見《はっけん》されたとき、片方《かたほう》の足にしか靴下《くつした》をはいていなくて、もう片方《かたほう》ははだしだったそうじゃ。なぜそうだったのか、これもなぞなんじゃ……」

「そのなぞの答えはここにあるよ」ルクレチアは手箱《てばこ》から赤い靴下《くつした》を取《と》りだすと、十三人の海賊《かいぞく》たちの顔の前でひらひらふってみせました。「これはポリッセーナに着《き》せられてたんだよ」

海賊《かいぞく》たちは、顔を見合わせました。

「赤んぼうの命《いのち》を救《すく》おうとしたなんて、とても考えられねえよ、あんな悪党《あくとう》が！」二号《ごう》がつぶやきました。

このときはじめて、ポリッセーナがおそるおそる口をはさみました。

「それで、つかまったあと、ザンニーンはどうなったの？」

「監獄《かんごく》にとじこめられて、裁判《さいばん》にかけられたんじゃ。人殺《ひとごろ》しに拷問《ごうもん》、略奪《りゃくだつ》、反逆《はんぎゃく》……数千件《すうせんけん》をこえる前代未聞《ぜんだいみもん》の残虐行為《ざんぎゃくこうい》をおかした罪《つみ》で。なにしろ、やつに略奪《りゃくだつ》され焼討《やきうち》にあった町や、破壊《はかい》された砦《とりで》や、しずめられた船は、数知れない。それもやつは、ただ金がほしくてやったんじゃない。人が苦《くる》しむのを見るのが、なによりのたのしみだったんじゃ。心が悪《あく》にそまりきった男じゃった。残虐《ざんぎゃく》なことをするだけが目的《もくてき》だったから、やつは申《もう》し開《ひら》きなどしなかった。それどころか、自分が重《かさ》ねた悪《あく》業《ぎょう》の数々をとくいげにならべたて、想像《そうぞう》を絶《ぜっ》するようなおそろしいことを、ことこまかに語ったそうな。さらに、脱獄《だつごく》をこころみて三人の看守《かんしゅ》ののどをかっ切ったが、ふたたびとらえられた。そして、ようやくくだされた評決《ひょうけつ》は、全員一致《ぜんいんいっち》で、首つりの刑《けい》だった。やつがまたなにか悪事《あくじ》を働《はたら》くのをおそれて、刑《けい》はその日のうちに執行《しっこう》された。やつに殺《ころ》された者《もの》たちの身内《みうち》が、呪《のろ》いのことばを投《な》げつけてうらみを晴《は》らすことができるよう、死体《したい》は十日間、そのまま首つり台《だい》にさらされた。その後、死体《したい》は焼《や》かれ、その灰《はい》は地面にまかれて風に散《ち》っていったそうな」

『それじゃ、わたしにはおまいりするお墓《はか》もないんだわ……』と、ポリッセーナはまっさおな顔ですすり泣《な》きました。ルクレチアがだまってその手をにぎりました。とうとう、ふたりとも親のない身《み》になってしまったのです。

# 4

その夜、ポリッセーナは夢《ゆめ》を見ました。船の上にとらわれ、マストの根元《ねもと》にロープでしばりつけられている夢《ゆめ》です。髪《かみ》はまだ長いままで、着《き》ているものもチェパルーナを出てきたときの、きれいな服《ふく》でした。

船の甲板《かんぱん》では、血《ち》のように赤い靴下《くつした》をはいた海賊《かいぞく》が、望遠鏡《ぼうえんきょう》で海を見たりしながら、のっしのっしと大またで歩いています。そしてときどき、ポリッセーナが聞いたこともないような、おそろしい、ののしりことばをはいています。

と、そのとき、水平線《すいへいせん》に漁師《りょうし》の舟《ふね》に似《に》た小舟《こぶね》があらわれました。必死《ひっし》で舟《ふね》をこいでいるのはお父さん、いえビエーリ・ジェンティレスキさんではありませんか。小舟《こぶね》はぐんぐん近づいてきます。海賊《かいぞく》につかまれば、ジェンティレスキさんはどんな目にあわされるかわかりません。おそろしさのあまりポリッセーナは、「こっちに来ちゃだめ！」とさけぼうとしましたが、声が出ません。

とうとう舟《ふね》は海賊船《かいぞくせん》に横《よこ》づけになり、ジェンティレスキさんは縄《なわ》ばしごをのぼりはじめました。海《かい》賊《ぞく》は腹《はら》だたしげに望遠鏡《ぼうえんきょう》を甲板《かんぱん》にたたきつけると、けとばしました。そして剣《けん》をぬくと、手すりを乗《の》りこえようとしているジェンティレスキさんにむかって、ふりかざしました。ジェンティレスキさんは、危険《きけん》がせまっていることなどまるで意《い》に介《かい》さぬように、平気《へいき》な顔でほほえんでいます。

やっとのことでポリッセーナは声を出すことができました。

「お父さん！　にげて！　殺《ころ》されちゃうわ！」

「『お父さん』だと？　なにをたわけたことをぬかしておる！」海賊《かいぞく》はポリッセーナをにらむと、どなりました。「このうそつきめ。おまえの父親はこのおれだ。うそをついた罰《ばつ》に『九尾《きゅうび》の猫《ねこ》』を味《あじ》わわせてやるぞ！」

海賊《かいぞく》の左手には、おそろしいむちがにぎられていました。にぎりの先に九本のむちがつき、その一本一本にかぎづめのある九つの小さな鉛《なまり》の玉がついています。『九尾《きゅうび》の猫《ねこ》』は空《くう》を切ってヒューとうなりをたてました。

そのあいだにジェンティレスキさんは、手すりをとびこえて、ひらりと甲板《かんぱん》の上におり立ちました。そして、おちつきはらって堂々《どうどう》とした声で言いました。

「わたしの娘《むすめ》に手をふれるな」

しかし、海賊《かいぞく》は、くるったようにジェンティレスキさんにおそいかかります。

「おまえの娘《むすめ》じゃない。おれのだ。煮《に》て食おうが焼《や》いて食おうがおれの勝手《かって》だ」

ジェンティレスキさんは剣《けん》をぬき、戦《たたか》いがはじまりました。ふたりはおたけびをあげ、四方八方にとびはねました。剣《けん》の刃《は》がぶつかりあうガチンという音が鳴りひびき、火花が散《ち》りました。

しかし、海賊《かいぞく》の強さは商人《しょうにん》とはくらべものになりません。斬《き》りつけられたジェンティレスキさんの肩《かた》からは、血《ち》がどくどくと流《なが》れだしました！

ポリッセーナは恐怖《きょうふ》のあまりさけび声《ごえ》をあげ、目をさましました。

もう夜明けでした。ルクレチアが動物《どうぶつ》たちを集《あつ》めていました。

これ以上霧降砦《いじょうきりふりとりで》に居続《いつづ》ける理由《りゆう》はありません。ふたりは十三人の海賊《かいぞく》たちにお礼《れい》を言って、別《わか》れを告《つ》げました。

「また来ておくれ！」海賊《かいぞく》たちは、窓《まど》からハンカチをふってさけびました。

ふたたび旅《たび》がはじまりました。一座《いちざ》は平野《へいや》にむかってくだっていきました。わかれ道にさしかかると、ルクレチアはこんどは内陸《ないりく》へ進《すす》む道をとりました。ポリッセーナは、なにも言わず、なにも聞かずに、子羊《こひつじ》のようにおとなしくルクレチアについていきました。

十三号《ごう》からとんでもない話を聞かされたせいで、ポリッセーナはそれから何日か、まるで魂《たましい》がぬけたようにうわのそらで歩きつづけました。ぼんやりと雲をながめたり、なんども石につまずいたり、歩みもおくれがちでした。シロバナにも、まったくかまってやりませんでした。もしもランチロットがめんどうを見てやっていなければ、シロバナは、空腹《くうふく》とさびしさで病気《びょうき》になってしまったことでしょう。

ルクレチアには、どうやってポリッセーナをなぐさめればいいか、わかりませんでした。ただ、とても傷《きず》ついているのだから、いまはそっとしておいてあげよう、と考えていました。

砦《とりで》を発《た》つ朝、ポリッセーナは手箱《てばこ》を取《と》りだすと、中身《なかみ》もろとも、がけの下の海岸《かいがん》に投《な》げすててしまいました。けれども、それを見ていたルクレチアは、カシルダに命令《めいれい》して、ポリッセーナにはないしょで、手箱《てばこ》をひろってこさせました。そして、衣装《いしょう》や舞台《ぶたい》の小道具《こどうぐ》が入っている籐《とう》のかごの底《そこ》にしまいました。

砦《とりで》を出てから六日目《むいか》のことでした。まわりにブドウ畑《ばたけ》や果樹園《かじゅえん》が広がるいなか道を進《すす》んでいるとき、ポリッセーナがとつぜん立ちどまり、ひたいに手をあてて、大声で言いました。

「いいわ、事実《じじつ》は受《う》け入れなきゃ。わたしの父親はザンニーンよ。でも、わたしは父親《ちちおや》から生まれたわけじゃないわ。ルクレチア、どうしてもっと早く気づかなかったんだろう！　お母さんよ！　わたしのお母さんはだれなのか、それをぜったいにつきとめなきゃ」

ルクレチアはため息《いき》をつきました。

「すぐにはむりだよ。だって、このまま旅《たび》を続ければ、お金がへっていくいっぽうだから。あんたの親さがしをまたはじめる前に、すこし仕事《しごと》をしなくちゃ。それから、もうそろそろ、ポリッセーナも舞台《ぶたい》に立ったらどうかな。今夜、新しい出《だ》し物《もの》を練習《れんしゅう》してみようと思うんだ。あんたに演《えん》じてもらう役《やく》も考えてあるから」

ルクレチアが話し終《お》わると同時に、ブドウ畑《ばたけ》から、ふたりの若《わか》い農夫《のうふ》が出てきました。そして、背《せ》が高くてがんじょうな体つきをしたほうが、ルクレチアを見るなり、うれしそうにさけびました。

「ジラルディ一座《いちざ》のルクレチアじゃないか！　こいつはありがたい。きみのおじいさんはどこだい？」

「死《し》んじゃったよ。いまじゃ、あたしが座長《ざちょう》なの。それから、いいこと、これからはあたしたち、ラムジオ一座《いちざ》って名乗《なの》ることにするからね」

「ラムジオって？」ポリッセーナがおどろいて聞き返《かえ》しました。

「あたしの苗字《みょうじ》よ」

「そりゃ、もっともだ」若者《わかもの》が言いました。「最近《さいきん》じゃ、あのじいさん、ぜんぜん働《はたら》かなかったからなあ。きみと動物《どうぶつ》たちがかせいだ金で酒《さけ》を飲《の》むだけで。きっと、じいさんがいないほうが、いい出《だ》し物《もの》ができるよ。それはそうと、きみたちを一週間ほどやといたいんだ。うちの農場《のうじょう》の麦打《むぎう》ち場《ば》で働《はたら》いてくれないか」

「どうしてそんなにお金があるの？　ずいぶん気前がいいね」ルクレチアがゆかいそうに聞きました。

「じつは、結婚《けっこん》するんだ。それで、にぎやかにお祝《いわ》いをしたいんだよ」それから、若者《わかもの》はポリッセーナに気がついて言いました。「おや、男の子が一座《いちざ》にくわわったのかい？」

「わたしは女の子よ」ポリッセーナが言おうとしましたが、ルクレチアが先にこう答えました。

「ルドビコっていうんだ。あたしのいとこだよ」

「そいつはいいな！　ルクレチアがひとりで旅《たび》するのはあぶないからね。きみもなにか軽業《かるわざ》ができるのかい？」

「ルドビコは、歌ったり、楽器《がっき》を弾《ひ》いたりできるんだよ」と、ルクレチア。

「そりゃいい。お客《きゃく》たちもおどりたいだろうからね」

## 5

一座《いちざ》は農夫《のうふ》のあとについて、歩いて三十分ばかりのところにある農場《のうじょう》にやってきました。農場《のうじょう》は、灰色《はいいろ》の石造《いしづく》りの建物《たてもの》で、大きなリンゴの木が立ちならぶ果樹園《かじゅえん》にかこまれていました。ポリッセーナは、その明るくてのんびりとした雰囲気《ふんいき》に、ほっとため息《いき》をつきました。

農場《のうじょう》には、牝牛《めうし》や馬車馬を入れる家畜小屋《かちくごや》がありました。池もあって、アポロニアはさっそく水あびをはじめました。シロバナも、アポロニアを追《お》いかけていき、うれしそうに池のふちの泥《どろ》の中をころげまわりました。池のそばには、生垣《いけがき》にかこまれた、秋の花がいっぱい咲《さ》く小さな庭《にわ》がありました。

若者《わかもの》が言いました。

「母さんのじまんの庭《にわ》さ！　もう畑《はたけ》で働《はたら》くのはやめてよって、ぼくが言うもんだから、ここでいつもダリアやストックなんかの花を育てているんだよ」

農夫《のうふ》の母親は、ちょうど台所《だいどころ》で村の女の人たちといっしょに結婚式《けっこんしき》に出すお菓子《かし》を作っているところでした。歌を歌いながら小麦粉《こむぎこ》をこね、あまい生地《きじ》を味見《あじみ》したり、笑《わら》ったりして、みんなたのしそうです。

ポリッセーナは、思わずチェパルーナの家の台所《だいどころ》を思い出しました。アニェーゼも若《わか》い女中たちと、よくこんなふうにパンやお菓子《かし》を作っていたっけ。わたしやイッポリタは、お菓子《かし》に使《つか》うクルミの殻《から》を割《わ》ったり、干《ほ》しくだものをきざむのを手伝《てつだ》ったりして、ペトロニッラも小さな小麦粉《こむぎこ》のかたまりをこねさせてもらった……わたしがいなくなったいまでも、みんなは同じようにしているのかしら？

農家《のうか》のおかみさんは、ルクレチアを見るなり、うれしそうにぱっと顔をかがやかせました。

「来てくれてほんとうにうれしいよ。お祝《いわ》いにあんたたちは欠《か》かせないもの。この子はだれ？　まあ、ルクレチアのいとこなの？　ようこそ。疲《つか》れたでしょ、こっちにおいで。部屋《へや》に案内《あんない》しましょ」

動物《どうぶつ》たちを家畜小屋《かちくごや》につれていくと、ポリッセーナとルクレチアは、母屋《おもや》のラベンダーの香《かお》りがするきれいなシーツにもぐりこみ、しあわせな気分にひたりました。旅《たび》まわりの生活では、こんなに居《い》心地《ごこち》のいいベッドで眠《ねむ》る機会《きかい》は、めったにありません。

ベッドはふかふかで、ふたりはすぐに眠《ねむ》くなりましたが、ルクレチアは目をつむる前に、農夫《のうふ》の若《わか》者《もの》とお母さんのことをポリッセーナに話して聞かせました。ルクレチアは、これまでにもなんどかこの家に泊《と》めてもらったことがあったので、ふたりのことをよく知っていたのです。

「あの親子が旅人《たびびと》にこんなに親切にするのは、この家も、むかしはとっても貧乏《びんぼう》だったからなんだ。家も土地もなくて、だんなさんにも先立たれたおかみさんは、ほかの農家《のうか》の畑《はたけ》で日やとい仕事《しごと》をしていたんだよ。息子《むすこ》はパクビオっていうんだけど、十二歳《さい》になったとき、幸運《こううん》をもとめて旅《たび》に出る決心《けっしん》をしてね、近所《きんじょ》の人たちにお母さんのことをたのんで、家を出ていったんだ。つぎだらけのズボンに、はだしで、一文《もん》の金も持《も》たずにね。だれもが、もう二度《にど》と帰ってこないだろうって思ってたし、お母さんは何日も泣《な》いてたんだって。

でも、三年たつとパクビオは帰ってきた。背《せ》がぐんとのびて、ポケットには、この農場《のうじょう》と、今日わたしたちが通ってきたブドウ畑《ばたけ》と、丘《おか》の上の小麦畑《こむぎばたけ》を買えるほどのお金がつまってた。パクビオは、どこでどうやってそのお金をかせいだのか、だれにも話さなかった。でも、まじめに働《はたら》いてかせいだお金だということをうたがう者《もの》はいなかった。だって、パクビオは、人がよくて、まじめで、虫《むし》一匹殺《いっぴきころ》せないようなやさしい人だから。いまじゃ、このあたりでいちばん裕福《ゆうふく》な農家《のうか》だけど、ふたりとも貧《まず》しかったときをわすれてないんだよ」

つぎの日、パクビオは、いいなずけに会わせようと言って、馬車でルクレチアたちを近くの村につれていってくれました。よく晴《は》れた日で、秋の日ざしがあたりの景色《けしき》を明るく照《て》らしていました。鳥が木々のあいだでさえずり、ミツバチが花から花へと飛《と》びまわっています。リンゴは葉《は》っぱのあいだで赤く色づき、あまい汁《しる》でふくらんだブドウの収穫《しゅうかく》はもうまぢかでした。ポリッセーナは、馬の歩みに合わせてむちを鳴らし、歌を口ずさんでいるパクビオを横目《よこめ》でながめながら、なんていい人なのかしら、もしも旅《たび》を続《つづ》けなくてもいいのなら、パクビオやおかみさんといっしょにあの農場《のうじょう》で暮《く》らしていきたいな、と思いました。

しばらくすると、パクビオのいいなずけが住《す》む村に到着《とうちゃく》しました。パクビオのいいなずけは、飾《かざ》りけがなくて気立《きだ》てのいい、やさしい娘《むすめ》でした。パクビオとはほんとうにお似合《にあ》いです。ふたりともよく日に焼《や》けて、ほっぺたは赤く、目はきらきらと陽気《ようき》にかがやき、いつもじょうだんを言ったりふざけたりして笑《わら》っています。ふたりは結婚式《けっこんしき》のときに教会で歌う歌について、ルクレチアと相談《そうだん》しました。お祝《いわ》いの会《かい》のときには、ルクレチアがダンスにふさわしい曲《きょく》を自由《じゆう》に選《えら》ぶということになりました。それからみんなは、庭《にわ》の菩提樹《ぼだいじゅ》の木陰《こかげ》にある石のテーブルで、お昼を食べました。

なにもかもが平和《へいわ》でのんびりしていて、心配《しんぱい》ごとなどまるでないと思ってしまいそうなほど、のどかなひとときでした。海賊《かいぞく》の話も、漁師《りょうし》のおかみさんにいじめられたことも、いじわるなセラフィーナにとんでもない真実《しんじつ》を知らされたことも、ただ悪《わる》い夢《ゆめ》を見ていただけで、いまはその夢《ゆめ》からさめたような気がしてくるほどです。

パクビオたちが帰る前に、いいなずけの女の人は、ルクレチアを部屋《へや》に案内《あんない》し、ウェディングドレスと小物《こもの》を見せました。

「あなたも、いつか旅《たび》まわりの生活をやめて、いい人と結婚《けっこん》して、どこかの土地に根《ね》をおろすことになるのかしらね？」

女の人はルクレチアのほおに軽《かる》くふれながら、言いました。ルクレチアは、かごの中にとじこめられたような人生を送《おく》る気は、さらさらありませんでした。けれども、これからよろこんでそういう生活に入っていこうとしている相手《あいて》に、そんなことを言うのは失礼《しつれい》だと思ったので、なにも言わずにただほほえんで、ベッドの上に広げられた、まっしろなウェディングドレスと小物《こもの》――キンバイカの花《はな》輪《わ》、手袋《てぶくろ》、帯《おび》、絹《きぬ》の靴下《くつした》、ヒールと大きなしゅすのリボンがついた靴《くつ》など――を興味深《きょうみぶか》げにながめているふりをしました。

「ほら見て、結婚式《けっこんしき》のとき寒《さむ》いといけないからって、パクビオのお母さんがくださったの。お母さんの手あみなのよ。どう、きれいでしょう？」そう言って、娘《むすめ》は、白い毛糸であんだショールを手に取《と》って、窓《まど》のほうにかざしました。レースのように軽《かろ》やかな白いショールでした。そのショールを見たルクレチアは、ふと、同じものをどこかで見たことがあるような気がしましたが、思い出せませんでした。

「わたし、パクビオのお母さんに、あみ方《かた》を教えてくれませんかって、たのんでみたんだけど、教え

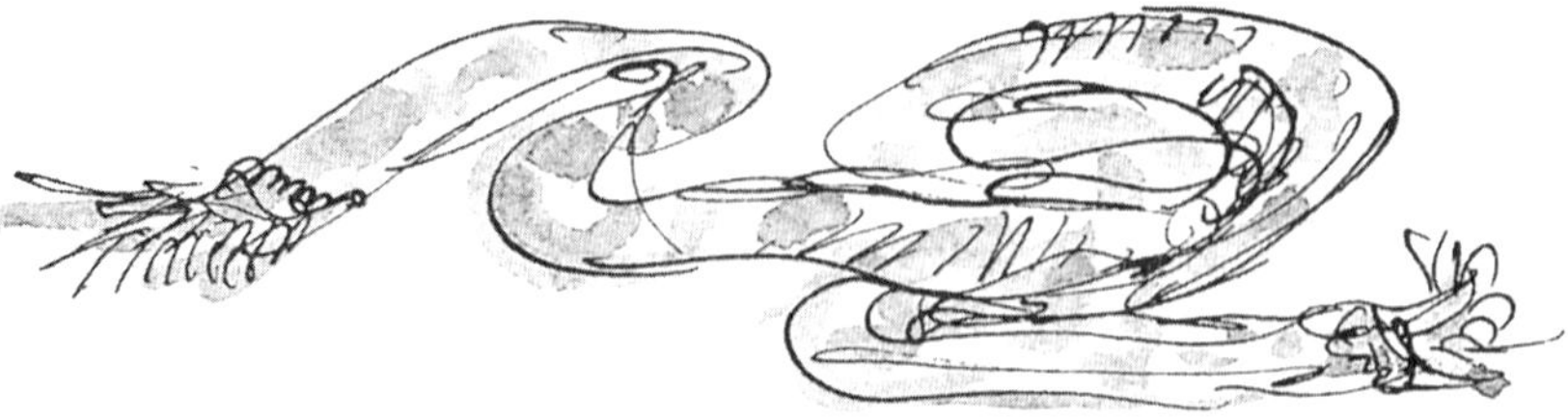

てくれないの。自分だけの秘密《ひみつ》なんですって」娘《むすめ》はたのしげに言いました。「ところでルクレチア、あなたはあみ物《もの》できる？　ああ、そう、できないの。でも教えてくれる人もいなかったんでしょうしね……」

農場《のうじょう》へ帰るとちゅう、ルクレチアはようやく、どうしてあのショールのことがひっかかったのか、そのわけに気がつきました。いっぽうは白くて細い毛糸、もういっぽうは黒っぽくてしましまもようで太く粗《あら》い毛糸、というちがいはあるものの、あのショールのあみ方《かた》は、手箱《てばこ》の中にあった水夫《すいふ》のマフラーとまったく同じだったのです。

## 6

ルクレチアはあみ針《ばり》を手にしたことなど一度《いちど》もありませんでしたし、あみ物《もの》のことはよく知りませんでした。けれども、「パクビオのお母さんはあみ方《かた》を教えてくれなかったの。自分だけの秘密《ひみつ》なんですって」と言った、パクビオのいいなずけのことばが、頭からはなれませんでした。

もし、それがほんとうだとすれば、海賊船《かいぞくせん》が沈没《ちんぼつ》したときにポリッセーナをつつんでいたマフラーも、パクビオのお母さんが作ったものにちがいありません。でも、年老《としお》いた農家《のうか》のおかみさんと、絹《きぬ》の靴下《くつした》をはいたおしゃれな海賊《かいぞく》のあいだに、いったいどんな関係《かんけい》があったというのでしょう？

家畜小屋《かちくごや》で動物《どうぶつ》たちの世話《せわ》をしているときに、ルクレチアはショールのことをポリッセーナに話しました。すると、ポリッセーナは急《きゅう》に顔色を変《か》え、目になみだをうかべて言いました。

「ほんとうに同じあみ方《かた》だったの？　たしかなの？　でも、そんなことってあるかしら？」

「あたしのかんちがいかも。でも、とにかく、ショールとあのマフラーをくらべてみれば、ほんとうかどうかわかるよ」

ポリッセーナは泣《な》きだしました。

「でももう、くらべることなんかできないわ！　わすれたの？　わたし、霧降砦《きりふりとりで》のがけから手箱《てばこ》をすてちゃったのよ。ああ、どうして、あんなことしちゃったのかしら」

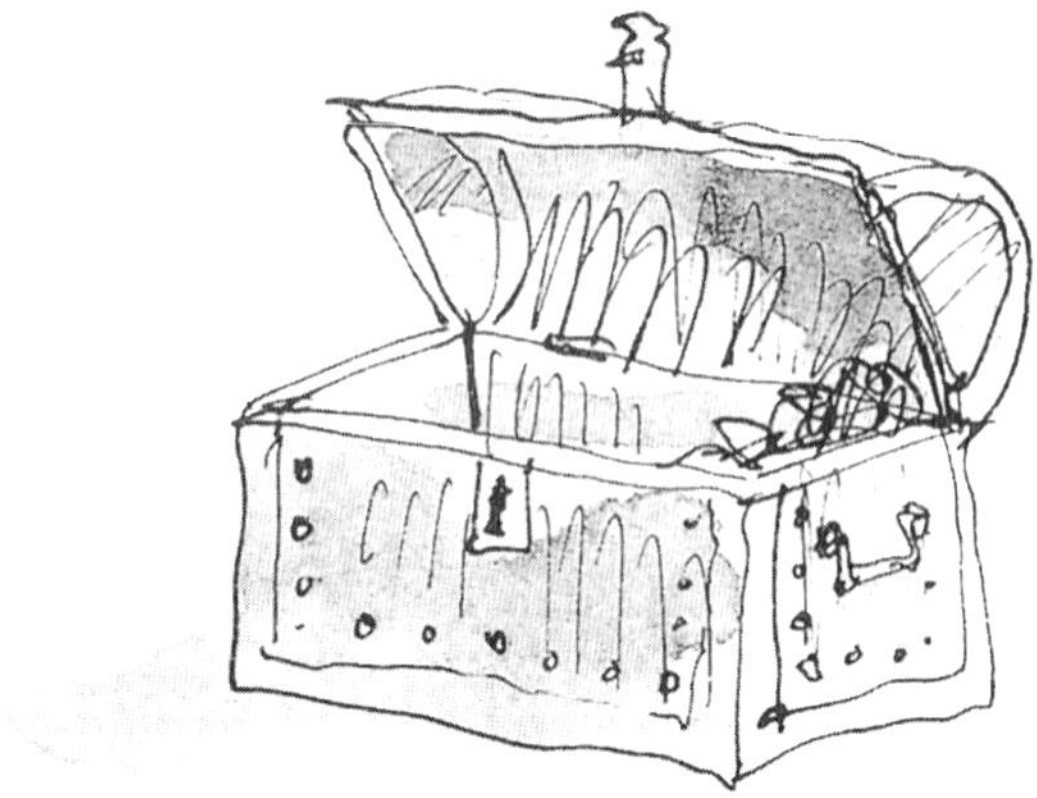

「こんどからは、あんまり早まったことはしないんだね」ルクレチアはおちついたようすで言いましたが、ポリッセーナはますます大声で泣《な》きだしました。
「りっぱな座長《ざちょう》というのは、一座《いちざ》の仲間《なかま》がバカなことをしでかすのを見すごしたりはしないんだよ」ルクレチアはそう言うと、荷車《にぐるま》に近づいて、籐《とう》のかごを開《あ》けました。そして、かごの中をさぐって、手箱《てばこ》を取《と》りだしました。「これをひろってきてくれたカシルダに感謝《かんしゃ》するんだよ」
ポリッセーナはうれしさのあまり、とびあがりました。そして、すぐさま想像《そうぞう》をふくらませはじめました。きっと、ザンニーンはパクビオのお母さんと結婚《けっこん》したんだけど、みんなには秘密《ひみつ》にしていたのよ。いえ、でも、ちょっとむりがあるわね。それに、パクビオのお母さんがわたしのお母さんのわけないわ。年をとりすぎているもの……ひょっとして、パクビオのお母さんは、わたしのおばあさんなのかしら？　パクビオには会ったことのないお姉さんがいて、その人がわたしのお母さんなのかも。その人はもう、この世《よ》にいないのかしら？　それとも、ザンニーンに無人島《むじんとう》の洞窟《どうくつ》にでもとじこめられているだけで、まだ生きているのかしら……？

ポリッセーナは、手箱《てばこ》からマフラーを取《と》りだし、肩《かた》にかけると、外にかけだしました。

「待《ま》って！　おちつきなよ。まず、計画をたてなきゃ」

でも、ポリッセーナは聞いていませんでした。

ポリッセーナは、家の玄関《げんかん》で、パクビオとぶつかりました。そして息《いき》を切らしながら言いました。

「あなたのお母さんと、いますぐ話をしたいの」

「どうしたんだい。血相《けっそう》を変《か》えて。納屋《なや》が火事《かじ》にでもなったのかい？」パクビオはポリッセーナの肩《かた》に手を置《お》いて笑《わら》いましたが、急《きゅう》にまじめな顔になって言いました。「ルドビコ！　そのマフラーはどこで手に入れたんだい？　だれにもらったの？」

思ってもいなかった質問《しつもん》に、ポリッセーナはめんくらいました。マフラーのことはパクビオのお母さんに直接《ちょくせつ》話そうと思っていたので、とっさにポリッセーナは、てきとうなことを言ってごまかそうとしました。

「海で、霧降砦《きりふりとりで》のがけの下の海岸《かいがん》で」

「海岸《かいがん》でだって？　それじゃ、けっきょく、むだだったんだ。ゆりかごはしずんで、ぼくのかわいそうな赤ちゃんは、おぼれ死《し》んでしまったんだ」パクビオは、のどの奥《おく》からしぼりだすような声でつぶやくと、なみだをぽろぽろ流《なが》しました。男の人というのは、大きな声で泣《な》いたりしないものだからです。

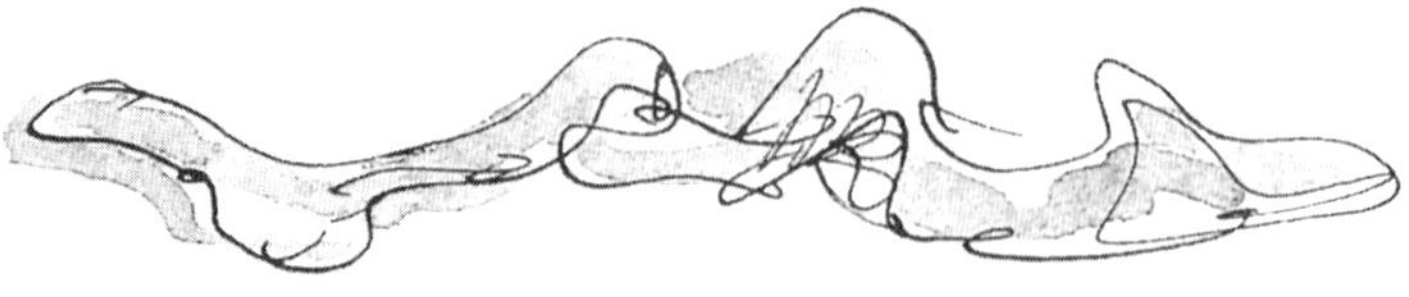

ポリッセーナは、息《いき》もとまりそうになって、パクビオを見つめました。いま、なんて言ったの？　ぼくのかわいそうな赤ちゃん？　ぼくの？

パクビオは手をのばして、ためらいがちにそっとマフラーにふれました。

「まちがいない、あのマフラーだ。ルドビコ、そこにすわってくれ。ぼくは気がへんになったわけじゃないよ。ただ、このマフラーを見て、むかしのことを思い出したんだ。あのときの自分の気持《きも》ちも、なにもかもね」

そこへ、ルクレチアも追《お》いついてきました。パクビオが言いました。

「きみもすわって。きみたちに話しておこう。もうずっと、ずっとむかしのことだ。何年前だったかも、もう思い出せないけど……」

「十年前」ポリッセーナが言いました。

「そう、十年前だ。いったい、どうしてわかったんだい、ルドビコ？」

ポリッセーナが答えようとすると、ルクレチアがひじでつつきました。『あわてないの。まず話を聞こうよ』という意味《いみ》の合図でした。

パクビオは話しはじめました。

「見まちがえようがない。このマフラーは、母さんがぼくのためにあんでくれたものだ。ぼくが旅《たび》に出るときに首に巻《ま》いてくれたんだ。あのときの母さんにできる、せいいっぱいのことだったんだよ。放浪生活《ほうろうせいかつ》を送《おく》っていたあいだ、ぼくはこのマフラーをはだ身《み》はなさずたいせつに持《も》っていた……乗《の》っていた船がしずむまで。あのとき、ぼくのかわいそうな赤ちゃんをなんとか助《たす》けようとしたんだけど……でも、けっきょく、だめだったんだ」

ポリッセーナは、もうだまっていられませんでした。そして、いきなりパクビオの首にだきつくとさけびました。

「お父さん！　わたし、おぼれ死《し》んでなんかいない。ここにいるわ。わたし、あなたの娘《むすめ》よ。生きていたのよ。やっと、会えたのね！」

# 7

パクビオは、ポリッセーナのうでをふりほどくと、目を白黒させて言いました。

「ルドビコ、いったいぜんたい、どうしたんだい？　どうして、きみがぼくの『娘《むすめ》』なんだい？」

「この髪《かみ》なら……」ポリッセーナは頭に手をやって、口ごもりました。そばにいたルクレチアは思わずふきだしそうです。でも、ルクレチアが笑《わら》いだす前に、パクビオが、きっぱりとした口調《くちょう》でこう言いました。

「ぼくには娘《むすめ》がいたことなんか一度《いちど》もないし、きみが言ってることは、さっぱりわからないよ」

「でも、船がしずんだって……それに、マフラーに赤い絹《きぬ》の靴下《くつした》、木箱《きばこ》のゆりかご、旗《はた》、安全《あんぜん》ピン、手箱《てばこ》……」ポリッセーナは、くいさがりました。

「手箱《てばこ》だって？　手箱《てばこ》なんかなかったぞ」と言いかけて、パクビオはさけびました。「なんてこった！　どうしてきみがそんなこと知っているんだい？　赤い絹《きぬ》の靴下《くつした》のことも……いったいだれに聞いたの？　流血号《りゅうけつごう》の乗組員《のりくみいん》は、全員死《ぜんいんし》んだはずなのに」

「ねえ、ルドビコの話をすっかり聞いてやってよ。とちゅうでまぜっ返《かえ》さずにね」ルクレチアがパクビオのうでに手をかけながら、言いました。「それから、この子はルドビコっていう名前じゃないんだよ。ほんとうはポリッセーナ。女の子だよ。安心《あんしん》して旅《たび》ができるよう、あたしが男の子のふりをするように言ったんだ」

　ポリッセーナが言いました。

「海岸《かいがん》でマフラーをひろったっていうのも、うそなの。わたし、これにくるまれていたの。エメラルドのついた安全《あんぜん》ピンでとめたこのマフラーに……十年前、テンペスタル村の沖《おき》の海で、難破船《なんぱせん》の漂流物《ひょうりゅうぶつ》といっしょにういていたわたしを漁師《りょうし》さんが見つけてくれたとき」

「それじゃあ、まさか、きみが……」

「あなたの娘《むすめ》よ！　お父さん！」そうさけんで、またもやポリッセーナは、パクビオの首にだきつきました。

　こんどは、パクビオもうでをふりほどきはしませんでした。でも、笑《わら》いながらこう言いました。

「じゃあ、きみはほんとうに、『ぼくの赤ちゃん』って呼《よ》んでいた子なんだね。でも、そう呼《よ》んでいたのは、ぼくがきみの父親だからじゃないんだ。だいたい、あの当時、ぼくはまだ十三歳《さい》だったんだし」

「どういうこと？」ポリッセーナは口ごもりました。

「こんどは、きみたちがぼくの話をさいごまでだまって聞く番だ」パクビオが言いました。「あの船では、ぼくはいちばん下《した》っぱの乗組員《のりくみいん》だった。見習《みなら》い水夫《すいふ》だったんだ。甲板《かんぱん》や通路《つうろ》や船室の床《ゆか》をそうじしたり、道具《どうぐ》をみがいたり、料理人《りょうりにん》を手伝《てつだ》ってジャガイモの皮《かわ》をむいたりするのが仕事《しごと》だった。

シャツをアイロンでこがしてしまった召使《めしつか》いが、あの怪物《かいぶつ》のような船長にうでを切《き》り落《お》とされてからは、あいつの下着《したぎ》を整頓《せいとん》する仕事《しごと》もしなくちゃならなかった。たのしい仕事《しごと》じゃなかったよ。でも、家をとびだして以来《いらい》、はじめてありついた仕事《しごと》だったし、手ぶらで母さんのところへ帰りたくはなかったから、がんばった。つらい生活だった。あの海賊《かいぞく》がどんなにひどいやつか知ってるかい？」

「まさか、わたしは、ザンニーンの娘《むすめ》じゃないわよね？」ポリッセーナは、おそるおそるたずねました。

「あいつの娘《むすめ》だって！　あんな悪党《あくとう》の子どもを産《う》もうなんて女がいるもんか！　たとえ、子どもがいたとしても、ザンニーンは自分のそばに置《お》いて育《そだ》てたりはしないさ。きっと奴隷市場《どれいいちば》に売りとばしてしまうだろうよ。もちろんきみのことも売りとばそうとしていたんだよ。ぞっとするような話だろう。じっさい、あぶないところだったんだ。あと一週間で船は、毎週土曜日に悪名高《あくめいだか》い奴隷市《どれいいち》が開《ひら》かれるオルツァヌールの町に到着《とうちゃく》する予定《よてい》だったんだから。ところが、運《うん》よく、あのとき大嵐《おおあらし》におそわれて……。

流血号《りゅうけつごう》が持《も》ちこたえられそうにないのは、すぐにわかった。それに、あいつが、ただひとつしかない救命《きゅうめい》ボートにきみを乗《の》せるはずがないのも、わかりきっていた。考えてもごらん、泣《な》きさけんで足をバタバタさせるような赤んぼうを乗《の》せるなんて、あいつがするわけない！　子ネコをすてるみたいに、海にほうりこんでおぼれ死《し》にさせてしまうのがおちだった。だから、ぼくは船がしずみかけて大さわぎになったすきに、くだものの箱《はこ》にタールをぬって、旗《はた》にはろうを引き、きみが寒《さむ》くないようにできるだけのことをした。

赤んぼうのあつかい方をそれほど知っていたわけじゃないけど、きみが船に乗《の》せられてからは、ぼくがめんどうを見ていたんだ。ぼくがいちばん下《した》っぱだったから、きみのおしりをきれいにしたり、麦のかゆを食べさせたりするのをまかされてたんだ。ほかの乗組員《のりくみいん》たちは、きみにさわろうともしなかった。船に赤んぼうを乗《の》せると悪《わる》いことがおきるって言ってね。まあ、それはほんとうだったんだろう。かわいそうに、みんなおぼれ死《し》んでしまったんだから。

でも、ぼくはきみがかわいかった。なにしろ、ぼくよりも小さくてかよわい存在《そんざい》だったから、守《まも》ってやりたいっていう気持《きも》ちになったんだ。ほかの水夫《すいふ》たちは、そんなぼくをバカにしてからかった。『おい、おじょうちゃん、人形はどこにいるんだね？』『おまえのかわいい赤んぼうはどうしたい？』『気をつけてないと、串《くし》ざしにして焼《や》いて食っちまうぞ。きっと子ブタの肉よりやわらかいだろうて』ぼくは、あいつらがほんとうにそんなまねをするんじゃないかと心配《しんぱい》だった。そ

れで、いつもきみをそばに置《お》いて目をはなさないようにした。きみを守《まも》らなくちゃ、と責任《せきにん》を感《かん》じていたんだ。だから、あのマフラーを見たとき、『ぼくの赤ちゃん』って言ったのさ」

ポリッセーナはため息《いき》をもらしました。ザンニーンの娘《むすめ》でないことがわかって、心の底《そこ》からほっとしたのです。

「嵐《あらし》の話にもどると、ぼくの命《いのち》が助かったのは、じつは、きみに着《き》せたあの赤い靴下《くつした》のおかげだったんだ。ぼくは、洗濯《せんたく》ずみの靴下《くつした》が一足《そく》しか残《のこ》っていないとは知らずに、船長室のひきだしから靴下《くつした》を片方《かたほう》持《も》ちだして、きみに着《き》せた。それから、あばれてゆりかごをひっくり返《かえ》してしまわないよう、手足が動《うご》かないようにしたほうがいいと思ったから、体にマフラーをしっかり巻《ま》きつけて、エメラルドのピンで固定《こてい》した。そうして、船がしずむ三十分前に、きみを海に流《なが》すことができたんだ。

そのまに、ザンニーンは、ひとりで船からにげだすことにきめて、服《ふく》を着《き》がえようと船室におりてきた。ザンニーンは、船からはなれるときは、いつでも、きれいに着飾《きかざ》らないと気がすまないんだ。そこでいつものように、はいていた靴下《くつした》をぬぐと窓《まど》から投《な》げすてた。ところが新しい靴下《くつした》をさがすと、片一方《かたいっぽう》しかない。ザンニーンには、だれのしわざか、すぐにぴんときた。だって、船長室の鍵《かぎ》をあずかっていたのは、ぼくだけだったからね。怒《いか》りくるったザンニーンは、ぼくをけとばすと、救命《きゅうめい》ボートにおしこんだ。そして、『さあ、こぐんだ、このろくでなしめ！』とぼくに命令《めいれい》して、『陸《りく》が見えてきたら、おまえの首に錨《いかり》をくくりつけて、海に投《な》げこんでやるからな！』と、どなった。

ボートがはなれたとたん、流血号《りゅうけつごう》はがくんと大きくゆれ、海にしずみはじめた。ボートは、間一髪《かんいっぱつ》のところで、水のうずに巻《ま》きこまれずにすんだんだ。それから、ぼくは力いっぱいオールをこいだ。ザンニーンは、寝《ね》そべってピーナッツをかじりながらぼくを見張《みは》っていた。あいつは、たくさんの水や食料《しょくりょう》だけでなく、かつらを入れたトランクや銀《ぎん》の食器類《しょっきるい》や高価《こうか》な磁器《じき》でできた寝室用《しんしつよう》の便器《べんき》までボートに積《つ》みこんでいた。

ザンニーンがわざわざぼくを選《えら》んだのは、もちろん命《いのち》を救《すく》ってくれるためじゃない。ぼくの苦《くる》しみを長びかせるためだった。片一方《かたいっぽう》の足にしか靴下《くつした》をはけなくした、つぐないをさせるためにね。

ぼくたちは、九日間《ここのかかん》、海の上を漂流《ひょうりゅう》した。そのあいだ、ザンニーンは、ぼくには一滴《いってき》の水も、ほんのわずかな食《た》べ物《もの》もくれないばかりか、『おまえが動《うご》けなくなったら、海にほうりこんで魚のえさにしてやる』と言って、にやにや笑《わら》っていたんだ。ザンニーンは、夜のあいだも、ぼくが飲《の》んだり食べたりできないように、食料袋《しょくりょうぶくろ》の上に横《よこ》になって、水のたるをまくらがわりにして寝《ね》ていた。それでも、あいつはぐっすり眠《ねむ》るたちだったから、すこしなら水や食料《しょくりょう》をかすめとることはできたし、そのおかげで、ぼくは生きながらえることができたんだ。

そんなふうに、夜中にぬすみを働《はたら》いているとき、ぼくはザンニーンが首にかけている皮袋《かわぶくろ》に宝石《ほうせき》がつまっていることを発見《はっけん》した。そこで、毎日すこしずつ、袋《ふくろ》のひもをかじっておいた。だけど、にげだす機会《きかい》を見つけるまで、完全《かんぜん》には切らずにおこうと思っていたんだ。

九日目《ここのかめ》のことだった。イルカのむれがボートのそばにやってきた。イルカたちはボートをとりかこんで、まるで『いっしょに遊《あそ》ぼうよ』と言ってるみたいに、水からとびあがっては宙返《ちゅうがえ》りをしてみせた。でも、ザンニーンには、イルカみたいにかわいくてやさしいものが、かんにさわるんだ。イライラしながら、拳銃《けんじゅう》に弾《たま》をこめると、まずむれの中でいちばん若《わか》い、かわいらしい目をした銀色《ぎんいろ》の子イルカに銃《じゅう》をむけた。ぼくはだまって見ていることができなかった。オール受けからすばやくオールをぬきとると、ザンニーンの手首にふりおろして、拳銃《けんじゅう》をはねとばした。怒《いか》りくるったザンニーンは、さけび声《ごえ》をあげてとびかかってきた。ぼくは身《み》をかわすように見せかけ、足をのばして待《ま》ちうけた。そして、つかみかかってきたしゅんかん、足をすくって、ひっくり返《かえ》してやったんだ。ザンニーンは船の底《そこ》にごつんと頭をぶつけたよ。

ぐずぐずしてはいられなかった！　手をのばして、悪党《あくとう》の首にぶらさがってる皮袋《かわぶくろ》をぐいっとひっぱると、うまくひもがちぎれた。ぼくはすぐに、海にとびこんだ。水平線《すいへいせん》まで見わたしても陸《りく》の影《かげ》なんか見えなかったけど、イルカたちが助《たす》けてくれるにちがいないと思ってた。

で、ほんとうにそのとおりになったんだ、イルカたちは、ぼくのおなかの下にもぐりこんで、体がしずまないように支《ささ》えてくれて、そのまま、拳銃《けんじゅう》の弾《たま》がとどかないところまで、すいすい運《はこ》んでくれたんだ。怒《いか》りくるったザンニーンは、こっちにむかって拳銃《けんじゅう》を撃《う》ちつづけた。そして、弾《たま》が切れると、こんどは、銀《ぎん》の食器《しょっき》や便器《べんき》まで投《な》げつけてきた。でも、あたらなかった。

日が暮《く》れる前に、イルカたちは、ぶじにぼくを浜辺《はまべ》までとどけてくれた。ぼくはずぶぬれだったけど、手にはしっかり宝石《ほうせき》の袋《ふくろ》をにぎっていた。

もう冒険《ぼうけん》はこりごりだった。ぼくは宝石《ほうせき》を売って、ひと財産《ざいさん》手に入れた。そして、そのお金を持《も》って家に帰ってくると、畑《はたけ》や農場《のうじょう》を買った。ザンニーンが、その後どうなったかはわからない。でも、ひょっとすると、まだ海の上をさまよっていて、フォークや便器《べんき》をひろいあげようとしているのかもしれないな」

# 8

このときルクレチアが口をはさみました。

「ザンニーンは死《し》んだよ。しばり首になってね。死体《したい》は焼《や》かれて、灰《はい》はそのへんにまかれたから、風に乗ってバラバラだよ」

「かわいそうに！」しんみりとした口調《くちょう》で、パクビオが言いました。

「ちっともかわいそうなんかじゃないわ！」ポリッセーナはひややかに言いました。

ポリッセーナは、ザンニーンが自分のお父さんでないことがわかって、もう好《す》きなだけ悪《わる》く言えることを心からうれしく思っていました。ルクレチアが言いました。

「ねえ、パクビオ、あんたの話、とってもおもしろかったから、思わず聞き入ってしまったけど、かんじんなことをまだ話してくれてないよ。ポリッセーナはあんたの娘《むすめ》でも、海賊《かいぞく》の娘《むすめ》でもないとしたら、いったいだれの子なの？　どうして流血号《りゅうけつごう》に乗《の》っていたの？」

「まだ話してなかったっけ？　ごめんごめん。あのボートに乗《の》っていたときのことを思い出すと、いまでもおちつかない気分になるんだ。きみたちにはわからないだろうけど……」

「ううん、よくわかるよ。で、ポリッセーナはだれの娘《むすめ》なの？」ルクレチアがせかしました。

「ああ、それは、ぼくにもわからないんだ、ごめんよ。きみのことは、略奪《りゃくだつ》を働《はたら》くために上陸《じょうりく》したときに、ミレナイの近くの宿屋《やどや》からさらってきたんだ。たったひとりで、暖炉《だんろ》のそばの木のゆりかごに寝《ね》かされていたんだよ。いや、そうじゃない。犬が番をしていたな。でも、その犬はザンニーンが拳銃《けんじゅう》で撃《う》ち殺《ころ》してしまった」

「宿屋《やどや》にはだれもいなかったのかい？」

「だれもいなくて、しっかり鍵《かぎ》がかかっていた。でも、用意《ようい》していた大《おお》づちでかんたんにこわれてしまったけど。

あの日、宿屋《やどや》にはだれもいなかった。宿屋《やどや》の主人《しゅじん》も使用人《しようにん》もお客《きゃく》も、近くの村のお祭《まつ》りにでもちょっと行っただけだったのかもしれないね。すぐに帰ってきそうな感じだったから。暖炉《だんろ》には、串《くし》にさした牛肉のかたまりがこんがり焼《や》けていたし、台所《だいどころ》のテーブルには、これから焼《や》くパイが用意《ようい》してあった。食《く》いしんぼうの水夫長《すいふちょう》は、そのパイをふた口で平《たい》らげて、それから三日間、腹痛《ふくつう》で苦《くる》しんだんだよ。まったく、食《く》い意地《いじ》のはった人でね……」

「たのむから、脱線《だっせん》しないでよ！　はじめからきちんと話して」ルクレチアが言いました。

「わたしに関係《かんけい》のあるところは、こまかいところもわすれないでね」と、ポリッセーナも、つけくわえました。

「わかったよ！　でも、その前に、水を一杯《いっぱい》、持《も》ってきてくれないかな。いやあ、まったく、なんて日だろう！　結婚式《けっこんしき》の前日だっていうのに。とつぜん、十年前にひきもどされたみたいだよ。いいかい、海賊船《かいぞくせん》に乗《の》っていたころのことは、これまでだれにも話していないんだよ。母さんにさえもね。きみたちは、ぼくがどこでお金を手に入れたかを知った、さいしょの人間だよ。きみたちには、ぼくのいまの気持《きも》ちなんか想像《そうぞう》もつかないだろうけど……」

「ううん、そんなことないよ。さあ、話して！」

「あれは、流血号《りゅうけつごう》に見習《みなら》い水夫《すいふ》としてやとわれてから、はじめて陸《りく》の襲撃《しゅうげき》に参加《さんか》させられたときだった。もちろんぼくは、泥棒《どろぼう》や人殺《ひとごろ》しみたいなことをするのはいやだったから、海賊船《かいぞくせん》がほかの船を襲撃《しゅうげき》するときは、いつも食料貯蔵室《しょくりょうちょぞうしつ》の空きだるの中にかくれていた。

でも、その日はあいにく、ザンニーンに見つかって、むりやり上陸班《じょうりくはん》にくわえられてしまったんだ。作戦《さくせん》が成功《せいこう》したら、略奪品《りゃくだつひん》を運《はこ》べと言われてね。ザンニーンに、『九尾《きゅうび》の猫《ねこ》』っていう、おそろしいむちでおどかされたから、言うことを聞かないわけにはいかなかった。ぼくはまだ十三歳《さい》の子どもだったし……。

さて、船が海岸《かいがん》に近づくと、ぼくたちは真夜中《まよなか》になるのを待《ま》って、人目につかない入江《いりえ》から上陸《じょうりく》した。そして、森の中を音をたてないように歩いていった。宿屋《やどや》に着《つ》いたときには、もう日が高くのぼっていて、宿屋《やどや》の煙突《えんとつ》からは、煙《けむり》があがっていた」

「その宿屋《やどや》はどこにあるの？　なんて名前の宿屋《やどや》？」ルクレチアが話をさえぎって、たずねました。

「名前ねえ……えぇーと。そうだ、絵を描《か》いた看板《かんばん》があったぞ。鳥の絵だった……そうそう、緑《みどり》のふ

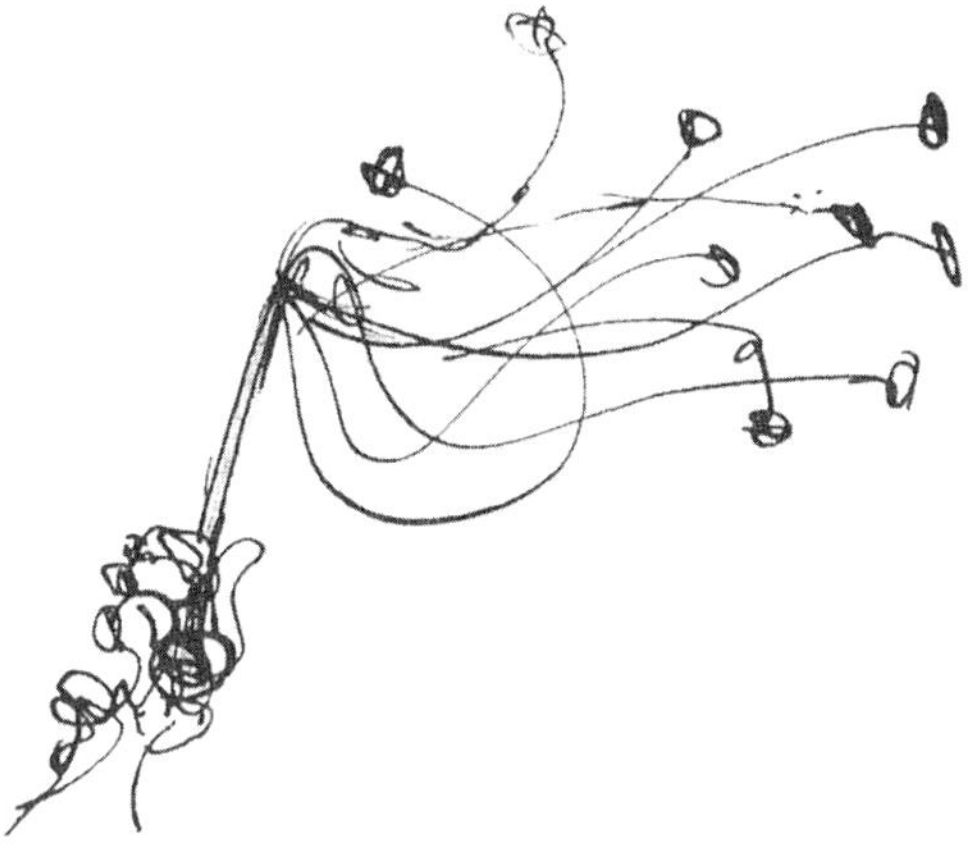

くろう亭《てい》だよ！　たしか、そういう名前だった。ヤマアラシ島《とう》にむかいあった海岸《かいがん》から二キロほど内《ない》陸《りく》に入ったところだよ。都《みやこ》のミレナイからプラターレの町へ通じる街道《かいどう》ぞいだ。
　ザンニーンが集《あつ》めたうわさによると、そこは、金持《かねも》ちのお客《きゃく》ばかりが泊《と》まる宿屋《やどや》だという話だった。鳥やけものの肉を使《つか》った料理《りょうり》がうまくて、部屋《へや》には、お客《きゃく》のひとりひとりにトイレが用意《ようい》してあるし、ベッドには刺繍《ししゅう》の入ったリネンのシーツが使《つか》われているって。つまり、とても豪華《ごうか》な宿《やど》ってわけさ。海賊《かいぞく》にとっては荒《あら》かせぎが期待《きたい》できるようなね。

　ザンニーンの計画は単純《たんじゅん》だった。不意《ふい》をおそって、中にいる人間たちを身動《みうご》きできなくさせて、お客《きゃく》の財布《さいふ》と主人《しゅじん》の金庫《きんこ》をうばう。そのほか、金目のものや馬やニワトリも手あたりしだいに持《も》っていく。要《よう》するに、いつもやっていたとおりの略奪《りゃくだつ》だ。そして、もし泊《と》まり客《きゃく》や使用人《しようにん》の中に美《うつく》しい娘《むすめ》がいたら、アルグー国のスルタン（イスラム教の国の王さま）の宮殿《きゅうでん》に奴隷《どれい》として売りとばすためにさらってくる、というのが、あいつの計画《けいかく》だった。そのスルタンっていうのは、いつも奴隷《どれい》を高く買ってくれたから。
　でも、ぼくたちが指図《さしず》どおりにおし入ってみると、宿屋《やどや》はもぬけのからだった。さっきも言ったように、いたのは、赤んぼうと犬だけで、馬小屋《うまごや》もからだった。みんな、馬に乗《の》ってどこかに行ったらしかった。あいつは、悪態《あくたい》をつき、一階《かい》を調《しら》べろ、それがすんだら、二階《かい》の部屋《へや》にお客《きゃく》の荷物《にもつ》やお金が置《お》いてないかも見てこい、と命令《めいれい》した。でも、宿《やど》の主人《しゅじん》は金庫《きんこ》をじょうずにかくしていて、どうしても見つからなかった。

ぼくたちが二階《かい》に上《のぼ》ろうとしたときだった。宿屋《やどや》に通じる道を見わたせる高い樫《かし》の木にのぼって見《み》張《は》りをしていた副長《ふくちょう》が、息《いき》せききってかけこんできた。都《みやこ》の方角から、兵隊《へいたい》の一団《いちだん》がこちらにむかってくるのが見えた、と言うんだ。戦《いくさ》に行くとちゅうとは思えないから、たぶんふつうの訓練《くんれん》だったんだろう。でも、相手《あいて》にするには、ともかく数が多すぎた。

ザンニーンは、怒《いか》りのあまり口をふるわせながら、退却命令《たいきゃくめいれい》を出した。ぼくたちはまだシーツ一枚《まい》すらぬすんでいなかった。せいぜい水夫長《すいふちょう》が鳥小屋《とりごや》でニワトリを六、七羽つかまえて、袋《ふくろ》につめこんだくらいだった。戦利品《せんりひん》はそれだけだったんだ。きみをべつとすればね」

「わたしが王家の娘《むすめ》だから、誘拐《ゆうかい》したの？　身代金《みのしろきん》を要求《ようきゅう》しようと思って」ポリッセーナはたずねました。

「いいや。みんなが出口にむかってわれ先に走っていったときに、ザンニーンがゆりかごにつまずいて、ひっくり返《かえ》しそうになったんだ。きみは泣《な》きだし、犬がほえたてながらザンニーンにとびかかった。『くそったれめ、こいつらをだまらせろ！』ザンニーンはわめき、銃《じゅう》を犬にむけた。ぼくはぱっ

ととびだして、きみをひろいあげた。間一髪《かんいっぱつ》だった。つぎのしゅんかん、犬は血《ち》の海の中にたおれていた。きみは銃声《じゅうせい》にびっくりして、ますます声をはりあげて泣《な》きだしたんで、ぼくはきみの口を手でおおった。すると、あの怪物《かいぶつ》は、きみを陰険《いんけん》な目でじろりとにらんで、『奴隷市場《どれいいちば》で売りとばせるかもしれんな。なにもないよりはましだ。つれていけ』と言った。こうしてきみは流血号《りゅうけつごう》に乗《の》りこみ、ぼくがずっとめんどうを見ることになったんだ。ザンニーンはもちろん、ほかのだれも、きみにはふれたがらなかったからね」

「さらわれたとき、わたしはどんなものにくるまれていたの」ポリッセーナがたずねました。

「ふつうの産着《うぶぎ》さ。レースでも、ぼろでもない。あたたかくて清潔《せいけつ》な布《ぬの》だったよ。きみは宿屋《やどや》の主人《しゅじん》の娘《むすめ》かもしれないし、泊《と》まり客《きゃく》の子どもかもしれないな。ただひとつ産着《うぶぎ》にそぐわなかったのは、産着《うぶぎ》をとめてあった安全《あんぜん》ピンさ。きみも知ってるように、金でできていて、小さなエメラルドがはまってて……。目がとびでるほど高価《こうか》なものというわけじゃない。でも、赤んぼうの産着《うぶぎ》に使《つか》うにしては、ねうちがありすぎる。着《き》替えさせたときに、はじめて見つけたんだけど、ザンニーンには言わずに、かくしておくことにした。いつか、きみの役《やく》にたつ日が来ると思ってね」

パクビオが話し終《お》えると、ポリッセーナはもう一度《いちど》、その首にだきつきました。

「お父さんじゃなかったけど、命《いのち》の危険《きけん》をおかしてまで、わたしを救《すく》ってくれたのね、ありがとう」

ポリッセーナは、心からお礼《れい》を言いました。

するとパクビオは答えて言いました。

「きみがこんなに大きくてきれいになっていたなんて！　男の子みたいな服《ふく》やズボンの下に、バラのように美《うつく》しい女の子がかくれていたなんて、思いもよらなかった。でも、どうして、髪《かみ》を切っちゃったんだい？」

「すぐにのびるわ」そう言うと、ポリッセーナはふぞろいな髪《かみ》の毛《け》を指《ゆび》ですきました。

# 9

三人は、『ルドビコ』の正体《しょうたい》やパクビオが海賊船《かいぞくせん》で生活していたことを、だれにもしゃべらないと約束《やくそく》しあいました。

「母さんは、ぼくが海賊船《かいぞくせん》なんかに乗《の》って、あんなあぶない日にあっていたなんて知ったら、夜も眠《ねむ》れなくなっちゃうよ。それに、いいなずけだって、ぼくが漂流《ひょうりゅう》中《ちゅう》の海賊《かいぞく》から宝石《ほうせき》の袋《ふくろ》をうばいとって金持《かねも》ちになった、なんて聞きたくもないだろうし」パクビオは、笑《わら》いながら言いました。

ポリッセーナも笑《わら》いました。明るい気持《きも》ちがもどってきたのです。でも、いまではもう、手箱《てばこ》の中の品物《しなもの》で、自分の生まれをときあかす手がかりとなるのは、安全《あんぜん》ピンしか残《のこ》っていません。安全《あんぜん》ピンと宿屋《やどや》の場所《ばしょ》、手がかりはそれだけです。

ポリッセーナはすぐにも出発《しゅっぱつ》したい気持《きも》ちでした。でも、ルクレチアは、婚礼《こんれい》のお祝《いわ》いが終《お》わるまではここにいるよ、ときっぱり言いました。

一座《いちざ》は、一週間農場《のうじょう》にとどまって、さいしょの約束《やくそく》どおり、お祝《いわ》いに集《あつ》まったお客《きゃく》のためにダンスの音楽を演奏《えんそう》しつづけました。

お祝《いわ》いが終《お》わり、お客《きゃく》が帰ると、パクビオはテーブルの上に地図を広げ、緑《みどり》のふくろう亭《てい》への行き方をルクレチアに教えました。

「ごらん、かなりの道のりになるな。まず、プラターレまで行って、そこからミレナイのほうにむかって三キロほど進《すす》むんだ」

ルクレチアは、ジラルディ親方と旅《たび》をしていたときもそんなに遠くまでは行ったことがなかったので、すこし心配《しんぱい》になりました。とちゅうの道は安全《あんぜん》かな？　行ったこともない土地の人たちがあたしたちの出《だ》し物《もの》を見に来てくれるかな？　計算してみると、プラターレまで行くのに、二カ月はかかります。そのあいだ、かせいで食べていかなければならないのです。

パクビオはにっこりと笑《わら》って言いました。

「ぼくにもできることがあるよ。ここに金貨《きんか》の入った袋《ふくろ》がある。これだけお金があれば、毎日食《た》べ物《もの》を手に入れられるし、宿屋《やどや》に泊《と》まることも、それがむりでも、どこかで屋根《やね》をかりることぐらいはできるはずだ。もうすぐ冬が来るけど、サルたちにかぜをひかせたりしちゃいけ

ないよ。サルはあたたかい国からやってきた動物《どうぶつ》だから、寒《さむ》いと病気《びょうき》になってしまうからね」

「わかってる。気をつけるよ」ルクレチアは言いました。

三人はなんどもだきあって別《わか》れを惜《お》しみました。ポリッセーナは、パクビオに約束《やくそく》しました。

「お父さんとお母さんを見つけたら、宮殿《きゅうでん》の庭師《にわし》になってちょうだいね。それから、もらったお金もぜんぶ返《かえ》すし、あなたの子どもには、侯爵《こうしゃく》の称号《しょうごう》をあげるわ。たとえ、その子が女の子でも」

いよいよ旅《たび》を再開《さいかい》することになって、ポリッセーナはまたまた空想《くうそう》をふくらませていました。わたしがさらわれた宿屋《やどや》は大金《おおがね》持《も》ちが集《あつ》まる場所《ばしょ》で、産着《うぶぎ》は宝石《ほうせき》のついたピンでとめられていたのよ……やっぱり、わたしはお姫《ひめ》さまなのね。ポリッセーナは心の底《そこ》からそう信《しん》じこみました。

パクビオは、笑《わら》って礼《れい》を言いました。

「ありがとう。でも万一、なにかこまったことがあったら、いつでもここに帰っておいで。ここはきみの家なんだって思っておくれ。きみもだよ、ルクレチア。じゃ、気をつけて。神《かみ》の祝福《しゅくふく》があらんことを！」

# 第《だい》五部《ぶ》
# 緑《みどり》のふくろう亭《てい》

# 1

ポリッセーナたちがまた旅《たび》をはじめて、十日ばかりがすぎたある晩《ばん》のことです。つぎの日進《すす》む道を地図で調《しら》べていたルクレチアが言いました。

「パルディィス村の近くを通るね。あたし、自分の生まれた家を見て、両親《りょうしん》のお墓《はか》まいりをしたいんだけど」

少しでも早く先に進《すす》みたかったポリッセーナは、ほんのちょっとでも道草をくうのはいやでした。でも、自分のことばかり考えているわけにはいきません。ルクレチアに「だめ」とは言えないわ。ルクレチアはずっと、自分のつごうなんかそっちのけで、わたしの親をいっしょにさがしてくれているんだもの。そこでポリッセーナは、「いいわ、行きましょう！　わたしもあなたの生まれた村が見たいから」とうそをつきました。

こうしてつぎの日、一行《いっこう》は街道《かいどう》からそれ、背《せ》の低《ひく》いイグサがしげるさびしげな野原を進《すす》んでいきました。そして一時間ばかりで、パルディィス村に着《つ》きました。

村はもう住む人もなく、荒《あ》れはてていました。通りには人影《ひとかげ》がなく、家はみなこわれかけて、とびらや窓《まど》もなくなっています。ほこりだらけのからっぽの家の中には、クモがたくさん、好《す》き勝手《かって》に巣《す》を作っていました。

なんて、さびしいところなのかしら。わたしが育《そだ》った町とはぜんぜんちがう。ポリッセーナは思わず身《み》ぶるいしました。そして、チェパルーナのにぎやかな通りや、へいの上からあふれるように花が咲《さ》き乱《みだ》れるお屋敷《やしき》の庭《にわ》や、噴水《ふんすい》が音をたて、ツバメが飛《と》びまわる広場を思い出しました。それから、荷馬車《にばしゃ》がひっきりなしに出入りして、召使《めしつか》いたちがいそがしげに商品《しょうひん》の積《つ》みおろしをしているジェンティレスキ家の中庭《なかにわ》と、そこで元気よく遊《あそ》んだりけんかしたりしている妹たちの姿《すがた》も思いうかべました。

ルクレチアは両親《りょうしん》が住《す》んでいた家をあちこちさがしまわりましたが、けっきょく、どれだかわかりませんでした。ジラルディ親方にこの村からつれていかれたとき、まだ二歳《さい》だったので、そのころのことは、なにひとつおぼえていなかったのです。家族《かぞく》について知っていることは、親方が話してくれたことだけですし、母親のぬくもりさえおぼえていません。母親のぬくもりに似《に》たものといえば、冬の寒《さむ》い夜、ラミーロの母親のビアンカというめす犬のそばで、まだ子犬だったラミーロといっしょに身《み》を丸めていたことをかすかに思い出すだけです。

荒《あ》れはてた村の中で、ただひとつ当時のままに残《のこ》っているのは、教会でした。

「ジラルディ親方は、教会の記録簿《きろくぼ》にあたしの名前が書いてあったって言ってたよ。まだ残《のこ》っているかもしれない。入ってみよう！」ルクレチアが言いました。

入口の木のとびらはしまっていましたが、ルクレチアがおしてみると、ギーッとちょうつがいがきしんで開《ひら》きました。

「ラミーロ、ランチロット！　あんたたちは外で待《ま》っててちょうだい。ほかの仲間《なかま》のめんどうを見ているのよ。すぐにもどるから」

ふたりは教会に入ると、十字を切り、さっとひざまずいてお祈《いの》りしてから、わきのとびらを開《あ》けました。そこは聖具室《せいぐしつ》でした。中は、そこらじゅうほこりが厚《あつ》く積《つ》もってはいましたが、ガラス戸のついた戸棚《とだな》や、テーブルや、真鍮《しんちゅう》の燭台《しょくだい》があり、衣装《いしょう》かけには司祭《しさい》の黒い外套《がいとう》がかかっていて、きちんとかたづいていました。でも、記録簿《きろくぼ》はどこでしょう？

ポリッセーナはこれまでなんどか、お母さ……いいえ、ジェンティレスキのおばさんといっしょに、祭壇《さいだん》に飾《かざ》るユリの花を庭《にわ》でつんで持《も》っていったり、ろうそくに使《つか》うろうを寄付《きふ》しに行ったりしたときに、チェパルーナの教会の聖具室《せいぐしつ》に入ったことがありましたから、まよわず司祭《しさい》の服《ふく》がしまってある洋服《ようふく》ダンスにむかいました。タンスの中はほこりが積《つ》もっておらず、ていねいにおりたたんだ白い祭《さい》服《ふく》の下に、黄ばんだ羊皮紙《ようひし》をとじた、ぶあつい記録簿《きろくぼ》が見つかりました。

ルクレチアが、記録簿《きろくぼ》をていねいに持《も》ちあげると、ポリッセーナがテーブルの片《かた》すみを上着《うわぎ》のそでぬぐってきれいにしました。そこに記録簿《きろくぼ》をのせると、ふたりは、古ぼけたページを注意深《ちゅういぶか》くめくっていきました。

司祭《しさい》の書きこみは、ペストが大流行《だいりゅうこう》した年の九月で終《お》わっていました。ポリッセーナは、ふるえる字で書かれたさいごの数行を、胸《むね》のつまるような気持《きも》ちで読みあげました。

「みんな死《し》んでしまった。さいごに亡《な》くなった七人をほうむるために、レナグロ村から墓掘《はかほ》り人《にん》を呼《よ》びよせなければならなかった。ありがたいことに、きのう、旅芸人《たびげいにん》のジラルディが村を通りかかり、ラムジオのところの女の子をつれていってくれた。わたしの力ではあの子を助《たす》けてやることはできなかっただろう。もう十日もベッドに寝《ね》たきりなのだから。はれものが体じゅうに広がり、ひどい熱《ねつ》だ。おそらく、あすまではもつまい。レナグロの信者会《しんじゃかい》の会長は、数日したら、わたしの死体《したい》を埋葬《まいそう》しにもどってくると約束《やくそく》してくれた。主《しゅ》がわが魂《たましい》をあわれみたまわんことを！」

その七ページ前に、ルクレチアはさがしていた文を見つけました。

「本日、一七……年八月十二日、パルディィス村の教区民《きょうくみん》であるエグベルト・ラムジオとその妻《つま》テレーザの長女に、ルクレチア・マリア・エレオノーラ・アダリンダという洗礼名《せんれいめい》をさずけた」

洗礼《せんれい》を受《う》けた年、つまり生まれた年をしめしている数字は、さいごのふたけたがにじんで消《き》えていました。けれども、ジラルディ親方が、ルクレチアの両親《りょうしん》が亡《な》くなったとき、ルクレチアは二歳《さい》くらいだったと言っていたのですから、生まれた年を推測《すいそく》することはむずかしくはありませんでした。

ポリッセーナが言いました。

「エグベルトとテレーザ！　少なくとも、あなたのお父さんとお母さんの名前はわかったわけね。いったい、どんな人たちだったのかしら？　ほんとうになにもおぼえていないの？　お母さんの顔も？」

ルクレチアは胸《むな》もとをさぐって、上着《うわぎ》の下から飾《かざ》り物《もの》をいくつもぶらさげた革《かわ》ひもをひっぱりだしました。サンゴでできた魚の赤い色が、ひときわめだちます。飾《かざ》りの中から卵形《たまごがた》の真鍮《しんちゅう》のロケットを選《えら》びだすと、ルクレチアはふたを開《あ》けて、ポリッセーナに見せました。

「これ見て！」

ポリッセーナは目をこらしました。へこんでひっかき傷《きず》のついたロケットは、値《ね》のはるようなものとは思えません。けれども、中にはめこまれた絵は、一級《いっきゅう》の芸術品《げいじゅつひん》でした。それは、ふたりの人物《じんぶつ》の肖像画《しょうぞうが》で、みがきあげられたぞうげの上に、こまかい筆《ふで》づかいで描《えが》かれていました。ポリッセーナは、お父さ……いえ、ジェンティレスキさんの仕事《しごと》のおかげで、細密画《さいみつが》というものは、とてもねうちがあることを知っていました。ルクレチアのロケットの中の肖像画《しょうぞうが》は、ほんとうにおどろくようなできばえでした。えがかれている人物《じんぶつ》のひとりは、きりっとした感《かん》じの若《わか》い女性《じょせい》、もうひとりはもっと年上の男の人で、ひげを生やし、いたずらっぽい目をしています。

ルクレチアがじまんげに言いました。

「あたしの父さんと母さんよ！　親方につれられてったとき、あたしは首にこのロケットをかけてたんだ」

お百姓《ひゃくしょう》は、ふつう、こういうぜいたく品《ひん》を買うよゆうなんかないのだから、きっと、この絵を描《か》いてもらうのに、だいじな貯金《ちょきん》をはたいたんでしょうね。まるで、ルクレチアにはこれしか残《のこ》してやれないってわかっていたみたい。おきのどくに！　でも、うでのいい絵描《えか》きさんを見つけられて、ほんとによかったわ。絵描《えか》きさんはきっと、おふたりを実物《じつぶつ》よりもりっぱに描《か》いてくれたんでしょうから、とポリッセーナは思いました。

その絵がルクレチアのものだというのは、だれの目にも明らかでした。描《えが》かれたふたりとルクレチアは、おどろくほどよく似《に》ていたからです。ルクレチアの目と鼻《はな》と先のとがった小さな耳は、お父さんゆずりでした。金髪《きんぱつ》やまゆ毛《げ》や口やあごの形は、お母さんから受《う》けついだようです。ルクレチアのお母さんは、ほこらしげにまっすぐ首をのばしていますが、こういう姿勢《しせい》はおそらく、日ごろ水《みず》さしやかごや柴《しば》の束《たば》を頭の上にのせて運《はこ》ぶうちに身《み》についたものにちがいありません。

わたしのお父さんとお母さんはどんな顔をしているのかしら？　ポリッセーナは悲《かな》しくなって考えました。わたしも、だれが見てもわかるくらい、お父さんやお母さんに似《に》ているかしら？　これほどはっきり似《に》てるかしら？

ふたりは洋服《ようふく》ダンスの中に記録簿《きろくぼ》をもどすと、教会を出て、入口のとびらをゆっくりとしめました。それから、動物《どうぶつ》たちをつれて、教会のそばの墓地《ぼち》にむかいました。墓地《ぼち》は広場のとなりにあり、低《ひく》い木の柵《さく》でかこまれていました。十年間もほったらかしにされていたので、雑草《ざっそう》が小道においしげり、ところどころで墓石《はかいし》をおおいかくすほどになっていました。

けれども、運《うん》のいいことに、ルクレチアは雨にさらされてこけむした両親《りょうしん》のお墓《はか》を見つけることができました。

生きていたときも死《し》んだのちも
深《ふか》い愛《あい》で結《むす》ばれている
エグベルト・ラムジオとその妻《つま》テレーザ、ここに眠《ねむ》る

ルクレチアがお墓《はか》をながめているあいだ、ポリッセーナはそばにあったもうひとつの墓石《はかいし》のまわりの草をぬいていましたが、とつぜん声をあげました。

「見て！　この石にも、ラムジオってきざんである。ご両《りょう》親《しん》のお墓《はか》よりも古いんじゃないかしら。それにあなたと同じ名前だわ……ルクレチア・マリア・エレオノーラ・アダリンダですって！　あなたは、おばあさんの名前をそっくりそのままもらったのね」

「おばあさんがいたなんて知らなかった」思いがけずうれし

いことに出合ったように、ルクレチアが言いました。

「バカねえ！　だれにだって、おばあさんはいるわよ！　それもふたりのおばあさんが。おじいさんがふたりに、おばあさんがふたり」ポリッセーナが、あきれたように言いました。

でも、そう言ったすぐあとで、いやな考えが頭をよぎりました。だれにだって？　ううん、すて子《ご》はちがうわ。お父さんとお母さんの名前すらわからない子どもは、おじいさんやおばあさんのことなんか、知りようがないじゃない！

## 2

一座《いちざ》はパルディス村をあとにすると、街道《かいどう》にもどって旅《たび》を続《つづ》けました。

そして六日《むいか》後、一軒《けん》の農家《のうか》が見えてきました。ジラルディ親方といろんな土地をまわってきたルクレチアも、その農家《のうか》より先へは行ったことがありませんでした。

つぎの日、一座《いちざ》はとうとう見知らぬ土地に足をふみ入れました。ルクレチアは、地図をしっかり見て、毎日どこまで進《すす》めばいいのか、きちんと計算しなければなりませんでした。さびしい野原のまん中で野宿《のじゅく》するはめにならないようにするには、日が暮《く》れる前に、

かならず、どこかの村にたどりつかなければならないからです。寒《さむ》さがきびしくなってきていましたし、野宿《のじゅく》なんかすれば、どんなこわい目にあわないともかぎりません。といってもルクレチアは、盗賊《とうぞく》におそわれることを心配《しんぱい》していたわけではありません。盗賊《とうぞく》たちだって、わざわざ、こんなみすぼらしいなりをした旅芸人《たびげいにん》の一座《いちざ》をおそって、荷車《にぐるま》や積《つ》んであるものをうばおうなどとは考えないでしょうし、まさかラミーロの首に結《むす》びつけた小さなたるの中に、お酒《さけ》ではなく、パクビオにもらった金貨《きんか》が入っているとは夢《ゆめ》にも思わないでしょうから。

　そのお金があるおかげで、一座《いちざ》はと

ちゅうで見世物《みせもの》をせずに旅《たび》を続《つづ》けることもできました。けれどもルクレチアは、人からへんだと思われたくはありませんでしたし、動物《どうぶつ》たちが練習不足《れんしゅうぶそく》になるのもいやでした。そこで、人の多い村や町にやってくるたびに、広場にポリッセーナが描《か》いたポスターをはり、チンパンジーのランチロットにタンバリンを鳴らさせながら通りをねり歩いて、土地の人たちに一座《いちざ》がやってきたことを知らせました。

もっとも、どこでもテンペスタル村のように大歓迎《だいかんげい》されて、気前のよいお客《きゃく》がおしかけてくれたわけではありません。ときには、かせぎはわずかしかありませんでしたが、それでも、パクビオからもらったお金をすこしは節約《せつやく》することができました。

ともかく子どもたちには、動物曲芸団《どうぶつきょくげいだん》は大人気でした。おとずれた土地でラムジオ一座《いちざ》の評判《ひょうばん》が広まったのはもちろん、つぎに行く町にまで、うわさが先にとどいていることさえありました。やがて、街道《かいどう》ぞいの村の子どもたちは、ルクレチアとルドビコとすばらしい仲間《なかま》たちがやってくるのを首を長くして待《ま》つようになりました。

いまでは、『ルドビコ』も、お客《きゃく》から惜《お》しみない拍手《はくしゅ》を受《う》けるようになっていました。

お客《きゃく》の前に立つとどうしてもはずかしさを感《かん》じてしまうので、ポリッセーナははじめのうち、もっぱら衣装《いしょう》係《がかり》や伴奏《ばんそう》などの役目《やくめ》を受《う》けもっていました。でもルクレチアは、旅《たび》を続《つづ》けながら、ポリッセーナが自信《じしん》を持《も》つように工夫《くふう》してきたのでした。ポリッセーナは高いところによじのぼるのがとくいでしたから、ルクレチアは、『ルドビコ』が高いところによじのぼる芸《げい》をいくつか考えだしたのです。

お客《きゃく》が息《いき》をつめて見つめるなか、クモのような黒と黄のしまもようの服《ふく》を身《み》につけたポリッセーナは、お祭《まつ》りが終《お》わっても広場に立てたままになっている棒《ぼう》のぼり競《きょう》争《そう》の棒《ぼう》のてっぺんまで、またたくまにのぼってみせたり、ほとんど足がかりがないような三階《かい》建《だ》ての町役場《まちやくば》の壁《かべ》をよじのぼり、建物《たてもの》のてっぺんに腰《こし》をおろしてポーズをとったりしてみせました。まもなくポリッセーナには、『クモ男ルドビコ』というあだ名がつきました。ポリッセーナは、屋根《やね》からたらした綱《つな》でも、目もくらむような高い木のてっぺんでも、鐘楼《しょうろう》でも、塔《とう》でも、なんでもよじのぼることができました。またポリッセーナが高いところにのぼるときには、ランチロットもまねをしてのぼってみせました。『ルドビコ』の優雅《ゆうが》で軽《かろ》やかな身《み》のこなしとは反対《はんたい》の、わざとらしく不《ぶ》器用《きよう》なチンパンジーのしぐさにお客《きゃく》は大笑《おおわら》いするのでした。

ポリッセーナは、いまでは、ラムジオ一座《いちざ》のりっぱな一員《いちいん》でした。でも、ときにはふと、はずかしくてたまらなくなるとき

もありました。おおぜいの人の見ている前で、棒《ぼう》のてっぺんで足をぶらぶらさせているわたしを見たら、セラフィーナは、いったいなんて言うかしら？　ちゃんとした家の娘《むすめ》にふさわしい礼儀作法《れいぎさほう》やつつしみ深《ぶか》さをいっしょうけんめい教えてくれたアニェーゼは、どう思うかしら？　お母さ……いえ、ジェンティレスキのおばさんは、どんな顔をするかしら？　演技《えんぎ》の最中《さいちゅう》にそんなことを考えていたせいで、高いところから落《お》っこちそうになったことも、なんどかありました。けれどもそんなときも、お客《きゃく》が拍手《はくしゅ》をして、「ル・ド・ビ・コ！　ル・ド・ビ・コ！」とさけぶので、ポリッセーナは、なんとか気持《きも》ちをおちつけて、評判《ひょうばん》にはじない演技《えんぎ》を見せるよう、つとめなければなりませんでした。

雨が降《ふ》りはじめ、道は一面《いちめん》のぬかるみに変《か》わりました。サルたちが歩きづらそうにしているので、ルクレチアは荷車《にぐるま》に乗《の》せてやりました。かわいそうにラミーロは、体じゅうに泥《どろ》はねをあびていましたし、ぬかるみに車輪《しゃりん》を取られて、なかなか前《まえ》に進《すす》めず、苦労《くろう》していました。いっぽう、アポロニアとシロバナは、大よろこびで泥《どろ》の中をはねまわっています。だから、毎晩《まいばん》ふとんに入れてやる前に、動物《どうぶつ》たちをきれいに洗《あら》ってやらなくてはなりませんでした。

こんなぐあいにのろのろと旅《たび》を続《つづ》けていたので、ポリッセーナは、このままではクリスマスまでに緑《みどり》のふくろう亭《てい》にたどりつけるかしら、と気をもみはじめました。ルクレチアはポリッセーナの気持《きも》ちをくみとると、パクビオにもらった金貨《きんか》の残《のこ》りを使《つか》って、最後《さいご》の道のりは乗《の》りあい馬車で行こうと言いました。

けれども、動物《どうぶつ》たちをよろこんで乗《の》せてくれるような御者《ぎょしゃ》はなかなかいません。馬車の中をノミだらけにされてはたまらない、と心配《しんぱい》する御者《ぎょしゃ》もいれば――ルクレチアは動物《どうぶつ》たちの体をいつもきれいにしていたので、そんな心配《しんぱい》をする必要《ひつよう》はないのですが――動物《どうぶつ》なんかをいっしょに乗《の》せたら、ほかのお客《きゃく》がいやな顔をするよ、と言う御者《ぎょしゃ》もいました。

そこで、ルクレチアはいいことを考えつきました。ガチョウのアポロニアは籐《とう》のかごに入れて、荷《に》車《ぐるま》やほかの荷物《にもつ》といっしょに馬車の屋上《おくじょう》にのせることにし、残《のこ》りの動物《どうぶつ》たちには、『遺産相続《いさんそうぞく》』のお芝居《しばい》の衣装《いしょう》を着《き》せたのです。

乗《の》りあわせた乗客《じょうきゃく》たちは、一座《いちざ》をじろじろと見ました。なにしろ、こんなに毛深《けぶか》い女性《じょせい》やへんてこな赤んぼうは、見たことがありません。でもしまいには、みんな、なれてしまいました。旅《たび》をすれば、道中変《どうちゅうか》わったことに出くわすのはよくあることですし、御者《ぎょしゃ》も、ほかの乗客《じょうきゃく》に、「こちらは大《おお》金《がね》持《も》ちのご一家なんです」と説明《せつめい》したからです。御者《ぎょしゃ》はさらにごていねいにも、「金持《かねも》ちってえのは、人とちがっていたって許《ゆる》されるもんですし、だれもそれをとやかく言うことはできませんやね」と、つけくわえました。

まもなく、カシルダはほかの乗客《じょうきゃく》たち、とりわけご婦人方《ふじんがた》の人気の的《まと》になりました。みんな、この変《か》わった赤んぼうの愛《あい》らしいしぐさはもちろんのこと、着《き》ているバラ色の錦《にしき》の子ども服《ふく》に目をみはりました。布地《ぬのじ》といい、仕立《した》てといい、ふつうは赤んぼうに着《き》せたりしない高価《こうか》な服《ふく》だったので、この風変《ふうが》わりな一家はたしかにたいそうな金持《かねも》ちなんだろう、とみんな信《しん》じてしまったのです。もっとも、目をこらせば、服《ふく》は古くてしわが寄《よ》っているし、ところどころしみがついているのがわかったのですが、それでも、新品《しんぴん》のころはすそ全体《ぜんたい》についていたと思われる小さな真珠《しんじゅ》がいくつか残《のこ》っていたり、金糸《きんし》の刺繍《ししゅう》があるのも見てとれましたから、やはりすばらしいと思わせてしまうのでした。

ほかの乗 客《じょうきゃく》がしきりに感心《かんしん》するので、ポリッセーナもその服《ふく》をあらためてじっくりと見てみました。すると、商人《しょうにん》の娘《むすめ》（いえ、もと娘《むすめ》！）であるポリッセーナは、みんながおどろくのもむりないわ、と思いました。この服《ふく》が新品《しんぴん》だったら、きっと目の玉がとびでるような値《ね》がするにちがいない。でも、いったいどんな人が、赤んぼうの服《ふく》にそんな大金を惜《お》しげもなく使《つか》ったのかしら？　赤んぼうはすぐに大きくなるから、服《ふく》はひと月もすれば小さくなってしまうのに！

「どこで、あの服《ふく》を手に入れたの？　だれのものだったの？」ポリッセーナは、小声でルクレチアにたずねました。

「さあ、わかんないよ。ずっと前から衣装《いしょう》入れにあったんだ。じいさんがどこかでぬすんできたんだとしても、あたしはおどろかないね」

ルクレチアは、馬車に乗ることにしてよかった、と思っていました。歩けば一週間かかる距離《きょり》を一日で行くことができるのですから。雨にぬれることもなければ、サルたちがかぜをひくんじゃないかと心配《しんぱい》する必要《ひつよう》もありません。

馬車にゆられてうつらうつらしながら、ポリッセーナはあれこれ空想《くうそう》にふけっていました。これまでなんどかがっかりさせられたけど、緑《みどり》のふくろう亭《てい》に着《つ》いたら、きっとすべてが明らかになるわ。ポリッセーナはそう信《しん》じてうたがいませんでした。

お父さんとお母さんを見つけたら、ルクレチアを養女《ようじょ》にしてもらおう。ポリッセーナはそんなことまで考えていました。そうすれば、かわいそうなみなしごのルクレチアも、ちゃんとした家に暮《く》らし、毎日あたたかいベッドに寝《ね》て、おなかいっぱい食べられるようになれる。先生をつけてもらって礼儀《れいぎ》作法《さほう》を習《なら》うことだってできる。わたしに会えて大よろこびのお父さんとお母さんは、わたしの願《ねが》いを聞いてくれるにきまってるわ。それに、ルクレチアの助《たす》けがなかったらお父さんたちを見つけられなかったのよ、って言えばなおさらよ。ルクレチアは年下だから、わたしはおねえさんってことになるわね。おねえさんらしく、いろんなことを教えてあげなきゃ。

そこまで考えると、ふとイッポリタやペトロニッラのことを思い出し、悲《かな》しくなったので、急《いそ》いで、ふたりのことを心の中から追《お》いはらいました。

それから、ポリッセーナは髪《かみ》の毛《け》をさわってみました。ふぞろいではありますが、もう、おかっぱにできそうなくらいの長さになっています。つぎの村に着《つ》いたら、ルクレチアにたのんで、動物《どうぶつ》たちの毛を刈《か》るはさみで切りそろえてもらおう、とポリッセーナは思いました。

プラターレの町に到着《とうちゃく》するまでには、五日かかりました。馬車をおりるとき、ルクレチアが、御《ぎょ》者《しゃ》に緑《みどり》のふくろう亭《てい》に行く道を聞いてみると、そこから歩いてたった半日の距離《きょり》だということでした。

馬車に乗《の》ってらくをしたおかげで元気をとりもどしたふたりは、雪が降《ふ》りはじめても、明るい気持《きも》ちで歩いていきました。服《ふく》を着《き》こんだ二匹《ひき》のサルは荷車《にぐるま》に乗《の》り、ジラルディ親方が使《つか》っていた大きな緑《みどり》のかさの下で丸くなっていました。厚《あつ》い毛皮《けがわ》におおわれていて、寒《さむ》さもへっちゃらなディミトリとラミーロは、ひらひらと舞《ま》い落《お》ちてくる雪をたのしんでいました。

ポリッセーナとルクレチアは厚《あつ》いマントをはおっていました。ルクレチアはガチョウのアポロニアを、ポリッセーナは子ブタのシロバナをうでにだいて、急《いそ》ぎ足《あし》で歩いていきました。早く歩けば体があたたまるからです。ふたりのはく息《いき》が、冷《つめ》たい空気にふれて、小さな白い雲を作っています。

きれいに石《いし》だたみが敷《し》かれた広い道は、畑《はたけ》や牧草地《ぼくそうち》やくだもの畑《ばたけ》をぬって、森の中に続《つづ》いていました。道しるべを通りすぎるたびに、都《みやこ》がどんどん近づいてくるようです。

日が暮《く》れるすこし前に、宿屋《やどや》が見えてきました。葉《は》を落《お》とした大きな木がまばらにそびえる丘《おか》の上に、一軒《いっけん》だけ立っているあの建物《たてもの》が、緑《みどり》のふくろう亭《てい》にちがいありません。たくさんある煙突《えんとつ》から(どの部屋《へや》にも煙突《えんとつ》がついているのです)、冷《つめ》たくすみきった空にむかって灰色《はいいろ》の煙《けむり》が立ちのぼっていました。まだ日が落《お》ちきってはいないのに、窓《まど》ガラスのむこうにはすでに明かりがともっていました。

# 3

## 緑のふくろう亭　上流階級のお客さまのための宿屋

ポリッセーナたちは、降《ふ》りしきる雪の中を門から敷地《しきち》の中に入ると、建物《たてもの》に続《つづ》く並木道《なみきみち》を進《すす》んでゆきました。長いあいだ旅《たび》まわりの生活をしてきたルクレチアも、こんなにりっぱな宿屋《やどや》は見たことがありません。

緑《みどり》のふくろう亭《てい》は、農場《のうじょう》や駅馬車《えきばしゃ》の駅《えき》よりもりっぱで、まるで豪華《ごうか》な別荘《べっそう》のようでした。建物《たてもの》の正面玄関《しょうめんげんかん》は地面《じめん》よりすこし高いところにあり、そこまでは弧《こ》を描《えが》くように左右の階段《かいだん》が続《つづ》いていました。上の階《かい》にはしゃれたバルコニーがいくつもついています。

まわりの庭園《ていえん》には、うっすらと雪が積《つ》もり、もうだいぶ白くなっていました。建物《たてもの》の横手《よこて》には、迷路《めいろ》の形に刈《か》りこんだツゲの木の植《う》えこみがあって、そのそばにある大きな木の下や、低《ひく》い木立のあいだから、古い石の柱《はしら》や彫像《ちょうぞう》らしいものが顔をのぞかせていました。

そして、玄関《げんかん》のとびらには、看板《かんばん》がかかげられており、それには、『緑《みどり》のふくろう亭《てい》、上流階級《じょうりゅうかいきゅう》のお客《きゃく》さまのための宿屋《やどや》』と書いてありました。

建物《たてもの》の中からは、大きな笑《わら》い声《ごえ》や音楽、たのしそうなおしゃべり、けんかでも

しているような怒《おこ》った声、女性《じょせい》の金切り声や、犬のほえる声などが聞こえてきました。

　ポリッセーナとルクレチアは、なんだか気おくれし、階段《かいだん》の下で立ちすくんでしまいました。

「ノックする前に、窓《まど》から中をのぞいてみましょうよ」ポリッセーナが言いました。

　外はもうまっくらでした。でも、一階《かい》にある部屋《へや》は、何百というろうそくに照《て》らされていたので、外からでもよく見えました。

　ふつうの宿屋《やどや》は、一階《かい》に台所《だいどころ》と食堂《しょくどう》をかねた、料理《りょうり》の煙《けむり》がこもっているような広い部屋《へや》がひとつあるだけですが、ここはちがいます。一階《かい》は、いくつものしゃれた大広間にわかれていて、どの広間にも、大理石の暖炉《だんろ》があり、絹《きぬ》ばりのひじかけいすやソファーが置かれ、ペルシャじゅうたんが敷《し》いてあります。いくつもあるテーブルには、クリスタルガラスや磁器《じき》や銀《ぎん》の燭台《しょくだい》がならんでいました。

広間にあふれるお客《きゃく》たちは、思い思いに銀《ぎん》のフォークとナイフで食事《しょくじ》をしたり、トランプやさいころを使《つか》った賭《か》けごとに興《きょう》じたり、暖炉《だんろ》の前でおしゃべりをたのしんだりしています。だれもが豪華《ごうか》な服《ふく》を着《き》ており、女の人たちは、もう十一月だというのに、肩《かた》やうでがあらわになるようなドレスに身《み》をつつんでいました。チェンバロやチェロが演奏《えんそう》されている部屋《へや》では、お客《きゃく》たちがおどったり、ソファーに寝《ね》そべって音楽に耳をかたむけたりしています。そして、メイドたちはといえば……。

これまでいろんな宿屋《やどや》を見てきたルクレチアも、こんなに優雅《ゆうが》で上品《じょうひん》なメイドは見たことがありませんでした。そして、これほどおおぜいのメイドがいそがしく立《た》ち働《はたら》いているのを見るのもはじめてでした。メイドたちは、みんな若《わか》くてきれいで、身《み》なりもきちんとしています。ほっそりとした腰《こし》や、すらりとした足やきゃしゃな足首が、ますますすてきに見えるようなおしゃれな制服《せいふく》を着《き》て、飲《の》み物《もの》や料理《りょうり》がのったお盆《ぼん》や、かえの小皿《こざら》や、暖炉《だんろ》にくべるまきを入れたかごや、ご婦人《ふじん》方《がた》への花束《はなたば》やショールやせんすや、猟犬《りょうけん》用《よう》の水のお椀《わん》や、男性客《だんせいきゃく》への葉巻《はまき》や、トランプの束《たば》や、お酒《さけ》や砂糖漬《さとうづけ》のくだものなどをかかえて、お客《きゃく》のあいだをせわしなく行ったり来たりしています。また、床《ゆか》に落《お》ちたくだものの皮《かわ》をひろったり、暖炉《だんろ》の灰《はい》をかきだしたり、シャンデリアのろうそくを交換《こうかん》したり、いすを運《はこ》んだり、火をかき

立てたり、気絶《きぜつ》した婦人《ふじん》に気つけ薬《ぐすり》をかがせたり、ソファーの下に落《お》ちた犬用の骨《ほね》をそうじしたりしているメイドもいました。みんな、休むひまもなく仕事《しごと》をしています。

メイドたちは、料理《りょうり》の皿《さら》が持《も》てないほど重《おも》くても、いじわるなお客《きゃく》がつまずかせてやろうと足をのばしても、しじゅうにこやかな笑《え》みをうかべていました。また、食べすぎたお客《きゃく》が床《ゆか》の上にはきもどしたものをぞうきんできれいにしなくてはならなくても、トランプの勝負《しょうぶ》に負《ま》けたお客《きゃく》から腹《はら》だちまぎれにトランプの束《たば》や小机《こづくえ》を投《な》げつけられても、きげんの悪《わる》い犬にふくらはぎをがぶりとかまれても、悪《わる》ふざけが好《す》きなご婦人《ふじん》に冷《つめ》たい水を首《くび》すじに流《なが》しこまれても、やっぱりにこにこしていました。

ただ、そうやって笑顔《えがお》をたやさないようにしていても、タカのようなするどいまなざしで、広間のようすに目を光らしている年配《ねんぱい》の女の人には、全員《ぜんいん》が近づかないようにしているのでした。

ルクレチアは、黒い絹《きぬ》の服《ふく》を着《き》て、腰《こし》に鍵《かぎ》の束《たば》をぶらさげているこの年配《ねんぱい》の女の人が宿屋《やどや》の主人《しゅじん》だと、すぐにぴんときました。いっぽう、ポリッセーナは、あの人、わたしのお母さんにしては、年をとりすぎているわ、と考えて、ほっと胸《むね》をなでおろしました。

女主人《おんなしゅじん》は、やせて背《せ》が高く、わし鼻《ばな》で、しらがまじりの髪《かみ》を耳の上で束《たば》ねています。そっくり返《かえ》って、お客《きゃく》のあいだを歩きまわり、ほほえみかけたり、おしゃべりに興味深《きょうみぶか》げに耳をかたむけたり、お客《きゃく》のとばしただじゃれに笑《わら》ってみせたり、頭痛《ずつう》で苦《くる》しんでいるお客《きゃく》をなぐさめたりしていました。

そして、お客《きゃく》からなにかたのまれると、すぐさまあたりに目を走らせ、近くにいるメイドをつかまえて言いつけるのでした。

ポリッセーナは、ふつうの人が旅行《りょこう》に出ないこんな寒《さむ》い季節《きせつ》に、これだけたくさんの紳士《しんし》や貴婦人《きふじん》が宿屋《やどや》に泊《と》まっているのをふしぎに思いました。庭《にわ》の奥《おく》にある馬小屋《うまごや》も馬でいっぱいのようです。そちらのほうから馬の鳴《な》き声やひづめの音が聞こえてきますし、馬小屋《うまごや》のガラス窓《まど》は息《いき》でくもっています。馬車置《お》き場《ば》にも、からの馬車がたくさんとまっていました。

ルクレチアとポリッセーナは、広間のようすをじっくり見ると、つぎは建物《たてもの》の裏《うら》にまわって、台《だい》所《どころ》の窓《まど》から中をのぞいてみました。料理人《りょうりにん》と下働《したばたら》きの娘《むすめ》たちなど七人の使用人《しようにん》が、かまどのまわりで汗《あせ》をたらたら流《なが》しながら働《はたら》いていました。下働《したばたら》きの娘《むすめ》たちはみんなぼろを着《き》ていて、台所《だいどころ》にからのお皿《さら》をさげて新しい料理《りょうり》を持っていくメイドとならぶと、なんともちぐはぐな感《かん》じがしました。

二階《かい》と三階《かい》の窓《まど》は、どれもまっくらでした。ところが、とつぜん、ひとつの窓《まど》に明かりがちらちら見えました。だれかが、ろうそくを持《も》って部屋《へや》に入ってきたのでしょう。

ポリッセーナはシロバナを荷車《にぐるま》の上におろすと、建物《たてもの》の正面《しょうめん》にある壁《かべ》の浮《う》き彫《ぼ》りを足がかりにして、するす

るとのぼっていきました。半開《はんびら》きのカーテンのすきまから部屋《へや》の中をのぞいてみると、メイドがベッドをととのえ、暖炉《だんろ》の火をかき立てているのが見えました。それから、メイドがとびらを開《あ》けに行くと、がんじょうな体つきのふたりの若《わか》い男の使用人《しようにん》が、意識《いしき》を失《うしな》っているらしい紳士《しんし》を運《はこ》びこんできました。気絶《きぜつ》したのかしら？　それとも酔《よ》いつぶれているのかしら？　部屋《へや》の中の三人は、金魚みたいに口をパクパクさせていますが、なにをしゃべっているのかまでは聞こえなかったので、ポリッセーナには、どちらなのかわかりませんでした。

# 4

クシュン！　ルクレチアのくしゃみが聞こえてふり返《かえ》ったポリッセーナは、すぐに下におりました。雪は降《ふ》りつづいていて、身《み》を切るような北風が吹《ふ》いています。

「さあ、ノックしようよ。早くあたたかいところにつれていってやらないと、動物《どうぶつ》たちがこごえて死《し》んじゃうよ」

ノックすると、ひとりのメイドがとびらを開《あ》けてくれました。けれどもメイドは、ふたりを見るなり、ぎょっとしたような顔になり、ルクレチアの鼻先《はなさき》でとびらをしめようとしました。

「なにもめぐんであげられないのよ」メイドは小声で言いました。どうやら、女主人《おんなしゅじん》に気づかれるのをおそれているようです。

でもルクレチアは、かまわずとびらの内《うち》がわに身《み》をすべりこませました。

「あたしたち、ものごいじゃないよ。お金だって持《も》ってる。ひと晩部屋《ばんへや》を借《か》してよ。動物《どうぶつ》たちも馬小屋《うまごや》に置《お》かせてほしいの」

メイドは頭を横《よこ》にふりました。

「ここは、身分《みぶん》の高い人しか泊《と》まれないのよ。さあ、帰ってちょうだい。ここのご主人《しゅじん》のアスプラ夫人《ふじん》に気づかれる前に」

「身分《みぶん》の高い人だって？　じつはあたし、おしのびで旅《たび》をしているお姫《ひめ》さまなんだ。外にいるのはあたしのいとこの侯爵《こうしゃく》で、動物《どうぶつ》たちはみんな、魔法《まほう》をかけられた王さまや王妃《おうひ》さまだよ」ルクレチアが答えました。

メイドの口から、ため息《いき》といっしょにかすかな笑《わら》い声がもれました。すると、声を聞きつけたアスプラ夫人《ふじん》が、あっというまに玄関《げんかん》の広間に姿《すがた》をあらわしました。

「どうしたんだい？　なんで、この小娘《こむすめ》を入れたんだね？」夫人《ふじん》はけわしい口調《くちょう》で言いました。メイドは、頭をかばおうととっさにうでを上げながら、「いえ、その……わたくしは……」と、口ごもりました。

夫人《ふじん》は、メイドの言いわけなど聞こうとはしませんでした。

「あとでこの不始末《ふしまつ》のつぐないはしてもらうからね。いまはさっさと台所《だいどころ》へ行って、伯爵《はくしゃく》さまにキジのローストを持《も》っていくんだ！」それから、ルクレチアを見て、「なにをぐずぐずしてるんだい、おまえ？　出ていけっていうのが、わからないのかい！」とどなりつけました。

けれどもルクレチアは、動《うご》こうとせず、礼儀正《れいぎただ》しいことばで言いました。

「お待《ま》ちください、奥《おく》さま、みすぼらしいなりはしていますが、わたしたちはこれでも芸人《げいにん》なのでございます。それも、じまんではございませんが、人気のある芸人《げいにん》です。ですから、ちゃんと宿代《やどだい》をおしはらいできるだけのお金は持《も》っております」

いっしゅん女主人《おんなしゅじん》の目が、がめつそうに光りました。もしもほかにだれもいなかったら、この人、きっとあたしたちにおそいかかって、身《み》ぐるみはごうとするにちがいないね、とルクレチアは思いました。でも、さいわい、いまは、とびらのすきまからクマのディミトリの黒い影《かげ》がのぞいていましたし、そのうなり声が犬のラミーロの低《ひく》いうなり声とまじって聞こえています。それに、部屋《へや》へもどるお客《きゃく》が、いまにも通りかかるかもしれません。

アスプラ夫人《ふじん》は、とげとげしい口調《くちょう》で言いました。

「看板《かんばん》を見なかったのかい？　金があろうとなかろうと、ここは芸人《げいにん》なんかが来るところじゃないんだよ！　出ておいき！」

「お願《ねが》いです！　せめて使用人《しようにん》が使《つか》う屋根裏部屋《やねうらべや》にでも寝《ね》かせてもらえませんか。ひと晩《ばん》だけでいいんです。明日の夜明けには、かならず出ていきますから」とルクレチア。

「いますぐ出ていくんだ。なんなら、使用人《しようにん》たちに命《めい》じて力ずくで追《お》っぱらわせようか？」

「なんとかお願《ねが》いします！　もうおそいし、雪も降《ふ》っています。いちばん近い町だって、歩いて三時間はかかるでしょうし、たどりつく前にこごえ死《し》んでしまいます」

「そんなこと、わたしの知ったことかね。いいかげんにしておくれ。まったく、あつかましいったらありゃしない。さあ出てけ！」

アスプラ夫人《ふじん》はルクレチアの肩《かた》をつかむと、ぐいっと力をこめて、とびらのほうにおしやりました。

ところが、そのとき、いままでルクレチアのマントの下でおとなしくしていたガチョウのアポロニアが、シューと獰猛《どうもう》な声をあげて首をつきだしました。そしてアスプラ夫人《ふじん》がおどろくまもなく、そのうでをくちばしで思いっきりつっつきました。あまり知られてはいませんが、ガチョウのくちばしでつつかれると、ものすごく痛《いた》いのです。

アスプラ夫人《ふじん》はあまりの痛《いた》さに、さけび声をあげました。

「助《たす》けて！　だれか来て！　殺《ころ》されるー！」

アポロニアはますますたけりくるい、シューシューとおどかすような声をあげながら、羽《はね》をばたつかせ、床《ゆか》におりようと、もがきました。さわぎを聞きつけて、広間や台所《だいどころ》から、おおぜいの人がかけつけてきました。料理人《りょうりにん》のひとりが、ルクレチアにむかって焼《や》き串《ぐし》をつきつけました。

ところが、そのとき、白いビロードの服《ふく》を着《き》たひとりの紳士《しんし》が、料理人《りょうりにん》を手で合図《あいず》してとめました。

「なあんて、きいれいな、おんなあの子だ！」紳士《しんし》は、みょうにまのびしたしゃべり方で言うと、マントのえりからはみでたルクレチアの金髪《きんぱつ》の巻《ま》き毛《げ》にふれました。「なあんて、かあわいらしい！　わあかくて、あーどけない！　まあるで、五月のバーラのはなのようだ！」

それから、ふきげんなようすでアスプラ夫人《ふじん》のほうをむいて言いました。

「いったい、なあんのさわぎだ、おかみ？　やあかましいと、わあたしは、ずつうがするのを、わあすれたのか？」

アスプラ夫人《ふじん》の顔が青ざめました。

「この子がわたしにおそいかかってきたんです……」アスプラ夫人《ふじん》は言いわけしようとしました。

「ばかな！　あーんたをおそうだと！　こおんな、かあわいい、おんなあの子が！　ねーえ、おじょうちゃん、なあんて、おなまえなの？」

ルクレチアは、きげんをとろうとするかのように声をかけてきた紳士《しんし》のようすが気に入りませんでした。いかにもやさしげですが、この人は、女主人《おんなしゅじん》よりも、もっと信用《しんよう》ならないように思えます。

とはいえ、外で寒《さむ》さにふるえているポリッセーナと動物《どうぶつ》たちをほうっておくわけにはいきません。

そこで、ルクレチアは、役者《やくしゃ》としてできるかぎりの演技《えんぎ》で、しくしく泣《な》きまねをはじめました。

「わたしはルクレチア・ラムジオといいます。外にいるのは、いとこのルドビコと曲芸団《きょくげいだん》の動物《どうぶつ》たちです。このままでは、みんなこごえ死《し》んでしまいます。どうか、わたしたちを中に入れてください」ルクレチアは、声をふるわせて泣《な》きじゃくってみせました。

白い服《ふく》の男はアスプラ夫人《ふじん》をにらみつけました。

「せっかくここに、わしらのたいくつをまぎらわせてくれそうな芸人《げいにん》の一座《いちざ》がおるというのに、それを追《お》いはらおうというのか？　アスプラ夫人《ふじん》、お客《きゃく》のたのしみはどうでもいいのかね、ええ？」

「侯爵《こうしゃく》さま……いいえ、わたくしは……そんな……」アスプラ夫人《ふじん》は言いわけしようとして口ごもりました。

けれども、侯爵《こうしゃく》はアスプラ夫人《ふじん》のことばをさえぎって、ぴしゃりと言いました。

「いいか、もうちょっとわしらの気分がもりあがるようにして、たのしませてくれ。さもないと、おまえさんは、だいじなおとくいをひとり残《のこ》らず失《うしな》うことになるぞ。わしらがミレナイをはなれているわけは、よくわかっておろうが。このかわいい娘《むすめ》はひどく疲《つか》れておるようだ。仲間《なかま》といっしょに休ませてやりなさい。そして二時間したら、黄の間に集《あつ》まって、わしらに最高《さいこう》の出《だ》し物《もの》を見せてくれるよう、とりはからうんだ。わかったな?」

「おおせのとおりに、侯爵《こうしゃく》さま!」アスプラ夫人《ふじん》はうやうやしく答えると、ポリッセーナたちにむかって言いました。「さあ、おまえたち、そんなところでなにしてるんだい。さっさと、お入り。家の中がひえちまうよ」

## 5

ルクレチアとポリッセーナは動物《どうぶつ》たちといっしょに、窓《まど》のない殺風景《さっぷうけい》で寒々《さむざむ》とした部屋《へや》に案内《あんない》されました。アスプラ夫人《ふじん》はその部屋《へや》を『使用人《しようにん》たちの客間《きゃくま》』などという大げさな名で呼《よ》んでいました。部屋《へや》の中には、壁《かべ》ぎわに長いすがふたつ置《お》いてあるだけで、ほかに家具《かぐ》はありません。明かりも、すすでよごれたランプがうすぼんやりとした光をはなっているだけ。

やがてメイドが、かちかちのパンをのせた、ふちの欠《か》けた大皿《おおざら》と、氷水《こおりみず》のように冷《つめ》たい水が入った水さしを運《はこ》んできました。

アスプラ夫人《ふじん》がもったいぶった口調《くちょう》で言いました。

「さあ、たんと食べて休むがいいよ。一時間したら呼《よ》びに来るからね。衣装《いしょう》を着《き》たり出《だ》し物《もの》の準備《じゅんび》をしたりするのに、すこし時間がかかるだろう」

アスプラ夫人《ふじん》が出ていって部屋《へや》のとびらがしまるやいなや、それまでずっとだまっていたポリッセーナがはきすてるように言いました。

「わたし、アスプラ夫人《ふじん》と血《ち》がつながっていないことを心から願《ねが》うわ」

「あたしもさ。あんないけすかないやつ、見たことないよ！　弱い者《もの》に冷《つめ》たいくせに、強い者《もの》にはへつらうんだから」ルクレチアも言いました。

「でも、あなたがすぐに金の安全《あんぜん》ピンを見せたり、わたしたちがここへ来た理由《りゆう》を話したりしなくてよかったわ。用心《ようじん》しなくちゃ」

「おやまあ！　ポリッセーナも、すこしはこれまでの暮《く》らしから学んで、かしこくなったようだね。とにかく、むやみにそこらをかぎまわったり、相手《あいて》かまわず『お父さん！』ってさけんでだきついたりしちゃだめだよ」

ルクレチアは、かちかちのパンを動物《どうぶつ》たちにわけてやりました。

「あったかいミルクでもあげられたらいいんだけど」ルクレチアがため息《いき》をもらすと、ポリッセーナも言いました。

「あのキジのローストを見た？　それにメレンゲの焼《や》き菓子《がし》も！　たぶん、見世物《みせもの》が終《お》わったら、お客《きゃく》さんが夕食にさそってくれるわよ」

「さあ、どうだか」

「どうして？　あの人たちの中に、わたしのお父さんとお母さんも、いるかもしれないじゃない。わたしがだれだかわかったら、きっと大よろこびするわ」

ふたりは疲《つか》れきっていたので、寒《さむ》くておなかもすいていたにもかかわらず、長いすの上に横《よこ》になって、うとうとしはじめました。

真夜中《まよなか》近くに、メイドが呼《よ》びに来ました。黄の間では、お客《きゃく》たちがあいかわらず、食べたり飲《の》んだり、トランプをしたり、音楽を聴《き》いたり、おどったり、おしゃべりしたりしています。でもみんな、これっぽっちも、うれしそうでもたのしそうでもありません。

どうして、この人たちは寝《ね》に行かないのかしら？　ポリッセーナは、眠《ねむ》くてたおれそうでした。ラムジオ一座《いちざ》が広間に入っていっても、お客《きゃく》たちは見むきもしませんでした。さっき一座《いちざ》に出し物《だもの》をさせろと言った白い服《ふく》の侯爵《こうしゃく》も、となりのご婦人《ふじん》のグラスのワインにビスケットをひたして食べながら、ちょっとこっちを見ただけでした。女性客《じょせいきゃく》たちは、せんすの陰《かげ》であくびをしています。

この手のお客《きゃく》には、いつもみたいに軽業《かるわざ》や曲芸《きょくげい》を見せても受《う》けないな、ルクレチアはすぐにそう感《かん》じとりました。

「ここのお客《きゃく》には、刺激《しげき》の強い出《だ》し物《もの》が必要《ひつよう》よ」と、ルクレチアはポリッセーナにささやきました。そしてお客《きゃく》の注意《ちゅうい》をひくために、腰《こし》につるした太鼓《たいこ》をタタ、タンと短《みじか》く打《う》ち鳴《な》らすと、口上《こうじょう》をのべはじめました。

「やんごとないご観客《かんきゃく》のみなさま、紳士《しんし》ならびに淑女《しゅくじょ》のみなみなさま。夜もすでにふけておりますので、むだな前口上《まえこうじょう》ははぶきまして、さっそく出《だ》し物《もの》の幕開《まくあ》きにしたいとぞんじます。みなさまのごきげんをうかがいますのは、凍《い》てつくシベリアの大地からやってまいりました雪の落《お》とし子《ご》ディミトリと、赤道直下の熱帯《ねったい》アフリカからやってまいりました、灼熱《しゃくねつ》の太陽《たいよう》の落《お》とし子《ご》ランチロット。このふたりの、命《いのち》を賭《か》けた決闘《けっとう》をごらんください」

ルクレチアが合図をすると、二頭はさっと広間の両《りょう》はしに移動《いどう》し、それぞれ豪勢《ごうせい》なごちそうがならんだテーブルの上にとびのりました。

ルクレチアは、太鼓《たいこ》をタ、タ、タ、タ、タと打《う》ち鳴《な》らしました。

「準備《じゅんび》はいい？　戦闘開始《せんとうかいし》だよ。さあ、弾《たま》をこめて！　撃《う》てっ！」

ランチロットは、テーブルからノウサギの煮《に》こみ料理《りょうり》の皿《さら》をつかむと、広間の反対《はんたい》がわにいるディミトリにむかって投《な》げつけました。料理《りょうり》は、すい星の尾《お》のようにうしろに煮汁《にじる》をしたたらせ、まきちらしながら、飛《と》んでいきました。しかし、それと同時に、ディミトリが投《な》げたマカロニパイが飛《と》んできて、ランチロットの鼻面《はなづら》に命中《めいちゅう》しました。

お客《きゃく》たちのあいだから、えんりょがちな拍手《はくしゅ》がパラパラと聞こえてきました。つぎに、ランチロットはクリームケーキ、ディミトリはチョコレートプディングを投《な》げました。けれども、こんどはねらいがはずれてしまいました。あまくておいしい砲弾《ほうだん》のひとつは、賭《か》けの賞金《しょうきん》を引《ひ》きよせようとしていた若《わか》い男爵《だんしゃく》のレースのネクタイにあたってつぶれ、もうひとつは、きどった姿勢《しせい》でチェンバロにもたれて音楽に耳をかたむけていた貴婦人《きふじん》の髪飾《かみかざ》りにあたりました。運《うん》の悪《わる》いふたりは、おどろきのあまり息《いき》もできないありさまでしたが、ほかのお客《きゃく》たちはげらげら笑《わら》いだし、失礼《しつれい》になるのもかまわず拍手《はくしゅ》しました。

けれども、笑《わら》っていた人たちの口もとからも、すぐに笑《わら》いが消《き》えました。というのも、自分たちも、

すぐに、食《た》べ物《もの》投《な》げの的《まと》にされてしまったからです。いまや広間には、パイ、ケーキ、ローストチキン、あまずっぱいソースをかけたウナギ、アスパラガスのあげもの、レモン風味《ふうみ》のローストビーフ、ゆで卵《たまご》、ロールキャベツ、チョコレート、さとう菓子《がし》、いろんなオードブル、さとう漬《づけ》のくだものなどがびゅんびゅん飛《と》びかっています。

　ルクレチアとポリッセーナは、投《な》げあいがおこなわれていないほうの両《りょう》はしに陣取《じんど》っていました。バーバリーザルのカシルダはシャンデリアの上によじのぼり、ガチョウのアポロニアは暖炉《だんろ》の飾《かざ》り棚《だな》の上にとびのりました。そして、ルクレチアとポリッセーナは、自分たちも投《な》げあいをしているふりをして、テーブルの上のいろいろな料理《りょうり》——かたいのややわらかいのや、あまいのやからいのや、からっとしたのや汁物《しるもの》など——を、とにかく手あたりしだいにつかんでは、お客《きゃく》めがけて投《な》げつけていました。

いっぽう犬のラミーロは、ワンワンほえながらお客《きゃく》の足のあいだを走りまわって、みんなをつまずかせていました。そのうえ、テーブルクロスのはしをくわえてひっぱり、ガラガラ、ガシャンと大きな音をたて、ガラスや陶磁器《とうじき》のうつわをひっくり返《かえ》しました。

お客《きゃく》の中には、さいしょはとまどっていたものの、そのうちにこの出《だ》し物《もの》、いえ、遊《あそ》びがゆかいでたまらない、と思いはじめる人も出てきました。その人たちが、たのしげに料理《りょうり》の投《な》げあいをはじめると、まもなくほかのお客《きゃく》たちも、じっとしていられなくなりました。はじめは料理《りょうり》をぶつけられてかんかんに怒《おこ》っていた人たちまで、戦《たたか》いにくわわり、しまいにはみんな、宙《ちゅう》を飛《と》びかう食《た》べ物《もの》をよけるどころか、わざわざ飛《と》んでくる方向《ほうこう》にとびだしていくようなありさまでした。男の人も女の人も、服《ふく》や頭から、マヨネーズ、生クリーム、タルタルソース、卵《たまご》クリーム、きのこ入りのホワイトソース、ジャムなどをしたたらせながら、投《な》げつける食《た》べ物《もの》をもとめてテーブルからテーブルへと走りまわります。絹《きぬ》の壁《かべ》かけにはトマトやミカンの汁《しる》がとびちり、スモモやドーナツやパスタがビロードのカーテンにぶつかってつぶれ、窓《まど》ガラスにはクルミやヘーゼルナッツがあたってカチン、カチンと音をたてました。

さわぎを聞きつけ、アスプラ夫人《ふじん》が広間の入口に姿《すがた》をあらわしたときには、コップやフォークやスプーンまで飛《と》びかっていました。お客《きゃく》たちは、ソファーやひじかけいすを盾《たて》にして戦《たたか》っています。みんな、われをわすれて奇声《きせい》をあげ、けたたましい声で笑《わら》い、投《な》げたものが命中《めいちゅう》するたびに、手をたたいてよろこんでいます。アスプラ夫人《ふじん》が広間にあらわれたちょうどそのとき、飛《と》んでいったフォークがアスプラ夫人《ふじん》の髪《かみ》の毛《け》にかんざしのようにつきささると、お客《きゃく》たちのあいだから、どっと地《じ》ひびきのような歓声《かんせい》がわきおこりました。

「みなさん……」アスプラ夫人《ふじん》はきもをつぶしてまともに口がきけないようでした。「みなさん……どうかお願《ねが》いです……ああ、わたしの壁《かべ》かけが……」

あのまぬけなメイドたちは、いったい、どうしてすぐに知らせなかったんだ？　と思ったアスプラ夫人《ふじん》は、どなりつけてやろうとまわりに目を走らせました。けれども広間には、メイドたちの影《かげ》も形もありません。もちろん、ラムジオ一座《いちざ》の曲芸師《きょくげいし》たちの姿《すがた》もありませんでした。

もしもこのときアスプラ夫人《ふじん》が、まだテーブルクロスがかかっているテーブルの下をちょっとのぞきさえすれば、曲芸団《きょくげいだん》のみんなとメイドたちがなかよくすわって、砲弾《ほうだん》にならずにすんだ料理《りょうり》をおいしそうにむしゃむしゃほおばっている姿《すがた》を見つけたことでしょう。けれども、飛《と》んでくるガラスの破片《はへん》やナイフの的《まと》になるのがこわくて、アスプラ夫人《ふじん》は一歩たりとも部屋《へや》の中に足をふみ入れようとは思いませんでした。

アスプラ夫人《ふじん》は、怒《いか》りでわなわなと身《み》をふるわせ、これで損《そん》した金額《きんがく》を頭の中で計算していました。

あいつらのせいだ！　あのいまいましい芸人《げいにん》ども！　このままじゃすまさないからね。警察《けいさつ》にうったえてしばり首にしてやる！

と、そのとき、なにかが飛《と》んできて胸《むね》にあたり、チャリンと音をたてたので、アスプラ夫人《ふじん》はぎょっとしてとびあがりました。それは、金貨《きんか》がいっぱいつまった袋《ふくろ》でした。白い服《ふく》の侯爵《こうしゃく》が投《な》げたのです。侯爵《こうしゃく》が言いました。

「この金で損害《そんがい》をうめあわせるがいい。これからもときどき、こんなとっぴょうしもなくてゆかいなパーティーを開《ひら》いてほしいものだな。こんなにたのしい思いをしたのは、生まれてはじめてだ」

「おおせのとおりに。侯爵《こうしゃく》さま」ワシのつめのようながめつそうな指《ゆび》で金貨《きんか》の袋《ふくろ》をにぎりしめながら、ごうつくばりのアスプラ夫人《ふじん》はすなおに答えました。

「くれぐれも、わしらをこんなにたのしませてくれた芸人《げいにん》たちを罰《ばっ》しようなどと考えるなよ、いいな？」侯爵《こうしゃく》はアスプラ夫人《ふじん》の心を見すかしたようにつけくわえました。「あの一座《いちざ》はわしがひいきにしているということをわすれるな」

## 6

その晩《ばん》、ポリッセーナとルクレチアは、べつべつの部屋《へや》に寝《ね》かされました。アスプラ夫人《ふじん》は、たとえ十一歳《さい》の子どもでも、男と女をいっしょに寝《ね》かして宿屋《やどや》の評判《ひょうばん》を落《お》とすようなまねはしたくなかったのです。ふたりが上流階級《じょうりゅうかいきゅう》の人間でないとなれば、なおさらでした。

こうしてルクレチアは、メイドや下働《したばたら》きの娘《むすめ》たちといっしょに天井裏《てんじょううら》の共同寝室《きょうどうしんしつ》に、『ルドビコ』のほうは、一階《かい》の台所《だいどころ》のとなりの部屋《へや》で、料理人《りょうりにん》や男の使用人《しようにん》たちといっしょに寝《ね》ることになりました。

動物《どうぶつ》たちは、馬小屋《うまごや》に入れられました。でもルクレチアは、サルたちがかぜをひきやしないかと心配《しんぱい》だったので、カシルダを上着《うわぎ》とシャツのあいだにかくして、いっしょに部屋《へや》につれていきました。チンパンジーのランチロットのほうは、料理人《りょうりにん》に金貨《きんか》を一枚《まい》にぎらせて、男部屋《おとこべや》につれていってくれるようにたのみました。ズボンをはかせ、おんぼろの上着《うわぎ》と前《まえ》かけを身《み》につけさせると、ランチロットは使用人《しようにん》のひとりに見えました。というのも、男の使用人《しようにん》たちはみんな、そろいもそろってみにくかったからです。

さて、そうやってポリッセーナとランチロットが手をつないで男部屋《おとこべや》に足をふみ入れたとき、火のそばで寝《ね》そべっていた一頭の年老《としお》いた犬が、頭を上げ、耳をぴんと立てて、クウーンと鳴きました。

犬は、苦労《くろう》しながらやっとのことで立ちあがり、ゆっくりと『ルドビコ』に近づいてきました。かわいそうにまひしているのか、うしろ足を引きずって歩いています。

そのとき料理人《りょうりにん》が、寝床《ねどこ》から声をかけました。

「気をつけろ、ぼうず！　はなれるんだ！　老《お》いぼれウリッセは、見てのとおり、走ったりとびかかったりはできないが、きばのとどくところまで近づけば、まちがいなくおまえにかみついて、アーメンと言う間もなく、ずたずたに引きさいてしまうぞ」

いちばん若《わか》い使用人《しようにん》も教えてくれました。

「こいつは、よそ者《もの》をひどくきらっていて、だれかれかまわずかみつくのさ。さあ、さがるんだ！」

ところが、ポリッセーナは、まるでふしぎな力につき動《うご》かされたかのように、思わずかがんで手をのばすと、ウリッセにかがせてやろうと前へつきだしていました。

「手をかみちぎられるぞ！　にげるんだ、ばか！」料理人《りょうりにん》がさけびました。

けれども、ウリッセは、床《ゆか》の上でうれしそうにしっぽをふると、クンクンあまえた声で鳴き、ポリッセーナの手やあごや顔をなめはじめたのでした。ウリッセは毛深《けぶか》いおなかをふるわせ、よだれをたらしています。そのうえ、興奮《こうふん》したせいか、床《ゆか》におしっこをもらしていました。

「信《しん》じられない！　いつもはきれい好《ず》きで、こんな体でも、そそうすることなんてなかったのに！

こいつがだれかに会って、こんなに大よろこびするところなんて、見たことないよ！」料理人《りょうりにん》が目を丸くして言いました。

　そのことばに胸《むね》をうたれたポリッセーナは、犬が背中《せなか》に乗《の》りかかれるようひざまずいて、好《す》きなだけ体じゅうをなめさせてやりました。ポリッセーナも、小さいときから犬が大好《だいす》きでした。でもチェパルーナの家では、家の中で犬を飼《か》うことも、子どもたちが倉庫《そうこ》の番犬たちを自由《じゆう》にかわいがることも、アニェーゼが許《ゆる》してくれなかったのです。家をとびだしてラムジオ一座《いちざ》と旅《たび》をするようになってからは、ラミーロがそばにいましたが、ラミーロがなついているのはルクレチアでした。

「かわいそうに！」

ポリッセーナは犬のまひした体をなでながら、料理人《りょうりにん》に聞きました。「どうしてこんな体に？　病気《びょうき》

なの？　それとも事故《じこ》？」

「まあ、事故《じこ》といえば事故《じこ》だな。おかしな事故《じこ》さ。泥棒《どろぼう》に銃《じゅう》で撃《う》たれたんだ。死《し》ななかったのが奇跡《きせき》だよ。見つけたときは血《ち》の海の中にたおれていたんだから」

ポリッセーナの心臓《しんぞう》がドキンとしました。

「それは、いつのことなの？」と、ポリッセーナは、かすれ声でたずねました。

「十年前だ。撃《う》ったのがだれかはわからない。この宿屋《やどや》にはだれもいなかったから、見ていた者《もの》はいないんだ。わしらはみんな、丘《おか》のむこうに新しい教会ができたのを祝《いわ》うミサに出かけて、るすだったのさ。帰ってみたら、とびらがこじあけられていた。でも、ぬすまれたのは鳥小屋《とりごや》のニワトリだけだった。そして、このウリッセが台所《だいどころ》の暖炉《だんろ》の前で死《し》んだようにたおれていたんだ。背中《せなか》を撃《う》たれてな。まったく、ひどいことをしやがる！　おかみのアスプラ夫人《ふじん》は、苦《くる》しませないよう、とどめをさせと、わしらに言いつけた。うめき声も客《きゃく》にめいわくだって言ってね。でも、使用人《しようにん》のひとりが酒蔵《さかぐら》にかくして、できるだけの手あてをしてやったんだ。おかげで、すこしずつだがよくなった。かわいそうに、もとの体にはもどらなかったが」

「ぬすまれたのは、ほんとうにニワトリだけだったの？　ほかになくなったものはなかった？」ポリッセーナがたずねました。

「まったくなにも！」と料理人《りょうりにん》はきっぱりと言いましたが、すぐに、はたとひざを打《う》ちました。「い

や、そうじゃない！　ゼリアの女の赤んぼうもいなくなったんだった。おかみが暖炉《だんろ》の前にゆりかごを置《お》いて、寝《ね》かしていたんだ」

「そのゼリアってだれ？」ポリッセーナが、高ぶる気持《きも》ちに声をふるわせながらたずねました。

「だれかって？　下働《したばたら》きだった娘《むすめ》さ。うすぎたなくって、どうしようもないなまけ者《もの》だった」

「『だった』ってことは、死《し》んだの？」

「ああ、そうさ！　あのバカな娘《むすめ》は、毒《どく》キノコをとってきて、そうとも知らず、ひとりでこっそり料理《りょうり》して食べたんだ。ひどい腹痛《はらいた》をおこして、なにをしでかしたのか白状《はくじょう》したときには、もう手おくれだった。この台《だい》

所《どころ》で息《いき》をひきとったよ。わしらが教会の裏《うら》の墓地《ぼち》にうめてやったのさ。だが、なにしろ一文《いちもん》なしだったから、名前を書いた木の十字架《じゅうじか》を立ててやるのがせいいっぱいだった」

料理人《りょうりにん》のひとことひとことが、ナイフのようにグサリ、グサリと胸《むね》につきささりました。それでもポリッセーナはあきらめきれませんでした。

「だけど、だんなさんは？」

「だんなって？　ああ、赤んぼうの父親のことかい。結婚《けっこん》なんてしてなかったんだ。アスプラ夫人《ふじん》はメイドが結婚《けっこん》するのを許《ゆる》さないからな。ゼリアは、だれも知らないうちにこっそり子どもを産《う》んで、赤んぼうは町で人にあずけていたらしい。ゼリアが死《し》んだのち、おかみが子どもをひきとりに行って、宿屋《やどや》につれてきたんだよ」

「あのおかみさんがそんな親切なことをするなんて、めずらしいこった！」若《わか》い使用人《しようにん》が口をはさみました
「おまえの言うとおりだな。おかみが赤んぼうをかかえてあらわれたときには、みんなびっくりしたよ。だけど、けっきょく、わしらはそれほど長くは赤んぼうの泣《な》き声《ごえ》にわずらわされなくてすんだんだ。わずか三日後には、どこかの泥棒《どろぼう》が、ニワトリといっしょにぬすんでいったんだからな。正直

いって、みんなほっとしたよ。ここであの赤んぼうを好《す》いていたのは、このあわれなウリッセだけだったから」

ポリッセーナは犬のウリッセをぎゅっとだきしめ、その長い毛の中に顔をうずめてなみだをかくしました。それから、あたえられたそまつなベッドの上に横《よこ》になると、頭からふとんをかぶって、泣《な》き声《ごえ》をおし殺《ころ》しました。横《よこ》で身《み》を丸めていたランチロットが、首をのばしてポリッセーナのひたいにキスしてくれましたが、チンパンジーになぐさめてもらっても、気持《きも》ちがらくになるわけではありません。ポリッセーナの心には、深《ふか》い悲《かな》しみが暗《くら》いインクの海のようにゆっくりと広がっていきました。

せめて、ルクレチアがそばにいてくれたら！　友だちのうでの中で思いっきり泣《な》けたなら！

# 7

ポリッセーナがそう思っていたとき、ルクレチアのうでの中にいたのは、バーバリーザルのカシルダでした。メイドや台所《だいどころ》の下働《したばたら》きの娘《むすめ》たちはかわいらしいサルに大よろこび。まるで人形か生まれたばかりの赤ちゃんみたいに、だいたり、なでたりしていました。

ルクレチアは、カシルダを毛糸のショールにしっかりくるんで、だきしめていました。男部屋《おとこべや》とちがって、娘《むすめ》たちの寝室《しんしつ》にあてられている屋根裏部屋《やねうらべや》は、ひどく寒《さむ》いうえに、あちこちからすきま風が吹《ふ》きこんでくるのです。暖炉《だんろ》もストーブもなければ、小さな火鉢《ひばち》すらありません。かけぶとんはうすっぺらで、みすぼらしく、おまけに穴《あな》だらけでした。下働《したばたら》きの娘《むすめ》たちは服《ふく》を着《き》たまま寝《ね》ていましたが、メイドたちは、だいじな制服《せいふく》をしわくちゃにするわけにはいきませんし、だいいち、えりぐりが大きく開《あ》いてそでもないような服《ふく》では、あたたかくもありません。

メイドたちが使《つか》うベッドのそばの壁《かべ》には、ひとりに一本ずつ、ハンガーをかけるくぎがありました。寝《ね》る前に、ピンク色のおしゃれな絹《きぬ》の制服《せいふく》にきれいにブラシをかけ、しわがついたりよごれたりしないように、つるしておくのです。だから、メイドたちは、うすい麻《あさ》の半そでシャツ一枚《まい》で、歯《は》をがちがちさせていました。

「夏は死《し》ぬほど暑《あつ》いのよ。一日じゅう、屋根《やね》に日が照《て》りつけるから」ルクレチアを自分の寝床《ねどこ》に入れ

てあげた下働《したばたら》きの娘《むすめ》が言いました。
宿屋《やどや》の中にはぜいたくなものがあふれていましたが、メイドや下働《したばたら》きの娘《むすめ》たちは、かたいパンしか食べさせてもらえませんでした。泊《と》まり客《きゃく》が食べ残《のこ》したものは、アスプラ夫人《ふじん》が馬小屋《うまごや》のうしろで飼《か》っているブタにやってしまうのです。
しじゅうおなかをすかせているメイドたちにとっては、ありとあらゆる種類《しゅるい》のごちそうを作る手伝《てつだ》いをしたり、それをテーブルに運《はこ》んだりするのは、いつもつらい拷問《ごうもん》を受《う》けているようなものでした。その晩《ばん》、テーブルの下でこっそりごちそうのお残《のこ》りにありついたメイドたちは、それまでお菓子《かし》や肉のローストや焼《や》きたてのパンがどんな味《あじ》がするのかさえ、知らなかったのです。
「十年前のことだけど、わたしたちと同じ下働《したばたら》きだったゼリアって娘《むすめ》が、おなかがへってがまんできなくて、毒《どく》キノコをそうと知らずに食べてしまったんですって。もちろん、死《し》んじゃったんだけど」と、下働《したばたら》きの娘《むすめ》が言いました。となりのベッドのかわいらしいメイドが続《つづ》けました。

「そのときはまだ、わたしたちはいなかったの。なにしろ、わたしたちはみんな三年でくびになっちゃうから。十五歳《さい》でやとわれて、十八歳《さい》になったらおはらい箱《ばこ》になるのよ。でもね、おかしな話があるの。ゼリアには身寄《みよ》りがなかったんだけど、亡《な》くなって二、三日後に、おかみさんが、ゼリアの子どもだっていう、生まれて数カ月の女の赤ちゃんを町からつれてきたんですって。なんでも、子どもをあずかっていた人が、ちゃんとめんどうを見ていなかったせいで病気《びょうき》になっていて、あと一週間も生きられないだろうって、おかみさんは言ってたらしいわ」

べつの娘《むすめ》が口をはさみました。

「でも、それはうそだったの。だって、赤ちゃんはとっても元気だったらしいし。それに、その子はゼリアの娘《むすめ》であるはずないの。亡《な》くなる前の一年間、ゼリアはこの宿屋《やどや》からぜんぜん出たことなんかなかったし、おなかも大きくなかったそうだから。なかよしにも、そんな話はしていなかったそうよ。そのうえ、赤ちゃんの髪《かみ》の毛《け》は黒くて、まつ毛もまっくろだったのに、ゼリアのは赤毛だったたんですって」

「だいいち、おかみさんは下働《したばたら》きの産《う》んだ子どもの身《み》の上《うえ》を心配《しんぱい》するような人じゃないわ。それでね、その赤ちゃんは、二、三日すると、こんどはとつぜんいなくなっちゃったの。おかみさんは、赤ちゃんはさらわれたんだってまわりに言ってたそうだけど、そんな話、だれも信《しん》じなかったらしいわ」下働《したばたら》きの娘《むすめ》が、話をしめくくりました。

とうぜんですが、ルクレチアは、この話をひとことも聞きもらすまい、と耳をかたむけていました。つまり、この宿《やど》で、ポリッセーナがどこからやってきたのか知ってる人は、アスプラ夫人《ふじん》のほかにはいないってことだ。となると、なんとしても、あのいじわるババアにしゃべらせるしかないってわけか。けっこうやっかいね。ルクレチアは考えをめぐらしました。

クシュン！　そのとき、カシルダがくしゃみをしたので、ルクレチアははっとわれに返《かえ》りました。

「まあ、たいへん！　あんた、かぜひいたんじゃないの！」ルクレチアは血相《けっそう》を変《か》えました。カシルダの鼻《はな》にさわってみると、かわいています。「熱《ねつ》がある！　お願《ねが》い、みんな、薬《くすり》をちょうだい。このままほっといたら、肺炎《はいえん》になって死《し》んじゃうわ」

「ここには薬《くすり》なんかないのよ。病気《びょうき》になっても、治療《ちりょう》なんかしてもらえないわ。すぐにくびにされるだけなの」下働《したばたら》きの娘《むすめ》が言いました。

メイドが口をはさみました。

「でも、おかみさんは、すごくよくきく水薬《みずぐすり》を持《も》っているわ。戸棚《とだな》の中にしまってあるの。酔《よ》っぱらったお客《きゃく》がシャツ一枚《まい》で雪の中を歩きまわったり、氷《こおり》のはった池にとびこんだりしたときに使《つか》うのよ。それを飲《の》めば、どんなかぜだって、たちどころに治《なお》ってしまうらしいわ」

「おかみさんの部屋《へや》はどこ？」ルクレチアは立ちあがりました。

「気をつけて。部屋《へや》の中をさぐってるところを見つかったりしたら、知りあいの警察隊《けいさつたい》の隊長《たいちょう》を呼《よ》ぶかもしれない。そしたら、逮捕《たいほ》されて、しばり首よ」

ぬき足さし足で階段《かいだん》をおりていくと、急《きゅう》にあたたかくなったので、ルクレチアはびっくりしました。屋根裏部屋《やねうらべや》はべつとして、建物《たてもの》の中は、たくさんの暖炉《だんろ》と何百というろうそくで、じゅうぶんすぎるくらいにあたためられていたのです。おかげで泊《と》まり客《きゃく》たちは、とびらのむこうの客室《きゃくしつ》で、ごうごういびきをかいて気持《きも》ちよく眠《ねむ》っていました。

「この宿屋《やどや》にいるのは、二、三日泊《と》まっていくだけのふつうのお客《きゃく》じゃないのよ。ほとんどのお客《きゃく》はミレナイの宮廷《きゅうてい》の貴族《きぞく》なんだけど、宮廷《きゅうてい》にいるとたいくつで息《いき》がつまるから、飲《の》んだり食べたり、どんちゃんさわぎをするために、この宿屋《やどや》に滞在《たいざい》しているの」メイドたちは、そう言っていました。

でも、ルクレチアには、『宮廷《きゅうてい》がたいくつだ』というのが信《しん》じられませんでした。するとメイドのひとりが説明《せつめい》してくれました。

「だってね、半年前から宮廷《きゅうてい》では、笑《わら》うことが禁《きん》じられているの。ほんのちょっぴりほほえむのさえだめ。歌を歌ったり、音楽を演奏《えんそう》したり、賭《か》けごとをしたり、中庭《なかにわ》を走るのもだめなのよ」

「いったい、どうして？」とルクレチア。

「摂政《せっしょう》がそうきめたの。つぎの女王さまになるイザベッラ姫《ひめ》が、ふさぎの病《やまい》にとりつかれたからなの。お姫《ひめ》さまは、笑《わら》うこともほほえむこともできなくなってしまったの。一日じゅう泣《な》いていたり、むっつりしずんだ顔をしていたりなんですって。それで、お姫《ひめ》さまの病気《びょうき》がこれ以上《いじょう》ひどくならないようにって、おじである摂政《せっしょう》が、宮廷《きゅうてい》からたのしいことをぜんぶ追放《ついほう》してしまったのよ。でも、母《はは》ぎみの王妃《おうひ》さまのほうは、イザベッラ王女を笑《わら》わせることに成功《せいこう》した者《もの》は、侯爵《こうしゃく》にとりたてて、ばくだいなほうびを取《と》らせるっていう、おふれを出したの。逆《ぎゃく》に、お姫《ひめ》さまを笑《わら》わせられなかった場合は、牢屋《ろうや》に入れられるんだけどね。これまで名乗り出た者《もの》はみんな失敗《しっぱい》して、おふれどおり、牢屋送《ろうやおく》りになったそうよ」

「お姫《ひめ》さまはいくつなの？」ルクレチアはたずねました。

「クリスマスには十一歳《さい》になるわ。でも、まるでいじわるばあさんみたいに気むずかしい性格《せいかく》だそうよ」

あたしの動物曲芸団《どうぶつきょくげいだん》なら、ものの数分で笑《わら》わせることができるのに、とルクレチアは思いました。でもその後、話題《わだい》はゼリアという娘《むすめ》と赤んぼうのことにうつってしまったのでした。

ともかく、いまさしせまったことは、カシルダのために薬《くすり》を手に入れることです。おそらく、ランチロットにも薬《くすり》がいるでしょう。

アスプラ夫人《ふじん》の部屋《へや》のとびらの前までやってくると、ルクレチアは耳をすましました。アスプラ夫《ふ》人《じん》もいびきをかいていました。ぐっすり眠《ねむ》っているしるしです。とびらは内《うち》がわから鍵《かぎ》がかかっていました。けれども、これぐらいは、どうってことありません。旅《たび》まわりの生活では思ってもみなかった問題《もんだい》にぶつかって、なんとか切りぬけなければならないようなことは、しょっちゅうだからです。ルクレチアはヘアピンを鍵穴《かぎあな》にさしこんで器用《きよう》に鍵《かぎ》を開《あ》けると、ぬき足さし足で部屋《へや》の中に入り、あたりを見まわしました。

化粧台《けしょうだい》の上には終夜灯《しゅうやとう》の小さなランプがともり、暖炉《だんろ》ではおきの山が赤々としています。アスプラ夫人《ふじん》は天蓋《てんがい》のついた大きなベッドの中で、大きな羽根《はね》ぶとんにくるまって寝《ね》ていました。頭にはおかしなナイトキャップをかぶり、手には毛糸の長手袋《ながてぶくろ》をはめています。

ルクレチアはつま先歩きで戸棚《とだな》に近づき、これまたヘアピンを使《つか》って、音もたてずにとびらを開《あ》けました。水薬《みずぐすり》のびんはいちばん上の棚《たな》にありました。ところが、もっと下の棚《たな》に、ルクレチアが思ってもみなかったものが、置《お》いてあったのです。それは、王冠《おうかん》を刺繡《ししゅう》した、レースの赤んぼう用の頭巾《ずきん》と、金糸で織《お》った上等《じょうとう》な絹《きぬ》の産着《うぶぎ》でした。そして、その産着《うぶぎ》には、漁師《りょうし》のおかみさんが自分のものにしていたのとうりふたつの安全《あんぜん》ピンがとめてあったのです。

ルクレチアは、こそりとも音をたてないようにそれらを取《と》りだすと、シャツの内《うち》がわにしまいました。そして水薬《みずぐすり》のびんをつかむと、戸棚《とだな》のとびらをしめて、部屋《へや》を出ました。

「急《いそ》いでポリッセーナに知らせなきゃ……」ルクレチアはつぶやきました。

# 8

「これから、あたしたち、ちょっとした悪《わる》ふざけをしかけて、アスプラ夫人《ふじん》をこわがらせてやろうと思うんだけど」ルクレチアとポリッセーナは、メイドや下働《したばたら》きの娘《むすめ》たちに言いました。

日ごろからアスプラ夫人《ふじん》にひどいあつかいを受《う》けている娘《むすめ》たちは、直接《ちょくせつ》自分たちの手をくださずに、ほんのちょっぴりでも仕返《しかえ》しができるとあって、よろこんで手伝《てつだ》いを買ってでました。

娘《むすめ》たちのひとりは、カシルダに水薬《みずぐすり》を飲《の》ませ、そのあと服《ふく》の下に入れて、はだのぬくもりであたためてやる役目《やくめ》をひきうけました。もうひとりは、室内《しつない》ばきのまま雪の中を馬小屋《うまごや》までひとっ走りすると、数分後には子ブタのシロバナをかかえてもどってきました。三人目は、男性客《だんせいきゃく》の衣装部屋《いしょうべや》にしのびこんで、長い黒マントと大きな帽子《ぼうし》とブーツを一足、手に入れてきました。それから、女性《じょせい》客《きゃく》の衣装部屋《いしょうべや》からは、これも目のこまかい黒いベールをかりてきました。

さて、夜の闇《やみ》がいっそう濃《こ》くなり眠《ねむ》りも深《ふか》くなる夜明け前、アスプラ夫人《ふじん》は、はっと目をさましました。だれかがノックもせずに寝室《しんしつ》に入ってきて、ネグリジェのそでをひっぱったからです。ベッドのそばに、おそろしく背《せ》の高い男が立っていました。黒いマントに身《み》をつつみ、顔をベールでおおい、うでには白いつつみをかかえています。

「だれです？　なにがあったの？　どうやって入ってきたんです？」ぶきみな男の姿《すがた》にふるえあがり

ながらも、アスプラ夫人《ふじん》はおそるおそるたずねました。そして、夢《ゆめ》を見ているんだわ。きっとこれは悪《わる》い夢《ゆめ》なのよ、と思いました。

しかし、なぞの男は、みょうに低《ひく》い、陰気《いんき》な声で答えました。

「静《しず》かに！　わたしだ。じゅうぶん用心せねばならん。わたしがここに来たことは、だれにも気づかれてはならんのだ」

「『わたし』って、いったいだれです？　なんの用なんです？」アスプラ夫人《ふじん》はベッドの上に起《お》きあがって言いました。終夜灯《しゅうやとう》のあわい光で、白いつつみに見えたものは高価《こうか》な産着《うぶぎ》にくるまれた赤んぼうだとわかりました。ふっくらとしたバラ色の顔の赤んぼうは、刺繍《ししゅう》をほどこしたレースの頭巾《ずきん》をかぶっています。女主人《おんなしゅじん》は、十年前のできごとをもう一度《いちど》見ているような、おかしな気がしてきました。やっぱりこれは夢《ゆめ》にちがいありません。

「始末《しまつ》してもらいたい赤んぼうがおるのだ」男はつつみをベッドの上に置《お》きながら言いました。

「ああ、あなたさまでしたの、摂政閣下《せっしょうかっか》！　そうとはわかりませんでしたわ。その……お声がちがっていたもんで……」

「のどを痛《いた》めておってな」男はしわがれた声で答えました。「で、おまえにまかせてもよいな？」

「でも、赤んぼうは十年前に始末《しまつ》したではありませんか？」アスプラ夫人《ふじん》が言い返《かえ》しました。「そのお礼《れい》に、おんぼろだったこの宿屋《やどや》をりっぱに建《た》てかえてくださったでしょう」

黒マントの男はぐらりとたおれそうになったかと思うと、おなかのあたりから、なにやらブツブツつぶやくようなおかしな音が聞こえてきました。男はベッドの柱《はしら》につかまって、なんとかたおれずにすみました。でも、そのうでは、背丈《せたけ》にくらべてひどく短《みじか》いようです。

「おぼえていらっしゃらないのですか？」アスプラ夫人《ふじん》は続《つづ》けました。

「あなたさまは、乳母《うば》がいなくなった機会《きかい》を利用《りよう》して、イザベッラ王女をゆりかごからぬすみだされたんじゃありませんか。それから、赤んぼうをわたくしにあずけて、始末《しまつ》するようにお命《めい》じになりました。わたくしは毒《どく》をもって殺《ころ》すつもりでした。使用人《しようにん》たちには赤んぼうは重《おも》い病気《びょうき》なんだと言いました。そうすれば、だんだん体が弱っていっても、だれにもあやしまれませんから。でも、けっきょく、そうするまでもありませんでしたけど。おぼえておられないのですか？」

「おぼえておるとも。ただ思い出せないのは、王女を亡《な》き者《もの》にしようとした理由《りゆう》だ……」男は、ふるえる手をひたいにあてながら言いました。「もう、ずいぶんむかしのことなんでな……」

「ごじょうだんを！　理由《りゆう》をおわすれになったですって？　あなたさまのご息女《そくじょ》を玉座《ぎょくざ》にすわらせるためではございませんか。ご息女《そくじょ》に王女の服《ふく》を着《き》せて、ゆりかごにいたイザベッラ王女と入れかえた

のはあなたさまご自身《じしん》ではございませんか」

「それじゃ、いまの王女は、王位《おうい》を横取《よこど》りしたにせ者《もの》ってことになるじゃない！」男がみょうにかんだかい声でさけびました。でも、それよりもっとおかしいのは、その声がおなかから聞こえてくることです。

「閣下《かっか》、わたくしにはわけがわかりません。おしのびでいらしているのは承知《しょうち》しております。これが夢《ゆめ》なのだということも。でも、あなたさまの口からそんなおことばが出るとは！

そのとき、摂政《せっしょう》の体がゆらゆらとゆれだしました。そしてカーテンにつかまろうとしたつぎのしゅんかん、体がぐにゃりと横《よこ》におれ、半分にわかれてしまったのです。まったく、夢《ゆめ》の中ではおかしなことがおこるものだわ、とアスプラ夫人《ふじん》は、ふたつにわかれた摂政《せっしょう》がベッドのまわりでこおどりし、だきあうのをながめながら思いました。すると、こんどは赤んぼうがあばれだし、みょうに鼻《はな》にかかった泣《な》き声をあげたかと思うと、産着《うぶぎ》からとびだし、子ブタの姿《すがた》に変《か》わって、部屋《へや》じゅうを走りはじめました。

アスプラ夫人《ふじん》はうでやほっぺたをつねって目をさまそうとしましたが、だめでした。すると、摂《せっ》政《しょう》の下半分がベッドの上の産着《うぶぎ》をつかみ、上半分は子ブタを追《お》いかけてつかまえると、ランプを吹《ふ》き消《け》しました。と同時に、アスプラ夫人《ふじん》は頭に強い痛《いた》みを感《かん》じて、そこで夢《ゆめ》は終《お》わりました。

ルクレチアとポリッセーナは、こみあげてくる笑《わら》いを必死《ひっし》にこらえて、できるだけ音をたてないように廊下《ろうか》を走《はし》りぬけていきました。ルクレチアは、シロバナを胸《むね》にぎゅっとだきしめると、赤んぼうの役《やく》をりっぱに演《えん》じたことをほめてやりました。

金糸の産着《うぶぎ》やエメラルドの安全《あんぜん》ピンにあんな秘密《ひみつ》がかくされていようとは、ルクレチアも予想《よそう》していませんでした。いっぽう、ポリッセーナは、自分がお姫《ひめ》さまであることがわかって大よろこびしていただけでなく、暗闇《くらやみ》の中で性悪《しょうわる》なアスプラ夫人《ふじん》の頭を燭台《しょくだい》で思いっきりなぐりつけることができて、大満足《だいまんぞく》でした。

屋根裏部屋《やねうらべや》にもどるやいなや、ポリッセーナとルクレチアは、待《ま》ちわびていたメイドや下働《したばたら》きの娘《むすめ》たちにとりかこまれました。みんな、いたずらが首尾《しゅび》よく成功《せいこう》したかどうか、早く知りたくてうずうずしていたのです。

でもふたりは、金糸《きんし》の産着《うぶぎ》やエメラルドの安全《あんぜん》ピンにまつわる秘密《ひみつ》はもちろんのこと、それらの品《しな》物《もの》をアスプラ夫人《ふじん》の部屋《へや》で見つけたことさえ口にはしませんでした。アスプラ夫人《ふじん》をまんまとだまして秘密《ひみつ》をしゃべらせたことや、十年前に摂政《せっしょう》が赤んぼうのポリッセーナを緑《みどり》のふくろう亭《てい》につれてきたことや、ポリッセーナはほんとうはイザベッラという名前で国王のひとり娘《むすめ》だということや、摂《せっ》政《しょう》が自分の娘《むすめ》を王位《おうい》につかせるために赤んぼうをすりかえてほんものの王女を殺《ころ》そうとしたということも、おくびにも出しませんでした。

ふたりが娘《むすめ》たちに話したのは、真夜中《まよなか》にとつぜんあらわれた黒マントの男に、アスプラ夫人《ふじん》が死《し》ぬほどふるえあがったうえに、頭を思いっきりぶんなぐられたこと、でも本人は悪《わる》い夢《ゆめ》を見たと思っているので、あしたになってもだれを責《せ》めることもないだろう、ということだけでした。

それからルクレチアは、「ルドビコの肩《かた》に乗《の》っていたあたしは、バランスをとるのがたいへんで、ルドビコが動《うご》くたびになんども落《お》っこちそうになったよ」とか、「あたしは男の声音《こわね》をまねてしゃべったんだけど、あの女主人《おんなしゅじん》ったら、ルドビコの笑《わら》い声《ごえ》をおなかが鳴る音とかんちがいしてたみたい。それに、とうとうあたしが落《お》っこってしまったときも、目の前の人間がまっぷたつになってしまったと思ったらしいんだ」とか言って、娘《むすめ》たちを笑《わら》わせました。

ふたりは、それ以上《いじょう》のことは、なにも話しませんでした。いろいろな経験《けいけん》をしたおかげで、用心深《ぶか》くなっていたのです。とくにルクレチアは、これまでの生活の中で、貧《まず》しい者《もの》が正義《せいぎ》をもとめてもめったに相手《あいて》にされないということをよく知っていました。いま、摂政《せっしょう》の悪事《あくじ》をみんなに言いふらしたからといって、かんたんに摂《せっしょう》政が罰《ばっ》せられるはずがありません。

ポリッセーナも、自分がほんものの王女だとわかっても、それですぐに王位《おうい》をとりもどせるわけではないのはわかっていました。それどころか、いまや自分はとても危険《きけん》な立場に置《お》かれているのです。なんといったって、摂政《せっしょう》は絶大《ぜつだい》な権力《けんりょく》をにぎっているんだもの。十年前の陰謀《いんぼう》がばれたと知ったら、またわたしを亡《な》き者《もの》にしようとするにきまってる。それだけじゃない、ルクレチアまで手にかけようとするかもしれない。たとえ、わたしがみんなの前で堂々《どうどう》と「王女の地位《ちい》を返《かえ》してちょうだい」

と言っても、摂政《せっしょう》は、わたしをうそつきか狂人《きょうじん》あつかいして、牢屋《ろうや》に入れるにちがいないわ。「イザベッラ王女はにせものよ」なんて言いふらしてまわる前に、まずは宮廷《きゅうてい》に入りこんで、王妃《おうひ》さまに近づく方法《ほうほう》を見つけなきゃ。王妃《おうひ》さまに産着《うぶぎ》と安全《あんぜん》ピンを見せて、わたしがほんものの王女だと認《みと》めさせるのよ。そうすれば、王妃《おうひ》さまの助《たす》けをかりて、摂政《せっしょう》の悪事《あくじ》を明るみに出すこともできるわ。

この先危険《きけん》が待《ま》ちうけているのはわかっていましたが、それでもポリッセーナは、天にものぼる心地《ここち》でした。これまでのいろんなできごとを思いおこし、わたしの思っていたことは、夢《ゆめ》でも子どもっぽい空想《くうそう》でもなかったんだわと、しみじみ考えていたのです。やっぱり、わたしはただのすて子《ご》じゃなかった。わたしは王女、王位継承者《おういけいしょうしゃ》なのよ。（セラフィーナが知ったら、きっと死《し》ぬほどうらやましがるでしょうね。）それに、お母さんだっている。あっ、でも、お母さんはそもそも、わたしがいなくなったとは思っていないんだ……。

# 9

もうこれ以上《いじょう》、緑《みどり》のふくろう亭《てい》に居続《いつづ》ける理由《りゆう》はありませんでした。ポリッセーナは、すぐにもミレナイの都《みやこ》へむかって出発《しゅっぱつ》したくてうずうずしていましたし、ルクレチアも、ぐずぐずしているのはかしこいことではないと考えていました。

空がしらみはじめるころには、ふたりはもう出発《しゅっぱつ》の準備《じゅんび》をととのえて、大理石の大階段《だいかいだん》をぬき足さし足おりていこうとしていました。ポリッセーナは、いつものように、子ブタのシロバナをかかえていました。もうすっかり元気になっていました。ルクレチアのうでにだかれたカシルダは、もうすっかり元気になっていました。そして、そのあとに、摂政《せっしょう》にばけるのに使《つか》ったマントをはおり、うしろ足にブーツをはいたランチロットが続《つづ》きました。

泊《と》まり客《きゃく》やアスプラ夫人《ふじん》や使用人《しようにん》たちはまだ寝《ね》ていました。十数人の台所《だいどころ》の下働《したばたら》きの娘《むすめ》たちだけがもう起《お》きて、黄の間で、前の晩《ばん》の出《だ》し物《もの》のあとかたづけをしていました。

娘《むすめ》たちは、玄関《げんかん》の広間を通りすぎるふたりに手をふりました。娘《むすめ》のひとりは、とびらのところまで追《お》いかけてきて、ポリッセーナにテーブルクロスでくるんだつつみをわたしてくれました。

「広間の残《のこ》り物《もの》を集《あつ》めたの。すこしだけど、パンと肉のローストとパイとハムが入っているわ。とちゅうで食べてちょうだい」

「ありがとう。あなたたちのことはわすれない」ポリッセーナは心からお礼《れい》を言いました。そして、王女の地位《ちい》をとりもどしたら、どんなお礼《れい》をしたらいいかしら、と早くも考えていました。けれども、目の前にいるのがほんものの王女だとは知るよしもない娘《むすめ》は、なんのえんりょもなくポリッセーナの首にうでをまわして、大きな音をたててほっぺたにキスしました。

「あたしたちみたいに貧《まず》しい者《もの》は助《たす》けあわなくっちゃね！」

娘《むすめ》の手に金貨《きんか》をのせようとしていたルクレチアは、自分がはずかしくなって、金貨《きんか》をにぎった手をポケットの中におしこみました。

「また、会いに来るね」とルクレチアは言いました。

でも、娘《むすめ》は、アスプラ夫人《ふじん》が寝《ね》ている二階《かい》にちらりと目を走らせながら答えました。

「また会えたらいいいんだけど」

ありがたいことに、夜のあいだに雪はやんでいました。ルクレチアとポリッセーナは馬小屋《うまごや》にいる動物《どうぶつ》たちをむかえに行き、それから都《みやこ》にむかって歩きはじめました。

朝の十時ごろ目をさましたアスプラ夫人《ふじん》は、頭がひどくずきずきしていました。朝食を運《はこ》んでこさせようと呼《よ》び鈴《りん》を鳴らすと、すぐにパンとコーヒーをのせたお盆《ぼん》を持《も》って、メイドがやってきました。

「おはようございます、奥《おく》さま。よくお休みになれましたか？」メイドは礼儀正《れいぎただ》しい口調《くちょう》でたずねました。

「いいや」アスプラ夫人《ふじん》はぶっきらぼうに答えました。「キミョウキテレツな夢《ゆめ》を見てね。なんだか頭痛《ずつう》がするよ……さあ、ぼんやりつっ立って見てないで、オーデコロンをひたいにすりこんでおくれ」

メイドは、言われたとおりに、アスプラ夫人《ふじん》のひたいを指《ゆび》で軽《かる》くさすりはじめましたが、そのとき、アスプラ夫人《ふじん》の頭のてっぺんに赤紫色《あかむらさきいろ》のこぶがもりあがっているのを見つけました。メイドは、頭がずきずきするのは頭痛《ずつう》のせいだと夫人《ふじん》に思わせておくために、こぶにふれないようじゅうぶん注意《ちゅうい》しました。でも、日ごろ自分たちをこき使《つか》っている女主人《おんなしゅじん》にみごとな仕返《しかえ》しをしてくれた『英雄《えいゆう》ルドビコ』に心から感謝《かんしゃ》しながら、おなかの中では大笑《おおわら》いして、うれしさのあまり歌でも歌いだしたい気分でした。

アスプラ夫人《ふじん》の部屋《へや》からふた部屋《へや》はなれたところに、白い服《ふく》の侯爵《こうしゃく》の部屋《へや》がありました。このとき侯爵《こうしゃく》は、豪華《ごうか》なパーティー用の服《ふく》ではなく、キツネの毛皮《けがわ》のえりがついたガウンをはおって、あたたかくて濃《こ》いチョコレートのカップに、メレンゲの焼《や》き菓子《がし》やパイをひたして食べているところでした。

「カーテンを開《あ》けてくれ」侯爵《こうしゃく》は、朝食を食べるあいだそばにひかえている、きれいなメイドに言いました。

窓《まど》の外には、氷《こおり》のはった池と雪をかぶった柳《やなぎ》の木立が見えました。

「おい、あのかわいらしい芸人娘《げいにんむすめ》に、けさは動物《どうぶつ》たちが池で泳《およ》ぐところが見たい、と伝《つた》えてくれ」侯爵《こうしゃく》はメイドに命《めい》じました。「三十分以内《いない》に動物《どうぶつ》たちをつれて池のふちに集合《しゅうごう》しろ、と言うんだ。助《じょ》手《しゅ》のこぞうには、氷《こおり》を割《わ》るおのを持《も》たせろ。あのふたりが泳《およ》ぐところも見てみたい。それから、わしを待《ま》たずに水に入るように言え。そばへ行って見物《けんぶつ》するか、このままあたたかい部屋《へや》の窓《まど》からながめるか、まよっておるんでな」

「あの人たちは、そんなことはできないんじゃないかと思います」メイドは、お盆《ぼん》についたチョコレートのしずくをぬぐいながら答えました。

「なぜだ？　わしはあいつらを助《たす》けてやったんだ。だから、あいつらには、わしをよろこばせる義務《ぎむ》があるんだぞ」

「おことばではございますが、それでも、むりかと思います」

「こいつはたまげた！　どうしてむりなんだ？」

「じつは、あの人たちは三時間も前に出発《しゅっぱつ》したんです。いまごろはもう都《みやこ》についているでしょう」

「出発《しゅっぱつ》しただと！　あいさつもなしにか！　わしの許《ゆる》しを得《え》ずに出ていくなんて。目をかけてやったのに！」

メイドは肩《かた》をすくめました。

「まったく、飼《か》い犬《いぬ》に手をかまれるとは、このことだ！」侯爵《こうしゃく》は、腹《はら》だちまぎれにメレンゲの焼《や》き菓子《がし》を床《ゆか》に投《な》げつけながら、悪態《あくたい》をつきました。「なあ、マリウッチャ、恩知《おんし》らずもいいところじゃないか、あのこぎたない宿《やど》なしどもは」

　メイドはマリウッチャという名前ではありませんでしたが、侯爵《こうしゃく》のことばにうなずくふりをしながら、窓《まど》の外の空に目をやって、ため息《いき》をもらしました。カシルダに薬《くすり》を飲《の》ませて、体をあたためてやったのはこの娘《むすめ》でした。だから、こんな自分勝手《じぶんかって》な男のきまぐれを満足《まんぞく》させてやるだけのために、自分が守《まも》ってやったサルが氷《こおり》みたいに冷《つめ》たい水の中に入らずにすんで、ほっとしたのです。

　メイドは、侯爵《こうしゃく》にうやうやしくおじぎをすると、お盆《ぼん》を持《も》って台所《だいどころ》に帰っていきました。

# 第《だい》六部《ぶ》
# ミレナイの宮殿《きゅうでん》

# 1

都《みやこ》に着《つ》いたポリッセーナとルクレチアは、宮殿《きゅうでん》へ通じる道をわけなく見つけることができました。ミレナイの町はお椀《わん》をふせたような形の丘《おか》の中腹《ちゅうふく》に広がっていて、丘《おか》のてっぺんにある古い宮殿《きゅうでん》は町のどこからでもよく目についたからです。

宮殿《きゅうでん》には大小たくさんの塔《とう》がそびえていました。いちばん高い塔《とう》のてっぺんには、いま王家の人々が都《みやこ》にいるしるしに、金地に青のひとつ星をあしらった、ピスキッローニ王家の紋章《もんしょう》を描《えが》いた旗《はた》がはためいていました。

わたし、とうとう、家に帰ってきたんだわ！　ポリッセーナは感激《かんげき》のあまり、胸《むね》がいっぱいになりました。でも、男の子の姿《すがた》に身《み》をやつし、旅芸人《たびげいにん》の一座《いちざ》の一員《いちいん》としてもどってきて、王女であることを明かすことができないのが、ちょっぴり残念《ざんねん》でした。

できることなら、白馬《はくば》の背《せ》にまたがり、ジェンティレスキのおばさんが去年《きょねん》のクリスマスに作ってくれた、あわいピンクのビロードのとっておきの晴《は》れ着《ぎ》を着《き》て、髪《かみ》を風になびかせながら、意気《いき》ようようと城壁《じょうへき》の中へ入っていきたかったなあ、とポリッセーナは思いました。

でも、ぜいたくは言っていられません。しかたない。馬に乗《の》って入城《にゅうじょう》するのは、一週間先の国民《こくみん》へのおひろめのときまでとっておこう。わたしの、国民《こくみん》は、ほんとうの王女さまが帰ってきたのを大よろこびしてくれるにちがいないわ。

もちろん町の人々は、そんなびっくりぎょうてんするようなことが待《ま》っていようとは、夢《ゆめ》にも思っていませんでした。それに大きな都《みやこ》の人々は、めずらしいものや変《か》わったものになれっこになっているので、動物《どうぶつ》たちを引きつれた少年と少女が通りを歩いていても、それほどおどろきません。

坂《さか》をのぼりきって宮殿《きゅうでん》の前に出ると、そこは大きな広場になっていました。噴水《ふんすい》があって彫刻《ちょうこく》が立ちならぶ美《うつく》しい広場からは、ミレナイの町や、町をとりまく畑《はたけ》や森や、そのむこうの海などがひと目で見わたせました。

宮殿《きゅうでん》の大門は開《あ》けはなたれていて、ほこやりを持《も》った門番が立っています。門の前の両《りょう》がわには、町の人々が小さな人垣《ひとがき》を作っていました。なにかを待《ま》っているようです。

「なにがあるの？」ルクレチアが男の子にたずねました。

「王家のご一族が、お出かけからもどっていらっしゃるんだよ」

「ただのお出かけじゃないよ。王女さまと摂政閣下《せっしょうかっか》は、毎朝、練兵場《れんぺいじょう》へ閲兵《えっぺい》に行かれるんだ」となりにいた女の

人が説明《せつめい》してくれました。

「戦争《せんそう》でもおこるの？」ポリッセーナは心配《しんぱい》になってたずねました。

「まさか」女の人は笑《わら》いました。「兵隊《へいたい》たちはいつも訓練《くんれん》をしてないといけないんだよ。なまけぐせがついちまうからね」

「そいつは、王女さまたちだって同じことさ」年をとった男の人が言いました。かんなくずが頭についているところを見ると、大工《だいく》のようです。

「王女さまって、どんな人？　きれい？　やさしい？　国民《こくみん》に好《す》かれてる？」ポリッセーナは聞きました。

「とってもきれいでおやさしくて、みんなからほんとうに愛《あい》されてなさるわ」女の人が答えました。

「王女さまと摂政閣下《せっしょうかっか》は正しい政治《せいじ》をしてる？　りっぱに国を治《おさ》めているの？　国民《こくみん》のしあわせをきちんと考えている？」ルクレチアもたずねました。

「もちろん、正しく、りっぱに……」と女の人が言いかけたのを大工がさえぎりました。

「娘《むすめ》さん、いったいなにが聞きたいんだね？　わしらが見ず知らずの相手《あいて》に主君《しゅくん》の悪口《わるくち》を言うとでも思っているのかい？　あんたらはだれかのまわしものかもしれないじゃないか。よけいなことを言って、牢屋送《ろうやおく》りやしばり首になるなんてバカなまねはしたくないね」

「それじゃ、正しい政治《せいじ》をしているっていうのは……」と言いかけたポリッセーナをルクレチアが足でけってだまらせました。それでも、ポリッセーナは、「それじゃあ、王妃《おうひ》さまはどんなかたなの？」とたずねました。

「ほら、あそこを見てごらん！　自分の目でたしかめればいいさ。行列《ぎょうれつ》の前のほうにいらっしゃるのが王妃《おうひ》さまだよ」女の人は、両《りょう》がわにライオンの石像《せきぞう》が立ちならぶ石《いし》だたみの道を指《ゆび》さしました。集《あつ》まった人たちはみんな、そちらの方向《ほうこう》をむいています。

刺繍《ししゅう》をほどこした優雅《ゆうが》な鞍敷《くらじ》きをかけた馬がゆっくり近づいてきました。子どもたちは、背《せ》すじをぴんとのばし堂々《どうどう》と馬にまたがっている騎兵《きへい》にハンカチをふっています。行列《ぎょうれつ》の先頭《せんとう》は、徒歩《とほ》で進《すす》む二名のラッパ手と一人の鼓手《こしゅ》で、馬に乗《の》った四名の将校《しょうこう》がわきを守《まも》っています。

おしあいへしあいしている見物人《けんぶつにん》たちにじゃまされずに行列《ぎょうれつ》を見ようと、ポリッセーナは石像《せきぞう》の上によじのぼりました。とうとうお母さんの顔が見られるんだわ！　ポリッセーナの胸《むね》は大きく高鳴りました。

ところがこのとき、まったく思いもかけないことに、ポリッセーナの頭の中には、ジネブラ・ジェンティレスキの美《うつく》しい面長《おもなが》の顔や、明るくきらきらとかがやく目や、つやつやした赤いくちびるると、笑《わら》うと真珠《しんじゅ》のようなまっしろい歯《は》がこぼれる口もとがうかんできたのです。そして、「あなたのお母さまは、チェパルーナでいちばんの美人《びじん》どころか、この地方でいちばん、いや、国じゅうでいちばんの美人《びじん》ですよ」というアニェーゼの声が聞こえてきました。ポリッセーナはやっとのことで、思い出してもつらいだけの記憶《きおく》を頭の中からふりはらい、雪のように白い馬に横鞍《よこぐら》で乗《の》り、ゆっくりと近づいてくる女の人に目をこらしました。

王妃《おうひ》が着《き》ているのは未亡人《みぼうじん》らしく黒い服《ふく》でしたが、その厚《あつ》い絹《きぬ》の服《ふく》には真珠《しんじゅ》が縫《ぬ》いこまれ、えりとカフスはオコジョの毛皮《けがわ》でできていました。金《きん》ぐさりにダイヤモンドと真珠《しんじゅ》をあしらったネックレスが胸《むね》を飾《かざ》り、裏地全体《うらじぜんたい》にオコジョの毛皮《けがわ》を用いた長いマントをはおって、うしろに広がったそのすそは馬のしりにおおいかぶさっています。そうしたよそおいは王妃《おうひ》に、地上のあかにまみれることのない女神《めがみ》さまのような近寄《ちかよ》りがたい威厳《いげん》をあたえていました。ポリッセーナは、なんてりっぱなのかしら、と感心《かんしん》しました。

ただ残念《ざんねん》なことに、大きなレースのえり飾《かざ》りのせいで、顔の下半分がよく見えません。そのうえ、ひたいは絹《きぬ》と真珠《しんじゅ》のみごとな細工の髪飾《かみかざ》りでおおわれていて、そのまん中部分《なかぶぶん》は鼻《はな》の上までのびていました。それから、頭にはオコジョの毛皮《けがわ》でふちどった帽子《ぼうし》をかぶり、手綱《たづな》をにぎる手には黒のビロードの手袋《てぶくろ》をはめています。

ポリッセーナは、顔のわずかに見える部分《ぶぶん》をくい入るように見つめました。濃《こ》く化粧《けしょう》した目、きりっとした鼻《はな》、きびしさをたたえた口もと……。うれしいことに、顔の輪郭《りんかく》にはなんとなく見おぼえがありました。はっきりとではありませんが、前に見たことがある気がするのです。

でももっとよく見たいと思っているうちに、王妃《おうひ》は通りすぎてしまい、こんどはイザベッラが目の

前を通りました。

ポリッセーナは、王位《おうい》を横取《よこど》りした娘《むすめ》が、いかにも体の弱そうな猫背《ねこぜ》で、にきびだらけの大きな鼻《はな》にブタのようなちっちゃな目をしていて、顔じゅうあばただらけで、きたない乱杭歯《らんぐいば》で、おまけに、二重《にじゅう》あごだったらいいのにと思っていました。けれどもいまいましいことに、イザベッラは、くちびるをかたく結《むす》んでしかめっ面《つら》をし、まなざしものうげでしたが、とてもかわいい女の子でした。

イザベッラ王女は、まっくろでつやつやした髪《かみ》にルビーの髪飾《かみかざ》りをつけていました。長くて濃《こ》いまつ毛にふちどられた目は青く、ほおはバラ色、くちびるは、水気たっぷりのくだもののように肉づきがよくつややかで、小さな鼻《はな》は、おさない子どものようにわずかに上をむいていました。金糸とルビーとエメラルドを縫《ぬ》いこんだ厚《あつ》ぼったい服《ふく》の上からでも、子どもらしいほっそりときゃしゃな体つきが見てとれます。空気はひどく冷《つめ》たいというのに、イザベッラはマントをはおらず、人々が心ゆくまで顔をながめられるよう、帽子《ぼうし》もかぶっていませんでした。寒《さむ》いにちがいないのに、そんなそぶりはぜんぜん見せません。

王女のうしろに続《つづ》くのが摂政《せっしょう》の馬でした。摂政《せっしょう》は、胸《むね》や肩《かた》に勲章《くんしょう》や飾《かざ》りがいっぱいついた暗《くら》い赤の服《ふく》を着《き》て、毛皮《けがわ》のふちどりがある赤い帽子《ぼうし》をかぶった、がっしりした体格《たいかく》の人でした。

残忍《ざんにん》そうな笑《わら》いをうかべた陰険《いんけん》でずるがしこそうな顔を予想《よそう》していたルクレチアとポリッセーナは、男のおだやかな表情《ひょうじょう》を見て、たいそうおどろきました。摂政《せっしょう》は、王女を気づかって、やさしい目で王女のうしろ姿《すがた》を見つめています。

そりゃそうよ。だれも知らないことだけど、あの人は王女のおじじゃなくて、父親なのよ。娘《むすめ》をかわいく思うのはあたりまえじゃない。娘《むすめ》のために犯罪《はんざい》をおかしたくらいだもの。その犠牲者《ぎせいしゃ》がわたしなんだわ、とポリッセーナは思いました。

## 2

行列《ぎょうれつ》が宮殿《きゅうでん》の中庭《なかにわ》に消《き》えていくと、ルクレチアは門番のひとりに、おふれのことをたずねました。

「おまえさんも王女さまを笑《わら》わすのに挑戦《ちょうせん》しようって言うのかい？」兵士《へいし》はおどろいたように言いました。「失敗《しっぱい》したら、七年間の牢屋暮《ろうやぐ》らしが待《ま》ってるんだぞ」

「ええ。でももし、成功《せいこう》したら？」

「侯爵《こうしゃく》にとりたてられて、大金持《おおがねも》ちだ。宮廷《きゅうてい》に住《す》めるし、領地《りょうち》ももらえる」

「いとこのルドビコと動物《どうぶつ》たちといっしょに参加《さんか》したら、どうなるの？」

「全員《ぜんいん》そろって牢獄《ろうごく》行きか、全員侯爵《ぜんいんこうしゃく》さまだ。でも、財産《ざいさん》はわけあわなきゃならないだろうな。王《おう》妃《ひ》さまに八人ぶんのほうびをくれなんて、むちゃは言うなよ！」

「よくわかったわ。それで、いつ、だれのところに行けばいいの？」

「毎日午後に、侍従長《じじゅうちょう》が門衛所《もんえいじょ》のとなりの部屋《へや》で、申《もう》しこみを受《う》けつけているんだ。中庭《なかにわ》のつきあたりの、あのとびらさ。急《いそ》げば、まだ間に合うよ」

兵士《へいし》たちはふたりの服《ふく》のポケットをひとつ残らず検査《けんさ》してから、門の中に通しました。

侍従長《じじゅうちょう》は、てっぺんがはげたしらが頭《あたま》の、やせてひょろっとした老人《ろうじん》でした。動物《どうぶつ》たちをうさんくさそうにじろりと見ると、ぶあいそうにふたりをむかえ、うんざりしたようにつぶやきました。

「また曲芸師《きょくげいし》か。侯爵《こうしゃく》なりたさに牢屋送《ろうやおく》りの危険《きけん》もかえりみない、野心にかられた平民《へいみん》ふたり……」

「わたしたちは、王女さまにしあわせになってほしいだけです」と、ルクレチアは言いました。ただし、ほんものの王女さまがね、とポリッセーナは皮肉《ひにく》っぽく心の中でつけくわえました。

「侯爵《こうしゃく》の称号《しょうごう》にはぜんぜん興味《きょうみ》はないし、ほしくもありません。記録《きろく》にそう書いておいてくださってもかまいません」ルクレチアは言いました。

けれども、ポリッセーナのほうは、ルクレチアの考えに反対《はんたい》でした。侯爵《こうしゃく》といえばたいへんな地位《ち》ですし、万一、イザベッラを笑《わら》わすことはできても正体をあばくのに成功《せいこう》しなかった場合や、あるいは正体をあばく機会《きかい》がおとずれるのを待《ま》つあいだ、侯爵《こうしゃく》であることをしめす王冠《おうかん》と三《み》つ球《だま》の図がらをハンカチに刺繍《ししゅう》させるのも悪《わる》くはないと考えていたのです。

「称号《しょうごう》を辞退《じたい》することはできん。王妃《おうひ》さまが約束《やくそく》をほごにするわけにはいかないからな」侍従長《じじゅうちょう》は、ルクレチアの欲《よく》のなさに感心《かんしん》したように、やさしいまなざしになって答えました。そして、帳面《ちょうめん》を調べ、「すでに申《もう》しこみが九件《けん》入っておるし、王女さまは一日に三件以上《けんいじょう》お立ち会《あ》いになることはない。したがって、おまえさんたちの出番は、四日後の朝十一時だ」と言いました。

「待《ま》っているあいだに、その九人のうちのだれかが王女さまを笑《わら》わせるのに成功《せいこう》したら、どうなるんですか？」

「だれも成功《せいこう》はしないだろうよ。おまえさんたちもな」

侍従長《じじゅうちょう》は、はなから成功《せいこう》しないと思っているらしく、鵞《が》ペンをインク壺《つぼ》につけながら、「名前はなんていうんだ？」とたずねました。

「ルクレチアとルドビコの動物曲芸団《どうぶつきょくげいだん》です」ポリッセーナが答ました。

名前を書《か》き終《お》わると、侍従長《じじゅうちょう》はべつの帳面《ちょうめん》をめくり、頭をかきました。そして、ふうっとため息《いき》をもらし、ほかにだれもいないかのように、ぼそぼそひとりごとをつぶやきました。

「礼儀作法《れいぎさほう》を身《み》につけている容姿端麗《ようしたんれい》な小姓《こしょう》二名……すぐにも働《はたら》ける者《もの》だって……いったい、どこで見つけてこいというんだ？」

「いま、なんて？」宮殿《きゅうでん》に入りこむのに何日も待《ま》たなければならないとわかって、うんざりしていたルクレチアが口をはさみました。もちろん、ポリッセーナも待《ま》つのはいやでした。すこしでも早く王妃《おうひ》さまに近づいて、自分が娘《むすめ》であることを明かしたいと思っていましたから。

「すみません、侍従長《じじゅうちょう》さん、もしも小姓《こしょう》をおさがしなら、わたしといとこをやとっていただけませんか？」とルクレチアが言いました。

侍従長《じじゅうちょう》は目を上げて、ふたりをしげしげと見つめました。「容姿《ようし》はまあまあだ……うーむ、悪《わる》くない。おまえさんは男の子といっても通るかもな。もちろんそれらしいかっこうをせにゃならんが」侍《じ》従長《じゅうちょう》はふたたび頭をかきました。「だが、礼儀作法《れいぎさほう》のほうはどうする？　採用《さいよう》されれば、おまえさんたちは、王女さまおつきの従者《じゅうしゃ》として働《はたら》くことになるんだぞ」

「わたしは、なんどもお手伝《てつだ》いの役《やく》を演《えん》じてきました」そう言って、ルクレチアがうやうやしくおじぎをして見せました。

「それに、わたしはちゃんとした……」とポリッセーナは言いかけて、あとのことばをのみこみました。『ちゃんとした教育《きょういく》を受《う》けました』と言おうとしたのです。が、よけいなことを言えば、いらぬうたがいをまねくかもしれません。いまは良家《りょうけ》の子どもだとは知られないほうがいいような気がします。「わたしは、テーブルのしたくやかたづけができます。それから、陶器《とうき》の壺《つぼ》を落《お》とさずにほこりをはらうこともできますし、ハエを追《お》いはらったり、とびらの取《と》っ手《て》をみがいたり、カナリアの水をかえたり、靴《くつ》にブラシをかけることとも……」

「たいへんけっこう！」侍従長《じじゅうちょう》はひじょうに満足《まんぞく》したようすで、ポリッセーナのことばをさえぎりました。「殿下《でんか》の靴《くつ》にブラシをかけて、みがいて、きちんとしまっておくれ。小さくなったりいたんだりしたら、すぐに取《と》りかえるんだ。それから、殿下《でんか》がお召《め》しになっている服《ふく》とつりあう靴《くつ》を用意《ようい》するよう、くれぐれも注意《ちゅうい》すること。かんたんな仕事《しごと》ではないぞ。なにしろ、殿下《でんか》は日に二十回もお召《め》しかえをなさるんだからな」

なんてうつり気でみえっぱりなの！　ポリッセーナはあきれました。でも、そんなふうにしていられるのもあとすこしのあいだだけよ。あんたなんか、クジャクの羽根《はね》で身《み》を飾《かざ》っているカラスだわ！　いまに宮殿《きゅうでん》から追《お》いだして、国外追放《こくがいついほう》にしてやるんだから！　そうだ、緑《みどり》のふくろう亭《てい》で皿洗《さらあら》いと

して働《はたら》かせるのもいいかもね。

「いいか、もしもイザベッラ王女が黄色いお召《め》し物のときに赤い靴《くつ》をお出ししたりしたら、とんでもないことになるからな……」侍従長《じじゅうちょう》は念《ねん》をおしました。

「じゅうぶん注意《ちゅうい》します」ルクレチアがうけあいました。

「よろしい！　さっそく仕事《しごと》についてもらう。だが、その前に小姓頭《こしょうがしら》のところへつれていこう。風呂《ふろ》に入って体をきれいにしてもらわんといかんし、制服《せいふく》も用意《ようい》せんとな」

「動物《どうぶつ》たちは？」ルクレチアが聞きました。

「厩舎《きゅうしゃ》に入れとけばいいじゃろう」

「サルはだめです。かぜをひいてしまうから」

すると、ポリッセーナがバカにしたように言いました。

「知らないの？　宮殿《きゅうでん》では、馬小屋《うまごや》でも犬小屋《いぬごや》でもあたたかくしてあるのよ……」

いつだったか、まだ小さいころ、仕事《しごと》で都《みやこ》に行ってきたお父さ……いえ商人《しょうにん》のジェンティレスキさんが、食事のときに話してくれたことをポリッセーナは思い出したのです。

## 3

こうして、ポリッセーナとルクレチアは、王女につかえることになりました。

そしてすぐに、イザベッラはうつり気《ぎ》でもなければ、きどり屋《や》でも、みえっぱりでもないことがわかりました。それに、王女がいつも悲《かな》しげでゆううつな顔をして、笑《わら》うことがないのにも、もっともな理由《りゆう》があることもわかってきました。

たとえば、ひっきりなしに服《ふく》を着《き》がえるのは、このうえなくめんどうで疲《つか》れることでしたが、好《この》んでそうしているわけではなく、宮中《きゅうちゅう》の礼儀《れいぎ》作法《さほう》やしきたりで、そうしなければならなかったのです。

貴族《きぞく》たちといっしょに食事《しょくじ》をとるときだけに着《き》る服《ふく》、大司教《だいしきょう》や教会のえらい人たちと食事《しょくじ》をするときの服《ふく》、外国の大使《たいし》との接見《せっけん》に着《き》る服《ふく》、閣議《かくぎ》で着《き》る服《ふく》、馬で公園を散策《さんさく》するときの服《ふく》、閲兵《えっぺい》するときの服《ふく》、都《みやこ》を行進《こうしん》するときの盛装《せいそう》、葬儀《そうぎ》に出席《しゅっせき》して夫《おっと》を亡《な》くした女の人やその子どもたちをなぐさめるときに着《き》る服《ふく》、進水式《しんすいしき》に着《き》る服《ふく》、養老院《ようろういん》の落成式《らくせいしき》に着《き》る服《ふく》、九柱戯《きゅうちゅうぎ》（九本の木の柱をたおす、ボウリングに似た遊び）大会の表《ひょう》彰式《しょうしき》に着《き》る服《ふく》、ダンスの個人《こじん》レッスンを受《う》けるときの服《ふく》、貴族《きぞく》たちを招待《しょうたい》して鏡《かがみ》の間で開《ひら》く舞踏会《ぶとうかい》で、摂政《せっしょう》や外国の元首とおどるときに着《き》る服《ふく》などがありました。

舞踏会《ぶとうかい》だけでなく、あらゆる公務《こうむ》をイザベッラは摂政《せっしょう》とともにおこなっていました。というより、食事《しょくじ》のときとダンスのレッスンをのぞけば、じっさいになにかをするのは摂政《せっしょう》で、イザベッラは、ただそのかたわらで人形のようにじっと動《うご》かずにすわっているか、せいぜいとりすましたほほえみをうかべているだけなのです。（もっとも、例《れい》のふさぎの虫にとりつかれて以来《いらい》、笑《わら》うことはできなくなっていたのですが。）

摂政《せっしょう》は、いつも同じ服《ふく》を着《き》ていました。飾《かざ》りがいっぱいついた赤い軍服《ぐんぷく》です。もちろん、着《き》がえが必要《ひつよう》なときにそなえて、かえの服《ふく》は何着《なんちゃく》も持《も》っていましたが、どれもまったく同じ型《かた》でした。そして、にわか雨が降《ふ》ったあとに公園を馬で走って泥《どろ》はねで服《ふく》がよごれてしまうようなことでもなければ、一日に三回以上着《いじょうき》がえることはありませんでした。

それにひきかえ、イザベッラ王女のほうは、侍女《じじょ》や、衣装係《いしょうがかり》や、口にいっぱい針《はり》をくわえた仕立《した》て屋《や》や、靴係《くつがかり》の小姓《こしょう》や、髪結《かみゆ》いにとりかこまれ、追《お》いかけまわされて、一日じゅうひっきりなしに服《ふく》を着《き》たり脱《ぬ》いだりしていました。

イザベッラの衣装《いしょう》は、見た目ははなやかでしたが、着心地《きごこち》の悪《わる》いものばかりでした。だぶだぶだったり、きつかったり、布地《ぬのじ》がうすいうえにえりぐりが大きく開《あ》きすぎて冬の外出には寒《さむ》かったり、あるいは、暖房《だんぼう》がじゅうぶんにきいた宮殿《きゅうでん》の中では暑《あつ》くて息《いき》がつまりそうだったりしました。また、よろいのようにかたくて重《おも》くて、おまけに長い引きすそのせいで歩きづらい服《ふく》もありました。金糸《きんし》で織《お》った布地《ぬのじ》はちくちく肌《はだ》をさしましたし、宝石《ほうせき》を使った飾《かざ》りは、先がとがっていて、かすっただけでひっかき傷《きず》になりました。

ポリッセーナは、一日目こそ、イザベッラが持《も》っている、ぼうだいな衣装《いしょう》に目をみはったものの、こうした優雅《ゆうが》な衣装《いしょう》を身《み》につけるのは、拷問《ごうもん》のようなものだということがしだいにわかってきました。

「わたしが、王女にもどったら、チェパルーナから出入りの仕立《した》て屋《や》を呼《よ》んで、もっと動きやすくて着心地《きごこち》のいい服《ふく》を作らせるわ。いまじゃ男物《おとこもの》の服《ふく》にもなれたから、ズボンもしょっちゅうはきたいわ。たとえば、馬に乗《の》るときなんかね」と、ポリッセーナはルクレチアに言いました。

でも、ルクレチアは、「そんなこと許《ゆる》してくれないと思うよ。王女さまは、礼儀作法《れいぎさほう》やしきたりを勝手《かって》にやぶったりはできないんだよ。悪《わる》い前例《ぜんれい》を作ることになってしまうからね」と答えました。

宮中《きゅうちゅう》で働《はたら》くようになって以来《いらい》、ルクレチアはことあるごとにポリッセーナの言うことに反《はん》対《たい》し、けちをつけ、つっかかるようになっていました。少なくとも、ポリッセーナにはそう思えました。たとえば、ふたりがイザベッラ王女の靴部屋《くつべや》で寝《ね》ることになったさいしょの晩《ばん》、こんなことがありました。ルクレチアが思いがけないことを言いだしたのです。

「じつはふしぎなことがあったんだ。王妃《おうひ》さま

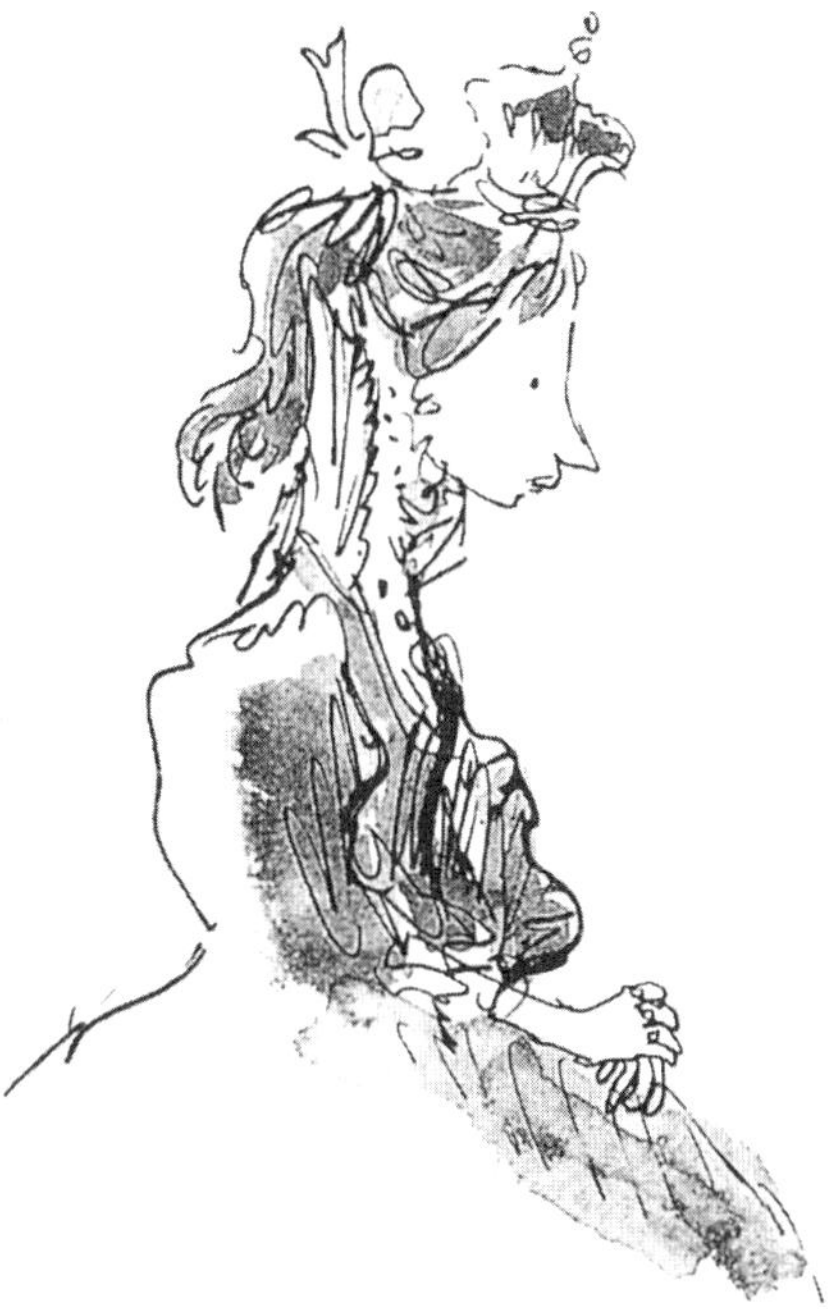

が目の前を通ったときのことだけど、あたし、王妃《おうひ》さまの顔を前から知ってるような気がしたんだ。まるで前にも会ったことがあるみたいな……」

「まさか！　そんなことありっこないじゃない！」ポリッセーナはあきれ返《かえ》り、むっとして言い返《かえ》しました。「わたしだっておんなじように思ったわ。でも、わたしの場合はあたりまえでしょ。だって、お母さんなんだもの。でも、あなたは王妃《おうひ》さまと、なんのかかわりがあるっていうの？」

「さあ、わからない。でも、会ったことがあると思ったのはたしかなんだ。いつ、どこでかは、おぼえてないけど」

「この国の王妃《おうひ》さまだもの。きっとどこかで肖像画《しょうぞうが》を見たんでしょう」

「ううん、それなら思い出すはずだよ」

「たぶん、だれか知ってる人に似《に》てたんじゃない」

「そうかなあ。それじゃあ、だれに似《に》てるっていうの？」

「たとえば、わたしとか。娘《むすめ》なんだもの」

ルクレチアは、ポリッセーナの顔をしげしげと見て言いました。

「王妃《おうひ》さまは金髪《きんぱつ》だし、ポリッセーナとはぜんぜん似《に》てないよ」

「うそつき！　わたしがうらやましくて、そんなことを言うのね！」

ひどいことを言われて、ルクレチアは泣《な》きだしました。王女さまになるポリッセーナがうらやましいなんて、夢《ゆめ》にも思ったことはないのに。ルクレチアの心は深《ふか》く傷《きず》つきました。けれども、王妃《おうひ》さまの顔のことは、どうしても頭からはなれないのです。いったい、どこで見たというのでしょう？　でも、このけんかのあと、もう一度《いちど》王妃《おうひ》の顔をまぢかにながめて、どちらの言うことが正しいか、たしかめる機会《きかい》はありませんでした。

ルクレチアとポリッセーナはイザベッラ王女といっしょに暮《く》らしていましたが、王女は、王妃《おうひ》が暮《く》らしている御殿《ごてん》とは、王宮《おうきゅう》をはさんで反対《はんたい》がわに、自分の御殿《ごてん》をかまえていました。王女の御殿《ごてん》をとりしきっているのは、テオドーラ大公妃《たいこうひ》という年寄《としよ》りの貴婦人《きふじん》でした。大公妃《たいこうひ》はぶあいそうできびしい女性《じょせい》でしたが、王女が身《み》につけなければならない宮中《きゅうちゅう》の礼儀作法《れいぎさほう》やしきたりについて、だれよりもくわしく知っていました。

王女の御殿《ごてん》で暮《く》らしはじめて三日目のこと、ポリッセーナたちは、王妃《おうひ》さまは毎年十一月は気候《きこう》のおだやかな海辺《うみべ》の小さな町ですごすことにしていて、今年も、ふたりが都《みやこ》に到着《とうちゃく》した日の夕方におつきの者《もの》といっしょに出かけてしまったことを、ぐうぜん耳にはさんだのでした。

ポリッセーナは、はたから見てもかわいそうなほどがっかりしていました。二、三日のうちにこっそり王妃《おうひ》に会いに行き、感動《かんどう》の対面《たいめん》をはたそうと計画していたからです。

「わたしたちも急《いそ》いで追《お》いかけましょう！」とポリッセーナは言いだしました。

「でも、王妃《おうひ》さまにお目通りを許《ゆる》してもらうのは、かんたんなことじゃないよ」というのがルクレチ

アの意見《いけん》でした。

「ここまで来られたのは運《うん》がよかったけど、いつもこんなに幸運《こううん》だとはかぎらないよ。ともかくいまは宮殿《きゅうでん》の中にいるんだから、このチャンスを活《い》かさなきゃ。まずはイザベッラと摂政《せっしょう》に信用《しんよう》してもらうのがだいじだよ。あたしたち、侯爵《こうしゃく》にしてもらえるかもしれないんだし、侯爵《こうしゃく》になれば、イザベッラに手紙を書いてもらって、王妃《おうひ》さまと面会《めんかい》する手はずをととのえることだってできるじゃない。そしたら、なんのうたがいも持《も》たれずに会ってもらえるよ。もうすこしのしんぼうだって」

たしかに、そのとおりです。ルクレチアの言うことは、いつものようにすじが通っていました。ポリッセーナは、以前《いぜん》はなにかにつけルクレチアにたよってばかりいましたし、いっしょにいると心強くもあったのですが、いまでは、『ルクレチアの言うことがいつも正しい』ことに、いらいらするようになっていました。

# 4

ふたたび雪が降《ふ》りはじめていました。その朝、イザベッラ王女は国境《こっきょう》の駐屯地《ちゅうとんち》から帰ってきたばかりの歩兵連隊《ほへいれんたい》を閲兵《えっぺい》することになっていました。兵士《へいし》たちは、もう二時間も前から中庭《なかにわ》に整列《せいれつ》して、王女のお出ましを待《ま》っています。ふわふわの雪が兵士《へいし》たちの肩《かた》や帽子《ぼうし》の上に厚《あつ》く積《つ》もり、はく息《いき》も口ひげにこおりついてつららになっていました。しかし、厳格《げんかく》な軍隊《ぐんたい》の規律《きりつ》にしたがわなければならない兵士《へいし》たちは、足ぶみしたり手をこすりあわせたりして体をあたためることはおろか、体に積《つ》もった雪をふりはらうことも、許《ゆる》されていませんでした。

イザベッラがおくれたのは、なにも気まぐれをおこしたからではありません。表敬訪問《ひょうけいほうもん》にやってきた強国ベッスーデの王が摂政《せっしょう》と世間話《せけんばなし》をはじめ、いっこうにいとまを告《つ》げるそぶりを見せなかったのです。なにしろ相手《あいて》は国王ですから、「陛下《へいか》、お話は終《お》わりました。わたくしも用事《ようじ》がありますので、どうかお帰りください」と言って、おひきとり願《ねが》うわけにはいきません。

しかもこのとき、その王さまは、イザベッラをぜひ自分の王子の妃《きさき》にと、縁談話《えんだんばなし》をもちかけるために来ていたのでした。

ルクレチアとポリッセーナは、仕事仲間《しごとなかま》の召使《めしつか》いたちのおしゃべりから、摂政《せっしょう》や大臣《だいじん》やミレナイの貴族《きぞく》たちが、もう何年も前から、王女の結婚相手《けっこんあいて》を見つけようと、近隣《きんりん》や遠方の諸国《しょこく》の王家の中から候補者《こうほしゃ》をさがしていることを知っていました。候補者《こうほしゃ》を選《えら》ぶにあたっては、相手《あいて》が若《わか》くて、ハンサムで、やさしい男かどうかなんてことは、まったく問題《もんだい》になりませんでした。だいじなのは、結婚《けっこん》からもたらされる国家の利益《りえき》、つまり、婚姻《こんいん》から生じる同盟関係《どうめいかんけい》や、国庫《こっこ》に流《なが》れこむお金や、ピスキッローニ王家の威信《いしん》が高まることでした。

こと結婚《けっこん》に関《かん》しては、だれひとりとして、摂政《せっしょう》でさえも、イザベッラの意見《いけん》はまったく考えに入れませんでした。まだ十一歳《さい》で、ひとりでは宮殿《きゅうでん》の外に出たこともない子どもに、複雑《ふくざつ》な政治《せいじ》や軍《ぐん》事力《じりょく》の均衡《きんこう》についてなにがわかる、というわけです。

「でも、結婚《けっこん》するのはイザベッラなのよ！　結婚相手《けっこんあいて》がにきび面《づら》で、いばってばかりいる乱暴《らんぼう》な男だったり、毎晩《まいばん》飲《の》んだくれて息《いき》のくさい、腹《はら》のつきでたじいさんだったりしたらどうするのよ！」ポリッセーナは腹《はら》をたてて言いました。

「まあ、でも、それが王家に生まれた者《もの》の、ほんものの王女さまの運命《うんめい》なんじゃない。白馬《はくば》の王子さまと結婚《けっこん》できるのは、おとぎ話の中だけだよ」ルクレチアが、ため息《いき》まじりに言いました。

「なによ、わたしを怒《おこ》らせたくて、わざと言ってるの！」ポリッセーナは、ルクレチアにつっかかりました。「わたしが自分の地位《ちい》をとりもどして、あのいくじなしのイザベッラのかわりに王位《おうい》についたら、あんな連中《れんちゅう》の言いなりになんかならないわ。わたしはお母さ……うん、育《そだ》てのお母さんみたいにするんだから」

ポリッセーナは、愛《あい》しあったすえの結婚《けっこん》、それも深《ふか》く深《ふか》く愛《あい》しあった結婚《けっこん》でなければしたくありませんでした。小さいころから、育《そだ》てのお母さんのジネブラ・アサロッティと育《そだ》てのお父さんのビエーリ・ジェンティレスキが出会ってから結婚《けっこん》するまでの話をアニェーゼからくり返し聞かされて育《そだ》ったのですから、あたりまえといえばあたりまえです。ポリッセーナはその話を聞きながら、お父さんとお母さんがそれほど深《ふか》く愛《あい》しあって結《むす》ばれたからこそ、自分はこの世《よ》に生まれてきたんだと、十一年間ずっと信《しん》じてきたのです。

もとお母さんのジネブラは子どものときからそれはたいそうな美人《びじん》で、祭《まつ》りの日には、その姿《すがた》をひと目見ようと、川《かわ》むこうの町や村からもおおぜいの人がやってきたそうです。ジネブラは裕福《ゆうふく》な農家《のうか》の娘《むすめ》で、結婚《けっこん》するときには、樫《かし》と栗《くり》の広い森と、くだものやブドウや小麦の畑《はたけ》が持参金《じさんきん》にあてられることになっていました。

ジネブラが十六歳《さい》になると、わずか数カ月のあいだに、じつに二十七人もの男性《だんせい》が結婚《けっこん》を申《もう》しこみにアサロッティのおじいさんの農場《のうじょう》にやってきたのでした。金持《かねも》ちの地主《じぬし》、牧場主《ぼくじょうぬし》、うでのよい職《しょく》人《にん》、政府《せいふ》の役人《やくにん》、なかには貴族《きぞく》も何人かいました。だれもが美《うつく》しいジネブラを心から愛《あい》していると言い、彼女《かのじょ》の心を勝《か》ちとるためにはどんな犠牲《ぎせい》もいとわないと言いました。

おじいさんは司祭《しさい》や親族一同《しんぞくいちどう》と話しあった結果《けっか》——ただし、娘《むすめ》の意見《いけん》は聞かずに——アリーゴ・フィリプッチという名の、金持《かねも》ちで権力《けんりょく》もある貴族《きぞく》を選《えら》びました。チェパルーナの町はもちろん、その周辺《しゅうへん》の町や村を見わたしても、それ以上《いじょう》の相手《あいて》はいないと思われたからです。

ジネブラはいやだとは言いませんでした。ただ、自分は家庭《かてい》を持《も》つにはまだ若《わか》すぎるので、結婚《けっこん》は三年間待《ま》ってほしい、という条件《じょうけん》をつけました。フィリプッチはこのとき三十歳《さい》で、いますぐにでも結婚《けっこん》したいと思っていましたが、しぶしぶこの条件《じょうけん》を受《う》け入れました。そして、婚約者《こんやくしゃ》の気が変《か》わって、すぐに結婚《けっこん》したくなることを期待《きたい》して、これでもかというほど熱烈《ねつれつ》な愛《あい》の告白《こくはく》をし、山のようなプレゼントを贈《おく》り、窓辺《まどべ》で愛《あい》の詩《うた》を歌い、宮廷《きゅうてい》で暮《く》らさせてやる、などという約束《やくそく》もたくさんしました。そして、これ以上待《いじょうま》たされたら自分は気がくるうか、苦《くる》しみのあまりもだえ死《し》んでしまうとなげき、自分がいかに高貴《こうき》な生まれで金持《かねも》ちかをじまんしました。

けれども、アリーゴ・フィリプッチがしつこくすればするほど、ジネブラの気持《きも》ちはさめていきました。日を追《お》うごとに、情熱的《じょうねつてき》な婚約者《こんやくしゃ》の姿《すがた》が、うっとうしくてこっけいなものに思えてきたのです。

とうとう完全《かんぜん》にいやけがさしたジネブラは、「あの人とは結婚《けっこん》しません」ときっぱり父親に言いました。とつぜんの婚約破棄《こんやくはき》のニュースに、町じゅうは大さわぎになりました。

そしてその二日後、郊外《こうがい》で開《ひら》かれたダンスパーティーに出かけたジネブラは、そこでひとりの青年と出会ったのです。青年はごくふつうの家の出で、布地《ぬのじ》や穀物《こくもつ》をあつかう、ささやかなあきないをはじめたばかりでした。会うやいなや、ふたりはたちまち恋《こい》に落《お》ちました。つぎの日ふたりは、ジネブラの家族《かぞく》の反対《はんたい》にもかかわらず、結婚《けっこん》を誓《ちか》いあいました。そして二カ月後、ジネブラは窓《まど》からたらしたロープをつたって家をぬけだすと、司祭《しさい》の館《やかた》で婚約者《こんやくしゃ》と落《お》ちあったのです。こうなっては、司祭《しさい》もふたりを結婚《けっこん》させるしかありませんでした。

アリーゴ・フィリプッチは、怒《いか》りと嫉妬《しっと》のあまり、おかしくなってしまいました。そして二年近くものあいだ、気持《きも》ちをふみにじられ名誉《めいよ》を傷《きず》つけられたことにたいして、「復讐《ふくしゅう》してやる」と言いつづけていました。やがて、『ようやくあきらめがついて、近所《きんじょ》に住《す》む金持《かねも》ちの未亡人《みぼうじん》と結婚《けっこん》することになったらしい』といううわさが広まった矢先、フィリプッチは、とつぜんこれまでの生活をすてて、修道院《しゅうどういん》に入って修道士《しゅうどうし》になってしまい、その後は、もうだれもフィリプッチのことは耳にしなくなったのでした。

いっぽう、アサロッティ家の人々の予想《よそう》に反《はん》して、若《わか》い夫婦《ふうふ》の愛《あい》の火は大きな炎《ほのお》となって家族《かぞく》の心をあたため、さらには、周囲《しゅうい》の人々の心まであたたかくしていったのでした。

# 5

ポリッセーナとルクレチアは、靴部屋《くつべや》の窓《まど》から、寒《さむ》さにふるえる兵士《へいし》たちを見ながら、『あれじゃまるで拷問《ごうもん》だわ。かわいそうに、いつまでああしていなければならないのかしら』と気をもんでいました。しばらくして、ようやく衣装係《いしょうがかり》が呼《よ》びに来ました。「ふたりとも急《いそ》いで、茶色のブーツを出して！ 王女さまは階級章《かいきゅうしょう》がついた乗馬服《じょうばふく》をお召《め》しになって中庭《なかにわ》にお出ましになるのよ」

イザベッラ王女のしたくがととのうと、ふたりは大階段《だいかいだん》をおりていくおともの者《もの》たちにくわわりました。ルクレチアは外に出る機会《きかい》があれば、かならず廏舎《きゅうしゃ》の動物《どうぶつ》たちのようすを見に行っていました。

ポリッセーナが、将来《しょうらい》自分がやらなくてはならないことを学ぼうと、イザベッラ王女の一挙手一投足《いっきょしゅいっとうそく》を観察《かんさつ》しているあいだ、ルクレチアは、ちょっとの間も惜《お》しんで動物《どうぶつ》たちとすごしました。「廏舎《きゅうしゃ》の中のいちばんあたたかいところにいるのよ」とサルたちに念《ねん》をおし、全員《ぜんいん》にいちばんむずかしい曲芸《きょくげい》をおさらいさせ、運動《うんどう》が必要《ひつよう》なラミーロとディミトリを外につれだして、雪の上をしばらく走らせました。

いままでは廏番《うまやばん》も番兵《ばんぺい》も、ルクレチアと顔なじみでした。そして、みんなからは男の子だと思われていましたから、ルクレチオと呼《よ》ばれていました。廏番《うまやばん》の中にはいつも親しげに声をかけてきて、

「安心《あんしん》してあのむっつり屋《や》の靴《くつ》を選《えら》んでていいぞ。動物《どうぶつ》たちは元気にしてるから。おれにまかせといてくれ」と言ってくれる若者《わかもの》もいました。

さて、イザベッラ王女は玄関《げんかん》前の大階段《だいかいだん》の下で馬に乗《の》り、摂政《せっしょう》とふたりの背《せ》の高い将校《しょうこう》にともなわれて中庭《なかにわ》に出ると、兵士《へいし》たちの列《れつ》の前をゆっくりと進《すす》みはじめました。兵《へい》士たちは、いっせいにささげ銃《つつ》の姿勢《しせい》をとりました。ところが、そのとき、ひとりの兵士《へいし》がまっさおな顔になって目をむき、ぐらりと体をゆらしたかと思うと、ばったり前へたおれてしまいまし

た。兵士《へいし》の顔は雪の中にうずもれています。

けれども、だれひとりとして、この兵士《へいし》に目をむけようとはしませんでした。イザベッラも、なにごともなかったかのように、その上を馬でまたいでいきます。馬が兵士《へいし》の体をふみつけなかったのは、こうしたできごとにはなれていて、足をおろす場所《ばしょ》に気をつけたからでした。

「父親に似《に》て、なさけ知らずのひどいやつなんだわ！」ポリッセーナは腹《はら》をたてましたが、ルクレチアはポリッセーナのうでをつかんでささやきました。「あの目を見てごらんよ！」

イザベッラは泣《な》いていました。背中《せなか》をぴんとまっすぐにのばし、頭を上げ、片手《かたて》をひたいにかかげて敬礼《けいれい》の姿勢《しせい》をとってはいましたが、その目にはなみだがあふれていました。なみだは、ほおをつたって流《なが》れ、あごの先からしたたり落《お》ちています。

摂政《せっしょう》も王女のなみだに気づくと、さも不快《ふかい》そうに顔をゆがめて、馬を王女のかたわらに寄《よ》せ、まゆをひそめてなにごとかささやきました。王女は軽《かる》くうなずきました。そのときです。摂政《せっしょう》の馬の前になにかがとびだしました。

「シロバナ！」ポリッセーナが声をあげました。厩舎《きゅうしゃ》からとびだしてきたピンクの子ブタが、まるで大砲《たいほう》から発射《はっしゃ》された砲弾《ほうだん》のようにかけよってきたのです。足もとの子ブタに気づいた馬は、よけようとしてむりな姿勢《しせい》でとびすさったせいで、氷《こおり》で足をすべらせ、転倒《てんとう》してしまいました。

馬の下敷《したじ》きになった摂政《せっしょう》が悪態《あくたい》をつきました。

「こんちくしょう！　衛兵《えいへい》、急《いそ》げ！　王女をかこんでお守《まも》りしろ！　襲撃《しゅうげき》だ！」

「さあ、シロバナ、こっちにおいで。かくれるのよ！」ポリッセーナは小声で呼《よ》びました。でも、シロバナはさっき雪の中にたおれた兵士《へいし》のところへむかうと、鼻《はな》で雪をおしのけて、兵士《へいし》の顔をペロペロなめはじめました。それから、廏舎《きゅうしゃ》のほうに鼻先《はなさき》をむけると、ブウッと呼《よ》び声《ごえ》をあげました。

ほかの兵士《へいし》たちは、ささげ銃《つつ》の姿勢《しせい》のままじっとしていましたが、みんな、つららがさがった口ひげの下で、笑《わら》いをこらえてくちびるをふるわせていました。

馬は起《お》きあがれずにいななきつづけ、摂政《せっしょう》はその下敷《したじ》きになったまま、わめきつづけていました。

「反逆《はんぎゃく》だ！　武器《ぶき》をとれ！　王女を守《まも》るんだ！」

「おじ上！　ただの子ブタですわ。おちついてください」イザベッラがまじめな表情《ひょうじょう》をくずさずに言いました。けれども、王女のほおに流《なが》れるなみだは、とまっていました。

いっぽう衛兵《えいへい》に助《たす》けられて、ようやく起《お》きあがった摂政《せっしょう》は、かんかんに怒《おこ》っていました。こんなはずかしい姿《すがた》を人目にさらしたことは、これまで一度《いちど》もなかったからです。

そして摂政《せっしょう》がべつの馬に乗《の》ろうとしたそのとき、シロバナがもう一度《いちど》鳴き声をあげました。とたんに廏舎《きゅうしゃ》から、毛むくじゃらのかたまりが猛《もう》スピードでとびだしてきました。

「ラミーロ！」

ルクレチアは、高みの見物《けんぶつ》をきめこむことにしました。

ラミーロになぎたおされて、摂政《せっしょう》はまたしても地面《じめん》にころがりました。いっぽう、ほかの者《もの》たちは、さっとわきによけてラミーロに道を開《あ》けました。ラミーロはワンワンほえながら、たおれている兵士《へいし》のそばへ行き、鼻《はな》で子ブタをおしのけると、若《わか》い兵士《へいし》の顔をくんくんかぎはじめました。鼻《はな》やくちびるをなめ、頭をかがめて首にぶらさげているブランデーの入った小さなたるを兵士《へいし》の口に近づけました。宮殿《きゅうでん》に入ったとき、ルクレチアはたるの中に残《のこ》っていた金貨《きんか》を取《と》りだして、いつものようにお酒《さけ》を入れておいたのです。

中庭《なかにわ》はてんやわんやの大さわぎになりました。若《わか》い小姓《こしょう》たちはげらげら笑《わら》いころげているし、衛兵《えいへい》たちは右往左往《うおうさおう》していました。そして摂政《せっしょう》は、あいかわらず、わめいたり悪態《あくたい》をついたりしていました。

「おじ上、ただの犬ですわ！　おちついてください」イザベッラが、たしなめるような口調《くちょう》で言いました。それから、その場にいる一同のほうをむいて、たずねました。「この動物《どうぶつ》たちは、だれのものなの？」

「わたしのです！」ルクレチアとポリッセーナが同時に答えました。

「昼食のあとで、わたしの部屋《へや》へ来るように」王女はやさしい口調《くちょう》で言いました。それから、衛兵《えいへい》たちにむかって命令《めいれい》しました。「動物《どうぶつ》たちを、毛一本たりとも傷《きず》つけてはなりませんよ。あとで、わたしは廏舎《きゅうしゃ》を見に行きます。もしも、言いつけが守《まも》られていなかったら、許《ゆる》しませんからね！」

自分の部屋《へや》にもどるやいなや、イザベッラはわっと泣《な》きだし、しゃくりあげながらソファーの上に身《み》を投《な》げだしました。でも、おつきの召使《めしつか》いたちには、うろたえるようすもありません。女官長《にょかんちょう》のテオドーラ大公妃《たいこうひ》が、まったくなげかわしいというように、ポリッセーナに説明《せつめい》しました。

「王女さまは、苦《くる》しんでいる者《もの》や、腹《はら》をすかせたものごいや、死《し》にかけている老兵《ろうへい》などを目になさると、いつもこうなるのです。儀式《ぎしき》の最中《さいちゅう》は、平静《へいせい》をたもっていらっしゃるけど、それが終《お》わるとすぐに、従者《じゅうしゃ》たちの前だろうとかまわず、みっともないふるまいをされるのです。高貴《こうき》なご身分《みぶん》にはあるまじきことです。まったく、王女さまともあろうおかたが、こうも気弱でいらっしゃっては……」

イザベッラのまわりでは、メイドや小姓《こしょう》たちが、冷《つめ》たい水をしみこませた亜麻《あま》のハンカチを王女のまぶたにあてようと、いそがしそうにしていました。けれども、王女をなぐさめる者《もの》はひとりもいません。

「殿下《でんか》」テオドーラ大公妃《たいこうひ》が、ますますひややかな口調《くちょう》で言いました。「失礼《しつれい》ながら申《もう》しあげますが、十分後には、殿下《でんか》の肖像《しょうぞう》を描《か》くために、画家たちが青の間に集《あつ》まるのをおわすれではないでしょうね。泣《な》きはらした目をして行かれるわけにはいきませんよ。泣《な》くのはやめて、気をお静《しず》めになってくださいませ」

イザベッラは、これを聞くと、いっそうはげしく泣《な》きだしました。見かねたルクレチアは、さっとそばに寄《よ》ると、王女の耳もとでささやきました。

「あの兵士《へいし》ならだいじょうぶです。ブランデーを飲《の》んだあと、立ちあがって、仲間《なかま》と笑《わら》いながら自分の足で兵舎《へいしゃ》に帰っていくのが窓《まど》から見えましたから。寒《さむ》さでちょっと気分が悪《わる》くなっただけですよ」

「ありがとう」と小さな声で言うと、イザベッラはルクレチアの手をとって、ぎゅっとにぎりしめました。それから、すなおに召使《めしつか》いたちに目をひやしてもらい、服《ふく》を着《き》がえ、髪《かみ》をととのえ、靴《くつ》をかえ、宝石《ほうせき》を身《み》につけました。そのあと衣装係《いしょうがかり》と髪結《かみゆ》いにつきそわれて青の間まで行き、部屋《へや》の中央《ちゅうおう》の台の上に置《お》かれたひじかけいすにすわりました。衣装係《いしょうがかり》たちはドレスのひだの乱《みだ》れを直し、胸《むね》のネックレスの位置《いち》を調整《ちょうせい》し、さいごにもう一度《いちど》、真珠《しんじゅ》の髪飾《かみかざ》りをつけた髪《かみ》をととのえました。

そのあいだに、七人の画家たちは、パレットの上で絵《え》の具《ぐ》をまぜあわせました。画家のイーゼルの前には、それぞれ、王女の肖像《しょうぞう》の下描《したが》きがのっていました。といっても、画家たちは絵のうでまえをきそっているわけではありません。写真《しゃしん》が発明《はつめい》される前には、お見合い写真《しゃしん》のかわりに絵が使《つか》われていたので、大使《たいし》たちが結婚相手《けっこんあいて》の候補者《こうほしゃ》に見せるために、王女の肖像画《しょうぞうが》が何枚《なんまい》も必要《ひつよう》だったのです。

ようやく昼食の時間になりました。イザベッラは、いつものように、自分の御殿《ごてん》でテオドーラ大公《たいこう》妃《ひ》といっしょに食事《しょくじ》をとりましたが、その日、大公妃《たいこうひ》は、王女のフォークやナイフの持《も》ち方から、食《た》べ物《もの》のかみ方、のみこみ方、グラスの口への運《はこ》び方、ナプキンの使《つか》い方にいたるまで、ことごとくけちをつけてはやり直させました。これでは、食事《しょくじ》ものどを通りません。大公妃《たいこうひ》はしまいには、まばたきや息《いき》つぎのしかたにまで、めくじらをたてるのでした。

もの心ついてから、ずーっとこんな暮《く》らしをしてきたのですから、イザベッラは、マナーを知らないわけではありませんでした。しかし、今日は、つらいことがあったうえに、あまりにくたくただったので、首をまっすぐにのばし、ひじをわき腹《ばら》につけてナイフとフォークを持《も》つのも、やっとだったのです。けれども、テオドーラ大公妃《たいこうひ》はなさけようしゃがありませんでした。「いいわけは許《ゆる》しませんよ。王女たる者《もの》、いついかなるときでも、礼儀作法《れいぎさほう》をおろそかにしてはなりません」

食事《しょくじ》が終《お》わると、一日の中でゆいいつ自由《じゆう》にすごせる三十分ばかりの時間がやっとおとずれました。いつもなら、午後にひかえている公務《こうむ》にそなえ、ベッドに横《よこ》になって疲《つか》れをとるのですが、イザベッラは、今日はおつきの者《もの》にふたりの新入りの小姓《こしょう》を呼《よ》びに行かせました。

# 6

ふたりが部屋《へや》の入口《いりぐち》でふかぶかとおじぎをすると、王女は言いました。

「とびらをしめて、ベッドのはしにおすわりなさい。

ごめんなさい。あなたたちの名前が思い出せないの。最近《さいきん》、働《はたら》きはじめたばかりじゃなくて？　どこから来たの？」

「チェパルーナ伯爵領《はくしゃくりょう》からです。わたしはルクレチオといいます。こちらはいとこのルドビコです。おおせのとおり、すこし前から宮殿《きゅうでん》で働《はたら》きはじめました」

「それは、宮殿《きゅうでん》へようこそ。でも、どうして、犬と子ブタをつれているの？　侍従長《じじゅうちょう》はよく許《ゆる》したわね。いつも召使《めしつか》いにきびしい人なのに」

「それは、殿下《でんか》、わたしたちは召使《めしつか》いの仕事《しごと》をさがしにここに来たのではないからです。わたしたち、芸人《げいにん》なんです」ルクレチアがほこらしげに言いました。「殿下《でんか》がけさごらんになった動物《どうぶつ》は、わたしたち動物曲芸団《どうぶつきょくげいだん》のものなんです」

「それじゃ、ほかにも動物《どうぶつ》がいるの？」王女が身《み》を乗りだしてたずねました。

「サルが二匹《ひき》に、クマが一頭、それにガチョウが一羽おります」

「ガチョウですって！　ほんとう？　見せてくれる？　わたし、まだ一度《いちど》もガチョウを見たことない

の」王女は、うれしそうに手をたたきました。

ポリッセーナはうさんくさそうな目でイザベッラを見ました。わたしたちをからかっているのかしら？　十一歳《さい》にもなってガチョウを見たことがないなんて！　サルやクマならわかるけど、ガチョウなんて、畑《はたけ》や村の道ばたにいくらでもいるじゃない。

でも、イザベッラは夢中《むちゅう》になって話しつづけました。

「子ブタだって、けさまで見たことなかったのよ！」それから、ルクレチアの信《しん》じられないという目つきに気づいて、言いたしました。「つまり、生きたガチョウや子ブタはこれまで見たことがない、っていうことよ。生きているのはね。もちろん、いなかに暮《く》らしている国民《こくみん》がガチョウやブタをたくさん飼《か》っているのは知っているわ。でも、わたしは一度《いちど》も都《みやこ》の外に行ったことがないの」

「それじゃ、サルも見たことがないんでしょうね」ポリッセーナは同情《どうじょう》して言いました。

「サルなら見たことあるわ。それもいろんな種類《しゅるい》を。去年《きょねん》、プリアンキヤディ王子が、わざわざインドから十五匹《ひき》もわたしのために持《も》ってきてくださったのよ。でも、テオドーラ大公妃《たいこうひ》が御殿《ごてん》の中で動物《どうぶつ》を飼《か》うのをいやがって、宮廷《きゅうてい》の動物園《どうぶつえん》に入れてしまったの。動物園《どうぶつえん》には、ヒョウもゴクラクチョウもワニもキリンもペンギンもゾウもイルカもいるのよ。みんな、わたしの求婚者《きゅうこんしゃ》からの贈《おく》り物《もの》なの」

ルクレチアは王女がならべたたくさんのめずらしい動物《どうぶつ》の名前に、すごい！　というように目をかがやかせました。そんな動物《どうぶつ》たちで曲芸団《きょくげいだん》を作れたら、どんなにすばらしい見世物《みせもの》ができるでしょう。

「でも、あなたたちが芸人《げいにん》なら、どうして小姓《こしょう》としてやとわれたの？」王女のことばに、ルクレチアはわれに返《かえ》りました。

「じつを言いますと、王妃《おうひ》さまがお出しになったおふれを聞いたんです。わたしたち、王女さまを笑《わら》わせたいんです」

それを聞くと、イザベッラはベッドに身《み》を投《な》げだして、わっと泣《な》きだしました。

「ああ、なんてことなの！　あなたたち、牢屋送《ろうやおく》りになってしまうわ！　まっくらで、じめじめして、クモやネズミがうようよしている、あんなおそろしい地下牢《ちかろう》にとじこめられるなんて……」

「どうして、失敗《しっぱい》するときめつけるんです、王女さま？」ルクレチアが言い返《かえ》しました。「わたしたち、うまくやる自信《じしん》があるんです。それとも、王女さまは笑《わら》いをとりもどすのがおいやなんでしょうか？」

「笑《わら》えないの。笑《わら》えないのよ！」イザベッラはすすり泣《な》きました。そして、ポリッセーナの手をとると言いました。「わたしを笑《わら》わせようとしてもむりなのよ。およしなさい、いまからでもおそくはないわ。申《もう》し出《で》をとりさげるのよ」

「それじゃあ、わざとやっているんですか！」ルクレチアが『なんてひどい！』というように言いました。「病気《びょうき》じゃないんですね。わざと笑《わら》わないようにしてるんでしょう。かわいそうに、おおぜいの人が殿下《でんか》のせいで牢屋送《ろうやおく》りになってるんですよ」

「ちがう、わざとじゃないわ！　ほんとうに笑《わら》えないのよ！」

「でも、どうして笑《わら》えないんです？」

「理由《りゆう》なら、山ほどあるわ……テオドーラ大公妃《たいこうひ》だとか、いろいろ……」

「どうして王妃《おうひ》さまではなく、あの人と暮《く》らしてるんですか？」ポリッセーナが口をはさみました。

王妃《おうひ》さまは、赤んぼうがとりかえられたことは知らないにしても、イザベッラが自分の子どもでも、ほんものの王女でもないことをうすうす感《かん》じていて、それで王女のことをなんとなく好《す》きになれないから、はなれて暮《く》らしているんじゃないかしら？　宮殿《きゅうでん》に暮《く》らすようになったさいしょの日から、ポリッセーナはそんなふうに考えていたのです。するとイザベッラが言いました。

「お父さまが生きていらっしゃったころは、わたしもお母さまといっしょに暮《く》らしていたの。わたしはお母さまのとなりの部屋《へや》で寝《ね》て、毎日お母さまの顔を見て、いっしょに食事《しょくじ》をしていたわ。外国の大使《たいし》をむかえに行ったり、バルコニーから人々に手をふったりするときも、お母さまはわたしをうでにだいていて、わたしが大きくなってからは、そばで手をにぎってくれていた。公務《こうむ》がないときは、いつもいっしょにすごしたのよ。じゅうたんの上にすわって遊《あそ》んでくれたり、いろいろなことを教えてくれたり、おもしろいことを言って笑《わら》わせてくれたこともしょっちゅう。そして、わたしをいつもぎゅっとだきしめてくれた……」

育《そだ》てのお母さんも、わたしや妹たちにまったく同じようにしてくれたっけ。わたしは実《じつ》の子ではないのに、やっぱりかわいがってくれた……まったく、母親っていうのは、子どものキスや笑《わら》い顔にころっとだまされてしまうものなのね。

「お母さまはほんとうにわたしをかわいがってくださったわ。それに、あのころは公務《こうむ》も少なかったの。軍隊《ぐんたい》の儀式《ぎしき》やパレードや閣議《かくぎ》や公開《こうかい》の死刑《しけい》には、お父さまが出席《しゅっせき》してくださったし、お父さまが旅《たび》にお出かけのときは、お父さまの弟《おとうと》ぎみで、いまの摂政《せっしょう》であるおじさまが代理《だいり》をつとめられたから」

「王さまはどんなかただったんですか？　王妃《おうひ》さまと同じくらい、殿下《でんか》をかわいがってくださったんでしょうか？」さらにポリッセーナはたずねました。

お父さんが亡《な》くなったなんて！　わたしはもうお父さんに会えないのね。でも、お父さんが生きていらしたら、にせものの娘《むすめ》にだまされたりはしなかったはずよ……。

「お父さまは国王だったから、そんなにしょっちゅうはお会いできなかったわ。でも、わたしをとてもじまんに思っていらっしゃった。お母さまは黒い目だけど、わたしがピスキッローニ家特有《けとくゆう》の青い目を受《う》けついでいるのをとてもほこりにしていらっしゃったの。わたしはかけがえのない子で、わたしがいれば王子なんかいらない、とよく言ってらした」

それなのに、すりかえられても気づかなかったのね。かけがえのない子どころか、自分の娘《むすめ》じゃなくなっていたのに……。ポリッセーナは憤慨《ふんがい》しました。

「それじゃ、摂政《せっしょう》は？　摂政《せっしょう》は殿下《でんか》を愛《あい》してくださっているんですか？」ポリッセーナはいじわるく質問《しつもん》を重《かさ》ねました。

「ええ、とても。おきのどくに、おばさまは亡《な》くなってしまったの。ひとり娘《むすめ》も亡《な》くなったのよ。わたしと同い年だったんだけど。おじさまは、亡《な》くなった娘《むすめ》に似《に》ているから、わたしをとてもかわいがってるんだって、お母さまは言ってるわ」

大うそつきもいいところだわ！　ポリッセーナは、ペテン師《し》の摂政《せっしょう》の策略《さくりゃく》が功《こう》を奏《そう》して、両親《りょうしん》がころりとだまされてしまったのかと思うと、怒《いか》りにふるえました。両親《りょうしん》だけでなく、なにも知らないイザベッラまでが、まんまとだまされているのです！

「でも、お父さまがお亡《な》くなりになってからは、なにもかも変《か》わってしまった」王女が悲《かな》しそうに続《つづ》けました。「おじさまは、わたしが二十歳《はたち》になるまで、わたしにかわって国を治《おさ》める摂政《せっしょう》の役目《やくめ》をつとめることになったの。でも、公式《こうしき》には国家の元首はわたしなのよ。だから、わたしは、自分専用《じぶんせんよう》の御殿《ごてん》に住《す》んで、自分だけの召使《めしつか》いもいるの。そして、礼儀作法《れいぎさほう》の先生兼《けん》お目付役《めつけやく》のテオドーラ大公妃《たいこうひ》がついているというわけよ」

「王妃《おうひ》さまから礼儀作法《れいぎさほう》を教えていただくわけにはいかないんですか？」

「ええ、お母さまにはべつのお仕事《しごと》があるし、自分の御殿《ごてん》で暮《く》らさなければならなくなって、それはひどく悲《かな》しまれたのよ！　ともかく、いまでは儀式《ぎしき》のあいだだけ。もう三年も、ふたりっきりで会ったことも、おしゃべりしたこともないの。ときたま、それもごくまれに、お母さまがわたしに会いに来てくださっても、いつもあの鬼《おに》ババみたいなテオドーラ大《たい》公妃《こうひ》がそばをはなれないの！　大公妃《たいこうひ》はちょっとのあいだもわたしをひとりにしてくれないの。お手《て》洗《あら》いに行くときさえ、ついてくるのよ。いつどこで陰謀《いんぼう》がくわだてられて、命《いのち》がねらわれるかわからないからって。あの人の許《ゆる》しがなければ息《いき》をすることもできないんじゃないかと思うくらいよ！」

「信《しん》じられない！」ポリッセーナは怒《おこ》りだしました。「王女さまなんですよ。だれの言うことも聞かなくていいはずなのに。命令《めいれい》するのは殿下《でんか》のほうでしょう」

イザベッラはため息《いき》をつきました。

「わたしは礼儀作法《れいぎさほう》をまだじゅうぶん身《み》につけていないの。おじさまが言うには、わたしは結婚《けっこん》するまで、大公妃《たいこうひ》にしたがわなければならないんですって。そして結婚《けっこん》したら、こんどは夫《おっと》にしたがわなければならないんだわ。だって、男のほうが権力《けんりょく》があってえらいと思われているんですもの。わたしが笑《わら》えなくなったのもふしぎはないでしょう？」

「わたしだったら、そんなのぜったいがまんできません。どうして反抗《はんこう》しないんですか、殿下《でんか》？」ルクレチアも腹《はら》をたてました。

イザベッラの目になみだがうかびました。

「わたしも小さいときは、反抗《はんこう》しようとしたのよ。でも、大公妃《たいこうひ》から罰《ばつ》をあたえられてしまって。反《はん》抗《こう》なんかしなければよかったって、とても後悔《こうかい》したわ」

「まさか、ぶったりしたんじゃないでしょうね？」信《しん》じられないという口調《くちょう》で、ポリッセーナが言いました。

「とんでもない！　王女に手を出すことはだれにもできないの。不敬罪《ふけいざい》になるから！」

「それじゃ、どういう罰《ばつ》なんですか？　夕食ぬきで寝《ね》かされるとか？」

「それならいいんだけど！　晩餐会《ばんさんかい》で出る料理《りょうり》はおなかにもたれるものが多いから……そうじゃなくて、大公妃《たいこうひ》は、わたしと同じくらいの年の廏番《うまやばん》の娘《むすめ》をやとって、わたしの部屋《へや》に住《す》まわせたの。その子の仕事《しごと》は、わたしが反抗的《はんこうてき》な態度《たいど》をとったり、言うとおりにしなかったり、授業《じゅぎょう》で学んだことをきちんとおぼえていなかったりするたびに、かわりにむちで打《う》たれることなの。大公妃《たいこうひ》は、わたしをすわらせると、その子を呼《よ》んできて、わたしの目の前でむち打《う》たせたのよ。見ていられなかったわ。だからすぐに、大公妃《たいこうひ》の言うがままにしたがうようになったの。わたしの身《み》がわりになった子は、いまは厨房《ちゅうぼう》で皿洗《さらあら》いとして働《はたら》いているけれど、きっとまだいっしょに暮《く》らしていた何カ月かのことを思い出して、わたしのことをにくんでいると思うわ」

「ひどい！　そんな残酷《ざんこく》なことをするなんて！」ルクレチアは怒《いか》りにふるえました。「でも、殿下《でんか》、そのことを摂政《せっしょう》に話して、助《たす》けてもらわなかったんですか？」

「話したわ。でも、どこの王家でもむかしからそういう方法《ほうほう》をとるらしいの。王女たる者《もの》は、自分の感情《かんじょう》をおさえて、泣《な》いたりせずに、自分のあやまちにも責任《せきにん》をとることを学ばなければいけない、っておじさまはわたしに言ったわ。それにおじさまは、大公妃《たいこうひ》の仕事《しごと》ぶりに、とても満足《まんぞく》しているの。あの人がやってることはすべてわたしのためだ、いつかわたしも大公妃《たいこうひ》に感謝《かんしゃ》する日が来るだろうって、そう言うのよ」

「摂政《せっしょう》はずいぶんきびしい人なんですね」ルクレチアが言いました。

「そんなことないわ！　きびしいどころか、この宮殿《きゅうでん》の中でわたしにやさしくしてくれるのは、おじさまだけなのよ。贈《おく》り物《もの》もたくさんくれるし、気晴らしのために道化師《どうけし》を呼《よ》んできてくれたり、夕食のあとにチェスの相手《あいて》をしてくれたりするの。でも、昼間はどこへ行くにもわたしをつれていくの。だから、わたしは死刑《しけい》にだって立ち会わなくてはならないのよ。人がしばり首になるところを見たことがある？　とてもいやなものよ。それから、陰謀《いんぼう》や暗殺《あんさつ》をおそれて、四六時《しろくじ》ちゅう衛兵《えいへい》にとりかこまれて生活するのも、いやなものよ。身近《みぢか》にいる人でさえ、だれも信用《しんよう》しちゃいけないの。宮殿《きゅうでん》の中には反逆者《はんぎゃくしゃ》がいっぱいいる、とおじさまは考えているのよ。そういうこともあって、わたしはほんのすこしのあいだも自由《じゆう》にさせてもらえないの。この三十分以外《いがい》はね」

そのとき、とびらをノックする音が聞こえました。

「……でも、どうやら、その三十分ももう終《お》わりみたいね。どう、これでもわたしに笑《わら》えって言うの？」

「元気を出してください、王女さま！　もうすぐなにかが変《か》わりますよ」イザベッラをだきしめながら、ルクレチアが約束《やくそく》しました。

「そうは思えないけど……」イザベッラは、あいかわらず悲《かな》しそうに言いました。

「誓《ちか》ってもいいですよ。かならず変《か》わります。それも王女さまが想像《そうぞう》できないほどすぐに、思いもかけないことがおこりますよ。でもあしたは、どうか笑《わら》ってくださるようつとめてください」

# 7

その夜、ルクレチアはポリッセーナにたずねました。

「あんたは、ほんとうに摂政《せっしょう》のばけの皮《かわ》をはぐつもり？　ほんとに、自分がほんものの王女だとみとめさせて、イザベッラのかわりになりたいのかい？」

「もちろんよ！　あなた、あの泣《な》き虫《むし》の話を聞いて弱気になったんじゃないでしょうね！　わたしはあんなふうにはならないわ。それに、ほかにどうしろっていうの？　王位《おうい》もあきらめ、お母さんと会うのもあきらめろって言うの？」

「わかったよ」ルクレチアはため息《いき》をつきました。でも心の中では、いますぐ宮殿《きゅうでん》からにげだしたい、パクビオの農場《のうじょう》にもどって、あそこで、動物《どうぶつ》たちと、春が来るまですごせたらどんなにいいだろう、と思っていました。

ふたりっきりになると、ポリッセーナは、王女になったらなにをするつもりか、大声でならべたてました。

「なにをして、なにを買って、だれを罰《ばっ》するか、ぜんぶ、わたしがきめて、わたしが命令《めいれい》するのよ」

ポリッセーナは早くも、『わたしの王国』、『わたしの宮殿《きゅうでん》』、『わたしの国民《こくみん》』、『わたしの馬』、『わたしの衛兵《えいへい》』などという言い方をするようになっていました。『牢獄《ろうごく》』にさえ、『わたしの』をつけるほどです。

「摂政《せっしょう》は、はだかにして、広場でむち打《う》ちの刑《けい》にして、熱《ねっ》した鉄《てつ》の玉座《ぎょくざ》にすわらせてやる。それから、わたしの牢獄《ろうごく》のいちばん深《ふか》くて暗《くら》い部屋《へや》にぶちこんでやるのよ。死《し》ぬまでパンと水しかあたえないわ」

「で、イザベッラは？」

「イザベッラも牢屋送《ろうやおく》りよ」

「本気じゃないよね？　イザベッラがどんな悪《わる》いことをしたってのよ？」

「それなら、緑《みどり》のふくろう亭《てい》で下働《したばたら》きの仕事《しごと》をさせるわ」

「やってみなよ。耳がはれあがるほど、あんたをひっぱたいてやるから」

「そしたら、わたしの衛兵《えいへい》に逮捕《たいほ》させるわ！」

「へえー、何日か前までは、あたしを首相《しゅしょう》にしてあげるって言ってたくせに！」

「してあげるわ。おぎょうぎよくして、わたしの言うことを聞くなら」

「とんでもない！　あたしはジラルディ親方にだってさからったんだよ。棒《ぼう》っきれでいやというほどなぐられてもね」

「やめましょう、ルクレチア！　どうして、そんなにつっかかるの？　あなたはここで、たったひとりの友だちなのに。かならず大臣《だいじん》にしてあげるわよ！　ずっとわたしのそばにいてほしいの。相談役《そうだんやく》として。お母さんにたのんで、あなたを養子《ようし》にしてもらうわ。そしたら、わたしの妹よ……」

でも、ルクレチアの心はきまっていました。王妃《おうひ》さまが別荘《べっそう》から帰ってきて、どんなふうにかはわかんないけど、ことがかたづいたら、ポリッセーナは自分の新しい道を行けばいい。でも、あたしはこれまでと同じ暮《く》らしを続《つづ》けるんだ。ずっとなれしたしんで、知りあいもおおぜいいる土地で。

侍従長《じじゅうちょう》が予想《よそう》したとおり、九人のむこうみずな挑戦者《ちょうせんしゃ》たちはことごとく失敗《しっぱい》し、イザベッラのふさぎの病《やまい》を治《なお》すことはできませんでした。

イザベッラが挑戦者《ちょうせんしゃ》のことをあわれに思えば思うほど、新しい挑戦者《ちょうせんしゃ》たちの仕事《しごと》はむずかしくなっていったのです。王女は、くちびるを動《うご》かしてむりやり笑顔《えがお》を作ろうとしましたが、審査団《しんさだん》——摂政《せっしょう》と侍従長《じじゅうちょう》とテオドーラ大公妃《たいこうひ》とふたりの男爵《だんしゃく》、それに哲学者《てつがくしゃ》、医者《いしゃ》、助産婦《じょさんぷ》各《かく》一名でなりたっていました——の目をごまかすことはできませんでした。

「インチキはよろしくありませんな、殿下《でんか》！」医者《いしゃ》がけちをつけました。「自発的《じはってき》な笑《わら》いというのは、くちびるの動《うご》きであらわされるだけでなく、鼻《はな》や目やひたいや耳にまで広がるものですぞ」

「さよう、とりわけ目は心の窓《まど》といいますからな。心全体《ぜんたい》が笑《わら》っておられると、目にそれがあらわれ、自然《しぜん》な笑《わら》いとなるのです」哲学者《てつがくしゃ》がつけくわえました。

とうとう、ラムジオ一座《いちざ》の番がやってきました。

ルクレチアは、イザベッラと話をしたあとに思いついた出《だ》し物《もの》を、ポリッセーナや動物《どうぶつ》たちといっしょに廏舎《きゅうしゃ》の中でひと晩《ばん》かけて練習《れんしゅう》しました。準備《じゅんび》にあてる時間はあまりありませんでしたが、動《どう》物《ぶつ》たちはきちんと役《やく》をおぼえました。動物《どうぶつ》たちも、今回の舞台《ぶたい》がどれだけとくべつでだいじか、わかっているようでした。

ラムジオ一座《いちざ》が水色の間に入っていったとき、ルクレチアもポリッセーナもおちついていました。ルクレチアは青の、ポリッセーナは赤の道化服《どうけふく》を着《き》て、先がとがって金の鈴《すず》がついた帽子《ぼうし》をかぶっており、動物《どうぶつ》たちは、めいめいが、どことなくその場に立ち会っている宮廷人《きゅうていじん》たちを思わせるような衣装《いしょう》を身《み》につけていました。

玉座《ぎょくざ》にすわったイザベッラが悲《かな》しそうに一座《いちざ》を見つめるなか、ルクレチアとポリッセーナは、黄金《こがね》色《いろ》のビロードのおおいがかかった腰《こし》かけのかたわらにすわり、それぞれマンドーラとチェトラ（どちらもマンドリンに似た弦楽器）の音合わせをしました。

その音を合図に、イザベッラの服《ふく》に似《に》た衣装《いしょう》を着《き》て、頭には小さな冠《かんむり》をいただいたカシルダが、ぴょんと腰《こし》かけにとびのりました。そして、しょんぼりとしたようすで腰《こし》をおろし、深《ふか》い悲《かな》しみにくれているかのように両手《りょうて》で顔をおおいました。

ルクレチアはカシルダにむかってうやうやしくおじぎをすると、歌いだしました。

「ひとりぼっちでだまりこくったお姫《ひめ》さま、

どうしてそんなに悲《かな》しそうなの？
どうか教えてくださいな、
悲《かな》しんでいるのはなぜなのか？」

この問《と》いかけに答えて、カシルダは、サルがよくやるように、くちびるをつきだして首をふり、舌《した》をのばしてチュッチュッという音をたてました。それを見た小姓《こしょう》のひとりが笑《わら》いだしましたが、大公妃《たいこうひ》から平手打《ひらてう》ちをくらいました。いっぽうポリッセーナは、サルにかわって歌いはじめました。

「わたしのバラ色でつややかなくちびるは、
笑《わら》いをわすれてしまったの。
出てくるのはため息《いき》となみだばかり。
だって、わたしは大っきらいな人と、
結婚《けっこん》させられるんだもの」

そこへ、大使《たいし》の衣装《いしょう》を着《き》て羊皮紙《ようひし》を手にしたクマのディミトリ

が、そっくり返《かえ》って歩きながら登場《とうじょう》しました。続《つづ》いて、チンパンジーのランチロットもあらわれました。ランチロットはたいそう高価《こうか》に見える服《ふく》を着《き》て、頭には冠《かんむり》をかぶっていました。二頭がカシルダの前でおじぎをすると、ルクレチアが歌いました。

「悪《わる》がしこい大使《たいし》をおともにつれて、
求婚者《きゅうこんしゃ》さまのお出ましだ。
でも、なんて虫の好《す》かないやつなんだろう。
みにくく、けちで、冷血漢《れいけつかん》、
おまけに息《いき》もくさいときた」

このことばを聞くと、ランチロットは大げさに口を大きく開《あ》けてみせました。カシルダはキーッと悲鳴《ひめい》をあげてうしろにとびすさり、玉座《ぎょくざ》の陰《かげ》にかくれました。するとすぐに、ガチョウのアポロニアが、ガーガー鳴いて羽《はね》をばたつかせながらあらわれました。ガチョウは、大公妃《たいこうひ》のとそっくりな大きなえり飾《かざ》りと羽根飾《はねかざ》りのあるターバンをつけていました。助産婦《じょさんぷ》が思わずふきだし、あわてて口に手をあてました。大公妃《たいこうひ》は、さげすみの色をうかべながら、顔を引きつらせました。

ポリッセーナは、ガチョウのかわりに歌いました。

「いったい、なにをさわいでいるんです？
あいそよく、礼儀正《れいぎただ》しくなさいませ！
口答えは許《ゆる》しません。
おぎょうぎよくしないなら、
たんまりおしおきが待《ま》っていますよ」

ポリッセーナは、さいごの二行をサルのお姫《ひめ》さまではなく、観客《かんきゃく》にむかって歌いました。ポリッセーナが歌っているあいだに、アポロニアはくちばしでつついて、お姫《ひめ》さま（カシルダ）を玉座《ぎょくざ》のうしろから追《お》いだし、求婚者《きゅうこんしゃ》（ランチロット）の前につれていきました。求婚者《きゅうこんしゃ》はおじぎをしてお姫《ひめ》さまの顔にキスしようとしましたが、お姫《ひめ》さまはキスされまいと、ピョーンと高くひととびして、ろうそくの立ったシャンデリアの上にかくれてしまいました。そこへ、摂政《せっしょう》と同じ赤い服《ふく》を着《き》て、頭にもそっくりな帽子《ぼうし》をかぶった犬のラミーロがとびだしてきて、シャンデリアの上のカシルダにむかってほえました。
ルクレチアが歌います。

「どうして、あのおかたが気に入らないのだ？
そんなしかめっ面《つら》をしたりして。
父親の言うことが聞けないのか？
いまにきっと後悔《こうかい》するぞ」

と、このとき、子ブタのシロバナがいきおいよく走って登場《とうじょう》しました。シロバナは服《ふく》は着《き》ていませんでしたが、しっぽの先に白いカーネーションの花をつけています。シロバナはラミーロの前に立ちはだかると、いどみかかるような目でにらみつけ、それからカシルダのほうへ鼻面《はなづら》をむけました。

ポリッセーナとルクレチアは、子ブタとサルのやりとりを歌いました。

「おやおや、これは騎士殿《きしどの》の登場《とうじょう》だ。
『姫《ひめ》さま、助《たす》けにまいりましたぞ』
『ありがとう』
『どういたしまして、わたしのつとめにございます。
命《いのち》をかけて姫《ひめ》をお守《まも》りいたしますぞ』」

それから子ブタは、ガチョウと犬とクマとチンパンジーにむかって、さかんにブーブー鳴きたてました。子ブタにおそれをなした一同は、身《み》を寄《よ》せあってふるえました。ルクレチアとポリッセーナは歌いつづけます。

「いばりくさった連中《れんちゅう》に
騎士殿《きしどの》はおどしの文句《もんく》をならべたてる。
『姫《ひめ》さまのなげきが聞こえぬか？
この結婚《けっこん》を姫《ひめ》におしつける者《もの》あらば、
このわたしがようしゃはせぬぞ』」

いちばん年《とし》の若《わか》い小姓《こしょう》が、くすくすしのび笑《わら》いをはじめました。大公妃《たいこうひ》はいらだたしげにせんすをひざに打《う》ちつけました。

「なんたる無礼《ぶれい》な劇《げき》じゃ！」男爵《だんしゃく》のひとりがつぶやきました。

そのとき、子ブタはうしろ足で床《ゆか》をかくと、頭を低《ひく》くしてガチョウと犬とクマとチンパンジーにむかって突進《とっしん》しました。動物《どうぶつ》たちは、あわてふためいてぐるぐる走りはじめました。犬はキャンキャンほえながら、チンパンジーは頭の毛をかきむしりながら、ガチョウはガーガー鳴きながら……。
ルクレチアがやさしい声で歌います。

「騎士殿《きしどの》はやりをかまえて、攻撃開始《こうげきかいし》。
悲鳴《ひめい》とさけび声《ごえ》をあげ、
敵《てき》はたちまち総《そう》くずれ、上を下への大さわぎ。
お姫《ひめ》さまは、ぴょんとひとっとび、
救《すく》い主《ぬし》のうでの中へまっしぐら。
そして、ふたりの愛《あい》は燃《も》えあがる」

カシルダは、シャンデリアからシロバナの背中《せなか》めがけてとびおりました。そして、その首にしっかりしがみつくと、シロバナの頭に熱烈《ねつれつ》なキスの嵐《あらし》をあびせました。シロバナはキスをされながら走りつづけ、お姫《ひめ》さまをいじめる連中《れんちゅう》を追《お》いたてています。
観客《かんきゃく》はとまどい、多くの者《もの》は笑《わら》いだしたいのをぐっとこらえていました。劇《げき》が、摂政《せっしょう》や大公妃《たいこうひ》たちをあてこすっているのは明らかだったからです。

# 8

摂政《せっしょう》や宮廷《きゅうてい》の貴族《きぞく》たちの雰囲気《ふんいき》やことばづかいまでも、まねしてちゃかして皮肉《ひにく》った、型破《かたやぶ》りな劇《げき》を、イザベッラは目を丸くして見ていました。王女はなんどか、ほんの一瞬《いっしゅん》でしたが、目をかがやかせました。でも、その笑《わら》いがくちもとや顔全体《かおぜんたい》にまで広がることはありませんでした。そして、ルクレチアが歌い終《お》わると、目のかがやきも影《かげ》をひそめてしまいました。

けれども、お芝居《しばい》にはまだ続《つづ》きがありました。宮廷人《きゅうていじん》に扮《ふん》した動物《どうぶつ》たちは、けつまずいたり、ぶつかったり、ころんだり、おもしろおかしく見えるように宙返《ちゅうがえ》りをしたりしながら、ぐるぐる走りつづけています。シロバナにまたがったカシルダは金切り声をあげて仲間《なかま》を追《お》いたてながら、服《ふく》のポケットからクルミを取《と》りだして投《な》げつけました。

そのときルクレチアが、マンドーラの弦《げん》をポロンとつまびきました。その音を合図に、子ブタは追《お》いかけっこの輪《わ》からぬけだすと、ほんものの宮廷人《きゅうていじん》たちの足もとをちょろちょろ走りまわりはじめました。貴婦人《きふじん》たちはキャーッと悲鳴《ひめい》をあげ、男の人たちは悪態《あくたい》をつきました。カシルダは摂政《せっしょう》の服《ふく》のすそにしがみつくと、そのうでによじのぼり、毛深《けぶか》いうでで首にだきついて、顔じゅうにキスをあびせましたし、ランチロットはポケットからリンゴを取《と》りだし、テオドーラ大公妃《たいこうひ》に投《な》げつけました。

リンゴが命中《めいちゅう》した大公妃《たいこうひ》の羽根《はね》つきのターバンが、かつらとともに吹《ふ》っとんで、その下からぶつぶつだらけのはげ頭《あたま》があらわれたのを見て、イザベッラは全身《ぜんしん》がかっと熱《あつ》くなり、鼻《はな》がむずむずしました。くしゃみが出ちゃう、と王女は思いました。

でも、そうではありませんでした。自分でもとてもおどろいたことに、イザベッラは笑《わら》いだしたのでした。それもあんまりいきおいよく笑《わら》いだしたせいで、もうすこしで玉座《ぎょくざ》からころげ落《お》ちるところでした。笑《わら》って、笑《わら》って、それでも笑《わら》いはとまりませんでした。しまいには、しゃっくりが出て、目にはなみだがにじんできても、おなかをかかえて笑《わら》いつづけていました。

「殿下《でんか》の笑《わら》いは目ではなく、おなかにあらわれるようですな！」哲学者《てつがくしゃ》が言いました。

摂政《せっしょう》はかんかんに怒《おこ》っていました。そして首からカシルダを引きはがしながら、顔をまっかにしてさけびました。

「失格《しっかく》だ！　こんなのはみとめん！　不敬罪《ふけいざい》だ！　衛兵《えいへい》、このふらち者《もの》どもを逮捕《たいほ》しろ！」

するとイザベッラは、とつぜん笑《わら》うのをやめ、おちついた顔にもどって、きっぱりと言いました。

「おじ上、ごらんのとおり、わたしの病気《びょうき》はよくなりました。おふれでもとめられているのは、わたしの病気《びょうき》を治《なお》すことで、礼儀《れいぎ》正《ただ》しくふるまうことではありません。約束《やくそく》を守《まも》って、この者《もの》たちを侯爵《こうしゃく》にとりたてることを命《めい》じます」

「いいえ、この者《もの》どもは成功《せいこう》したとは申《もう》せませんぞ。王妃《おうひ》さまがおふれに書かれたのは、『ほほえま

せる』ことであって、いましがた殿下《でんか》がなさったように、げらげら大笑《おおわら》いさせることではありません。まったくはずかしい！」摂政《せっしょう》はがんとして言いはりました。

「ほほえむこともできますよ」イザベッラは静《しず》かに言いました。そして、深《ふか》く息《いき》をして気持《きも》ちをおちつかせると、みんなによく見えるように顔を上げ、まっすぐ前をむいて、ゆっくりと口もとをゆるませ、にっこりとほほえみました。

その笑《え》みは、口もとからあご、ほお、鼻《はな》、目、まゆ毛《げ》、ひたい、そして髪《かみ》の生えぎわまで、顔《かお》全体《ぜんたい》に広がりました。

「これでどうです。おじ上、どうか約束《やくそく》をお守《まも》りください」

「なりません！」摂政《せっしょう》は腕組《うでぐ》みをして、いどみかかるような目で王女をにらみつけました。

すると、王女は身《み》につけている剣《けん》を引きぬきました。それは、パレードのときに帯《お》びる飾《かざ》り物《もの》で、じっさいはバターも切れない剣《けん》でした。

「ルクレチオ、ルドビコ、動物《どうぶつ》たちとここへ」イザベッラが命《めい》じました。一同がその前にひざまずくと、王女は、「そなたたち全員《ぜんいん》を侯爵《こうしゃく》に叙《じょ》する！」と宣言《せんげん》しました。

けれども、はらわたが煮《に》えくり返《かえ》った摂政《せっしょう》は、どなりだしました。

「よろしい！　こいつらはたしかにおふれに書かれたとおりのことをした。約束《やくそく》どおりのほうびをあたえましょう。だが、不敬罪《ふけいざい》はもっとも重《おも》い罪《つみ》です。この罪《つみ》をおかしたからには、牢屋送《ろうやおく》りになり、手に入れたばかりの財産《ざいさん》も没収《ぼっしゅう》になります。衛兵《えいへい》、そいつらをひっとらえて牢《ろう》にぶちこめ！」

「衛兵《えいへい》！　とらえてはなりません！」イザベッラがさけびました。

「だまれ！　なにを血《ち》まよったことを！　ここで命令《めいれい》するのはわしだ！」摂政《せっしょう》はどなると、イザベッラの顔をパチンとひっぱたきました。

「これは、不敬罪《ふけいざい》にはならんのでしょうか……？」哲学者《てつがくしゃ》がとまどった顔で助産婦《じょさんぷ》にささやきました。

けれども、摂政《せっしょう》に異議《いぎ》を申《もう》したてることなど、できるはずがありません。

衛兵《えいへい》がつかまえられたのは、ルクレチアとポリッセーナと子ブタだけでした。残《のこ》りの動物《どうぶつ》たちは、にげてしまったのです。

牢屋《ろうや》に引き立てられていくルクレチアたちに、イザベッラがさけびました。

「サルたちのことは心配《しんぱい》しないで。わたしが集《あつ》めて、あたたかいところに入れておくから。お母さまがもどられしだい、あなたたちも釈放《しゃくほう》してあげるわ！」

地下牢《ちかろう》へ続《つづ》く階段《かいだん》をおりるとちゅうで、ルクレチアはポリッセーナに言いました。

「泣《な》くのはおよし。王族《おうぞく》の血《ち》が流《なが》れているんなら、それにふさわしくふるまうんだよ」

# 第《だい》七部《ぶ》
# 宮殿《きゅうでん》の地下牢《ちかろう》

# 1

「ここだ！」衛兵隊《えいへいたい》の隊長《たいちょう》らしい男が、重々《おもおも》しい鉄《てつ》のとびらに鍵《かぎ》をさしこむと言いました。とびらはギイーッときしみながら開《ひら》きました。

ルクレチアは、「元気を出して！」というように、ポリッセーナの手をにぎりしめました。でも、ポリッセーナはおそろしさと気持《きも》ち悪《わる》さでふるえていました。

宮殿《きゅうでん》の下の岩盤《がんばん》をくりぬいて作られた牢《ろう》はせまくて、壁《かべ》はカビだらけ。おまけに天井《てんじょう》からは水のしずくがしたたり落《お》ちていました。かたい土の床《ゆか》には、寝床《ねどこ》やすわる場所《ばしょ》にするしめったわらの山が置《お》かれ、そのまわりには、きたならしいものがあれこれちらばり、クモやネズミやゴキブリがのろのろとはいまわっています。高い天井《てんじょう》の近くには鉄格子《てつごうし》のはまった小さな窓《まど》がひとつあって、そこから弱い光がさしこんでいました。

ルクレチアは、これまでになんどか、旅芸人《たびげいにん》をまるで浮浪者《ふろうしゃ》かものごいみたいにあつかう警官《けいかん》につかまって、ジラルディ親方といっしょに牢屋《ろうや》に入れられたことがありました。だから、ポリッセーナの気持《きも》ちを気づかいながらも、こんどもどっしりとかまえていました。

いっぽうポリッセーナは、チェパルーナの家を出て以来《いらい》、これほどつらい目にあったことはありませんでした。まま母のいじめにたえなければならなかった漁師《りょうし》の家での貧《まず》しくきたならしい暮《く》らしも、おそろしく寒《さむ》くて息《いき》がつまるほどいやなにおいのするこの牢屋《ろうや》にくらべれば、まるで天国のように思えます。

「さあ、中に入るんだ！　見てのとおり、いちばん居心地《いごこち》のいい牢《ろう》に入れてやる。殿下《でんか》のお気持《きも》ちをくんだ、せめてもの思いやりだ。釈放《しゃくほう》してやれというご命令《めいれい》には、残念《ざんねん》ながらしたがえないがな」

衛兵《えいへい》はぶっきらぼうに言いましたが、根《ね》は親切な人のようでした。

「いちばん居心地《いごこち》がいいですって！　これが？」ポリッセーナは怒《おこ》りだしました。「じゃあ、ほかの牢屋《ろうや》はここよりひどいっていうの！」

ルクレチアはポリッセーナをつねってだまらせ、牢《ろう》の中へおしこみました。そして礼儀正《れいぎただ》しく衛兵《えいへい》に言いました。

「どうもありがとう。ご親切はわすれません！」

「わすれたくってもわすれられないでしょうよ」ポリッセーナは皮肉《ひにく》っぽく言いました。

衛兵《えいへい》たちがとびらに鍵《かぎ》をかけて立《た》ち去《さ》ると、ポリッセーナはシロバナをうでにかかえたまま、くずれるようにわらの上にたおれこみました。でも、ネズミにさわるのがこわくて、両足《りょうあし》をわらの上に持ちあげています。

「気はたしか？　こんなくさい穴倉《あなぐら》にとじこめられて、お礼《れい》を言うなんて！」ポリッセーナが言いました。

「くさい穴倉《あなぐら》かもしれないけど、窓《まど》があるよ」

「それがどうしたっていうのよ？」

「あんたは牢獄《ろうごく》ってものをぜんぜんわかってないね。あたし、おりるときに、階段《かいだん》の数をかぞえていたんだ。ここは地面《じめん》からたった数メートル下だよ。ほかの牢《ろう》はもっともっと深《ふか》いところにある。少なくとも二階《かい》ぶんは下にね。空気も光も入ってこないし、外の音も聞こえない地の底《そこ》さ。生きうめになるのと同じようなものだね」

ポリッセーナは身《み》ぶるいしました。でも、もっとひどいところがあると知っても、なんのなぐさめにもなりません。

「寒《さむ》い！　おしっこがもれちゃう。トイレはどこ？」

ルクレチアはあたりを見まわしました。牢番《ろうばん》は、中身《なかみ》をすてるために便器《べんき》を持《も》ち去《さ》ってしまっていました。

「部屋《へや》のすみでするしかなさそうだね」

「そんなのいやよ！　おしりをネズミにかじられたらどうするの？」

ポリッセーナは、わたしは王女さまなのよ、ほんとうなら純金《じゅんきん》の便器《べんき》だって使《つか》えるはずなのに、と悲《かな》しくなりました。

けれどもルクレチアはとりあわず、床《ゆか》からひろいあげたさびたくぎで、とびらの木わくに日にちをあらわすきざみ目をつけながら言いました。

「じゃあ、好《す》きにしたら。これは王妃《おうひ》さまが帰ってくるまでの日数だよ。それまでおしっこをがまんできるならね……」

ポリッセーナはおしっこをこらえたまま、かんしゃくをおこし、しくしく泣《な》きだしました。シロバナがなぐさめるように、ピンク色の鼻先《はなさき》をポリッセーナの鼻《はな》にすりつけました。

ルクレチアは、もっとべつの心配《しんぱい》をしていました。イザベッラは、王妃《おうひ》が帰ってくるまで動物《どうぶつ》のめんどうを見ると約束《やくそく》してはくれました。でも、ふたりの秘密《ひみつ》は知らないのですから、厩舎《きゅうしゃ》に置《お》いてある荷車《にぐるま》から籐《とう》のかごを取《と》りだして、かくしておいてくれるはずはありません。万一、自分たちのことをこころよく思っていない摂政《せっしょう》が荷物《にもつ》を調《しら》べたら？　そして、金糸《きんし》の産着《うぶぎ》やふたつのエメラルドの安全《あんぜん》ピンを見つけてしまったら？　摂政《せっしょう》はきっと秘密《ひみつ》を守《まも》るためには、どんなことでもするにちがいないのです。

のんきに王妃《おうひ》の帰りを待《ま》っているなんて、とんでもない。一刻《いっこく》も早くここをぬけだして、手おくれにならないうちに、証拠《しょうこ》の品《しな》をこの手にとりもどさなくては。

ルクレチアは、高いところにある小窓《こまど》に目をこらしました。はしごかロープがなくては手もとどきません。おまけに格子《こうし》はがんじょうな鉄製《てっせい》で、しっかりと壁《かべ》にはめこまれています。がっかりしたルクレチアは、ポリッセーナのかたわらに、どさりと身《み》を投《な》げだしました。

「ほんものの王女さまだとわかったのに、こんな目にあうなんて！」ポリッセーナはあいかわらず泣《な》きつづけています。「罪人《つみびと》みたいに、こんなところにとじこめられて……わたしは王女なのよ！」

「そういえば、あたしもいまでは侯爵《こうしゃく》なんだった。シロバナもね」ルクレチアが言いました。

ポリッセーナはルクレチアをまじまじと見つめました。

「あなたの爵位《しゃくい》は正当なものとはいえないわ」

「どうして？」

「称号《しょうごう》をあたえたのはイザベッラで、ほんものの王女じゃないからよ。にせものの王女からもらったのだから、それはうその称号《しょうごう》よ」

ほんものの王女だろうがなかろうが、そんなことがそれほどだいじ？　そう言いたげにルクレチアは肩《かた》をすくめました。

牢《ろう》の中で元気なのは、シロバナだけでした。主人《しゅじん》をなぐさめてもむだだとわかると、うでからとびだして地面《じめん》におり、床《ゆか》をくんくんかぎまわりながら、牢《ろう》の中をすみからすみまで探検《たんけん》しはじめました。もちろん子ブタはネズミやクモなどこわがりません。それどころか、ゴキブリを見つけると、「気持《きも》ち悪《わる》い！」と悲鳴《ひめい》をあげるポリッセーナをよそに、まるでピーナッツでも食べるように、カリカリかじりました。

時間がのろのろとすぎていきました。窓《まど》からさしこんでくる光は、どんどん弱くなっていきます。

牢番《ろうばん》が、大きな丸パンと、水さしと、からの便器《べんき》を持《も》ってもどってきましたが、便器《べんき》は洗《あら》ってありませんでした。

「おれは三日に一度《いちど》しか来ないから、食料《しょくりょう》と水はだいじにしろよ」と牢番《ろうばん》は言いました。それからシロバナに目をとめて笑《わら》いました。「おやっ、いい仲間《なかま》がいるじゃないか。たいくつしなくてすむぞ。そのブタになにか芸《げい》でも教えたらどうだ。ここの囚人《しゅうじん》で、ひまをつぶすためにクモに芸《げい》をしこんだやつがいたぞ」

それを聞いて、ルクレチアははっとしました。そして、牢番《ろうばん》の足音が廊下《ろうか》のむこうに消《き》えるとすぐに、わらの山の上にがばっと起《お》きあがり、ポリッセーナのうでをつかんで、ゆさぶりました。

「なんで、早く思い出さなかったんだろう、『クモ男ルドビコ』を！　あんたは、これよりもつるつるした壁《かべ》でも、よじのぼっていたじゃない。さあ、がんばって！　窓《まど》のところまで、のぼってみて！」

なるほどと思ったポリッセーナは、ネズミを気にしていたのもわすれて立ちあがりました。靴《くつ》と靴下《くつした》をぬいで手につばをはくと、壁《かべ》に手をかけました。

ところがそのとき、地面《じめん》の下からきみょうな音がひびいてきました。ガ

リガリ、カリカリひっかくような音で、ときどきコツコツたたくような音もまじっています。だれかが金属《きんぞく》で岩をたたいているみたいな音です。

「動《うご》かないで！」ルクレチアが、ポリッセーナのベルトをつかんでささやきました。

「しーっ！」ポリッセーナも身《み》をこわばらせました。

でも、シロバナは音の聞こえてくる場所《ばしょ》に走っていくと、前足と鼻先《はなさき》で地面《じめん》をいきおいよく掘《ほ》り返《かえ》しはじめました。

地面《じめん》の下から聞こえてくる音は、だんだんはっきりと強くなってきます。だれかが近づいてくるにちがいありません。

シロバナは土をはねとばしながら、床《ゆか》を掘《ほ》りつづけました。ポリッセーナとルクレチアは、シロバナの足もとで大きくなっていく穴《あな》をじっと見つめています。

とうとう、床《ゆか》の土がどさっとくずれ落《お》ち、ほこりを舞《ま》いあげながら、人が通れるくらいの大きさの穴《あな》がぽっかり開《あ》きました。

そしてほんとうに、人があらわれたのです。穴《あな》から出てきたのは、わし鼻《ばな》で、土とクモの巣《す》だらけの長いしらが頭に、髪《かみ》の毛《け》よりもさらに白い、のびほうだいのひげを生やした人でした。ぼろぼろとくずれる穴《あな》のふちをつかむ手はやせこけています。シロバナは興味《きょうみ》しんしんというようすで、穴《あな》から顔をのぞかせた男のまわりをかけまわり、くんくんにおいをかいだり、しっぽをふったりしていまし

た。シロバナのピンク色の鼻先《はなさき》がくすぐったいらしく、なぞの男は「ハックション！」とくしゃみをしました。

「おだいじに！」ポリッセーナが礼儀《れいぎ》正しく言いました。

男は、さいごの力をふりしぼって、やっとのことで穴《あな》から出ました。そして、まぶしそうに目をしばたたき、あたりを見まわしていたかと思うと、とつぜんわっと泣《な》きだしました。

## 2

男は、ぞっとするほどやせこけた老人《ろうじん》でした。足ははだしで、うすよごれたぼろぼろの服《ふく》がかろうじて体をおおい、そのぼろ服《ふく》をほつれたひもでしばっていました。まっしろい髪《かみ》の毛《け》は腰《こし》まで、ひげはへそまでのびています。肌《はだ》は青白《あおじろ》く、黒い目がもじゃもじゃのまゆ毛《げ》の下で光っています。こしひもには、ぼろきれのつつみを結《むす》びつけ、右手にはブリキのスプーンをにぎっていました。

老人《ろうじん》は地面《じめん》にうずくまり、やせたうででやせたひざをかかえて、オイオイ泣《な》きつづけています。

ルクレチアはそばに寄《よ》って、そっと肩《かた》に手をのせてたずねました。

「どうして泣《な》いているの、おじいさん？」

「わしは医者《いしゃ》じゃ」老人《ろうじん》はつぶやくと、ますますはげしくしゃくりあげました。

「どうして泣《な》いているんですか、先生？」ルクレチアがまた聞きました。

「脱走計画《だっそうけいかく》が失敗《しっぱい》に終《お》わったからじゃよ」老人《ろうじん》は鼻水《はなみず》をすすりあげて答えました。「わしの計算では、宮殿《きゅうでん》の外に、王宮《おうきゅう》の裏手《うらて》に広がる月桂樹《げっけいじゅ》の林の中に出るはずじゃった。それが、ごらんのとおり、半地下の牢《ろう》に出てしまった。努力《どりょく》がすべて水の泡《あわ》になってしもうたんじゃ」そう答えると、老人は、さらにどっとなみだを流《なが》しました。

おとなが泣《な》くなんて、よっぽどのことにちがいありません。かわいそうでたまらなくなったポリッセーナが声をかけました。

「さあ、元気を出してください。わたしたちもにげだそうとしていたところなんです。いっしょに、にげましょう」

老人《ろうじん》は泣《な》くのをやめ、ひげの先でなみだをぬぐうと、すこし元気になってたずねました。

「ほんとうかね？　でも、どうやって？」

ルクレチアは小窓《こまど》を指《ゆび》さしました。

「はしごを持《も》っとるのかね？」と老人《ろうじん》。

「いいえ。でも、わたしのいとこは、素手《すで》で高いところによじのぼるのが、とくいちゅうのとくいで、『クモ男ルドビコ』と呼《よ》ばれているんです。あそこまでのぼったら、ロープをたらして……」

「ルクレチア！」ポリッセーナが、どうしよう、という声でさえぎりました。「わたしたち、ロープなんて持《も》ってない……」

「わしが持《も》っとる」腰《こし》ひもをほどいてみせながら、老人《ろうじん》がうれしそうに言いました。「だが、格子《こうし》はどうする？　ヤスリはあるのか？」

もちろん、そんなものはあるはずがありません。ふたりはがっかりして顔を見合わせました。ルクレチアはえりの中をさぐって、飾《かざ》りの束《たば》をひっぱりだすと、「サルのつめを切るハサミならあるけど……」と、自信《じしん》なさそうに言いました。

「それじゃあ、なんの役《やく》にもたたん」老人《ろうじん》は言いました。それから、周囲《しゅうい》の壁《かべ》と牢《ろう》の中にあるものを注意深《ちゅういぶか》く見ていくと、おどろいたように「パンの中は見てみたかね？」と、たずねました。

三人は力を入れて、かたいパンをふたつに割《わ》りました。すると、どうでしょう。中から布《ぬの》できっちり巻《ま》いた細長いつつみが出てきたではありませんか。

「イザベッラのハンカチ！」ポリッセーナがさけびました。はしのほうにある王冠《おうかん》の刺繍《ししゅう》に、見おぼえがあります。ハンカチにつつまれていたのは、大きなヤスリでした。そして、上等《じょうとう》な麻《あさ》のハンカチには、金のインクで、『幸運《こううん》を祈《いの》ってるわ！　廏舎《きゅうしゃ》のとびらの鍵《かぎ》は開《あ》けておきます』と書いてありました。

「なんで廏舎《きゅうしゃ》が関係《かんけい》あるんだね？　馬でにげるつもりなのかね？」老人《ろうじん》がたずねました。

「曲芸団《きょくげいだん》の動物《どうぶつ》たちをとりもどさなければならないんです」ルクレチアが説明《せつめい》しました。

「イザベッラは、わたしたちが遠くににげるつもりだと思っているのかな。都《みやこ》にかくれて、王妃《おうひ》さまの帰りを待《ま》たなきゃいけないことは、知らないから」ポリッセーナが言いました。

「それはまた、どうして？」

ポリッセーナとルクレチアは、目を見かわしました。この老人《ろうじん》を信用《しんよう》していいものでしょうか？

ルクレチアが用心深《ようじんぶか》く答えました。

「王妃《おうひ》さまにお伝《つた》えしたいことがあるんです」

「わしもお会いしたいもんだ」老人《ろうじん》はため息《いき》をつきました。「お話ししたいことが山ほどあるんでな。だが、摂政《せっしょう》に見つからずに王妃《おうひ》さまに会うのはむずかしいからな」摂政《せっしょう》の名前を口にしただけで、老人《ろうじん》は身《み》ぶるいしました。

「摂政《せっしょう》はわしを殺《ころ》すだろう」老人《ろうじん》は、まるで牢屋《ろうや》の壁《かべ》が自分の話を聞いてくれているかのように、つぶやきました。それから、ふたりにむかって言いました。「王女がせっかくヤスリを送《おく》ってくれたんだ、さあ、時間をむだにはすまい！」

見かけに反《はん》して、老人《ろうじん》は、若者《わかもの》もかなわないほどたくましく、すばやく動《うご》くことができました。

『クモ男ルドビコ』に腰《こし》ひもを持たせると、手を組みあわせて足場を作ってくれました。ポリッセーナは、老人《ろうじん》の手から肩《かた》に足をかけ、あっというまに壁《かべ》をのぼって小窓《こまど》のところに行くと、窓台《まどだい》に腰《こし》をおろしました。

「なにが見える？」老人《ろうじん》はじれったそうにたずねました。

「だれかの足が見える……すべりどめのわらを巻《ま》いた木靴《きぐつ》をはいている。道には雪が積《つ》もってる。あみあげ靴《ぐつ》がふたつに、バックルのついた靴《くつ》も、馬のひづめも見える……」

「わしは、もう十年も馬を見とらん！」老人《ろうじん》はつぶやきました。それから、格子《こうし》に腰《こし》ひもをしっかり結《むす》びつけるよう、『ルドビコ』に言いました。「ようし、もうおりてもいいぞ。ヤスリで格子《こうし》を切るのは、わしにまかせろ」

老人《ろうじん》はやっとのことで窓《まど》までよじのぼると、しばらくのあいだ、心をうばわれたように外をながめていました。「十年か……十年も太陽《たいよう》の光を見ていなかったのか……」老人《ろうじん》はしみじみとした口調《くちょう》でつぶやきました。

それから、力をこめて、でも音をたてないようにじゅうぶん注意《ちゅうい》しながら、鉄格子《てつごうし》にヤスリをかけていきました。老人《ろうじん》は、てぎわよく作業《さぎょう》を続け、ものの二十分で鉄格子《てつごうし》を切《き》りとりました。これでにげだせます。

「さいわい、わしはガリガリにやせとるし、おまえさんたちは子どもだ。小さな窓《まど》だが、なんとかなるだろう」

「のぼってもいい？」腰《こし》ひものはしをにぎって、ルクレチアが聞きました。ポリッセーナも子ブタをだきかかえました。

「いや、日はかたむいておるが、外はまだ明るい。窓《まど》から出るところをだれかに見られたら、まずいことになる。夜になるのを待《ま》とう」

老人《ろうじん》はおりてくると、「少し休むとしよう。脱出《だっしゅつ》にそなえて、力をたくわえなくてはならんからな」と言って、わらの上に横《よこ》になりました。ポリッセーナは、しげしげと老人《ろうじん》を見つめました。これほど青白《あおじろ》い人は見たことがありません。

「ほんとうに十年間も地下牢《ちかろう》にいたんですか？　きっと先生は凶悪犯《きょうあくはん》なんでしょうね」ポリッセー

ナが言いました。

老人《ろうじん》はなにがおかしいのか、笑《わら》いだすと、左の目《め》じりのなみだをぬぐいました。

「だれか殺《ころ》したんですか？」ルクレチアもたずねました。たとえそうであっても、ルクレチアはこわいとは思いませんでした。どれほど残忍《ざんにん》な殺人犯《さつじんはん》でも、十年もの年月がたてば、別人《べつじん》になることもあるということを知っていたからです。それに、目の前の老人《ろうじん》は人を傷《きず》つけるような人間には見えませんでした。

「わしは医者《いしゃ》だ！」老人《ろうじん》は胸《むね》をはって言い返《かえ》しました。「わしのつとめは死《し》と闘《たたか》うことであって、死《し》をもたらすことではない。人をあやめたことなど、一度《いちど》もないわ」

「それじゃ、どうして牢屋《ろうや》に入《はい》ったんですか？　ぬすみを働《はたら》いたんですか？　それとも、先生も不敬罪《ふけいざい》で牢屋《ろうや》に入れられたとか？」

「わしがこれまでの人生の中でただひとつおかした罪《つみ》は、今日までだれにも知られてはいない。わししか知らぬ秘密《ひみつ》じゃ。牢《ろう》に入れられたのは口ふうじのためだ。ある人物《じんぶつ》がおかした罪《つみ》をかくすためにな。わし以外《いがい》には、そのことを知っている者《もの》はいないのだ」

「それはだれなんです？」老医師《ろういし》の話に、もしやと思いながら、ポリッセーナがたずねました。

老人《ろうじん》は、あたりを心配《しんぱい》そうに見まわすと、ため息《いき》をつき、声をひそめて言いました。

「摂政《せっしょう》だ。わしをいちばん深《ふか》い地下牢《ちかろう》にとじこめたのは、あの男さ。そのうえあいつは、わしの牢《ろう》のとびらを外からぬりこめるよう命令《めいれい》し、小窓《こまど》からパンや水をわたす牢番《ろうばん》たちにも、わしに声をかけることを禁《きん》じたんだ。だから十年間、わしは自分以外《いがい》の人間の声を聞いたことがなかった。知ってる詩《し》や歌や早口《はやくち》ことばをしじゅう暗誦《あんしょう》していなかったら、きっと気《き》がくるっていたことだろうよ」

「でも、いったいどうして摂政《せっしょう》は先生をそんなひどい牢《ろう》に入れたんですか？」

「それは、わしがこの世《よ》でただひとり、あの男のおそろしい秘密《ひみつ》を知っておるからだよ。おまえさんたちのような若《わか》い者《もの》には、十年前、宮廷《きゅうてい》でなにがおきたか想像《そうぞう》もつくまい。現在玉座《げんざいぎょくざ》にすわっている王女、おまえさんたちの友だちのイザベッラは……」

「……亡《な》くなった国王のほんとうの娘《むすめ》じゃなくて姪《めい》で、摂政《せっしょう》の娘《むすめ》！」だまっていられず、ポリッセーナが口をはさみました。

老医師《ろういし》は、びっくりぎょうてんして、ポリッセーナを見つめました。

「どうして、おまえさんがそれを知っているんだ？」

「ほんものの王女は……」と言いかけたポリッセーナが「わたしだから！」と言い終《お》わる前に、ルクレチアがすねをけとばしてだまらせました。ルクレチアは、どうしてこの老人《ろうじん》は、摂政《せっしょう》とアスプラ夫人《ふじん》しか知らないはずのことを知っているんだろう？　といぶかしく思ったのです。ルクレチアは言いました。

「先生、お話をさえぎってごめんなさい。おさっしのとおり、わたしたちも、十年前に陰謀《いんぼう》があったことは知っているんです。くわしくではありませんが。知っていることがばれたら、摂政《せっしょう》はわたしたちの口も、ふさごうとするでしょう。先生、真夜中《まよなか》になるのを待《ま》つあいだ、よかったら、お話を聞かせてもらえませんか。そうしたら、わたしたちのほうもお話しします。先生のお話にくらべれば、たぶんずっと短《みじか》くて、すぐに終《お》わるようなものですけど」

「わかった」老人《ろうじん》は答えると、わらの上でらくな姿勢《しせい》になって、水さしから水をひと口、ゆっくり時間をかけて飲《の》みこみました。「暗《くら》くなるまで時間をつぶすのには、それもよかろう。おまえさんたちも信用《しんよう》できる人間のように思えるしのう」

ポリッセーナとルクレチアは、老人《ろうじん》の前にすわって、興味《きょうみ》しんしんで話がはじまるのを待《ま》ちました。

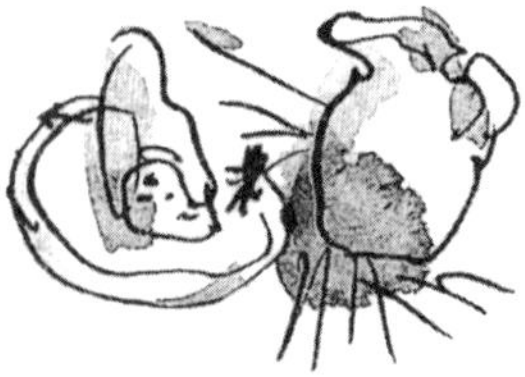

## 3

「まずさいしょに、わしがどういう人物《じんぶつ》か、知っておいてもらったほうがよかろう」と老人《ろうじん》は話しだしました。

「おまえさんたちはまだとても若《わか》いから、わしの名前を聞いてもぴんとこないだろうが、このサムエーレ・バロターリの名は、都《みやこ》では十一年前まで、王国一のうできの名医《めいい》として、知れわたっていたのだよ。だから、亡《な》きメダルド王は、王女がまもなく生まれるというときに、わしを宮廷《きゅうてい》に呼《よ》んで、王女のおつきの医者《いしゃ》を命《めい》じたんじゃ。

そのころ宮廷《きゅうてい》には、国王の弟にしてベルビ地方の領主《りょうしゅ》であるウッジェーリ伯爵《はくしゃく》も暮《く》らしておった。ウッジェーリ公は数カ月前に奥方《おくがた》を亡《な》くしたばかりじゃった。奥方《おくがた》はグリンダという女の子を産《う》んで、亡《な》くなったんじゃ。亡《な》き奥方《おくがた》のわすれ形見《がたみ》の娘《むすめ》を、ウッジェーリ公はそれはたいそうかわいがっておった。

わしが宮殿《きゅうでん》にやってくると、ウッジェーリ公はわしを自分の御殿《ごてん》に呼《よ》び、娘《むすめ》を診察《しんさつ》させた。ウッジェーリ公の娘《むすめ》は、七キロもある丸々と太った赤んぼ

うで、元気そのものじゃった。髪《かみ》は黒く、おっとりした性格《せいかく》で、しじゅう、乳母《うば》のおっぱいにとりついて乳《ちち》をすっていたが、そのせいで、鼻《はな》がちょっとつぶれておった。念入《ねんい》りに赤んぼうを診《み》たわしは、ウッジェーリ公に、『姫《ひめ》ぎみはしごくすこやかであらせられ、医者《いしゃ》の手は必要《ひつよう》ではありません。お世《せ》話《わ》は乳母《うば》にまかせておけばだいじょうぶでしょう。わたくしは二週間に一度《いちど》、ようすを見にまいります』と言ったのだ。

その数日後、国王のお妃《きさき》さまは、二キロと三百グラムの女のお子さまをお産《う》みになり、イザベッラと命名《めいめい》された。王女さまは、いとことちがってきゃしゃだったが、やはり元気いっぱいで、いつも手足を動《うご》かしている赤んぼうじゃった。髪《かみ》はまだ生えておらず、肌《はだ》はすきとおるようだった。とにかく、ちょっとのあいだもじっとしていない子でな、ゆりかごの外を見ようと頭を動《うご》かしたり、足をばたばたさせたり、目をひくようなきれいなものがあれば、それをめがけて乳母《うば》のうでからにげだそうとしたりしておった。そんなふうに、生まれたときから、いとこにあたる伯爵《はくしゃく》の娘《むすめ》とは、ずいぶん性格《せいかく》がちがっておった。

王女の主治医《しゅじい》として、わしはまぢかで赤んぼうの育《そだ》ちぶりをつぶさに診《み》、身長《しんちょう》や体重《たいじゅう》をはかり、発育《はついく》のようすを見守《みまも》った。つまり、乳母《うば》をべつとすれば、その当時、わしはだれよりもイザベッラ王女のことをよく知っておったというわけじゃ」

「母親や父親よりも？」ポリッセーナがたずねました。

「弟《おとうと》ぎみのウッジェーリ公とちがって、国王はおさない娘《むすめ》にはあまり目をくれなかった。もちろん、王女が大きくなれば、王も愛情深《あいじょうぶか》い父親ぶりをしめしただろうが、産着《うぶぎ》にくるまれた乳飲《ちの》み子《ご》にはまだ関心《かんしん》がないようだった。王妃《おうひ》さまはといえば、ご出産《しゅっさん》ののち、ひどいせきをされるようになって、病気《びょうき》の感染《かんせん》をおそれたわしは、赤んぼうには近づかないよう王妃《おうひ》さまにおすすめした。そんなわけで、乳母《うば》が遠くから産着《うぶぎ》にくるまれた赤んぼうをお見せすると、おきのどくな王妃《おうひ》さまは、わが子に投《な》げキッスを送《おく》られていた。その後も王妃《おうひ》さまのせきはひどくなるいっぽうで、とうとう高い山にあるルーラ城《じょう》でご静養《せいよう》されることになり、旅立《たびだ》たれた。半年後もどってこられたときには、すっかりよくなられておったが、そのときには、もうおそすぎたんじゃ」

「どうして子どもがとりかえられたのにお母さんが気づかなかったのか、そのわけがやっとわかったわ」ポリッセーナがルクレチアに小声でささやきました。

真実《しんじつ》を知って、ポリッセーナの胸《むね》につかえていたおもしがとれました。お母さんは自分をうとましく思っていたわけでも、もしかしたらとおそれていたように、摂政《せっしょう》とぐるになっていたわけでもなかったのです。お母さんは、重《おも》い病気《びょうき》のせいで、遠いところにいたのです。一度《いちど》もそばでわが子を見たことも、キスをしたことも、お風呂《ふろ》に入れたり乳《ちち》をふくませてやったりしたこともなかったのですから、とりかえられたのに気づかなくてもふしぎはありません。

「しーっ！」ポリッセーナをだまらせると、ルクレチアは老医師《ろういし》にむかってたずねました。「王妃《おうひ》さまがるすのあいだに、いったいなにがおきたんですか？」

　だいたいのことは、あの晩《ばん》アスプラ夫人《ふじん》がべらべらしゃべってくれたおかげで知ってはいましたが、ルクレチアは、じっさいにかかわった人の口から、もっとくわしく聞きたいと思っていました。

「とつぜん、宮殿《きゅうでん》におそろしい伝染病《でんせんびょう》が発生《はっせい》したんじゃ。パンジャブのスルタンから王に贈《おく》られたオウムといっしょに持《も》ちこまれた、熱帯性《ねったいせい》の伝染病《でんせんびょう》じゃ。さいしょに病気《びょうき》になったのは、老人《ろうじん》と子どもだった。わしら医者《いしゃ》は手をつくした。だが、ふつうの薬《くすり》はきかないし、未知《みち》の病気《びょうき》に対処《たいしょ》するすべがなかった。それに、医者《いしゃ》の数は少ないのに、治療《ちりょう》を必要《ひつよう》とする患者《かんじゃ》は日を追《お》うごとにふえていったんじゃ。

　メダルド王はわしを呼《よ》ぶと、きびしい表情《ひょうじょう》でこう言った。『王妃《おうひ》は病弱《びょうじゃく》で、おそらくもうほかの子どもを産《う》むことはあるまい。それゆえ、わしの希望《きぼう》は、ひとえにイザベッラにかかっておるし、あの子の命《いのち》はなにものにもかえがたい。だから、よく肝《きも》に銘《めい》じておけ。万一娘《むすめ》にもしものことがあれば、その日のうちにおまえを死刑《しけい》に処《しょ》して、王女のおともをさせてやるからな』

　そんなわけだから、王女の顔に病気《びょうき》のさいしょの兆候《ちょうこう》があらわれたとき、わしは心底恐怖《しんそこきょうふ》におの

のいた。わしは不安《ふあん》をふりはらいながら、昼も夜も王女につきっきりで、ありとあらゆる治療法《ちりようほう》をためした。じゃが、イザベッラさまの症状《しょうじょう》は日ましに悪《わる》くなっていった。そのうち乳母《うば》も病気《びょうき》にかかり亡《な》くなってしまうと、王女の世話《せわ》をするのはわしひとりになってしまった。

ウッジェーリ公の御殿《ごてん》からも、不吉《ふきつ》な知らせがもたらされた。グリンダと、その乳母《うば》やおつきの女官《かんにょ》たち全員《ぜんいん》が病気《びょうき》にかかったというんじゃ。あのときわしは、どうして伯爵《はくしゃく》から娘《むすめ》を診《み》に来いと呼《よ》ばれないんだろうといぶかしく思ったが、まあ、きっとイザベッラ王女の治療《ちりょう》がおろそかにならないように、国王が禁《きん》じたにちがいないと勝手《かって》に解釈《かいしゃく》しておった。

そんなある日、わしは強いめまいにおそわれた。『ついにわしにもうつったか』そう思ったしゅんかん、わしは気を失《うしな》い、ゆりかごのそばにたおれてしまった。

気がついたときには、すでに十日がすぎていた。わしはまだ熱《ねつ》もあり、ひどく衰弱《すいじゃく》していたので、治療《ちりょう》してくれた仲間《なかま》の医者《いしゃ》はまるまる一カ月、ベッドをはなれることを許《ゆる》してくれなかった。しかし、その医者《いしゃ》はわしを安心《あんしん》させようと、わしが気を失《うしな》っていたあいだに王女の病気《びょうき》はすっかり治《なお》ったことを教えてくれた。王女の世話《せわ》は、いなかから出てきたばかりの新しい乳母《うば》がしているのだという。

いっぽう、ウッジェーリ公の姫は亡《な》くなって、大聖堂《だいせいどう》の中の母親の墓《はか》のとなりにほうむられたという話も聞いた。その乳母《うば》もほかの召使《めしつか》いたちも、みな死《し》んでしまい、絶望《ぜつぼう》した伯爵《はくしゃく》は、「もう生きていてもしようがない。だれか剣《けん》か毒《どく》を持《も》ってきてくれ。わしもグリンダのあとを追《お》う」とさけびながら、人気《ひとけ》のない御殿《ごてん》の中を歩きまわっているということだった。

あれほど芝居《しばい》のうまい人間は見たことがない。おまえさんたちも知ってのとおり、伯爵《はくしゃく》にはなげき悲《かな》しむ理由《りゆう》などなかったんじゃからな。それどころか、あのペテン師《し》は心の中では大よろこびしておったんじゃ。なにしろ、伝染病《でんせんびょう》で宮殿《きゅうでん》じゅうが大混乱《だいこんらん》におちいっているいまこそ、ずっとねらっていた機会《きかい》がおとずれたのだから。

グリンダはぐあいなど悪《わる》くなかったのに、あの男は、娘《むすめ》は病気《びょうき》にかかったと、わざとうそをふれまわっておったんじゃ。あとで死《し》んだと見せかけるためにな。そして、人目をぬすんで王女の部屋《へや》にしのびこむと、ゆりかごの赤んぼうを取《と》り上げ、かわりにグリンダを置《お》いていったんじゃ。乳母《うば》たちはどちらも死《し》んでしまい、ふたりの赤んぼうが入れかわったことに気づく者《もの》はだれもいない、ということを計算に入れたうえでな。

そしてその後、娘《むすめ》は死《し》んだと発表《はっぴょう》し、子どもを亡《な》くして半狂乱《はんきょうらん》になった父親を演《えん》じていたというわけじゃ。

ゆりかごからつれ去《さ》られた赤んぼうの運命《うんめい》は、わしには知るよしもない。グリンダのかわりに墓《はか》にうめられたのではないことを願《ねが》うばかりだ。わしの知るかぎり、あの子は死《し》んではいなかったし、摂《せっ》政《しょう》の娘《むすめ》と同じくらい健康《けんこう》そのものだったんじゃから……」

このとき、ポリッセーナは思わず口を開《ひら》いて、「その子は、いいえ、わたしは助《たす》かったのよ。わたしがイザベッラなの！」と言ってしまいそうになりました。けれども、ルクレチアにキッとにらみつけられたので、舌《した》の先まで出かかったことばをひっこめました。ルクレチアが言いました。

「摂政《せっしょう》は、その赤んぼうを殺《ころ》すために、緑《みどり》のふくろう亭《てい》の女主人《おんなしゅじん》にあずけたんです」

「かわいそうに、なんの罪《つみ》もない子を！」老人《ろうじん》はため息《いき》をもらしました。「それもすべて、あのよこしまなウッジェーリ公の野心のせいだ！　あの男は自分が弟であることをひがんでいて、若《わか》いときから、兄が死《し》んで自分が王座《おうざ》につく日をずっと夢見《ゆめみ》ておった。だが、世《よ》つぎのイザベッラさまが生まれ、もはや自分に王座《おうざ》がまわってくることはないとさとると、せめて自分の娘《むすめ》を王位《おうい》につけようと考え、あのような悪《わる》だくみをめぐらしたんじゃ。

その悪事《あくじ》を見ぬき、明るみに出すことのできたただひとりの人間が、わしじゃった。なにしろわしは、ふたりの赤んぼうをなんども診《み》ていたから、見まちがえることなど、ありえなかったからな。わしは目をつむっていても、グリンダのつぶれ気味《ぎみ》の小さな鼻《はな》や、えくぼや、耳や、足の形をはっきり思い出すことができたし、同じように、イザベッラさまの顔立ちや、泣《な》き方や、指《ゆび》のしゃぶり方をおぼえておった。

わしが王女のゆりかごのそばにいなかったから、伯爵《はくしゃく》はわしも死《し》んだのだと思っておったようじゃ。だが、ふたたび診察《しんさつ》をはじめると、わしの存在《そんざい》をうとましく思うようになった。わしに告発《こくはつ》されたら、王位《おうい》をねらった罪《つみ》で死刑《しけい》にされることはまちがいなかったし、娘《むすめ》のグリンダも宮殿《きゅうでん》を追《お》われて、修道院《しゅうどういん》にとじこめられてしまう、とな。伯爵《はくしゃく》の野望《やぼう》は、すべて水の泡《あわ》になってしまうことになる。

だが、じつは、わしはわしで、だれにも話すことのできない、命《いのち》にかかわる重大《じゅうだい》な秘密《ひみつ》をかかえていたから、伯爵《はくしゃく》の罪《つみ》をあばくことなど、露《つゆ》ほども考えていなかったのじゃ。だが、そんなことは伯爵《はくしゃく》が知るよしもなかった。

わしはとらえられ、地の底《そこ》のまっくら闇《やみ》の独房《どくぼう》に入れられてしまった。そして、十年近くそこにいたのじゃ。だが、三カ月前に脱走《だっそう》を決意《けつい》すると、スプーンで、来る日も来る日も、外の自由《じゆう》な世界《せかい》へ通じるトンネルを掘《ほ》りつづけた。ところが、あいにく、この牢《ろう》に出てしまったというわけさ。

脱走《だっそう》をくわだてる数日前のことだが、囚人《しゅうじん》とことばをかわすなという命令《めいれい》に、たいくつのあまりそむいたしんまいの牢番《ろうばん》から、わしはウッジェーリ公の陰謀《いんぼう》がみごとに成功し、権力《けんりょく》をわがものにしていることを知った。

この十年間、だれひとりとして、赤んぼうがとりかえられたことに気づいた者《もの》はいなかったし、王と王妃《おうひ》も、グリンダを自分たちの娘《むすめ》と信《しん》じこんで育《そだ》ててきた。ウッジェーリ公がおじとして王女をかわいがっても、だれもふしぎには思わなかった。だから、メダルド王が亡《な》くなったとき、摂政《せっしょう》になることに異議《いぎ》をとなえる者《もの》もいなかったのだ。

こうしてウッジェーリ公は、現在《げんざい》、王国でもっとも力があるというわけじゃ。そして、いずれは娘《むすめ》のグリンダが、王妃《おうひ》さまに祝福《しゅくふく》されて、女王になるじゃろう」

「だれかが摂政《せっしょう》を告発《こくはつ》して、赤んぼうがとりかえられたことをあばかないかぎりはね」ポリッセーナが言いました。

「いったいなんのために？」老医師《ろういし》はおだやかな口調《くちょう》で聞き返《かえ》しました。「いまイザベッラと名乗っておる娘《むすめ》は、おまえさんたちも知ってのとおり、腹黒《はらぐろ》い人間でもなければ、父親のように権力欲《けんりょくよく》にとりつかれておるわけでもない。牢番《ろうばん》から聞いたところでは、心根《こころね》のやさしい、思いやりのある子だというではないか。げんに、おまえさんたちにヤスリをさしいれてくれ、動物《どうぶつ》たちの世話《せわ》もしてくれておるのではないのかね。それなのに、どうして、罪《つみ》のないあの子を告発《こくはつ》し、はずかしめ、王位《おうい》を取り上げる必要《ひつよう》がある？」

「どうしてですって？」このとき、たまりにたまった怒《いか》りをぶちまけるように、ポリッセーナが言い返《かえ》しました。「正義《せいぎ》のためです！　ほんもののイザベッラに王位《おうい》をとりもどさせるためですよ！」

老人《ろうじん》が悲《かな》しげに言いました。

「それは不可能《ふかのう》だ。ほんもののイザベッラは死《し》んだのだから」

「でも、もどってきたら？　まだ生きているって証拠《しょうこ》があったら？　本人だって証明《しょうめい》することができたら？」

老人《ろうじん》は頭をふりました。

「ありえんよ。イザベッラは、ほんもののイザベッラはゆりかごの中で死《し》んだんじゃ。わしがこの目で最期《さいご》をみとり、この手で棺《ひつぎ》におさめ、墓掘《はかほ》り人にわたしたんじゃ。いなかの墓地《ぼち》にうめるようにと言って」

「そんなバカな！」ルクレチアも言い返《かえ》しました。「先生はきっと長いあいだ牢《ろう》にいたせいで、悪夢《あくむ》と現実《げんじつ》の区別《くべつ》がつかなくなってしまわれたんじゃないですか？　いなかの墓地《ぼち》だなんて！　王女が亡《な》くなれば、大聖堂《だいせいどう》の中にある王家の墓《はか》にほうむられるはずでしょう？　それに、わたしたち、王女が死《し》んでいないことをよく知っているんです！」

「イザベッラは生きています。証拠《しょうこ》もあるんです」ポリッセーナもいきおいこんでつけくわえました。「わたしたち、王女がまとっていた金糸《きんし》の産着《うぶぎ》と、エメラルドのついた安全《あんぜん》ピンを持《も》っているんです」

「それにアスプラ夫人《ふじん》の言ったことや、赤んぼうが生きているのを見た料理人《りょうりにん》や使用人《しようにん》だっているし……」

「ああ、神《かみ》よ、感謝《かんしゃ》します！」老人《ろうじん》は天をあおいで言いました。「あの子が生きているとわかって、わしはうれしい！　心のおもしも少しは軽《かる》くなった気がする。王族《おうぞく》の権力争《けんりょくあらそ》いのせいで、あの子が死《し》なねばならぬ理由《りゆう》などないのだから。しかし、たとえ生きていたとしても、その子には王位《おうい》を要《よう》求《きゅう》する資格《しかく》はないんじゃよ」

「よくわかりません。どうして資格《しかく》がないんです？　なぜですか？」ルクレチアは頭が混乱《こんらん》してたずねました。

「つまり、ウッジェーリ公がゆりかごの中からつれ去《さ》り、わが子と入れかえて緑《みどり》のふくろう亭《てい》の女《おんな》主人《しゅじん》に始末《しまつ》させようとした赤んぼうは、国王の娘《むすめ》ではなかったんだ。イザベッラ王女ではなかったんじゃよ！」

# 4

イザベッラ王女ではなかったですって？　ポリッセーナは目をしばたたき、頭をふって、『どういうこと？』というようにルクレチアを見つめました。この人、わたしたちをだまそうとしているのかしら？　それとも、頭がおかしいのかしら？

「イザベッラじゃないなら、いったいだれなんです？」いどみかかるような口調《くちょう》でポリッセーナはたずねました。

「それはわしにもわからん」老医師《ろういし》は答えました。「たぶんすて子《ご》じゃろう。森の中で、木の根元《ねもと》に置《お》き去《ざ》りにされているのを見つけたんでな。足をふみ入れる者《もの》もめったにいないような深《ふか》い森だった。あの赤んぼうがオオカミどもに食われなかったのは、ほんとうに奇跡《きせき》じゃよ」

「先生、すみませんが、もうちょっとわかりやすく話してくださいませんか」ルクレチアが口をはさみました。「ひどくこんがらがってしまって……。グリンダとイザベッラという赤んぼうがいて、ふたりはとりかえられたんですよね。つれ去《さ》られたのは王女のイザベッラで、いとこのグリンダがゆりかごの中に置《お》かれた。そうですよね？」

「摂政《せっしょう》が信《しん》じておるのは、そうだ」老人《ろうじん》がため息《いき》をもらしました。「しかし、じつはその話には、第《だい》三の赤んぼうが登場《とうじょう》するんじゃ。このことはだれも知らぬ。わしがずっと心にしまってきた秘密《ひみつ》なんじゃ。おまえさんたちがさいしょじゃ、このことを話すのは……」

「どんな秘密《ひみつ》なんです？　どうか、わかるように説明《せつめい》してください」ポリッセーナがなみだ声になって言いました。

「はじめから話してくれませんか。そのすて子《ご》の話を」そう聞きながらも、ルクレチアは、この話がポリッセーナにとってはうれしいものではないような気がしはじめていました。

「よかろう」老人《ろうじん》がうなずきました。「話は疫病《えきびょう》がはやりだしたころ、王女の命《いのち》を守《まも》れなければ処刑《しょけい》するとメダルド王におどされたときにさかのぼるのじゃ。すでに話したように、その数日後、残念《ざんねん》ながら王女も病気《びょうき》にかかってしまったことに、わしは気がついた。そして、話の秘密《ひみつ》の部分《ぶぶん》はここからはじまるんじゃ。

　さて、王女の症状《しょうじょう》が日ましにひどくなっていくのを見るにたえなかったわしは、ある晩《ばん》、人知れず馬に乗《の》って、都《みやこ》をぬけだした。とうに隠居《いんきょ》して、山あいの村でひとりで暮《く》らしていたわしのむかしの先生に助《たす》けをもとめるためじゃ。

　しかし、たのみの綱《つな》の老先生《ろうせんせい》にも、なすすべはなかったのじゃ。王女のご病気《びょうき》のようすを聞くと、先生は、もう手のほどこしようがないと言ったんじゃ。おそらくあと数日の命《いのち》で、わしが宮殿《きゅうでん》にもどるころには、赤んぼうは死《し》んでいるかもしれんとな。

　都《みやこ》にひき返《かえ》すわしの気持《きも》ちがどんなものだったか、想像《そうぞう》はつくだろう。わしは宮殿《きゅうでん》にもどらず、そのままにげて、王に見つからないよう、ゆくえをくらましてしまおうかとも思った。名前を変《か》えて、どこかの港《みなと》からアメリカ行きの船に乗《の》ろうかとな……。けれども、医者《いしゃ》としての良心《りょうしん》と義務感《ぎむかん》もあったし、それ以上《いじょう》に、ずっと世話《せわ》をしていた赤んぼうをほうってはおけなかったのだ。わしはさいごまで王女のそばにつきそおうと決意《けつい》した。

ところが、都《みやこ》へ帰る道々、そんなふうに思案《しあん》にくれていたわしは、うっかりタッロスの森をぬける道のほうに入ってしまったんじゃ。さっきも話したように、しじゅう腹《はら》をすかせたオオカミやキツネがうようよしている、深《ふか》くてうっそうとした森だ。来るときは森をさけて、わざわざまわり道をしたんじゃが、帰りは心配《しんぱい》ごとに気をとられていたせいで、いつもの用心深《ようじんぶか》さがすっかり頭からぬけ落《お》ちてしまっていたんじゃ。

そうして、危険《きけん》な森の小道を進《すす》んでいたときだ。とつぜん赤んぼうの声がして、暗《くら》い思いにしずんでいたわしははっとわれに返《かえ》った。声は大きな樫《かし》の木の根元《ねもと》から聞こえていた。夜明けのうす明かりの中で、木の根元《ねもと》になにか白っぽいものが見えた。よく見るとそれは赤んぼうじゃった。赤んぼうが、もぞもぞ動《うご》いていたんじゃ！

そのしゅんかん、わしの頭の中をさまざまな考えがかけめぐった。この子をここに置《お》き去《ざ》りにした者《もの》は、赤んぼうを死《し》なせるつもりだったのだろう。それにしても、どうしてオオカミに食われなかったんだろう？　子どもを助《たす》けようと、わしは馬からおりた。と、そのとき、落《お》ち葉《ば》をふみしだいてし

げみの中を走りぬける、ガサガサという音が聞こえてきた。わしは「まずい！」と思った。武器《ぶき》がなければ、腹《はら》をすかして凶暴《きょうぼう》になったオオカミに立ちむかえるわけがないからだ。恐怖《きょうふ》におののきながら、わしはあわれな赤んぼうがオオカミのえじきになるしゅんかんを待《ま》つしかなかった。ところが、しげみからとびだしてきたのは、大きなめすのイノシシだった。

しかし、そうとわかっても、胸《むね》をなでおろすわけにはいかなかった。人が見ていないときに、ブタが農家《のうか》の赤んぼうを食べてしまったという話をなんどか聞いたことがあったからだ。それでも、オオカミを相手《あいて》にするよりは勝《か》ち目《め》があるように思えた。わしは、イノシシにむかって投《な》げつけようと、急《いそ》いでとがった石を地面《じめん》からひろうと、かまえた。

ところが、イノシシは赤んぼうのかたわらに静《しず》かに寝《ね》そべると、乳首《ちくび》が二列《れつ》にならんだおなかを赤んぼうのほうへむけたのだ。乳首《ちくび》のひとつが口にふれるとすぐに、赤んぼうは泣《な》きさけぶのをやめて、けんめいにすいついた。赤んぼうは、顔をまっかにし、小さな手をにぎりしめ、夢中《むちゅう》になって乳《ちち》を飲《の》んでいた。

イノシシは、赤んぼうがおなかいっぱいになるまでがまん強く待《ま》っていた。それから満腹《まんぷく》した赤んぼうが眠《ねむ》りこんだのを見て、立ちあがると、トコトコとしげみの中に姿《すがた》を消《け》した。それからようやく、わしは近づいて赤んぼうをだきあげた。すてられていたにもかかわらず、ぐあいの悪《わる》いところはなかった。肉づきもよく、健康《けんこう》そのものだった。生まれたのもイザベッラ王女と同じころのようだし、女の子だった。そのとき、わしの頭に、子どもをとりかえればいい、という考えがうかんだんじゃ。『神《かみ》のおみちびきだ』とわしは思った。

王と王妃《おうひ》をあざむこうというんじゃから、いかに大それた考えであるかはよくわかっていたが、王女は助《たす》かりっこなかったし、わしの命《いのち》も危険《きけん》にさらされていた。そして、自分の計画にあやうい点はないように思えた。

病気《びょうき》のきざしがあらわれて以来《いらい》、宮殿《きゅうでん》の中でイザベッラ王女のそばにいたのは乳母《うば》だけだった。

だが、乳母《うば》も病気《びょうき》にかかっていたし、もし元気になっても、わしと同じように王からおどされていたから、協力《きょうりょく》を得《え》るのはたやすいはずだった。

すてられていた子と王女との大きなちがいは、髪《かみ》の毛《け》と目の色だった。すこしだけ生えていたイザベッラ王女の髪《かみ》は、母親ゆずりの明るい金髪《きんぱつ》で、目も青かった。それにたいして、すて子《ご》のほうは、黒いふさふさした髪《かみ》の毛《け》に、炭《すみ》のように黒い目だった。だが、赤んぼうの髪《かみ》の毛《け》が生まれて数カ月でぬけ、あらたに生えてくる髪《かみ》が前より黒っぽくなるのはよくあることだ。同じように、一歳《さい》にみたないうちは、目の色が変《か》わることもある。それに、黒髪《くろかみ》に黒い目のメダルド王が成長《せいちょう》したわが子をはじめてうでにだいたとき、娘《むすめ》の髪《かみ》と目が自分に似《に》ているのを見て、おどろくはずがない。

こうして、わしは眠《ねむ》っているすて子《ご》をマントの下にかくしてつれ帰った。ともかく、森の中で命《いのち》の危険《きけん》にさらされている赤んぼう――わしはその子をちっちゃな子ブタと呼《よ》ぶようになった――を、ほうっておくわけにはいかなかったのだ。気分も少し軽《かる》くなり、宮殿《きゅうでん》にむかって馬を進《すす》めたものの、わしは計画を実行《じっこう》にうつすかどうか、まだまよっていた。イザベッラ王女の病気《びょうき》が奇跡《きせき》的に治《なお》る可能《かのう》性《せい》もあったからだ。宮殿《きゅうでん》に帰ってみると、乳母《うば》は高い熱《ねつ》にうかされ、もうろうとしていた。そして、白鳥の形をした銀《ぎん》のゆりかごに寝《ね》かされているイザベッラ王女は、ハアハア苦《くる》しそうな息《いき》をしていた。わしは、ふたりに薬《くすり》をあたえたが、乳母《うば》はその夜、息《いき》をひきとった。王女はまだ持《も》ちこたえていたが、日に日に弱っていった。

わしは、王女に乳《ちち》をやるために、ヤギをつれてこさせた。ヤギは、つれ帰《かえ》った赤んぼうにもあたえられるだけのじゅうぶんな乳《ちち》を出した。わしは毎日、森でひろった赤んぼうの頭にせっけんをぬり、自分のひげそり用のかみそりで、頭がつるつるになるまで、ていねいに髪《かみ》の毛《け》をそった。また、王女でないことがばれてしまうようなアザやホクロや傷《きず》あとなどがないか、体もすみずみまで調《しら》べた。

そして数日後、さいごのさいごまで手をつくしたかいもなく、とうとうイザベッラ王女は亡《な》くなった。わしはいちばん上等《じょうとう》な子ども服《ふく》、小さな真珠《しんじゅ》をちりばめた刺繍《ししゅう》入りのバラ色の錦《にしき》の服《ふく》を着《き》せて、王女のなきがらを小さな棺《ひつぎ》におさめた。棺《ひつぎ》は、ごくふつうの質素《しっそ》なものを選《えら》んだ。

そのころ宮殿《きゅうでん》では、毎日四、五回、葬儀《そうぎ》がとりおこなわれていて、墓掘《はかほ》り人たちとは家族同然《かぞくどうぜん》に親しくなっていた。わしは墓掘《はかほ》り人のひとりに棺《ひつぎ》をわたし、この子――よけいなうたがいをいだかれぬよう、男の赤んぼうだとうそをついた――は、しばらく前に亡《な》くなった衣装係《いしょうがかり》の子どもで、この世《よ》にもう身寄《みよ》りはいないのだと言った。そして金をやって、母親の里にほうむってくれるようたのんだ。母親の里として教えた村は、都《みやこ》から遠い場所《ばしょ》を適当《てきとう》に選《えら》んだ。万が一にも、あの棺《ひつぎ》に入っていたのが王女だとばれないようにだ。

白鳥のゆりかごには、ひろってきた子を寝《ね》かせた。王女の絹《きぬ》の服《ふく》を着《き》せ、金糸《きんし》で織《お》った産着《うぶぎ》をエメラルドのついた金の安全《あんぜん》ピンでとめて……。赤んぼうがとりかえられたことに気づいた者《もの》はいなかった。ウッジェーリ公は、そのときすでによこしまな計画を進《すす》めるために、娘《むすめ》が死《し》にそうだとなげき悲《かな》しみながら宮中《きゅうちゅう》をうろついていたんだが、王女がにせものだとは思わなかったのじゃ。

そしてしばらくして、すでに話したように、わし自身病《じしんやまい》にたおれ、まる一日のあいだ、王女のゆりかごを見ている者《もの》はだれもいなかった。まさにウッジェーリ公にとっては、ずっと待《ま》ちつづけていたチャンスだった。イザベッラ王女の部屋《へや》にしのびこんだ伯爵《はくしゃく》は、すでに赤んぼうがとりかえられているとは知らず、ゆりかごから取《と》りだすと、かわりにグリンダを入れたんじゃ。やはり髪《かみ》の毛《け》をそって、できるかぎり王女に似《に》せた自分の娘《むすめ》を。

それから先は、おまえさんたちも知ってのとおりじゃ。それどころか、わしがひろった赤んぼうのその後の運命《うんめい》については、どうやら、おまえさんたちのほうがくわしいようだな。それで、赤んぼうは助《たす》かったのか？　いま、どこにおる？」

「ここです」ポリッセーナが悲《かな》しげな声で答えました。「わたしが、あなたにひろわれた子です」

「まさか！　おまえさんは男の子じゃないか！」老人《ろうじん》はめんくらったようにさけびました。「クモ男ルドビコと呼《よ》ばれとるんじゃないかね？　わしがひろった赤んぼうは女の子だった。それはまちがいない」

「ルドビコは女の子なんです。旅《たび》をするには男の子のふりをしたほうがつごうがいいって思ったんです」ルクレチアが説明《せつめい》しました。そして、老人《ろうじん》が知らなかったその後の話をし、アスプラ夫人《ふじん》がしゃべったことや宮殿《きゅうでん》に来るまでのいきさつも話して聞かせました。

## 5

話を聞き終《お》わった老医師《ろういし》は、泥《どろ》でよごれたつめでひげをしごきながら、しばらくのあいだ、おしだまっていました。

それからようやく、「そうか……おまえさんが森でひろった子なのか……」とつぶやきました。「この前出会ったときはイノシシといっしょじゃったが、こんどは子ブタか。それにしても、おまえさんにはかわいそうなことをした。もしもわしが穴《あな》を掘《ほ》り進《すす》める方向《ほうこう》をまちがわなんだら、よりにもよってこの牢《ろう》に出なんだら、おまえさんはずっと、自分が王女だと信《しん》じておれたろうに……。そして、おそらく王妃《おうひ》にみとめてもらうこともできただろうに……」

ポリッセーナは、声を殺《ころ》して泣《な》いていました。

「おまえさんの夢《ゆめ》をうちくだいてしもうて、すまぬことをした」老医師《ろういし》は頭をかき、それから、思案《しあん》顔《がお》でつぶやきました。「じゃが、わしらは出会わなかったことにすることもできよう。わしが脱獄《だつごく》を決意《けつい》したのは、ぶじにいなかににげのびて、ミツバチを飼《か》う仕事《しごと》をして暮《く》らしたいからじゃ。摂政《せっしょう》に復讐《ふくしゅう》してうらみを晴《は》らそうなどとは、これっぽっちも考えておらんし、ピスキッローニ王家の玉座《ぎょくざ》にすわるのがだれかなぞ、まったく関心《かんしん》がないのだから」

「それじゃ、ポリッセーナが王位《おうい》をうばいとろうがどうしようが、自分には関係《かんけい》ない、って言うんですか？」ルクレチアがあきれたように言いました。

老人《ろうじん》は肩《かた》をすくめました。

「好《す》きにすればいい。わしはここから出たら、タッロスの森をこえて山にむかう。ミレナイのことなど二度《にど》と聞きとうない」

ポリッセーナは泣《な》きつづけていました。ルクレチアがいらだたしげに言いました。

「泣《な》くのはやめてよ！　そんなに王女になりたいの？」

「そうじゃないわ……」ポリッセーナはしゃくりあげました。「ただ、ようやくほんとうのお母さんを見つけたと思ったのに……それなのに……」

「……それなのに、これまでのことがぜんぶむだだったとわかったわけだよね。でも、それなら、また一からやり直して、ほんとうの親をさがせばいいだけのことだよ」ルクレチアはポリッセーナをはげますように言うと、老医師《ろういし》にむかってたずねました。「森の中で見つけたとき、赤んぼうはどんな服《ふく》を着《き》てたんですか？　なにか身《み》につけてはいませんでしたか？　ロケットとか、手紙とか、宝石《ほうせき》とか？」

老人《ろうじん》は首《くび》を横《よこ》にふりました。

「着心地《きごこち》のよさそうな産着《うぶぎ》にくるまれとった。だが、ありふれたものじゃったし、身元《みもと》の手がかりになるようなものは、なにもなかったよ。赤んぼうをすてた者は、二度《にど》と子どもに会うつもりなどなかったんじゃろうな、きっと」

ポリッセーナは、いっそうはげしく泣《な》きだしました。

「……じゃが……待《ま》てよ。手がかりといえるかどうかわからんが、赤んぼうは産着《うぶぎ》の上から男物《おとこもの》のシャツにくるまれておったよ。森までつれてくるとちゅう、人目につかないようにするためかもしれん。上等《じょうとう》な麻《あさ》のシャツでな、たしか、イニシャルが刺繍《ししゅう》されておった」

「シャツはまだ取ってありますか？」ルクレチアがたずねました。

「どんなイニシャルだったか、おぼえていますか？」ポリッセーナも、手《て》の甲《こう》でなみだをぬぐいながら、たたみかけるようにたずねました。

医師《いし》はしばらく考えこんでから、答えました。

「ああ、シャツは取《と》っておいた。といっても、すて子《ご》の身元《みもと》をさがす手がかりになるなんていう、りっぱな考えがあったわけじゃあない。なにしろ、わしは、赤んぼうをとりかえたことが明るみに出ぬことをひたすら祈《いの》っておったのだから。はずかしいことだが、すてずに持《も》っていたのは、わしがみえっぱりだったからじゃ。とてもしゃれたシャツでな、つかまって、牢《ろう》に入れられた日も、それを着《き》ておったんじゃよ」

「それで、イニシャルは？」ポリッセーナはじれったくなって、くり返《かえ》しました。

「まあ、おちつきなさい。いまたしかめよう……」そう言うと老人《ろうじん》は、腰ひもをはずして、腰《こし》にぶらさげていたつつみを地面《じめん》に置《お》き、中から小さな手帳《てちょう》を取《と》りだすと、ページをめくりはじめました。

「暗《くら》すぎて、なにも見えん……」

「どうして、そこに書《か》き写《うつ》したんです？」ルクレチアは、ふしぎに思ってたずねました。

「書《か》き写《うつ》したんじゃない。この中のどこかにあるんじゃ、その刺繍《ししゅう》が。じゃが、見つからん」

ルクレチアたちがおどろいたような顔をしているのを見て、老人《ろうじん》は説明《せつめい》しました。投獄《とうごく》されてから数カ月がたったころ、どうしても日記をつけたくなり、シャツの布《ぬの》を四角に小さく裂《さ》いて手帳《てちょう》を作り、それに、日々考えたことなどを書きつけたのだと。

「でも、インクはどうしたんです？」ルクレチアがたずねました。

「ランプのすすをつばでねったんじゃ。小さな棒《ぼう》きれやくぎをペンがわりにした。牢番《ろうばん》もさすがにそんなものまでは、取《と》りあげんでくれたんでな」

「それで、イニシャルは？」ポリッセーナがまたせかしました。

老人《ろうじん》は、ようやくイニシャルの刺繍《ししゅう》のあるページを見つけましたが、暗《くら》い中では読めません。それでも、老人《ろうじん》は刺繍《ししゅう》の表面《ひょうめん》をなんども指《ゆび》の腹《はら》でなでて言いました。

「運《うん》よく、この刺繍《ししゅう》はさわれば形がよくわかる。どうやら、ひとつはA《エー》で……もうひとつはE《イー》だ。思いあたる人はおらんかね？」

ポリッセーナはがっかりして頭をふりました。A《エー》・E《イー》ではじまる名前の人に、知りあいはいなかったからです。

「申《もう》しわけないが、日記をまるごとやるわけにはいかん。この中にはわしの十年間がつまっとるんでな。だが、このページだけならかまわんよ。あんたにあげよう。いや、あんたに返《かえ》そう。なにかの役《やく》にたつことを祈《いの》っとるよ」

話しこんでいるうちに、夜がふけていきました。ポリッセーナは小窓《こまど》によじのぼって、外に人気《ひとけ》がないことをたしかめました。塔《とう》の時計が十時を打《う》ちました。

「さあ、行きましょうか？」

子ブタのシロバナをわきにかかえると、ルクレチアは、まず老医師《ろういし》のおしりをおしあげてやり、自分はさいごにのぼりました。老人《ろうじん》は自由《じゆう》を目の前にして、頭がくらくらしているようです。

格子《こうし》を注意深《ちゅういぶか》くはずすと、三人は外に出ました。

「このしゅんかんをどれほど夢見《ゆめみ》たことか！」老人《ろうじん》は壁《かべ》にもたれると、ふうっとため息《いき》をもらしました。

ポリッセーナは「かわいそうに」というように老医師《ろういし》を見ました。まっくらな地下牢《ちかろう》に十年間もいたなんて！　わたしなんか、ほんの一日牢《ろう》に入っていただけなのに、二百年もいたような気がするわ。

「いろいろと世話《せわ》になった。これでお別《わか》れじゃ。達者《たっしゃ》でな」老人《ろうじん》が、ふたりの手をにぎると、ルクレ

チアがひきとめました。

「ちょっと待《ま》って！　そんな姿《すがた》で歩きまわろうっていうんですか？　靴《くつ》もなくて、服《ふく》もぼろぼろなのに。凍死《とうし》してしまうわ！　それに、そのぼうぼうのひげに髪《かみ》の毛《け》！　すぐに脱獄《だつごく》したとわかってつかまってしまう。しばらく、ポリッセーナといっしょにその像《ぞう》の陰《かげ》にかくれててください。すぐもどってきますから」

ルクレチアは王宮《おうきゅう》の壁《かべ》づたいに、影《かげ》のように静《しず》かに進《すす》んで、厩舎《きゅうしゃ》の入口にたどりつきました。とびらをおすと、イザベッラの伝言《でんごん》にあったように、鍵《かぎ》はかかっていませんでした。ちょうつがいにもきちんと油《あぶら》がさしてあるらしく、とびらは音もたてずに開《ひら》きました。

「シーッ！」動物《どうぶつ》たちが大よろこびして声をあげる前に、ルクレチアは命《めい》じました。時間をむだにするわけにはいきません。「荷車《にぐるま》に乗《の》って！　出発《しゅっぱつ》よ！」

勢《せい》ぞろいしたラムジオ一座《いちざ》を見て、医師《いし》はあっけにとられました。

「これはなんと、子ブタはほんの前座《ぜんざ》にすぎんかったのか！」

ルクレチアは念《ねん》のために取っておいたジラルディ親方の冬服《ふゆふく》と厚手《あつで》のブーツをかごの中から手早く出して、医師《いし》に着《き》てもらいました。老人《ろうじん》はガリガリにやせ細っていたので、服《ふく》はだぶだぶでしたが、それでも寒《さむ》さを防《ふせ》いでくれますから、だいぶ心地《ここち》よくなったようでした。

靴《くつ》なんて長らくはいておらんかったから、うまく歩けるじゃろうか、と老人《ろうじん》は心の中で心配《しんぱい》していましたが、だいじょうぶでした。

「つぎは、ひげと髪《かみ》の毛《け》よ！」ルクレチアは動物《どうぶつ》の毛を刈《か》るハサミを取《と》りだすと、のびほうだいの白い髪《かみ》をジョキジョキ刈《か》りこんでいきました。でも暗《くら》くてよく見えないせいで、ふぞろいになってしまいましたが。

老人《ろうじん》は言いました。

「かまわんさ！　帽子《ぼうし》をもらってかぶることにするから。じゃが、できたら、ひげのほうは自分で切りたいんだがね。あまり短《みじか》くしたくないんでな」

したくが終《お》わると、老人《ろうじん》は別人《べつじん》のようでした。

「こんどこそ、お別《わか》れじゃ！　ほんとうにありがとうよ！　もしプラモンテル地方に来ることがあったら、たずねてきておくれ。ミツバチを追《お》ってくれば、わしの家が見つかるはずじゃ」

老医師《ろういし》はふたりをだきしめると、闇《やみ》の中に消《き》えていきました。

「それで、わたしたちは、どこへ行くの？」ポリッセーナがたずねました。王女でないことがわかったいま、ルクレチアの言うとおりにするのも、ちっとも気になりませんでした。

「もう、王妃《おうひ》さまの帰りを待《ま》つ必要《ひつよう》はないんだから、ミレナイからできるだけ遠くに行くのよ。牢番《ろうばん》が脱走《だっそう》に気づいて、さわぎになる前にね。とにかく、都《みやこ》からはなれられるんなら、どの道を進《すす》んだってかまわない」

ルクレチアは腰《こし》をかがめて、犬の頭をなでました。

「ラミーロ、あんたがきめるんだよ！　いちばんらくで安全《あんぜん》な道を選《えら》んでちょうだい」

ラミーロは、空気のにおいをかぐと、まよわずに南へ頭をむけました。

「来た道をひき返《かえ》すのね」ポリッセーナは言いました。けれども、むかうべき目的地《もくてきち》がなくなったいまでは、『前進《ぜんしん》する』といおうが『ひき返《かえ》す』といおうが、たいしたちがいはありませんでした。

# 第八部《だいはちぶ》

# 隠者《いんじゃ》とひいおばあさん

# 1

まっくらな夜でした。雪はやんでいましたが、ひどく冷《つめ》たい風が服《ふく》の下まで吹《ふ》きこんできて、まるでたくさんの氷《こおり》の針《はり》がはだをさすような寒《さむ》さでした。地面《じめん》がこおりついていたので、荷車《にぐるま》をひっぱるラミーロは、車が横《よこ》すべりしたり、道からそれたりしないよう、全身《ぜんしん》に力をこめて、ふだんの倍《ばい》の力でひっぱらなければなりませんでした。

荷車《にぐるま》には山ほど荷物《にもつ》がのっていました。というのも、ルクレチアは、二匹《ひき》のサルにくわえて、ガチョウや子ブタも荷車《にぐるま》に乗《の》せていたからでした。おまけに、ポリッセーナに熱《ねつ》があるのがわかると、ポリッセーナも乗《の》せてやりました。ポリッセーナにとっては、たいへんなできごとがつぎつぎにおこった一日だったのです。牢屋《ろうや》に入れられたこと、老医師《ろういし》バロターリ先生との出会い、そして王女でないことがはっきりしたこと……。心の休まる間もなく、とうとう高い熱《ねつ》を出してしまったのでした。

ルクレチアはポリッセーナのぐあいが心配《しんぱい》でたまりませんでした。それにカシルダやランチロットのことも気がかりです。毛布《もうふ》で体をつつんであたたかくしてやっているとはいえ、こんな寒《さむ》さの中を旅《たび》していては、また、いまにもせきをしはじめるかもしれません。ルクレチアは不安《ふあん》な気持《きも》ちで耳をそばだてました。

一行の中で寒《さむ》さをものともしないのは、クマのディミトリとセントバーナード犬のラミーロだけでした。ディミトリは、荷車《にぐるま》をうしろからおしながら、車が横《よこ》すべりしないように気を配《くば》っていました。ラミーロのほうは、もともと雪の中で活躍《かつやく》する遭難救助犬《そうなんきゅうじょけん》ですから、体は厚《あつ》い毛におおわれていますし、たくましい筋肉《きんにく》と、どんなことがおきてもびくともしないだけの勇気《ゆうき》をそなえていました。

それでも、ルクレチアは、ディミトリとラミーロに申《もう》しわけないと思っていました。だから、三時間も苦労《くろう》しいしい歩きつづけたあとに、思いがけず、野原のはずれにぽつんと立っている干《ほ》し草小屋《くさごや》を見つけたときは、大よろこびしました。

「あそこでひと休みするよ！」ルクレチアが仲間《なかま》に声をかけました。「火をおこして、服《ふく》をかわかして、あたたかいごはんを食べて、かわいた干《ほ》し草《くさ》の上で眠《ねむ》るんだよ」

そのことばに、みんなは元気が出ました。ついきのうまで豪華《ごうか》で居心地《いごこち》のよい宮殿《きゅうでん》の廏舎《きゅうしゃ》に泊《と》まっていたのに、などと不満《ふまん》そうな顔をする者《もの》はひとりもいません。いまのみんなには、そまつな小屋《こや》も御殿《ごてん》に思えるくらいにありがたかったのです。ラミーロは歩みを早め、まもなく、一行は干《ほ》し草《くさ》小屋《ごや》にたどりつきました。

さいわい、サルたちはかぜをひいてはいないようでしたし、ポリッセーナの熱《ねつ》も、気持《きも》ちが高ぶったせいで、ひと晩《ばん》ぐっすり眠《ねむ》れば治《なお》ってしまうだろうと思われました。

長年ジラルディ親方と旅《たび》まわりを続《つづ》けてきたルクレチアは、経験《けいけん》から、こじれそうなかぜとちょっとした体の不調《ふちょう》を見わけることができました。動物《どうぶつ》たちを休ませると、ルクレチアはポリッセーナのそばにすわって、手をにぎってあげました。

「どう、すこしは気分がよくなった？」

するとポリッセーナは悲《かな》しげな声をあげました。

「ルクレチア！　助《たす》けてちょうだい！　わたし、お父さんとお母さんを見つける前に死《し》にたくないわ」

「バカなことを言わないでよ。あしたの朝になれば、元気になってるって」ルクレチアは、わざとぶっきらぼうな調子《ちょうし》で答えました。

これ以上《いじょう》ポリッセーナのぐあいが悪《わる》くなっては、かないません。早く元気になってもらわないと、よく知らない土地で、雪に降《ふ》りこめられたまま、立《た》ち往生《おうじょう》してしまうかもしれないのです。摂政《せっしょう》の追《お》っ手《て》が、いつかかるかもしれないというのに。

「さあ、眠《ねむ》って。寒《さむ》くない？」

ポリッセーナはルクレチアの手をにぎり返《かえ》しました。

「あのね……」

「なに？」

「日記の……あの、イニシャルが刺繍《ししゅう》してある布《ぬの》……もう一度《いちど》見せてくれない？」

ルクレチアは、ポケットから日記のきれはしを取《と》りだして、わたしました。ポリッセーナはそれをぎゅっとほおにおしつけました。

「お母さん……どうやって見つけたらいいの？」

そのとき、ルクレチアが言いました。

「あたし、思いついたことがあるんだ……たいしたことじゃないけど、なにも考えがないよりはましだと思うんだけど……」

「なあに？　話してよ」

「パクビオのお母さんの洗濯《せんたく》を手伝《てつだ》っていた、農家《のうか》のおばあさんをおぼえてる？　ケシとチューリップの刺繍《ししゅう》のついたエプロンをかけてただろ。あの人が話してるのをなんどか聞いたことがあるんだ。おばあさんの生まれ故郷《こきょう》はオスベスっていって、荒《あ》れ地《ち》が広がる地方でね、その村の近くに、どんなことでも解決《かいけつ》してくれる、えらい隠者《いんじゃ》が住《す》んでるんだって」

「隠者《いんじゃ》っていうと、人里はなれた場所《ばしょ》でひとりで暮《く》らしている人のことよね。その人、奇跡《きせき》をおこすふしぎな力でも持《も》っているの？」ほんとうかしらというふうに、ポリッセーナが聞き返《かえ》しました。

「奇跡《きせき》というのとはちがうらしいよ。その隠者《いんじゃ》は、祈《いの》ったり、断食《だんじき》したり、自分の体をむち打《う》ったりして苦行《くぎょう》を重《かさ》ねて、深《ふか》い智恵《ちえ》を身《み》につけたんだって。そのおかげで、人の心の中もお見通しで、どんな質問《しつもん》にも答えられるそうだよ。だから、その人にたずねてみたらどうかって思ったんだ。たとえ、あんたのお父さんとお母さんの名前はわからなくても、せめて、どうやってさがせばいいのか、それから、ただひとつの手がかりの、そのつまんないA《エー》・E《イー》ってイニシャルにどんな意味《いみ》があるのか、教えてもらえるんじゃないかな」

「『つまんない』なんて言わないでちょうだい。わたしのお父さんのイニシャルかもしれないのよ！」

「あんたを殺《ころ》そうとした人のかもしれないいんだよ」

ポリッセーナがしくしく泣《な》きだしたので、ルクレチアはあわてて言いました。

「泣《な》かないでよ！　熱《ねつ》が上がっちゃうよ！　ほかにいい考えがあるなら、そっちこそ教えてよ。あたし、眠《ねむ》いんだ」

「そのオスベスって、どこにあるの？」ポリッセーナは鼻水《はなみず》をすすりながらたずねました。

「パクビオの農場《のうじょう》とパルディス村の中間あたりさ。ここからは遠いし、いまの季節《きせつ》に旅《たび》するのはたいへんだけど、しかたないよ」

ほおをなみだでぬらしたままポリッセーナが寝入《ねい》ると、ルクレチアは火をかき立て、それから荷《に》車《ぐるま》に積《つ》んである籐《とう》のかごの中を調《しら》べはじめました。骨《ほね》のおれそうな旅《たび》をまたはじめる前に、いまある持《も》ち物《もの》をきちんと見ておきたかったのです。

産着《うぶぎ》と金の安全《あんぜん》ピンがもとどおりの場所《ばしょ》にあるのを見て、ルクレチアはほっとため息《いき》をつきました。これが手元ににげるのにおおわらわで、こんなだいじなことをたしかめるのもわすれていたのです。これがあれば、摂政《せっしょう》が、自分たちにうたがいの目をむけることはないでしょうし、口ふうじのために自分たちを血《ち》まなこになってさがしたりもしないでしょう。

それにしても、人の運命《うんめい》はぐうぜんに大きく左右されるもんだなと、ルクレチアはしみじみ思いました。

もしもバロターリ先生が地面《じめん》までトンネルを掘《ほ》っていたら、ポリッセーナは、なにも知らずに、王家の正当な王位継承者《おういけいしょうしゃ》から王位《おうい》をうばい、王女におさまっていたのですから。

それから、もしも小姓《こしょう》のひとりが好奇心《こうきしん》にかられてかごの中をさぐり、産着《うぶぎ》と安全《あんぜん》ピンを見つけていたら、たとえポリッセーナが王女だと名乗りでる気をなくしていたとしても、やっぱり危険《きけん》な存在《そんざい》として、殺《ころ》されてしまったことでしょう。そして、もしも王妃《おうひ》さまが……。

そこまで考えたとき、ルクレチアはギクリとしました。かごの中身《なかみ》にだれかがさわったあとがあるではありませんか。動物《どうぶつ》たちの舞台衣装《ぶたいいしょう》の入れ方がちがってるうえに、ジラルディ親方が生きていたころから使《つか》っていた皿《さら》やコップがなくなっていたのです。いったいだれが、ふちが欠《か》けたりへこんだりしている古い食器《しょっき》なんか、とったのでしょう？　ルクレチアはふるえる手でかごの奥《おく》をさぐりました。すると、見おぼえのない革《かわ》の袋《ふくろ》と大きなつつみが出てきました。袋《ふくろ》を開《あ》けてみると、中には金貨《きんか》がいっぱいつまっていました。つつみの中には、ふた組の銀《ぎん》の皿《さら》にコップ、ナイフ、フォーク、スプーン、それに、みんなが四、五日間は食べられるだけの食料《しょくりょう》が入っていました。

「イザベッラね！」ルクレチアは胸《むね》が熱《あつ》くなりました。「いつかお礼《れい》ができるときが来ますように！」

ルクレチアは、安《やす》らかな気持《きも》ちで眠《ねむ》りにつきました。そして翌朝《よくあさ》、王女が金貨《きんか》をくれたこと、そのおかげで、乗《の》りあい馬車をかりて、予定《よてい》よりもずっと早く目的地につくことができそうだということを、ポリッセーナに伝《つた》えました。

## 2

都《みやこ》からはなれ、海に近づくにつれて、気候《きこう》はだんだんおだやかになりました。十二月のなかばだというのに、青空が広がる朝もあり、馬車の窓《まど》を開《あ》けていられるくらいに日ざしがあたたかい日もありました。

こんどの旅《たび》では動物《どうぶつ》たちを乗《の》せてもらうために、変装《へんそう》させる必要《ひつよう》もありませんでした。というのも、まず、ルクレチアたちのほかには乗客《じょうきゃく》がいなかったのです。それに、金貨《きんか》の山を見せると、御者《ぎょしゃ》は、「お望《のぞ》みのままに！」と言いながら、地面《じめん》にひたいがつきそうなほどふかぶかとおじぎをしました。ラムジオ一座《いちざ》のメンバーがどれだけ風変《ふうが》わりだろうと、御者《ぎょしゃ》には文句《もんく》を言う理由《りゆう》などありませんでした。

馬車の旅《たび》は快調《かいちょう》に進《すす》みました。駅《えき》に着くたびに馬を交換《こうかん》したので、夜のあいだも旅《たび》を続《つづ》けることができました。みんなは座席《ざせき》の上で眠《ねむ》り、朝になると御者《ぎょしゃ》を休ませるために、ルクレチアが御者台《ぎょしゃだい》にすわりました。

ルクレチアは、チェパルーナ伯爵《はくしゃく》領《りょう》のほうにもどれることが、うれしくてたまりませんでした。海や、むかしなじみの友だちの顔や、一座《いちざ》がなんども見世物《みせもの》をしてきた広場が目にうかんできます。パクビオや霧降《きりふり》砦《とりで》の海賊《かいぞく》たちをふたたびだきしめたいと、ルクレチアは思いました。それから、ポ

リッセーナにはないしょでしたが、ジェンティレスキ家の人たちに会えるのもたのしみでした。とりわけ、ポリッセーナの妹のイッポリタは大のなかよしだったので、会いたくてしかたがありませんでした。旅《たび》のあいだも、ポリッセーナの家族《かぞく》にあてて手紙を出したいという思いに、なんどかられたかわかりません。『ポリッセーナのことは心配《しんぱい》しないで。元気にしてるし、あたしがそばについてるから』と。でも、手紙を出しはしませんでした。そんなことをしたら、ポリッセーナが腹《はら》をたてるだろうと思ったからです。

ポリッセーナは、自分がお姫《ひめ》さまではなかったショックから、まだたち直っていませんでした。しじゅうきげんが悪《わる》くて、つっけんどんで、おうへいで、あたりちらしてばかりいました。一度《いちど》など、いらいらとみんなにあたりちらすポリッセーナに、あのおとなしいラミーロががまんしきれず、ほえかかったほどです。そんなポリッセーナをなぐさめられるのは、シロバナだけでした。ほかの動物《どうぶつ》たちは、ポリッセーナからできるだけはなれて、ちぢこまっていました。

ところで、昼間の光の下であらためて日記のきれはしを見たポリッセーナは、刺繍《ししゅう》されたイニシャルが『A・E《エー・イー》』ではなく、『A・F《エー・エフ》』だということに気づきました。といっても、思いあたる名前がないことに変《か》わりはなかったのですが。でもそれ以来《いらい》、ポリッセーナは、「まったく、あのおいぼれ医者《いしゃ》は……」とか「あのはためいわくなじいさんのせいで……」とか、八つあたりして老医師《ろういし》バロターリ先生の悪口《わるくち》を言うようになりました。

ルクレチアは聞こえないふりをしていました。ほんとうは文句《もんく》ばかり言っているポリッセーナのほおを二、三発《ぱつ》ひっぱたいてやりたくてたまらなかったのですが、ぐっとこらえていたのです。

一行はとうとう、オスベス村に到着《とうちゃく》しました。そこは、羊飼《ひつじか》いたちが暮《く》らしている小さな村で、村の周囲《しゅうい》には、岩だらけの荒《あ》れ地《ち》が広がっています。荒《あ》れ地《ち》には、羊《ひつじ》や山羊《やぎ》がなんとか生きていけるだけの、背《せ》が低《ひく》くかたい草が、わずかに生えているだけでした。

一座《いちざ》は、村でただ一軒《けん》の宿屋《やどや》に泊《と》まりました。みすぼらしい建物《たてもの》で、壁《かべ》のしっくいははげ落《お》ち、がたついた窓《まど》から、がらんとした部屋《へや》の中にすきま風が吹《ふ》きこんでいました。ポリッセーナは、緑《みどり》のふくろう亭《てい》の豪華《ごうか》さを思い出して、ため息《いき》をもらしました。

「ぜいたくを言うんじゃないよ。少なくとも、この宿屋《やどや》の夫婦《ふうふ》はいばったりしないし、いい人たちみたいだよ」ルクレチアがたしなめました。

「でも、わたしたち、いまじゃ侯爵《こうしゃく》なのよ。もうちょっとこぎれいで居心地《いごこち》のいいところに泊《と》まりたいものだわ……」

王女でなかったことはしかたないけど、侯爵《こうしゃく》だって、なんの地位《ちい》もないよりはましだわ、とポリッセーナは考えていたのです。

それを聞くと、ルクレチアは笑《わら》いだしました。

「こんどはなにを言いだすやら。牢《ろう》の中で、にせの王女があたえた称号《しょうごう》なんてなんの価値《かち》もない、って言ったのは、あんたじゃないの！」

「でも、ほんもののイザベッラは亡《な》くなっていたのだから、いとこのグリンダだって王位《おうい》をつぐ権利《けんり》はあるのよ。だから……」

「そんなこと、どうだっていいよ。そんなに貴族《きぞく》なんかになりたいの？　ほんとうに摂政《せっしょう》やテオドーラ大公妃《たいこうひ》みたいになりたいのかい？　パクビオみたいなりっぱな若者《わかもの》や、ジネブラさんみたいにかしこくて心のやさしい人じゃなくて……」

ポリッセーナの顔色がさっと変《か》わったのを見て、ルクレチアは言いすぎてしまったことに気づきました。ルクレチアはあわててあやまりました。

「ごめん、悪《わる》かったよ！　わかった。あんたの好《す》きなように考えていいよ。よかったら、あたしの侯《こう》爵領《しゃくりょう》もあげるから」

「あなたって、いつもうんざりするようなことばっかり言うんだから！」ポリッセーナはふくれっ面《つら》をしました。

宿屋《やどや》の夫婦《ふうふ》に隠者《いんじゃ》のことをたずねてみると、あれこれ教えてくれました。なんでもこの村の隠者《いんじゃ》のうわさは広く知れわたっているそうで、あたたかくなると、隠者《いんじゃ》の助言《じょげん》を聞くために、国じゅうからたくさんの人がおとずれて村がにぎわうのだという話でした。

「おかげで、わたしたちも商売繁盛《しょうばいはんじょう》ってわけよ」宿屋《やどや》のおかみが、ざっくばらんに言いました。「あんまりおおぜいおしかけてくると、隠者《いんじゃ》さまはかんしゃくをおこして、住《す》まいにしている洞穴《ほらあな》にとじこもって、だれとも口をきいてくれなくなるけど、いまは冬で、やってくる人も少ないから、きっと、親切にむかえてくれるよ」

ルクレチアは御者《ぎょしゃ》に、宿屋《やどや》で待《ま》っていてくれるよう頼《たの》みました。欲《よく》を断《た》ってきびしい修行《しゅぎょう》の日々を送《おく》っている隠者《いんじゃ》のところに、馬車で乗《の》りつけるのは失礼《しつれい》だと考えたのです。

ルクレチアは、動物《どうぶつ》たちにきちんとブラシをかけ、自分もほころびやつぎはぎの少ない、いちばんいい服《ふく》を着《き》て、髪《かみ》もていねいにとかしました。

ポリッセーナは、牢屋《ろうや》をぬけだしたあとも、男の子のふりをしつづけ、ルドビコで通していました。髪《かみ》はいまでは耳の下までのびていましたが、まだまだ短《みじか》くて、女の子の服《ふく》を着《き》たりしたらおかしな目で見られてしまうでしょう。

熱《あつ》いスープで腹《はら》ごしらえをした一座《いちざ》は、隠者《いんじゃ》の住《す》む洞穴《ほらあな》にむかって歩きだしました。小春《こはる》びよりの、よく晴れた気持《きも》ちのいい日でした。あたたかい日ざしの中、道ばたの草からは、つんとする、心地《ここち》よいにおいがしてきます。すみきった空で季節《きせつ》はずれのチョウがひらひらと追《お》いかけっこをしていました。

村のはしの家《いえ》なみを通りすぎると、ほどなく一行は、岩だらけのさびしい荒《あ》れ地《ち》に入りました。一時間ばかり歩きつづけたころでしょうか、遠くのほうに、空にむかってそびえる、細長い棒《ぼう》のようなものが見えてきました。お祭《まつ》りのとき、棒《ぼう》によじのぼって、てっぺんにつるしたハムのかたまりなどをうばいあう競争《きょうそう》がありますが、ちょっとその棒《ぼう》に似《に》ています。

なんだろう？　ルクレチアはすこし考えていましたが、とつぜん、「そうだ、思い出した！」と声をあげました。「パクビオの農場《のうじょう》にいたおばあさんが、ここの隠者《いんじゃ》さまは柱頭行者《ちゅうとうぎょうじゃ》だって言ってたっけ」

「えっ？　なにそれ？」

「高い柱《はしら》のてっぺんで一日じゅう祈《いの》りつづける人のことだよ。世《よ》の中《なか》の悩《なや》みや苦《くる》しみからできるだけはなれて、すこしでも天国に近づくためにね……」

「でも、あなた、どうして隠者《いんじゃ》のことなんかをそんなによく知っているの？　教会の日曜学校にも行ったことがないはずなのに……」ルクレチアがもの知りなのをうらやましく思いながら、ポリッセーナがたずねました。

「旅《たび》をして、たくさんの人たちとしゃべってると、自然《しぜん》といろんなことをおぼえるんだ」ルクレチアが、たいしたことではないというように、答えました。

そばまで近づいて見ると、はたしてルクレチアの言ったとおりでした。

積《つ》み重《かさ》なったごつごつした岩のすきまに、けものの巣穴《すあな》に似《に》た洞穴《ほらあな》が口を開《あ》けていました。入口の横《よこ》には、とびらのかわりらしい、いばらの枯《か》れ枝《えだ》が立てかけてあります。洞穴《ほらあな》の中には炉《ろ》もなければ、寝《ね》わらも、水や食《た》べ物《もの》を入れる容器《ようき》もないようです。

洞穴《ほらあな》の前には、高さ三メートルほどの、てっぺんに小さな四角い足場のついた石の柱《はしら》が立っていました。そして、柱《はしら》の上には、ガリガリにやせて、腰《こし》にぼろきれを巻《ま》きつけただけのはだかの男が、片《かた》足《あし》で立っていました。（足場は両足《りょうあし》をのせられるほど広くなかったのです。）のびほうだいのもじゃもじゃの髪《かみ》の毛《け》とひげが風になびき、強い風が吹《ふ》きつけるたびに、体全体《からだぜんたい》がゆらゆらとゆれていました。

隠者《いんじゃ》は、両手《りょうて》を天にむかってのばし、大声で祈《いの》っているようでしたが、ポリッセーナたちの耳には、はっきり聞こえませんでした。

この人とならべたら、きっと牢屋《ろうや》にいたバロターリ先生でさえ、ダンスパーティーに出かけるためにめかしこんだみたいに見えるよ、とルクレチアは思いました。

ルクレチアとポリッセーナと動物《どうぶつ》たちは、柱《はしら》の下に立って上を見上げました。けれども隠者《いんじゃ》は、ずっと空を見ていて、一行が近づいてくるのに気がつきません。そこで、ポリッセーナが声をはりあげて呼《よ》びかけました。

「すみません、隠者《いんじゃ》さま、ちょっとのあいだ、おりてきていただけませんか！　おたずねしたいことがあるんです！」

隠者《いんじゃ》はびっくりして、もうちょっとで落《お》っこちてしまうところでしたが、なんとか体を立て直して答えました。

「だめだ、おりるわけにはいかん。日が暮《く》れるまで柱《はしら》の上におると誓《ちか》いをたてたんでな」

「毎日そうしているんですか？」ルクレチアが、やはり大声をあげました。

「そうだ。雨が降《ふ》ろうと、雪が降《ふ》ろうと、風が吹《ふ》こうとな。風があるときは、見てのとおり、らくではない。片足《かたあし》でつりあいをたもつのは容易《ようい》ではないからな」

「ずっと同じ足で立っているんですか？」またルクレチアがたずねました。

「いや、ときどきは足をかえる。そのときは軽《かる》くとびあがらんといかんのだが、これがまたあぶないんだ」

「でも、どうしてまた、そんなむずかしいかっこうで祈《いの》ってらっしゃるんですか？」ポリッセーナは、たずねずにはいられませんでした。

「おかした罪《つみ》をつぐなうためだ。それから、おまえたちのような、毎日うかれ暮《く》らしておる連中《れんちゅう》の罪《つみ》をつぐなうためにもな」

「わたしたち、うかれ暮《く》らしてなんかいません！」ポリッセーナが言い返《かえ》しました。「それどころか、つらい目にばかりあってきたんです。それでも、いつも正直なおこないをしてきました。たとえば、わたしは、うそをちょっとつけば、だれにも気づかれずに将来《しょうらい》はこの国の女王になれたのに、そうしなかったんです」

強い風が吹《ふ》く中で、そっくり返《かえ》って上にむかって大声でさけびながら話を続《つづ》けるのは、骨《ほね》のおれることでした。でも、なによりルクレチアの癇《かん》にさわったのは、隠者《いんじゃ》が自分たちのほうを見ようともせず、顔を空にむけたまましゃべっていることでした。ジラルディ親方も、人の目を見て話そうとしないやつは信用《しんよう》するなと、よく言っていました。

「すみませんが、ちょっと、下をむいてもらえませんか！　見ていただきたい布《ぬの》があるんです。イニシャルが入った……」

隠者《いんじゃ》は下をむくことはむきましたが、こんどは怒《おこ》ったように、こう言いました。

「なんだ、その動物《どうぶつ》たちは？　いやしいけものなんぞをつれて……」

「わたしの一座《いちざ》の仲間《なかま》です。いやしいなんてことはありません。人間よりも勇敢《ゆうかん》で愛情深《あいじょうぶか》いくらいです」ルクレチアはいらいらして答えました。

「一座《いちざ》というと、芝居《しばい》の役者《やくしゃ》か？」

「曲芸師《きょくげいし》です。ルクレチアに、ルドビコに、動物曲芸団《どうぶつきょくげいだん》です」ルクレチアがほこらしげに名乗りました。でも、頭上からは、あざけるような声がひびいてきました。

「曲芸師《きょくげいし》だと？　なおさら始末《しまつ》が悪《わる》い！　おまえたちは死《し》んでも、まともに墓地《ぼち》に、ほうむってもらえぬことを知っておるのか？」

ルクレチアは、ジラルディ親方からなんどか聞かされていたので知っていました。ジラルディ親方はいつもそのことに腹《はら》をたて、司祭《しさい》たちに悪態《あくたい》をついていました。でも、ルクレチアには、死《し》んだあとにどこにほうむられようと、どうでもいいことでした。それに、死《し》ぬなんて、まだずっと先のことです。ルクレチアが口を開《ひら》く前に、ポリッセーナは隠者《いんじゃ》にくってかかりました。

「墓地《ぼち》の外でけっこう！　死《し》ぬまぎわに、口先だけでおかした罪《つみ》を後悔《こうかい》しているふりをして墓地《ぼち》にほうむられる悪党《あくとう》たちといっしょよりは！」

なまいきな口のきき方にあきれた隠者《いんじゃ》は、ポリッセーナに目をむけました。

「おまえは娘《むすめ》のくせに、どうして男の服《ふく》など着《き》ておるのだ？　人をだますということは大きな罪《つみ》だということがわからんのか？」隠者《いんじゃ》は骨《ほね》ばってまがった指《ゆび》をポリッセーナにむけて、さけびました。

どうして男の子じゃないって、わかったんだろう？　と、ルクレチアはおどろきながらも、ポリッセーナをかばおうとして、かわって答えました。

「悪《わる》いやつらの目をごまかすためには、こうするしかなかったんです。罪《つみ》になんてなるはずありません。だれも傷《きず》つけたりしてないんですから。罪《つみ》っていうのは、たとえば、うそをついたり、殺《ころ》したり、母親の手から子どもをさらったり……」

それを聞いたとたん、隠者《いんじゃ》は、とつぜん、けたたましいさけび声《ごえ》をあげると、顔をかきむしって泣《な》きだしました。

「この人、だいじょうぶなのかしら？　ほんとうにこんな人に相談《そうだん》するの？」とまどいながら、ポリッセーナが聞きました。「ここに来たのは、むだ骨《ぼね》だったんじゃないかしら」

「やってみなきゃわかんないよ」ルクレチアは答えると、隠者《いんじゃ》にむかって、イニシャルの入った布《ぬの》きれをつきだし、大声で聞きました。

「十年前、タッロスの森に、男物《おとこもの》のシャツにくるまれた赤んぼうがすてられてたんです。あたしたち、だれが赤んぼうをすてたのか知りたいんですけど、シャツにあったイニシャルしか手がかりがないんです」

ふいに興味《きょうみ》をひかれたように、隠者《いんじゃ》は、泣《な》くのをやめました。

「どんなイニシャルだ？」

「A《エー》・F《エフ》です」ポリッセーナが答えました。

そのとたん隠者《いんじゃ》は、また大きな悲鳴《ひめい》をあげ、ぐらりとよろめきました。そして、足で宙《ちゅう》をかいたかと思うと、よろけて、柱《はしら》の上からまっさかさまに落《お》ちてしまいました。

ディミトリとラミーロが、ぱっと前にとびだしました。隠者《いんじゃ》を空中でうけとめるか、それがだめなら、せめて厚《あつ》い毛皮《けがわ》におおわれた自分たちの体の上に落《お》ちてもらおうとしたのです。でも、間に合いませんでした。

隠者《いんじゃ》はかたい岩の上にどさっと落《お》ち、頭をぶつけて、動《うご》かなくなってしまいました。目をとじて、骸骨《がいこつ》のようにやせ細った顔は死人《しにん》のようにまっさおでした。

ポリッセーナはがっかりしたようにつぶやきました。

「死《し》んじゃったわ、かわいそうに。見て、あんなに大声をあげたあとなのに、安《やす》らかな顔をしている。でも、これでもう、わたしたちの質問《しつもん》には答えられないわね」

## 3

「死《し》んじゃいないよ。気を失《うしな》っただけだよ」隠者《いんじゃ》が息《いき》をしているのに気がついたルクレチアが、言いました。「手をかして。洞穴《ほらあな》の中に運《はこ》ぼう」

やせこけた隠者《いんじゃ》は子どもよりも軽《かる》かったので、ふたりでらくらくと持《も》ちあげることができました。でも運《はこ》びこんだはいいものの、穴《あな》の外と中のちがいは風をさけられることくらいでした。そこは、見たこともないほどなにもない、わびしい住《す》まいでした。ポリッセーナたちは、あたりを見まわし、気を失《うしな》った隠者《いんじゃ》を寝《ね》かせるむしろか布《ぬの》かぼろきれでもないかとさがしましたが、なにもありませんでした。目にとまったのは、壁《かべ》のくぎにかけてあるむちだけでした。

「ラミーロ！　ここへ来て、寝《ね》そべってちょうだい。まくらになるのよ。頭だけでも、やわらかなものにのせてあげないと」ルクレチアが命令《めいれい》しました。

ルクレチアは、ラミーロの首輪《くびわ》からブランデーの入った小さなたるをはずすと、隠者《いんじゃ》のかたくとじた口のすきまから数滴《すうてき》そそぎこみました。

隠者《いんじゃ》はぴくりと体を動《うご》かすと、息《いき》づかいが荒《あら》くなってきました。やせこけた体がこきざみにふるえだし、とじたまぶたの下で目がグリグリ動《うご》いています。声は出ないものの、くちびるも動《うご》いています。

「体をあたためないとまずいわ」ポリッセーナが言いました。「せめて荷車《にぐるま》を持《も》ってきていれば！

毛布《もうふ》があったらなあ」

「ディミトリ！　この人の横《よこ》に寝《ね》て、だいてあたためるんだ。でも、あんまり力を入れるんじゃないよ。カシルダ、ランチロット、あんたたちは、足をもんで。ひえきってるから」

こうしてしばらく手あてをするうちに、隠者《いんじゃ》は目を開《あ》けました。

起《お》きあがろうとする隠者《いんじゃ》に、ルクレチアはたずねました。

「気分はどうですか？　どこかぐあいの悪《わる》いところはありませんか？　骨《ほね》がおれたりしてませんか？　村からお医者《いしゃ》さんを呼《よ》んできましょうか？」

隠者《いんじゃ》は答えず、自分の足をせっせともんでいる二匹《ひき》のサルをしげしげと見ています。

「話はできますか？　頭が痛《いた》いんですか？　わたしたちがさっき聞いたことを、おぼえてますか？

答えてください！　わたしには、とってもだいじなことなんです」ポリッセーナは、隠者《いんじゃ》のそばにひざまずき、その手をにぎって、たのみました。でも、隠者《いんじゃ》はうつろなまなざしでポリッセーナを見上げるだけでした。

「あんたの姿《すがた》は見えてないし、声も聞こえてないよ。頭がはっきりしていないみたい」ルクレチアがささやきました。

　すると隠者《いんじゃ》が声を出しました。

「わしは天国におるのか？」ひどくおどろいているような声です。「そうだ、わしは柱《はしら》から飛《と》び立《た》ったんだ。空中に飛《と》びあがり、雲をつきぬけ、空高く、どんどん飛《と》んでいき……そして、とうとう天国まで！　わしには、ほんとうは地獄《じごく》おちがふさわしいのに……」隠者《いんじゃ》はため息《いき》をもらし、クマの鼻面《はなづら》をなでました。クマはその手をやさしくなめました。

「あわれな罪人《つみびと》に、こんなにやさしくしてくれるこのふしぎな生《い》き物《もの》たちは、いったいなにものなんだろう？　天使《てんし》だろうか？　わしは天使《てんし》というのはもっとちがったふうだと想像《そうぞう》しておったんだが。いや、やっぱり天使《てんし》にちがいない。悪魔《あくま》ならわしをひどい目にあわせるだろうからな。むちで打《う》って、ののしって、煮《に》えたぎるタールの池に熊手《くまで》でわしを追《お》い立《た》てるだろうから……ありがとう、ありがとうよ、やさしい天使《てんし》たち！　やっぱり、わしは許《ゆる》してもらえたのか？　罪《つみ》をつぐなうことができたのか？　わしは、罪《つみ》もない赤んぼうをオオカミのえじきにしてしまったというのに。自分の子ではないというだけで……子どもの母親がわしの愛《あい》をこばみ、べつの男を選《えら》んだというだけの理由《りゆう》で……」

「この人だったんだわ！」ポリッセーナはおどろきのあまり、気を失《うしな》いそうになりました。助言《じょげん》をもとめて相談《そうだん》に来たはずが、こんなとんでもない告白《こくはく》を聞くことになろうとは！

「待《ま》って！　ただのぐうぜんかもしれない」ルクレチアが言いました。「この人が言ってるのが同じ赤んぼうとはかぎらないよ。ひどい話だけど、赤んぼうに腹《はら》いせをするっていうのは意外《いがい》とあることなんだよ」

「わたしはほんとうのことが知りたいのよ」ポリッセーナがいらいらして言いました。

「あたしにまかせて」

ルクレチアは隠者《いんじゃ》の前に仁王立《におうだ》ちになると、きびしい口調《くちょう》で声をはりあげました。

「わたしは天国の門を守《まも》る天使《てんし》だ。おまえがおかした罪《つみ》をつつみかくさず告白《こくはく》するなら、ここに置《お》いてやろう」

「くわしくよ。名前や時間や場所《ばしょ》も、もらさずに……」ポリッセーナがささやきました。

「くわしく話すんだ。名前や時間や場所《ばしょ》も、もらさずにな」

隠者《いんじゃ》は、目の前にあらわれた人物《じんぶつ》をよく見ようと、目をしばたたきました。洞穴《ほらあな》の入口を背《せ》にして、うしろから光をあびて立つルクレチアの金髪《きんぱつ》は、暗《くら》い洞穴《ほらあな》の中からだと、まばゆい光のマントのようにかがやいて見えました。

「そうだ、あなたはまさしく天使《てんし》だ。まちがいない。教会の壁《かべ》に描《えが》かれているのとそっくりだ。ああ、美《うつく》しい天の使《つか》いよ、どうしてもっと早くわたしの前にあらわれてくださらなかったのです？　わたしは何年も苦《くる》しみつづけておりましたのに」

「おまえの罪《つみ》を話せ」ルクレチアはくり返《かえ》しました。

「あなたはなにもかもお見通《みとお》しのはずです、光りかがやく天使《てんし》よ。それでも、御身《おんみ》の前にひれふして、わたしの罪《つみ》を白状《はくじょう》せよとおおせなら、そういたしましょう。

あなたもごぞんじのとおり、若《わか》いころ、わたしは、チェパルーナ伯爵《はくしゃく》領《りょう》でいちばんの金持《かねも》ちで、女にもてた貴族《きぞく》でした」

「聞いた？　場所《ばしょ》も合っているわ」ポリッセーナがささやきました。

「わたしは、自分の魅力《みりょく》に屈《くっ》しない女などいるはずがないと、うぬぼれておりました。それで、町じゅうでもっとも若《わか》くて美《うつく》しく、もっとも元気でほがらかで、だれよりも愛《あい》らしいしぐさでおどり、岩をもなみださせるようなあまい声で歌う娘《むすめ》を選《えら》んで、結婚《けっこん》を申《もう》しこみました。娘《むすめ》の父親も反対《はんたい》はしませんでした。ところが、高慢《こうまん》な娘《むすめ》は、わたしの心をもてあそんだのです。女友だちには、わたしに期待《きたい》を持《も》たせながら、まるで奴隷《どれい》かなにかのようにわたしをあつかったのです。わたしの心をとらえたことをじまんするいっぽうで、こちらにはひとかけらの愛情《あいじょう》もしめしてはくれませんでした。そのあげく、結婚式《けっこんしき》の直前に、わたしをおはらい箱《ばこ》にしたのです。わたしは苦《くる》しみで気もくるわんばかりになり、娘《むすめ》の愛《あい》をとりもどすためにあらゆる手だてをつくしました。しかし、娘《むすめ》はなさけ知らずにも、ほかに好《す》きな男ができたと言ってよこしました。そして数カ月後、その男と結婚《けっこん》してしまったのです。

怒《いか》りとはずかしさのあまり、それまでの愛情《あいじょう》はにくしみに変《か》わり、わたしはひたすら復讐《ふくしゅう》だけを考えました。悪魔《あくま》がわたしに、女からいちばんたいせつなものをうばってしまえと、ささやきました。それは夫《おっと》ではなく、生まれたばかりの娘《むすめ》でした。

わたしは自分にうたがいがかからぬよう、周到《しゅうとう》に計画をねりました。そして、ゆりかごから赤んぼうをぬすみだすと、完全《かんぜん》にゆくえがわからぬようにするために、チェパルーナから遠くはなれた場所《ばしょ》へつれていきました。あなたもよくごぞんじのとおり、十年ばかり前のことです」

「時も合ってるわ」

「それから、わたしは、どうもうなオオカミがうようよしている森に赤んぼうをつれていき、木の根元《もと》にすてたのです。しかし、一時間もしないうちに、わたしは後悔《こうかい》しました。そして、赤んぼうをひろいあげて母親に返《かえ》そうと、ひき返《かえ》してみました。ところが、おそすぎました。すでにオオカミがあとかたもなく赤んぼうを食べてしまったあとだったのです」

「でも、運《うん》のいいことに、そこに宮殿《きゅうでん》の医者《いしゃ》が通りかかったっていうわけね……」ポリッセーナがつぶやきました。

「わたしは、一生かかってもつぐなうことのできないほどの罪《つみ》をおかしてしまったのです。おそれおののいたわたしは、もうチェパルーナにはもどらず、全財産《ぜんざいさん》を貧《まず》しい人々にあたえ、この荒《あ》れ地《ち》で世《よ》すて人《びと》として暮《く》らすようになったのです。この十年間、わたしがどのような生活を送《おく》ってきたかは、ごぞんじのとおりです。にがい草やトカゲやイナゴを食べ、岩のくぼみにたまった雨水《あまみず》をすすり、はだかのまま地面《じめん》に横《よこ》になって眠《ねむ》りました。毎週金曜日の午後には、むちで体を打《う》ちました。柱《はしら》の上で祈《いの》り、巡礼者《じゅんれいしゃ》に助言《じょげん》をあたえ、罪人《つみびと》をさとしてきました。すると、今日、あなたがわたしを天国に入れ、よろこびを味《あじ》わわせてくださいました。どうか、追《お》いだしたりしないでください。そんなむごいしうちをなさらないでください！」

「とうぜんのむくいだわ！」ポリッセーナが怒《おこ》ってさけびました。そのときちょうどシロバナがだきあげてもらおうとやってきて、頭でポリッセーナの足首をこづきました。隠者《いんじゃ》ははじめて、ポリッセーナがいることに気づきました。

「天使《てんし》よ、この少女はだれですか？」隠者《いんじゃ》は、ポリッセーナは男の子のかっこうをしているけれども男ではないと、もうろうとしながらも感《かん》じているようです。

「この者《もの》か？　こちらは聖女《せいじょ》の……聖《せい》ポリッセーナどのだ」ルクレチアがすかさず答えました。

「美《うつく》しくあわれみ深《ぶか》い聖女《せいじょ》さま、子ブタをつれた聖《せい》ポリッセーナさま、どうか、あなたさまからもお願いしてください。わたしが天国から追《お》いだされずにすみますよう！」隠者《いんじゃ》は目になみだをうかべて、ひたすらたのみました。

「お願いしてあげましょう。もしも、あなたの名前と、あなたをそんなにも苦《くる》しめた人の名前を言うならば」

「よき天使《てんし》さまがごぞんじです。わたしは過去《かこ》の自分をわすれると誓《ちか》いをたてました。そして、あの残酷《ざんこく》な女のこともわすれたいのです」

「すぐにまたわすれるであろう」ルクレチアが言いました。「だが、いまはすべてを告白《こくはく》せねばならん。さもないと、ここから追《お》いだすことになるぞ」

隠者《いんじゃ》は長いため息《いき》をつきました。ポリッセーナは息《いき》をつめて、隠者《いんじゃ》のことばを待《ま》ちました。

「わたしの名前はアリーゴ・フィリプッチです。そして女の名前は……」

女の名前を聞いたポリッセーナは、さけび声をあげて、気を失ってしまいました。

# 4

そうです。フィリプッチが言った名前は、ほかでもない、商人《しょうにん》ビエーリ・ジェンティレスキの奥《おく》さん、ジネブラだったのです。

ルクレチアは、これまでのなぞやぐうぜんがめぐりめぐってたどりついた、思いもかけない結末《けつまつ》に、なんと言っていいかわからないほど、びっくりしていました。でも、びっくりすると同時に、うれしく思ってもいました。いっしょに旅《たび》をはじめたときから、ポリッセーナにとって、おさないころから暮《く》らしてきたジェンティレスキ家にまさる家庭《かてい》はないと、かたく信《しん》じていたからです。

自分のことばがふたりをとんでもなくおどろかせたなどとは夢《ゆめ》にも思っていない隠者《いんじゃ》は、ルクレチアの服《ふく》のすそをつかんで、すがりつくような目で見つめると言いました。

「わたしの罪《つみ》はすべて告白《こくはく》しました。これで天国に置《お》いてくださるでしょうか？　わたしはもう疲《つか》れきってしまいました！」

フィリプッチがかわいそうになったルクレチアは、そのひたいに手をあてて言いました。

「だれもおまえを追《お》いだしたりはしない。さあ、もう眠《ねむ》って、休みなさい」

隠者《いんじゃ》は、うれしそうなため息《いき》をもらすと、クマのうでの中にたおれこんで、目をとじました。

いっぽうシロバナは、ポリッセーナの顔のまわりで動《うご》きまわっていました。足で髪《かみ》をひっぱったり、くんくんにおいをかいだり、鼻《はな》や目をなめたりしながら、悲《かな》しそうな鳴き声をあげて、主人《しゅじん》の目をさまさせようとしていたのです。

ルクレチアはポリッセーナの上にかがみこむと、ほっぺたを軽《かる》くたたきました。それから、ブランデーを数滴《すうてき》、口に流《なが》しこみました。

「ポリッセーナ、目をさまして！　なにもかも終《お》わったんだよ、ポリッセーナ！」

ポリッセーナはうす目を開《あ》け、頭をもたげました。

「ここはどこ？」

「あんたまでへんなかんちがいをしないでよ。いい、ここは天国じゃないよ。あんたは隠者《いんじゃ》の洞穴《ほらあな》にいて、たったいま、あんたのお母さんは、ほかでもないあんたのお母さん……ジェンティレスキさんの奥《おく》さんだってことがわかったんだよ。ビエーリさんはあんたのほんとうのお父さんで、イッポリタとペトロニッラはあんたのほんとうの妹よ。うれしくないの？」

ルクレチアはポリッセーナを起《お》こしてやりました。ポリッセーナは、こんぐらがってぼーっとした頭がはっきりすると、口を開《ひら》きました。

「こんなばかげたことってある？　わたしたちは、何カ月もかけてぐるっとひとまわりして、もとのところにもどっただけなの？　あれだけいろんなことが

あって、つらい目やあぶない目にあったのも、けっきょく、もとにもどるためだったなんて！」

「それのどこがへんなの？」ルクレチアが言い返《かえ》しました。「あたしたち旅芸人《たびげいにん》も、毎年同じ場所《ばしょ》をまわって、同じ場所《ばしょ》にもどってくるよ。でも、もどってきたときには、みんなに話すことがいっぱいあるんだ。もしも、新しい経験《けいけん》をたくさんしないで帰ってきたら、またむかしなじみに会っても、きっとつまんないよ。いまのあんたにはむだ骨《ぼね》だったように思えるかもしれないけど、この旅《たび》のあいだに、どれだけたくさんの人に出会って、どれだけいろんなところを見てきたか、どれだけたくさんのことを学んだか、考えてごらんよ。あんた自身《じしん》もどんなに変《か》わったことか！」

「そうね、あなたの言うとおりだわ。セラフィーナにも感謝《かんしゃ》しなくちゃね！」

「それじゃ、もうここに用はないね。オスベスの村の宿屋《やどや》にもどろうよ。歩けそう？」

「だいじょうぶよ。わたしがどれだけ、大急《おおいそ》ぎで家に帰りたいと思ってるか、わからないでしょうね」

それから、ポリッセーナは眠《ねむ》ったままのアリーゴ・フィリプッチに目を落《お》としました。

「この人はどうするの？　いっしょにつれていく？　それとも、警察《けいさつ》がつかまえに来るまで、しばっておく？」

「警察《けいさつ》だって？　まさか、この人をうったえるつもり？」

「いけない？　子どもをさらったのよ。わたしを殺《ころ》そうとしたのよ！　この人のせいで、お父さんとお母さんがどれほど苦《くる》しんだことか！」

「それを言うなら、あんただって、どれほどふたりを苦《くる》しめたことか！　もう半年もゆくえがわからないんだよ」

ポリッセーナは赤くなりました。でも、すなおにみとめるのがくやしくて、言いわけをはじめました。

「それとこれとは話がちがうわ。だって、わたしが家出したのは……」

「いいかい」ルクレチアは、ポリッセーナのことばをさえぎりました。「あんたが気を失《うしな》っているあいだに、あたしはこの人の罪《つみ》を許《ゆる》したんだ。あんたのぶんまでね。考えてごらんよ、この人が十年間どんなふうに生きてきたか。あたしたちがここを出て、いなくなっても、ずっと同じようにして生きていくだろう。ここと牢屋《ろうや》と似《に》たようなもんじゃないか」

ポリッセーナの頭に、王宮《おうきゅう》の地下牢《ちかろう》のしめっぽい壁《かべ》や、くさったわらや、いやなにおいや、ネズミやゴキブリなどが思いうかびました。

「わかったわ。このままにしときましょう。でも、もし、わたしたちがここにいるうちに目をさましたら、一発《いっぱつ》がつんとなぐらせてもらうわ」

けれども、けっきょくフィリプッチは目をさましませんでした。出発《しゅっぱつ》する前、ルクレチアは、フィリプッチのそばに、ブランデーの入った小さなたるを、アポロニアが産《う》んだばかりの新鮮《しんせん》な卵《たまご》を置《お》きました。それから、「ごめんね」とことわって、ガチョウの体からやわらかくて軽《かる》い羽根《はね》を一枚《まい》引きぬくと、あわれなフィリプッチの手に、にぎらせました。

ポリッセーナたちがとっくにオスベスの宿屋《やどや》にもどり、日が落《お》ちてしばらくしたころ、アリーゴ・フィリプッチは目をさましました。フィリプッチは、ぼんやりとなにがあったか思い出しましたが、さいしょは夢《ゆめ》を見たのかと考えました。けれども、手の中にふわふわした羽根《はね》があるのに気づくと、天使《てんし》がほんとうに自分をなぐさめるために空からおりてきて、つらい罪《つみ》ほろぼしの人生がいつかむくわれることを教えてくれたのだと、信《しん》じるようになりました。

フィリプッチはうきうきした気分で、卵《たまご》とブランデーでたまご酒《ざけ》を作って飲《の》みました。（天国からの贈《おく》り物《もの》なので、お酒《さけ》を飲んでも罪《つみ》の意識《いしき》を感《かん》じることはなかったのです。）いつもとはちがって栄《えい》養《よう》たっぷりのものをおなかに入れて元気になった隠者《いんじゃ》は、外に出ると、まっくらな中で柱《はしら》によじのぼり、祈《いの》りはじめました。

この日以来《いらい》、隠者《いんじゃ》が祈《いの》りをささげる相手《あいて》には、わざわざ天使《てんし》の一団《いちだん》を引きつれて天国からおりて、自分のみじめな洞穴《ほらあな》をたずねてきてくれた聖女《せいじょ》、『子ブタの聖《せい》ポリッセーナ』もくわわったのでした。

## 5

ポリッセーナたちが出かけているあいだに、乗《の》りあい馬車の御者《ぎょしゃ》は、宿屋《やどや》のおかみに熱《あつ》いお湯《ゆ》の入った洗濯用《せんたくよう》のおけを用意《ようい》してもらい、体を洗《あら》いました。それから、がっちりした体つきのふたりの女中に背中《せなか》をさすってもらうと、宿《やど》でいちばん上等《じょうとう》なベッドにもぐりこみました。もういく晩《ばん》も、御者台《ぎょしゃだい》の上で手綱《たづな》をにぎり、まっくらな道に目をこらしながら夜をすごし、眠《ねむ》るときも、かたい座席《ざせき》の上で馬車にゆられながら少しうとうとしただけだったので、ひさしぶりにぐっすり眠《ねむ》ることができました。馬小屋《うまごや》につないだ二頭の馬も腹《はら》いっぱい食べて、体にブラシをかけてもらい、休息《きゅうそく》をとることができました。そんなわけで、ルクレチアとポリッセーナが、もどってくるなり、すぐに出発《しゅっぱつ》したいと言ったときも、御者《ぎょしゃ》はぶつくさ文句《もんく》を言ったりはしませんでした。

ポリッセーナは、一刻《いっこく》も早くチェパルーナの町に帰りたくてしかたがありませんでした。お父さんとお母さん、それに妹たちをだきしめたいのはもちろんのこと、さいごまで気になっていること、隠《いん》者《じゃ》の話を聞いても明らかにならなかった、なぞの答えを知りたかったからです。そのなぞとは、赤んぼうの自分がゆくえ不明《ふめい》になったあと、お父さんとお母さんはなぜ新しい子どもが生まれるのを待《ま》たずに——じっさい、まもなくイッポリタが生まれたのに——ベツレヘム修道院《しゅうどういん》に赤んぼうをもらいに行ったのだろう、そして、たくさんの赤んぼうたちの中から、どうしてほかでもない自分を選《えら》んだのだろう、ということでした。

ぐうぜんに、修道院《しゅうどういん》の赤んぼうたちの中にわたしを見つけたのかしら？　そんなふしぎなことってある？　でもそれなら、わたしにも妹たちにも、ゆくえ不明《ふめい》になっていた娘《むすめ》を運《うん》よく見つけだしたという話をしてくれたはずよね？　とうぜん、修道院《しゅうどういん》長《ちょう》さまにも、このすて子《ご》は自分たちの娘《むすめ》です、ってお伝《つた》えしているはずだし。

それとも、だれの子ともわからぬままに育《そだ》ててくれたのかしら？　半年前とつぜん家を出ていってしまった娘《むすめ》は、素性《すじょう》のわからないすて子《ご》どころか、お母さんたちのほんとうの子で、赤んぼうのときに陸《りく》と海でいろんな経験《けいけん》をしたあと、奇跡《きせき》的に自分の家にもどってきたのだということを、まだ知らないでいるのかしら？

「いまからあれこれ考えてもしかたないよ。答えはもうすぐふたりの口から聞けるんだから。それに、どっちでもいいことなんじゃないかな？　あんたはお父さんとお母さんが大好《だいす》きだし、ふたりもあんたをたいせつに思っているんだよ。それで、じゅうぶんじゃないの」ルクレチアが言いました。

馬車は、馬を交換《こうかん》するために駅《えき》に一時《いちじ》とまるとき以外《いがい》、ひた走りに走りつづけました。窓《まど》の外を、よく知った風景《ふうけい》が通りすぎていきます。パクビオのブドウ畑《ばたけ》、海、霧降砦《きりふりとりで》、テンペスタル村の浜辺《はまべ》……そして、ついにチェパルーナの町が見えてきたのは、クリスマスイブの日でした。

馬車が町に近づくにつれ、鐘楼《しょうろう》や、侯爵家《こうしゃくけ》の庭《にわ》の木立や、噴水《ふんすい》のある広場が見えてきました。あの赤茶色の屋根《やね》の中には、ジェンティレスキ家の屋根《やね》もあるのです。御者《ぎょしゃ》のとなりにすわっていたルクレチアは手綱《たづな》を引き、馬車をとめて道におりると、客室《きゃくしつ》の窓《まど》をたたきました。

「ポリッセーナ！　着《つ》いたよ！」

ポリッセーナはうれしさのあまり足がふるえていました。お父さんたちはどんなふうにむかえてくれるかしら？　だまって家を出たことをアニェーゼにしかられるかな？　おしおきされるかしら？

それからとつぜんポリッセーナは、いままで思いもしなかったおそろしい考えにおそわれました。もしも家にだれもいなかったら……みんな死《し》んでしまっていたら、どうしよう？　疫病《えきびょう》、火事《かじ》……半年あればいろいろなことがおこるものです。お父さんとお母さんは、娘《むすめ》がいなくなった悲《かな》しみのあまり死《し》んでしまったかもしれません。そして、残《のこ》された妹たちは、アサロッティのおじいさんの家にひきとられたか、孤児院《こじいん》に入れられてしまったかもしれません。考えているうちに、ポリッセーナの目になみだがあふれてきました。

いっぽうルクレチアは、革《かわ》の袋《ふくろ》を取りだし、イザベッラからもらった金貨《きんか》の残《のこ》りをかぞえ、それを三つにわけて言いました。

「ひとつは御者《ぎょしゃ》にはらうぶんよ。残《のこ》りは半分こにしよう。いいね？」

ポリッセーナは、なんのことかわからず、きょとんとしてルクレチアの顔を見返《みかえ》しました。なんだっていま、お金の話なんかするの？　ポリッセーナにはわけがわかりませんでした。だいいち、お金のことはずっとルクレチアにまかせっきりで、なににいくら使《つか》ったかなど、まったく知らなかったのです。

「これでお別《わか》れだよ」ルクレチアの声はふるえていました。「もうあたしの助《たす》けは必要《ひつよう》ないだろう？　馬車があんたを家の前までつれてってくれるよ。とうとう、あんたが夢見《ゆめみ》ていたように、馬車に乗《の》って帰るんだよ」ルクレチアはむりに笑《わら》ってみせました。

「あなたはどうするの？」ポリッセーナがおどろいてたずねました。

「あたしは、霧降砦《きりふりとりで》でご隠居《いんきょ》さんたちと冬をこすか、パクビオの農場《のうじょう》に行くよ」

考えてもみなかったことに、ポリッセーナは泣《な》きだしました。

「いまになってわたしを見すてるの！　いっしょに来てよ。いっしょにお母さんにこれまでのことを話してちょうだい。そうでないと、わたしの話を信《しん》じてくれないわ！」

ルクレチアはため息《いき》をつきました。

「わかったよ。あんたったら、ほんとうに世話《せわ》がやけるんだから。さあ、めそめそするのはおよしよ。いっしょに行くからさ」

口ではそう言いながらも、ルクレチアは、心の中ではなかよしのイッポリタにまた会えるのをよろこんでもいたのですが。

ルクレチアは動物《どうぶつ》たちと荷車《にぐるま》を馬車からおろし、御者《ぎょしゃ》に代金《だいきん》をはらいました。

「ほんとうにどうもありがとう。帰りの旅《たび》も気をつけて！」

やっと手足をのばせて、大よろこびで道のそばの野原をかけたり、とんぼ返《がえ》りをしたりしている動物《どうぶつ》たちをしばらく好《す》きにさせてから、ルクレチアはラミーロを呼《よ》んで、荷車《にぐるま》につなぎました。

「ラムジオ一座《いちざ》、進《すす》め！」

# 6

町のまん中に着《つ》いたときには、すでに日が暮《く》れていました。人々は、クリスマスイブには、真夜中《まよなか》におこなわれるミサに出かけるまで、家の中でお祝《いわ》いをする習慣《しゅうかん》なので、通《とお》りには人気《ひとけ》がありませんでした。雨戸《あまど》が開《あ》いている家々の窓《まど》の中には、食べたり飲《の》んだり、歌ったりおどったり、暖炉《だんろ》のそばでおしゃべりしたりしている人々の姿《すがた》が見えました。ろうそくの明かりに銀紙《ぎんがみ》の飾《かざ》りや、松《まつ》の枝《えだ》や、ヒイラギの赤い実《み》や、ヤドリギの白い実《み》がきらきらとかがやいています。

見ているうちに、ポリッセーナは、家でのたのしくなごやかな日々が急《きゅう》になつかしくなってきました。せつなさがこみあげてきて、熱《あつ》いパンの上にのせたバターのように、ジュッと胸《むね》があつくなります。いまごろ家はきれいに飾《かざ》りつけられ、ごちそうがテーブルにならんでいるはずです。アニェーゼはいつもと同じように、とびっきりおいしい料理《りょうり》を作ったことでしょうし、お母さんの飾《かざ》りつけがじょうずなのは、チェパルーナでも有名《ゆうめい》です。

だから、家にたどりついたとき、町じゅうでジェンティレスキ家だけに明かりがともっておらず、とびらにもお祝《いわ》いの松《まつ》の枝《えだ》が飾《かざ》られていないのを見て、ポリッセーナはとまどいました。正面《しょうめん》の窓《まど》はどれもしまっているし、とびらには、かけ金《がね》がかかっています。もしも、みんな死《し》んでしまっていたら？　あのおそろしい考えが、また頭をよぎりました。けれども、建物《たてもの》のまわりをぐるっとまわってみたルクレチアは、台所《だいどころ》の窓《まど》からかすかな光がもれているのを見つけ、小声でポリッセーナを呼《よ》びました。

「こっちだよ！」

ふたりは雨戸《あまど》のすきまから、こっそり中をうかがいました。台所に続《つづ》く広い食堂《しょくどう》は、暖炉《だんろ》の細々とした炎《ほのお》で、わずかに照《て》らされているだけでした。

アニェーゼがテーブルから、クリスマスとは思えない質素《しっそ》な料理《りょうり》の残《のこ》りをかたづけているところでした。前より老《ふ》けこんで、腰《こし》がまがったように見えます。アサロッティ家のおじいさんとおばあさんをふくめた家族《かぞく》はみんな、暖炉《だんろ》のそばの長いすに、両手《りょうて》をひざにのせてすわっていました。そばには知らない中年の男の人がいましたが、おじいさんたちと親しいあいだがらのようでした。

お父さん、お母さん、イッポリタ、ペトロニッラは、黒い服《ふく》を着《き》ていました。みんなはわたしがいなくなったのを悲《かな》しんで喪服《もふく》を着《き》ているんだわ！　ポリッセーナは、わたしのことをこんなに考えてくれてうれしいわ、と思いましたが、すぐにみんなに申《もう》しわけないことをしたという反省《はんせい》の気持《きも》ちでいっぱいになりました。お母さんはげっそりやせ細り、顔は青白《あおじろ》く、ほおにはなみだのあとが光っていたからです。

「ノックしようか？」ルクレチアがささやきました。

「シーッ！　その前に、なにを話しているか聞きたいわ」

耳をそばだてると、みんなの話し声が聞こえてきました。

「……そんなわけで、あの子がいないクリスマスは、祝《いわ》う気になれないんです」お父さんが、男のお客《きゃく》に話していました。それを聞くと、ペトロニッラがわっと泣《な》きだして、おばあさんのひざに顔をうずめました。ポリッセーナはますますうしろめたい気持《きも》ちになりました。けれども、自分がいないことを家族《かぞく》が悲《かな》しんでくれているのを知って、うれしくもありました。

「でも、自分から出ていったんでしょう？　そんな子のために、そこまでなげき悲《かな》しむことはないんじゃないですか？　実の娘《むすめ》のように育《そだ》ててもらったにしては恩知《おんし》らずですな！」男のお客《きゃく》が言いました。

それじゃあ、修道院《しゅうどういん》からもらわれてきたことは、みんな知ってたのね。わたしにだけ秘密《ひみつ》にしていたんだ。ポリッセーナはむっとしました。

「恩知《おんし》らずなんかじゃありません。あの子はとても感《かん》じやすいんです。家出したのも、ショックだったからですよ。悪《わる》いのはわたしたちのほうだ。ほんとうのことを話しておいてやるべきだったのに……」お父さんが言いました。

お母さんは、イッポリタをだきよせて、声を殺《ころ》して泣《な》いていました。すると、アサロッティのおばあさんが言いました。

「ジネブラもかわいそうな子でね。二度《ど》も子どもをなくすことになるなんて！」

「二度《ど》ですって！　前にお子さんをなくされたことがおありとは……」お客《きゃく》はおどろいたようでした。

ポリッセーナの心臓《しんぞう》は、とまりそうになりました。二度目《どめ》ですって？　それじゃあ、やっぱり、修《しゅう》道院《どういん》でもらってきた子が自分の子だったとは、知らなかったんだわ。

「結婚《けっこん》したころのことです」お父さんが事情《じじょう》を話しはじめました。「わたしたちには長女が生まれ、そろそろ二カ月になるところでした。その子はわたしたちの宝《たから》でした。ところが、ある日とつぜん、ゆりかごの中から姿《すがた》を消《け》してしまったんです。手をつくしてさがしまわりましたが、とうとう見つかりませんでした。おそらく、けものにでもさらわれて、食べられてしまったのでしょう」

そのことばに、お母さんが声をあげて泣《な》きだしました。

窓《まど》の外のポリッセーナとルクレチアは、息《いき》をつめて聞いていました。こんどは、おばあさんが話しだしました。

「娘《むすめ》は悲《かな》しみのあまり、病気《びょうき》になってしまったのです。来る日も来る日も泣《な》き暮《く》らして、食事《しょくじ》ものどを通らないありさまでした。死《し》んでしまうんじゃないかと心配《しんぱい》で心配《しんぱい》で……」

「わたしも、なんと言ってなぐさめていいのか、わかりませんでした」と、お父さんが話をひきとりました。「一年がすぎるころには、ジネブラは骨《ほね》と皮《かわ》ばかりにやせ細り、結婚《けっこん》した当時のおもかげはどこにもありませんでした。一日じゅうベッドに横《よこ》になっているのに、眠《ねむ》ることもできず、口もきかず、だれとも会おうとはしませんでした……」

「ただもうむなしくて、なにをしてもしかたがないような気がしていたんです。……いまと同じように」お母さんがつらそうに言いました。

イッポリタがお母さんの手をとって、キスしました。

「お母さん、泣《な》かないで。ポリッセーナはかならず帰ってくるわ」

「そうよ、帰ってくるわよ！」ペトロニッラがきっぱりと言いました。「馬に乗《の》れるようになったのを見てもらうんだから。『あんたにはまだむりよ』ってお姉ちゃん、いつも言ってたから……」

窓《まど》の外の暗《くら》がりで、ポリッセーナは思わず口もとをゆるませました。

「そんなときでした。わたしがたまたまベツレヘム修道院《しゅうどういん》をおとずれたのは」お父さんが話を続《つづ》けました。「修道女《しゅうどうじょ》たちが作った刺繍《ししゅう》入りのテーブルクロスをひきとりに行ったんです。西の市《いち》で売るつもりでした。修道院《しゅうどういん》ではすてられた子どもたちを育《そだ》てていることは知っていました。が、自分がかかわることになろうとは、夢《ゆめ》にも思っていませんでした。

ところが、その日、院長《いんちょう》さまはわたしを呼《よ》んでこうおっしゃったんです。『ビエーリさん、ごぞんじのように、今年はひどい飢饉《ききん》です。農村《のうそん》にはみなしごがあふれ、この修道院《しゅうどういん》にすてられる子どもの数も、日に日にふえております。奥《おく》さまは娘《むすめ》さんをなくされて、ひどく悲《かな》しんでおられるのでしたね。つぎのお子さんが生まれれば、悲《かな》しみもうすれるでしょうし、それは善《ぜん》をほどこすおこないでもありましょう。でも、さらに神《かみ》がおよろこびになるよきおこないがあるとすれば、すでにこの世《よ》に生まれ、ここにすてられた子どもたちのひとりをひきとって、育《そだ》てることではないでしょうか。この子たちは、なにひとつ悪《わる》いことなどしていないのに、待《ま》っているのは、貧《まず》しさや悲《かな》しみにみちた未来《みらい》なのです……』と。

わたしはこまってしまいました。妻《つま》にはなんども、新しい子どもを作ろう、そうすれば気分もらくになるからと、言っていましたが、妻《つま》はそのたびにひどくおこって、『ポリッセーナのかわりになる子なんかいないわ！』と答えていたからです。いなくなった子は、妻《つま》の母の名にちなんでポリッセーナという名だったのです。そんなわけですから、よその子を、しかも素性《すじょう》もわからないようなすて子《ご》を、妻《つま》がひきとりたがるはずはありませんでした。

しかし、院長《いんちょう》さまは、わたしの言うことを聞いてはくださらなかったのです。わたしは中庭《なかにわ》につれていかれました。そこには赤んぼうがたくさんいて、若《わか》い修道女《しゅうどうじょ》たちが世話《せわ》をしていました。ぜんぶで二十人くらいいましたが、わたしはたちまち、ようやくつかまり立ちができるようになったばかりの女の子から目がはなせなくなってしまいました。その子は、星のようなきらきらした目で、安心《あんしん》しきったようにわたしを見返《みかえ》してきました。だきあげてやると、えんりょもなしにわたしのひげをひっぱったり、上着《うわぎ》のボタンをはずそうとしたりします。よく太っていて、顔色もほかの子のように青白《あおじろ》くはありませんでした。ほっぺたは日に焼《や》けていて、おそらく海の近くの村で、風や日の光によくあたって育《そだ》ったのだろうと思われました。

それまで、赤んぼうでかわいいと思ったのは、自分の子ぐらいでしたが、どういうわけかその赤んぼうにはすっかり心をうばわれてしまったのです。けれども、妻《つま》はよその子を育《そだ》てたりしたくはないだろうと考え、子どもを修道女《しゅうどうじょ》の手に返《かえ》しました。赤んぼうは泣《な》きだしはしませんでしたが、悲《かな》しそうな目をしたので、わたしは胸《むね》がはりさけそうでした。

家に帰っても、このことはジネブラには話すまいと心にきめていましたが、その子のことは、まるで恋人《こいびと》かなにかのように、ずっと頭からはなれませんでした」

そのとき、お母さんが口をはさみました。

「この人は、だまりこんでひどく悲《かな》しそうだったんです。わたしは、自分と同じように、いなくなった子どものことで苦《くる》しんでいるんだろうって思っていました。でも、子どもを失った悲《かな》しみで、わたしたち夫婦《ふうふ》の心は、結《むす》びつくどころか、日に日に、はなれてしまったのです。わたしは離婚《りこん》を考えるまでになっていました。夫《おっと》はいやだとは言いませんでした。ただ、とてもだいじなことだから、きめてしまう前に、しばらく修道院《しゅうどういん》に行って、心やすらかに神《かみ》さまに祈《いの》りながらよく考えてきてくれ、と言ったのです。わたしも、もっともだと思い、そのとおりにすることにしました。

ところが修道院《しゅうどういん》に着《つ》いてみると、ハチの巣《す》をつついたような大さわぎの最中《さいちゅう》でした。赤ちゃんたちに、はしかが広まっていたのです。ひどく悪《わる》くなっている子どももいて、わたしもかりだされてめんどうを見ることになりました。

子どもたちの部屋《へや》へ入るなり、夫《おっと》と同じように、わたしの目も、たちまちひとりの赤ちゃんにくぎづけになりました。赤ちゃんはまっかな顔をして、はれあがった口で苦《くる》しそうに息《いき》をし、黒い髪《かみ》の毛《け》は汗《あせ》でぐっしょりぬれていました。薬剤師《やくざいし》は朝までもたないだろうと言いました。でもわたしは、その子の命《いのち》をなんとしても救《すく》いたいと強く思ったのです。理由《りゆう》は自分でもよくわかりません。そこで、五日間一睡《いっすい》もせずに、つきっきりでその子の看病《かんびょう》をしました。

看病《かんびょう》しながらわたしは誓《ちか》いました。もしも病気《びょうき》が治《なお》ったら、この子を家につれて帰ろう、万一、夫《おっと》に反対《はんたい》されたら、いっしょに実家《じっか》にもどろうと。わたしは、この子といっしょにいられるならどんなことでもしよう、たとえ、ほどこしをもとめて家々をまわることになってもかまわない、という気持《きも》ちでした。

修道院《しゅうどういん》では、病気《びょうき》の赤ちゃんがつぎつぎに息《いき》をひきとっていましたから、わたしもつらくてたまりませんでした。でも、わたしの赤ちゃんは助《たす》かったのです。もう外につれていってもだいじょうぶだと薬剤師《やくざいし》に言われると、わたしは赤ちゃんをショールにつつみ、修道院長《しゅうどういんちょう》の祝福《しゅくふく》を受《う》けて、家にむかったのです。でもまさか、わたしがつれて帰った赤ちゃんのことで夫《おっと》がひと月以上《つきいじょう》も苦《くる》しんでいたとは、思いもしませんでした」

「赤んぼうをつれて妻《つま》が帰ってきたのを見て、どれほどうれしかったことか！」お父さんが続《つづ》けました。「なにしろ、もう妻《つま》はわたしのところに、もどってきてくれないかもしれない、と思っていたのですから……。わたしたちはその子を養女《ようじょ》にし、いなくなった娘《むすめ》と同じポリッセーナと名づけました。ポリッセーナがわが家に来てからというもの、家の中が、明るくたのしくなりました。そして、つぎの年にはイッポリタも生まれたのです。でも、ポリッセーナにたいする愛情《あいじょう》がへることはありませんでした。イッポリタやペトロニッラもたいせつな子には変《か》わりありませんが、ポリッセーナは、とくべつたいせつな子だったのです。だからこそ、すて子《ご》だったことも話さなかったのです。でも、話しておけばよかった……」

「ポリッセーナはかならず帰ってくるわ！　きっと、すぐに！」イッポリタがもう一度《いちど》言いました。

「どうか神《かみ》さまがこの子の言うことをお聞きとどけくださいますように！」おばあさんがため息《いき》まじりに言いました。

# 7

「ノックしようか？」自分の言ったことがあっというまにほんとうになったら、なかよしのイッポリタはどんなにおどろくだろうと思いながら、ルクレチアが言いました。

「待《ま》って！」ポリッセーナがとめました。

一家の話が終《お》わると、男のお客《きゃく》は、部屋《へや》のすみから長方形の大きな平《ひら》べったいつつみをかかえてきて、料理《りょうり》をかたづけたテーブルの上に置《お》きました。

「これなあに？」ペトロニッラがつつみに近づいてたずねると、おじいさんが説明《せつめい》しました。

「絵だよ。この方は、ポンテルカールの町に絵の工房《こうぼう》を持《も》っておいでなんだ。古い絵を修復《しゅうふく》して、もとどおりにきれいにすることにかけても、とてもうでの立つ職人《しょくにん》さんなんだよ。二カ月前、おばあちゃんとわしは、屋根裏部屋《やねうらべや》でこの絵を見つけたんだ。古くてひどくよごれていて、なにがかいてあるのかもわからないほどだった。でも、額縁《がくぶち》のプレートには、『オルランドとエウジェニア・ビットリア・ランツィ』と書いてあったんだよ。だれだかわかるかい、ペトロニッラ？」

「ううん」

「エウジェニアはおまえのひいおばあさん、オルランドはそのふたごのお兄さんだよ。プレートに書いてあったことによると、ふたりが十一歳《さい》か十二歳《さい》ころの肖像画《しょうぞうが》なんだ」

ペトロニッラは信《しん》じられないという顔で、おばあちゃんの顔を見ました。ひいおばあさんっていうことは、おばあちゃんのお母さんってこと？　腰《こし》はまがってるし髪《かみ》はまっしろ、顔もしわだらけのおばあさんに子どものころがあったなんて。まして、そのおばあさんのお母さんが子どもだったなんて、ペトロニッラにはとても想像《そうぞう》ができません。

おじいさんは続《つづ》けました。

「ひいおばあさんは、おばあちゃんを産《う》んですぐに亡《な》くなったから、おばあちゃんは自分のお母さんの顔を知らないんだ。それからおじさんのオルランドは、おばあちゃんが生まれる前にアメリカにわたってしまったから会ったことがない。だからおばあちゃんは、ふたりの顔が見たくてたまらなくなったんだ。それで、ポンテルカールの町の工房《こうぼう》で、絵を修復《しゅうふく》してもらってくれ、とわしに言ったのさ」

「それで、絵はきれいになりました？　見られるようになりましたか？」おばあさんがたずねました。

「描《か》かれたばかりのようになりましたよ」修復師《しゅうふくし》が答えました。「とてもすばらしい絵です。そのうえ、価値《かち》もあります。ラーポ・ラーピの署名《しょめい》がありましたから。ひじょうにすぐれた肖像画《しょうぞうが》を描《か》いたことで知られる画家です」

「早く開《あ》けて見せて！」イッポリタが、じれったそうに言いました。

「まあ、お待《ま》ち。すぐに見られるよ」おじいさんが言いました。

窓《まど》の外ではポリッセーナが、なんだかつまらない、と思っていました。みんなの話が自分のことから、ずっとむかしに亡《な》くなったひいおばあさんの肖像画《しょうぞうが》のことに、うつってしまったからです。ちょっとがっかりしたものの、ポリッセーナは、おばあさんとお母さんの気持《きも》ちを考えると、またドキドキしてきました。おばあちゃんはお母さん、お母さんはおばあちゃんの子どものころの顔をはじめて見るんだもの。きっと、わくわくしてるでしょうね。

おじいさんと修復師《しゅうふくし》が絵のつつみを開《あ》けるあいだ、ポリッセーナもじれったくてたまりませんでした。あんなにていねいにしなくてもだいじょうぶなのに。食堂《しょくどう》にいるみんなの目は、つつみにじっとそそがれています。

「明かりを持《も》ってきてちょうだい」お母さんがアニェーゼにたのみました。

お父さんも、暖炉《だんろ》の上の飾《かざ》り棚《だな》に置《お》かれた二本のろうそくに火をともしました。

ようやく、さいごのつつみ紙がはがされました。

「さあ、ごらんください！」修復師《しゅうふくし》はほこらしげに絵を持《も》ちあげ、明かりにかざしました。

そのとたん、お母さんの顔からさっと血《ち》の気《け》がひきました。お母さんは、さけび声をおし殺《ころ》し、ぶるぶるふるえながら、そばにいたお父さんの服《ふく》のそでをつかみました。

「これ、ポリッセーナだわ！」ペトロニッラが、かんだかい声をはりあげました。

「こんなことって……」おばあさんも、くぐもった声でつぶやきました。「ポリッセーナはもらい子なのよ。だれの子かもわからない……」

けれども、絵に描《えが》かれた少女、エウジェニア・ビットリア・ランツィは、着《き》ている服《ふく》こそ八十年前の古めかしいものですが、おどろくほどポリッセーナに似《に》ていました。目の形も、まなざしも、まゆ毛《げ》も、耳も、髪《かみ》のわけ目も、口も、右のほおにだけできるえくぼも、そっくりならば、鼻《はな》も、あごも、首を少し横《よこ》にかしげるしぐさも同じです。そのうえ、右手の薬指《くすりゆび》の長さが中指《なかゆび》と同じだということまで……。

「だから、わたしはいつも言ってたじゃありませんか。ポリッセーナは、母方のおばあさまの血《ち》を強く受けついでいるって」暖炉《だんろ》のそばから、アニェーゼの『ほら見てごらん！』というような声がひびきました。

「アニェーゼ！　そんなことがあるわけないだろう！　おまえもよく知っているじゃないか。修道《しゅうどう》院《いん》からあの子をもらってきたとき、おまえもこの家にいたんだから……」お父さんが言いました。

イッポリタとペトロニッラは、おとなたちの話などそっちのけで、穴《あな》の開《あ》くほど絵を見つめていました。絵の中のふたごの男の子と女の子は、窓《まど》を背《せ》にして立って、手をとりあっていました。窓《まど》のむこうには庭《にわ》が見えます。エウジェニアは首のまわりに銀糸《ぎんし》を織《お》りこんだ濃《こ》い赤い色の服《ふく》を着《き》て、オルランドのほうは緑《みどり》の服《ふく》に、おしゃれな上着《うわぎ》をはおり、二色のタイツの上にふくらみのあるズボンをはいていました。

オルランドの髪《かみ》が長かったら、ふたりはうりふたつね、とイッポリタは思いました。

と、そのとき、急《きゅう》に窓《まど》ガラスをはげしくたたく音がしました。アニェーゼが窓《まど》を開《あ》けると、ひとりの少年がいきおいよく部屋《へや》の中にとびこんできて、肖像画《しょうぞうが》の横《よこ》に立ったのです。

「オルランドだ！」ペトロニッラがさけびました。

「まさか！　オルランドのはずがないわ。おじさんがまだ生きてたら、百歳《さい》近いはず……」おばあさんがわけがわからないというように口ごもりました。

しかし、絵の中の少年と家の中にとびこんできた少年は、ほんとうに生《い》き写《うつ》しだったのです。

みんなはいったいどういうことなのだろうという顔をしていましたが、イッポリタだけがしっかりとした声で言いました。

「お母さん、ポリッセーナよ！　髪《かみ》を短《みじか》く切ってるのよ！　だから言ったでしょ、帰ってくるって」

イッポリタは、ポリッセーナにだきつきました。ペトロニッラもです。

お父さんとお母さんは、あっけにとられたまま、まるで幽霊《ゆうれい》でも見るように、ポリッセーナを見つめていました。

「お父さん！　お母さん！　わたしよ、ポリッセーナよ。帰ってきたのよ。もう一度《いちど》ね」

お父さんとお母さん、それにおじいさんたちは、おどろきのあまり身動《みうご》きもせず、ポリッセーナを見つめていました。

ほんとうにポリッセーナです。髪《かみ》を短《みじか》くして、男物《おとこもの》の服《ふく》を着《き》ていても、声を聞いたいま、まちがいはありません。でも、どういう意味《いみ》なのでしょう、『もう一度《いちど》ね』とは？

「お母さん」ポリッセーナは、顔をまっかにして、息《いき》せききって話しはじめました。「十二年前にさらわれた子どもは、わたしだったの。ひいおばあちゃんたちにそっくりなのは見たでしょう？　さらったのはアリーゴ・フィリプッチだったのよ。でも、わたしは死《し》ななかったの。あちこち転々《てんてん》として、半年後に修道院《しゅうどういん》につれていかれたのよ。お母さんたちは、すて子《ご》をひきとって育《そだ》てたと思っていたかもしれないけど、さらわれた実《じつ》の娘《むすめ》だったのよ……」

「なんてことだ！」お父さんは、腰《こし》をぬかして、すわりこんでしまいました。

「もちろん、七月に家をとびだしたときには、わたしも知らなかったわ。あれから半年間、自分のほんとうのお母さんとお父さんをさがして旅《たび》してまわったの。ちょうど十二年前と同じ道を逆《ぎゃく》まわりしてね。そして、さいごに、修道院《しゅうどういん》にすてられた赤んぼうの両親《りょうしん》は、まぎれもなくお母さんとお父さんだってわかったのよ！」

それを聞いたお母さんの目から、なみだがあふれだしました。ポリッセーナは大きく広げたお母さんのうでの中にとびこみました。

それから、食堂《しょくどう》では、みんながいっせいに、わっとしゃべりだしました。おたがいなにを言っているのかわからないほどです。ペトロニッラは、大よろこびでみんなのあいだを走りまわっていましたが、そのうち、つまずいて、ころんでしまいました。目の前を見たこともない子ブタがうろちょろしています。

「シロバナ！」とさけんだとたん、ポリッセーナは、はっと気がつきました。この寒《さむ》さのなか、ルクレチアはまだ窓《まど》の外にいるのです。気おくれして中に入ることができないのでしょう。

ポリッセーナは、窓《まど》にかけよると外を見ました。でも、ルクレチアの姿《すがた》は、もうありませんでした。

なにも言わずに立ち去《さ》ってしまったのです。くらやみに目をこらしても、ルクレチアや動物《どうぶつ》たちがいたあとは残《のこ》っていませんでした。大理石の窓敷囲《まどじきい》の上に置《お》かれた金貨《きんか》の山をべつにすれば。

「わたしがぶじに家に帰ってこられたのは、ルクレチアのおかげなのに……」ポリッセーナはうしろめたさを感《かん》じながら、すすり泣《な》きました。

「心配《しんぱい》しないで。いつものように、春の復活祭《ふっかつさい》にはもどってくるわよ」イッポリタがなぐさめました。

# 8

けれども、ポリッセーナは春まで待《ま》つつもりはありませんでした。ポリッセーナから旅《たび》のあいだのことを聞いたお父さんとお母さんも同じ考えでした。すぐにでもルクレチアを見つけだして、娘《むすめ》を助《たす》けてくれたお礼《れい》をし、めんどうを見てあげたいと考えたのです。なんといってもルクレチアはまだ子どもなのですし、気を配ってくれる者《もの》もなく、たったひとりで生きていくなんて、むりにきまっています。

ポリッセーナが思いきってたのむより前に、お父さんが、先にこう言ってくれました。

「おまえの友だちには身寄《みよ》りがないわけだし、どうだろう、うちの養子《ようし》にしては……もちろん、お母さんが賛成《さんせい》してくれたらだが」

「もちろん賛成《さんせい》ですとも」お母さんが答えました。「そしたら、四人目の娘《むすめ》ができるわけね。もちろん、イッポリタとペトロニッラが賛成《さんせい》してくれたらだけど」

イッポリタにも反対《はんたい》する理由《りゆう》はありません。それどころか、イッポリタはうれしさのあまり、とんぼ返《がえ》りをしたくらいでした。というのも、ずっと前からルクレチアとは大のなかよしで、いちばんの親友だと思っていたからです。もちろん、ペトロニッラもすぐさま賛成《さんせい》しました。ルクレチアといっしょに、あのすてきな動物《どうぶつ》たちも家族《かぞく》になるのかと思うと、たのしみでしかたありません。

おじいさんたちも賛成《さんせい》しました。ただひとり不満《ふまん》そうなのはばあやのアニェーゼで、うんざりしたように言いました。

「あのきたならしい娘《むすめ》に礼儀《れいぎ》正しく接《せっ》しろなんて、どうかわたしにおっしゃらないでくださいまし」

けれども、みんなの思ったとおりにはなりませんでした。ルクレチアはゆくえをくらましてしまったのです。

お父さんは、仕事《しごと》の取引先《とりひきさき》を通じて、あらゆる場所《ばしょ》をさがしてもらいました。自分でも霧降皆《きりふりとりで》や パクビオの農場《のうじょう》はもちろんのこと、海辺《うみべ》のテンペスタル村やルクレチアが生まれたパルディス村や、プラターレやポンテルカールなど、思いつくかぎりの場所《ばしょ》に出かけてみました。

そのうえ、ラムジオ一座《いちざ》の居場所《いばしょ》を知らせてくれた者《もの》にはたっぷり謝礼《しゃれい》をする、という広告《こうこく》まで出しましたが、成果《せいか》はありませんでした。

こうして、冬はすぎてゆき、ポリッセーナは以前《いぜん》のような生活にもどりました。家に帰ったあと、はじめてセラフィーナに会ったポリッセーナは、さいしょ考えていたみたいに顔をひっぱたくかわりに、セラフィーナを家にまねいて、あのふたごの肖像画《しょうぞうが》を見せてやりました。

「わたしをどこのだれかもわからないすて子《ご》だと考えるなんて、あなたったら、ほんとにバカね！」

ポリッセーナが絵の中の人物《じんぶつ》におどろくほど似《に》ているのを見せられて、セラフィーナは、「ほんとうだわ。あなたはご先祖《せんぞ》さまにそっくりよ。ごめんなさい」とあやまるしかありませんでした。

ポリッセーナは、その絵を自分の部屋《へや》の壁《かべ》にかけたいと思っていました。さいごのさいごに自分がだれの子なのかをはっきりとしめしてくれる証拠《しょうこ》が出てきて、うれしくてたまらなかったのです。この絵を見れば、アリーゴ・フィリプッチの話したことはほんとうで、自分がジェンティレスキ家とアサロッティ家の血《ち》をひいていることがはっきりわかるのですから。

「お母さん、わたしが実《じつ》の娘《むすめ》だとわかって、うれしいでしょ」

お母さんは、感慨深《かんがいぶか》げに娘《むすめ》を見て言いました。

「お母さんはね、修道院《しゅうどういん》で病気《びょうき》のあなたを見たしゅんかんから、かわいくてしかたがなかったのよ。ほんとうに実《じつ》の子のように愛《あい》してきたわ。だから、『実《じつ》の子のよう』ではなくて、正真正銘《しょうしんしょうめい》、実《じつ》の子だってわかっても、いまさらなんのちがいもないのよ。これまでも、これ以上《いじょう》はない、っていうくらい、たいせつに思ってきたんだもの」

それからというもの、ジェンティレスキ家の三姉妹は毎日、遊《あそ》んだり、勉強《べんきょう》したり、散歩《さんぽ》したりしながら、たのしく暮《く》らしていました。

シロバナがいつも足もとをちょろちょろすることにがまんがならないアニェーゼは、「いなかの樫《かし》の林の中でうちが飼《か》っている、ほかのブタたちといっしょに育《そだ》てるべきです」と言いました。でも、これにはペトロニッラが、猛反対《もうはんたい》しました。シロバナはもうすっかり大きくなってはいましたが、手ばなすことなど考えられないほど、かわいくてしかたがなかったのです。

チェパルーナの町の女の子たちは、ポリッセーナの短《みじか》い髪《かみ》をうらやましがり、自分もおさげを切らせてくれとせがんで、母親たちをこまらせました。

イッポリタとペトロニッラは、なんどもなんどもくり返《かえ》し、あきもせずに、お姉さんに冒険談《ぼうけんだん》をせがみました。なかでもふたりがいちばんどきどきしたのは、緑《みどり》のふくろう亭《てい》を海賊《かいぞく》が襲撃《しゅうげき》する場面《ばめん》と流血《りゅうけつ》号《ごう》の沈没《ちんぼつ》の場面《ばめん》、それに、ポリッセーナとルクレチアが地下牢《ちかろう》に入れられてしまう場面《ばめん》でした。

お母さんはその話を聞くたびに、二度《ど》の旅《たび》の中で、ポリッセーナがいくたびも危険《きけん》な目にあったことをあらためて考えて、身《み》ぶるいしました。

「こんどの旅《たび》ではルクレチアがいっしょにいてくれたけど、さいしょのときは、ほんの小さな赤ちゃんで、たったひとりで、守《まも》ってくれる人もいなかった……わたしがここでなみだにくれているあいだに、あなたはたくさんの人の手から手へとわたっていたのね！　それも、ひとつまちがえばどんなことになったかわからないような目にばかりあって。ぶじに家に帰ってこられたのも、あなたの守護天《しゅごてん》使《し》がかたときも目をはなさずに見守《みまも》ってくれたおかげだと、つくづく思うわ」と言って、お母さんは

ため息《いき》をつきます。
イッポリタとペトロニッラは、ポリッセーナが二度《ど》もお姫《ひめ》さまになりそこねたということを思い出すたびに、お姉ちゃんがほんとうにお姫《ひめ》さまになっていたら、すてきだったのに、と思いました。
「お姫《ひめ》さまになれなくて、お姉ちゃんはほんとうに後悔《こうかい》してないの？　この家に帰ってきたのを残念《ざんねん》に思っていないの？」と、ペトロニッラはなんどもたずねました。
でも、ポリッセーナは、宮殿《きゅうでん》の生活にも、ルクレチアたちとの旅《たび》まわりの生活にも、なんの未練《みれん》もありませんでした。わたしがいたいのはチェパルーナの町で、ジェンティレスキ家の家族《かぞく》から二度《にど》とはなれたくない。ポリッセーナはそう思っていたのです。

# 結《むす》び
# ふたりのお姫《ひめ》さま

「復活祭《ふっかつさい》になれば、ルクレチアはきっともどってくるわ！」イッポリタは自信《じしん》たっぷりに言いつづけていました。そしてそのことばどおり、四月のさいしょの週のこと、くしとリボンをあきなう行商《ぎょうしょう》人《にん》がジェンティレスキ家にあらわれて、ルクレチアを見つけたと報告《ほうこく》しました。行商人《ぎょうしょうにん》は、パルディス村にほど近い村でラムジオ一座《いちざ》に出会い、見世物《みせもの》を見ただけでなく、ルクレチアと話をしたのだそうです。「チェパルーナの友だちが、あんたをさがしまわっているよ」と伝《つた》えると、ルクレチアは、「しばらく前に春の巡業《じゅんぎょう》をはじめたから、いつものように復活祭《ふっかつさい》の前日にはチェパルーナに行くよ。もうすこしだけ待《ま》っててちょうだい。ちょっとしたお知らせがあるけど、あたしのほうは変《か》わらないから、心配《しんぱい》しないで。早くみんなに会いたくてたまらない」と伝言《でんごん》をたのんだそうです。

それに、ルクレチアは、ポリッセーナあての長くてぶあつい手紙を行商人《ぎょうしょうにん》にあずけていました。

「そうそう、竹馬に乗《の》ってるもうひとりの女の子の署名《しょめい》も、そえてあるそうだよ」行商人《ぎょうしょうにん》はその手紙の入った封筒《ふうとう》をテーブルの上に置《お》きながら、つけくわえました。

『もうひとりの女の子』って？　いったい、だれのことかしら？　ルクレチアがもう自分のかわりの相棒《あいぼう》を見つけたのかと思うと、ポリッセーナはちょっぴりくやしくなりました。でも考えてみれば、森の中で出会ったときから、ルクレチアは言っていました。たったひとりで動物《どうぶつ》たちを引きつれて旅《たび》することはできないから、だれか人間の仕事仲間《しごとなかま》が必要《ひつよう》だと。

お父さんが行商人《ぎょうしょうにん》に約束《やくそく》のお礼《れい》をわたしているあいだに、ポリッセーナは窓《まど》のそばにひとりすわって、手紙を読みはじめました。『ちょっとしたお知らせ』っていったいなんだろう、と思いながら。でも、その手紙に書かれていたのは、ちょっとしたお知らせどころではなかったのです。

大好《だいす》きなポリッセーナ、

あんたに話すことがとってもたくさんあるよ！　まずさいしょは、あたしのほんとうの名前はルクレチア・ラムジオじゃないってこと。でも、その名前を知ったら、きっとあんたは腰《こし》をぬかしてしまうよ。

つい何カ月か前まで、あたしは自分がみなしごだと思っていたけど、じつはそうじゃなかったんだ。あたしのお父さんとお母さんは、パルディスス村であんたといっしょにお墓《はか》を見つけた、貧《まず》しいお百姓《ひゃくしょう》の夫婦《ふうふ》じゃなかった。

そのことをぐうぜん知ったのは、チェパルーナをはなれた日の二日後のことだった。あの晩《ばん》は、なにも言わずにこっそり姿《すがた》を消《け》したりしてごめんね。なかよしのイッポリタにも、ほんとうに悪《わる》いことをしたと思ってる。でも、あのときは、あんたをぶじに家族《かぞく》のもとに送《おく》りとどけられて、もうなんの心配《しんぱい》もなかったし、あたしが顔を出したらじゃまかなって思ったんだ。

あのあとのことだけど、イザベッラからもらった金貨《きんか》がまだ残《のこ》っていたから、動物《どうぶつ》たちを疲《つか》れさせないように、馬車をやとって、霧降砦《きりふりとりで》にむかったんだ。そして道々、御者《ぎょしゃ》と世間話《せけんばなし》をしたんだけど、あたしが名前はラムジオで、パルディス村の生まれだと言うと、御者《ぎょしゃ》が、「へえー、こいつはおどろいた！　ひょっとして、あんたはいとこのエグベルトんとこの養女《ようじょ》じゃないかい？」って言ったんだよ。

「たしかにお父さんはエグベルトっていう名前で、お母さんはテレーザだけど。でも、あたしは実《じつ》の娘《むすめ》だよ！」と、あたしは答えた。

すると御者《ぎょしゃ》は、「それはたぶん、事情《じじょう》を知らないだれかが、そう言ったんだろう。エグベルトのひとり娘《むすめ》、ルクレチア・マリア・エレオノーラ・アダリンダは、七カ月のとき、ゆりかごの中でまくらで息《いき》をつまらせて死《し》んじまったんだ」って言うんだよ。

「そんなはずないよ。ルクレチア・マリア・エレオノーラ・アダリンダは、あたしだもの。このとおり、まだ死《し》んでないし、あたしは、疫病《えきびょう》がはやったときも、村でただひとり生きのびたくらい元気なんだよ。司祭《しさい》さまも教区《きょうく》の記録簿《きろくぼ》にちゃんとそう書いてたよ」って、あたしは言い返《かえ》したんだけど、御者《ぎょしゃ》は、「司祭《しさい》が言ってるのは、ふたり目のルクレチアのことさ。実《じつ》の娘《むすめ》のルクレチア・ラムジオは、赤んぼうのときに亡《な》くなったんだ。パルディス村に行けば、両《りょう》親《しん》の墓《はか》のそばにその子の墓《はか》もあるよ」って言いはるじゃない。墓地《ぼち》に行ったとき、あたしと同じ名前がきざまれたお墓《はか》があって、あたしのおばあさんのお墓《はか》じゃないかしらって言ってたのをおぼえてる？　でもあたしたち、お墓《はか》にきざまれた日付《ひづけ》は見なかったよね。じつは、日付《ひづけ》はそんなに昔《むかし》じゃなくて、ラムジオ夫妻《ふさい》が亡《な》くなる、たった三年前だったんだよ。そして、ほんとうの娘《むすめ》が亡《な》くなって一カ月ほどしたころ、あたしが養女《ようじょ》になった、って御者《ぎょしゃ》は言うわけ。

あたしがどうしても信《しん》じないものだから、御者《ぎょしゃ》は、「自分でたしかめろ」って言って、あたしをパルディス村までつれていってくれた。（御者《ぎょしゃ》の話を聞いて、あたしも霧降《きりふり》砦《とりで》へ行くより、真相《しんそう》をたしかめたくなったしね。）御者《ぎょしゃ》に言われてもう一度《いちど》よく読んでみると、教会の記録簿《きろくぼ》にも、ラムジオの

『娘《むすめ》』ではなく、ただ『女の子』と書かれていたんだ。あたしのめんどうを見てくれていたけど、法律上《ほうりつじょう》は養女《ようじょ》にしたわけじゃなかったんだね。

ようするに、あんたのご両親《りょうしん》の場合と似《に》たようなことがあったってわけ。ラムジオ夫妻《ふさい》がひとり娘《むすめ》を亡《な》くしてひと月くらいしたころ、女の子のすて子《ご》をあずかったふたりは、その子に亡《な》くなった娘《むすめ》と同じ名前をつけたんだ。

とうぜん、あたしは、自分にはなにがおきたのか、あんたと同じように、たしかめたくなった。でも、さいしょの子どもは、あんたの場合とちがって、とつぜんいなくなったわけじゃなかった。ゆりかごの中で死《し》んでいるのを母親が見つけたそうだから、まちがいない。あの日あんたと目を通したときは大急《おおいそ》ぎだったけど、教会の記録簿《きろくぼ》をもう一度《いちど》ちゃんと見てみたら、たしかにその子の死亡証明《しぼうしょうめい》が記《しる》されてたよ。そのうえ、赤ちゃんを埋葬《まいそう》して墓碑銘《ぼひめい》をきざんだ墓掘り人《はかほりにん》のエウジェニオ・バルゾックっていう人は、ラムジオ夫妻《ふさい》の遠い親戚《しんせき》で、その人はペストのときも助《たす》かってまだ生きてるから、じかに話を聞いてたしかめることもできるだろうって、御者《ぎょしゃ》は言うんだ。

自分がすて子《ご》だってわかると、あたしもほんとうのお父さんとお母さんはどんな人かなって、あれこれ考えはじめた。あんたなら、そのときのあたしの気持《きも》ちをだれよりもよくわかってくれるよね？

「もらわれたとき、あたしはなにかほんとの家族《かぞく》を知る手がかりになるようなものを持《も》ってなかったの？」あんたの手箱《てばこ》の中の魚のペンダントやなんかを思い出したあたしは、そう御者《ぎょしゃ》にたずねてみたよ。

するど、御者《ぎょしゃ》は答えた。

「さあ、どうかな。わしは、おまえさんが道ばたにすてられていたのか、それとも修道院《しゅうどういん》にすてられていたのかさえ知らないんだ。おまえさんをラムジオ家につれていった者《もの》ならわかるだろうが」

でも、その人も、もう死《し》んでいるんじゃないかしらって、あたしは心配《しんぱい》だった。パルディス村のほかの村人たちと同じようにね。ところが、そのあたしをつれてきた人って、だれだったと思う？　じつは、ペストを生きのびて、さいしょのルクレチアを墓《はか》にうめたのとおなじ人だったんだよ。

エウジェニオ・バルゾックじいさんは、パルディス村とオスベス村のまん中あたりにある小さな村で暮《く》らしているんだけど、御者《ぎょしゃ》がその人の家につれていってくれるまで、あたし、ほんとうにエウジェニオじいさんに会えるかどうか、気が気じゃなかった。

エウジェニオじいさんは、ちょっと変《か》わり者《もの》で、ひとりぼっちで暮《く》らしていた。だれとも口をききたがらないし、外に出るときは、いつもなにかにおびえてるみたいにあたりを見まわすんだ。

ちょっと頭がいかれているって、村の人たちは思っていたけど、じいさんには親切にしてあげていたよ。

御者《ぎょしゃ》があたしがだれだか伝《つた》えると、エウジェニオじいさんは、体をふるわせて泣《な》きだして、口ごもりながら、「まさか！　わしは信《しん》じんぞ。証拠《しょうこ》を見せてくれ！」って言うんだよ。こっちこそ証拠《しょうこ》がほしいのにね！

でもそのとき、ロケットのことを思い出したんだ。中に入っていた肖像画《しょうぞうが》はラムジオ夫妻《ふさい》だと思っていたけど、そうじゃないかもしれないだろ？　とにかく、あたしは首にかけていたロケットを取りだした。エウジェニオじいさんは肖像画《しょうぞうが》を見るなり、すぐにこう言った。

「ロケットのわくは金とルビーだったはずじゃ！　だれかがとりかえたんじゃろ。だが、絵はおまえさんが首にかけとったときと同じじゃ。泣《な》き声《ごえ》が聞こえて、わしが棺《ひつぎ》を開《あ》けたときに……」

どう、ポリッセーナ？　なにかピンとこない？

エウジェニオじいさんは、おぼえてることを話してくれた。

「わしは、あのころ、都《みやこ》のミレナイに出かせぎに行っておった。宮廷《きゅうてい》で疫病《えきびょう》が大流行《だいりゅうこう》したおかげで、ひとかせぎできたんでな。毎日、六回も七回も葬式《そうしき》があって、わしら墓掘《はかほ》り人《にん》は休むひまもなかった。ある日、宮殿《きゅうでん》づとめの医者《いしゃ》がわしを呼《よ》んで、言った。『あんたはパルディスス村の出だそうだな。これは、一週間前に亡《な》くなった衣装《いしょうがかり》係の子どものなきがらだ。母親もあんたと同じ村の出で、もしもこの子が亡《な》くなったら、自分の郷里《きょうり》にうめてやってくれと言い残《のこ》して死《し》んだんだ』と。受《う》けとった小さな棺《ひつぎ》は、すでにふたがとじてあった。医者《いしゃ》は金をくれて、パルディス村の墓地《ぼち》にうめるようにと言ったのじゃが、衣装《いしょうがかり》係の名前を言わんかったし、わしは同じ村の出の女が宮殿《きゅうでん》につとめているなんて話は聞いたことがなかった。じゃが、あのころの宮殿《きゅうでん》は、それはもうひどく混乱《こんらん》しておって、きみょうなことなどしょっちゅうおこっていたから、べつにおかしな話だと思ったりはしなかった。

わしは馬にまたがり、棺《ひつぎ》を鞍《くら》にくくりつけると出発《しゅっぱつ》した。そして、都《みやこ》から遠くはなれ、日も暮《く》れかけてきたとき、棺《ひつぎ》の中から赤んぼうの泣《な》き声《ごえ》が聞こえてきたんじゃ。わしは血《ち》もこおらんばかりにぞっとした。かぼそいかすかな泣《な》き声《ごえ》は、まるで幽霊《ゆうれい》の声のようじゃった。

あわてて馬からおりると、わしは小刀で棺《ひつぎ》のふたのくぎをぬいた。気づくのがもうすこしおくれていれば、息《いき》がつまって死《し》んじまっとったろう。あぶないところじゃった！　だが、さいわい赤んぼうはまだ生きとった。わしは赤んぼうをだきあげ、力いっぱい泣《な》かせて肺《はい》に新鮮《しんせん》な空気を送《おく》りこもうと、背中《せなか》を強くたたいてやった。それからひえきった小さな手をこすり、鞍《くら》に結《ゆ》わえてあった水筒《すいとう》の水をすこし飲《の》ませてやったんじゃ。

赤んぼうは、召使《めしつか》いの子にしては上等《じょうとう》すぎる服《ふく》を着《き》ておった。刺繍《ししゅう》が入っていて、小さな真《しん》珠をちりばめたバラ色の錦の服じゃ。おまけに、首にはルビーをはめこんだ金のロケットをかけていた」

これを聞いて、あたしがどんなにびっくりしたか、想像《そうぞう》できる、ポリッセーナ？　エウジェニオじいさんが宮殿《きゅうでん》の医者《いしゃ》からひきうけた仕事《しごと》の話になったとたん、もしやと思いはじめてはいたよ。でも、そのときはまだ、ぐうぜんの一致《いっち》かもしれないとも思ってた。だけど、こんどは刺繡《ししゅう》と真珠《しんじゅ》のついた服《ふく》っていうだろう……で、その服《ふく》だけど、じつはずっとあたしの目の前にあったんだ。そう、『遺産相続《いさんそうぞく》』のお芝居《しばい》をするときにカシルダに着《き》せていた、あの服《ふく》だったんだよ。あのろくでなしのジラルディじいさんったら、まだあたしが小さいときに、真珠《しんじゅ》をひとつひとつはずして、お金に替《か》えてたにちがいないよ。ロケットのわくも真鍮《しんちゅう》ととりかえて。でも、肖像《しょうぞう》画《が》だけは手をつけずに残《のこ》してくれたのは、いったいどういう風の吹《ふ》きまわしだったんだろうね？

あの絵はたしかに、あたしのお父さんとお母さんの若《わか》いころの肖像《しょうぞう》だったんだ。ただし、ラムジオ夫妻《ふさい》じゃなくて、王と王妃《おうひ》の肖像《しょうぞう》だったんだよ！

あたしは自分がだれの子なのか、はっきりわかった。そう、信《しん》じられないようなことだけど、ほんとうなんだよ。ポリッセーナ、あんたの友だちのルクレチアは、親を亡《な》くした貧《まず》しいお百《ひゃく》姓《しょう》の娘《むすめ》でも、どこの馬《うま》の骨《ほね》ともわからないすて子《ご》でもない。あたしは、亡《な》きメダルド王とその王《おう》

妃《ひ》のひとり娘《むすめ》で、王位継承者《おういけいしょうしゃ》の、ほんもののイザベッラ王女なんだ！

それから、あたしは、あんたと同い年なんだ。たぶん、ジラルディ親方がパルディス村の教会の記録簿《きろくぼ》を見たときに、日付《ひづけ》のところがにじんで読めなくて、おまけにあの人は子どものことなんかよくわかんないから、二歳《さい》くらいだと思ったんだろうね。ほんとうはもう四歳《さい》だったのに。

それに、あたしはおなかいっぱい食べさせてもらえなかっただろう。だから、あんまり大きくなれなくて、背《せ》があんたの耳のところまでしかないってわけなのよ。あんたと同じ十二歳《さい》なのにね。でも、そのことは置《お》いといて、まだ赤ちゃんだったあたしがミレナイの宮殿《きゅうでん》で死《し》んだときに話をもどすね。

あのときバロターリ先生は、不安《ふあん》でたまらなかったせいで、おちついてわたしを診《み》なかったんだろうね。あたしは、ぐったりしてぜんぜん動《うご》けなくなっていただけだと思うよ。でも、あたしが死《し》んでしまったとかんちがいした先生は、見つかったら国王に処《しょ》刑《けい》されてしまうと思って、大あわてで白鳥の形のゆりかごにあんたを置《お》いて、あたしの『なきがら』をかくそうとしたんだよ。

運《うん》よく棺《ひつぎ》のふたには空気が入るだけのすきまがあって、あたしは息《いき》がつまって死《し》なずにすんだし、泣《な》いたおかげでエウジェニオじいさんに助《たす》けてもらえたんだ。

エウジェニオじいさんは、命《いのち》を救《すく》った赤ちゃんが王女だとは夢《ゆめ》にも思わなかっただろうね。（おまけに、赤ちゃんが女の子だって知ったのも、ラムジオのおかみさんにわたしてからだったそうだよ。）でも、バロターリ先生がうそをついたのには、なにか人に知られてはまずい理由《りゆう》があったからで、へたにかかわりあうと危険《きけん》だと感《かん》じていたようだね。だから、やっかいごとに巻《ま》きこまれるのをおそれて、あたしを宮殿《きゅうでん》につれて帰らずに、そのままパルディス村にむかったんだ。あとでバロターリ先生には、棺《ひつぎ》は言われたとおりパルディス村にうめたと報告《ほうこく》したそうだけど、じっさいに、からっぽでも棺《ひつぎ》はちゃんとうめたんだから、うそをついたことにはならないってわけよ。

ともかく、あたしはラムジオさん夫婦《ふうふ》の手にわたされて、ふたりは重《おも》い病気《びょうき》にかかっていたあたしを看病《かんびょう》してくれた。そして、テレーザ母さんが心をこめて看病《かんびょう》してくれたおかげで、あたしは元気になった。バロターリ先生の医術《いじゅつ》ではおこせなかった奇跡《きせき》がおきたんだよ。ラムジオさん夫婦《ふうふ》はあたしを娘《むすめ》として育《そだ》ててくれた。亡《な》くなった実《じつ》の娘《むすめ》と同じルクレチアと名づけてね。

(ところで、あたしはこの名前がとても気に入ってるんだ。だから、いまの名前を変《か》える気はないよ。ピスキッローニ王家の女性《じょせい》でルクレチアという名前は、あたしがはじめてになるんだけどね。)

それから、テレーザ母さんは、もらわれたときにあたしが身《み》につけていたロケットは首にかけたままにして、真珠《しんじゅ》がついたバラ色の錦《にしき》の服《ふく》のほうは、衣装《いしょう》ダンスの中にしまったんだ。

その先は、あんたも知ってのとおりだよ。あたしが四歳《さい》のとき、ペストが村をおそって、やしない親《おや》はふたりとも死《し》んでしまった。あたしが養女《ようじょ》だということを伝《つた》えることもできずに。そして、ジラルディ親方があたしをひきとって、あたしが持《も》っていた高価《こうか》な品《しな》を自分のものにしてしまったんだ。でも親方は、あたしがお百姓《ひゃくしょう》の娘《むすめ》だと信《しん》じていたんだと思う。もしもちょっとでもおかしいと思っていたら、あのごうつくばりの親方のことだもの、きっとそれでお金もうけしようとしたはずだから。

ジラルディ親方が死《し》んで、あたしはあんたに出会った。そして、あんたの生まれの秘密《ひみつ》を追《お》いかけるうちに、ミレナイの宮殿《きゅうでん》まで行って、そこで、自分のお母さんをこの目で見たってわけよ。はなれたところから、それもほんのちょっとの間《ま》だけだったけど。あのとき、あたしたちはふたりとも、王妃《おうひ》さまの顔を前にどこかで見たことがある、って言ったのをおぼえてる？　あんたは王妃《おうひ》さまの顔を思い出せるのは自分だけのはずだって言いはって、あたしに腹《はら》をたてたよね？

あたしが王妃《おうひ》さまの顔を思い出せるはずがないっていう点では、あんたの言うことは正しかったよ。だって、あたしはお母さんの顔をじかに見たことはなかったんだから。もちろん、生まれたばかりのときには見ただろうけど、そんな赤ちゃんのころのことなんて、おぼえていないのがふつうだし……。あたしたちが王妃《おうひ》さまを見たことがあるような気がしたのは、ロケットの肖《しょう》像画《ぞうが》のせいなんだ。あんたもあのとき肖像画《しょうぞうが》をじっと見たよね。けっきょく王妃《おうひ》さまはそのあとすぐに宮殿《きゅうでん》をはなれてしまったから、肖像画《しょうぞうが》に似《に》ていることに気づく機会《きかい》はなかったわけだけど。


ポリッセーナ、ここまで手紙を読んできたあんたは、きっとあたしにこうたずねたくてうずうずしているよね。

「でも、ルクレチア、あなたがほんとうにこの国の王女さまなら、どうして名乗りでなかったの？　どうしていまも、ポンテルカールの広場で曲芸《きょくげい》をしたりしているの？　冬のあいだはいったいどこに姿《すがた》をかくしていたの？」って。

もうちょっとしんぼうして。これからその答えを話すから。

エウジェニオじいさんの話が終《お》わると、あたしは、「いろいろ教えてくれてありがとう」とお

礼《れい》を言った。もちろんバロタ―リ先生から聞いて知っていたことは話さなかったし、ましてや、自分が王女さまだとわかったなんて、おくびにも出さなかった。

エウジェニオじいさんに別《わか》れを告《つ》げると、あたしは御者《ぎょしゃ》に、プラタ―レの町までつれていってもらった。そこで廏番《うまやばん》をやってる人に動物《どうぶつ》たちをあずけると、あやしまれないよう、りっぱな家の娘《むすめ》に見えるきれいな服《ふく》を着《き》て、乗《の》りあい馬車で、ひとりでミレナイの都《みやこ》まで行ったんだ。そのときのあたしはとっても上品《じょうひん》な身《み》なりをしていたから、都《みやこ》で知ってる人に会ったとしても、きっとあたしだとはわからなかったと思うよ。

そのころには、王妃《おうひ》さまはもう都《みやこ》にもどっていた。それにしても王妃《おうひ》さまがあたしのお母さんだなんて、まだへんな感《かん》じがする。もちろん、いままで自分はみなしごだと思ってたのに、お母さんが見つかったんだから、すごくうれしいけどね。でも、あたしは、あんたみたいに、はじめて会う人に、「お父さん！」とか「お母さん！」とかさけんでだきついたりはできないんだ。たぶん、もうすこしなれてくれれば、自然《しぜん》に「お母さん」って呼《よ》べるようになると思う。それにお母さんは、あたしにとてもやさしくしてくれるし、ほんとに信頼《しんらい》できる人だから。

さて、かいつまんで話せば、ミレナイに着《つ》いたあたしは、うまく王妃《おうひ》さまの宮殿《きゅうでん》に入りこむことができた。そして、ふたりきりで話ができる機会《きかい》が来ると、お母さんにロケットを見せて、あたしがだれで、どうして母親と娘《むすめ》がはなればなれになってしまったのか、これまでの事情《じじょう》を説《せつ》明《めい》したんだ。

へんに聞こえるかもしれないけど、あたしの話を聞いたお母さんは、とびあがってよろこびもしなければ、「とうとう、わが子に会えたのね！」なんてさけんだりもしなかった。だから、もしもあんたがあたしだったら、きっとひどく気を悪《わる》くしただろうね。

でも、考えてみれば、あたりまえだよね。だって、お母さんはこれまで、娘《むすめ》がゆくえ不明《ふめい》になっていたことも、イザベッラが自分の娘《むすめ》じゃないってことも、知らなかったんだから。それに、お母さんはイザベッラのことを心から愛《あい》していた。だから、ほんとうのことを知ると、あたしがもどってきたせいで、イザベッラがこまった立場になるんじゃないかとひどく心配《しんぱい》しはじめたんだよ。

「わたしもイザベッラが大好《だいす》きだし、イザベッラを苦《くる》しめるようなことはぜったいにしたくありません」とあたしが言うと、お母さんはようやくあたしをだきしめて、心からほっとしたように泣《な》きだした。

それから、お母さんはなんどもくり返《かえ》し、赤ちゃんが入れかわったいきさつをあたしに話させた。話がとにかくこみ入っているうえに、王家とはまったく関係《かんけい》のない三人目の赤ちゃんまで出てくるもんだから、お母さんはさいしょ、頭がこんがらかってしまったらしい。

「かわいそうなメダルド！　でも、なにも知らないで亡《な》くなったのはよかったのかもしれない。あの人もイザベッラを心から愛《あい》していたから。それに、自分の弟がとんでもない悪党《あくとう》だということを知らずにすんだのも、さいわいだったわ」と、お母さんはため息《いき》まじりに言った。

お母さんもあたしも、父親の陰謀《いんぼう》のせいで、知らないうちに王女の座《ざ》にすわらされたイザベッラ自身《じしん》に罪《つみ》はないけれども、それをたくらんだ摂政《せっしょう》は反逆罪《はんぎゃくざい》と殺人未遂《さつじんみすい》の罪《つみ》をおかしたことになり、そのうえに不敬罪《ふけいざい》にも問《と》われるべきだと考えた。そして、摂政《せっしょう》を罰《ばっ》しなければ、王国に、もはや正義《せいぎ》は存在《そんざい》しないことになってしまうという点でも、同じ考えだった。

でも、あたしたちは、摂政《せっしょう》を裁判《さいばん》にかけたり、閣議《かくぎ》にはかって処分《しょぶん》をきめたりはしたくなかった。それでお母さんは、摂政《せっしょう》を呼《よ》んで、「あなたの悪事《あくじ》はなにもかも、明らかになりましたよ」と伝《つた》えたんだ。

でも、あの悪党《あくとう》は言い返《かえ》してきた。

「なにをバカげたことを。証明《しょうめい》できますか？　なにか証拠《しょうこ》でもあるのですか？」

するとお母さんは、結《ゆ》いあげていた髪《かみ》をほどき、顔のお化粧《けしょう》を落《お》とすと、あたしをそばにひきよせた。そしたら年齢《ねんれい》はちがうけど、あたしたちの顔立ちはびっくりするほどそっくりだった。

（ところで、イザベッラの小姓《こしょう》として宮殿《きゅうでん》で働《はたら》いていたときには、どうしてだれもあたしの顔が王妃《おうひ》と似《に》ていることに気づかなかったのかしら、とふしぎに思うだろうね。でも、それは、お母さんが化粧《けしょう》を落《お》として髪《かみ》をたらした姿《すがた》で人前に出たことがないのと、小姓《こしょう》なんて、とるにたらない存在《そんざい》だから、だれもあたしの顔を注意《ちゅうい》して見てなかったせいだと思うよ。バロターリ先生だったら気づいたかもしれないけど、あたしたちが先生に会ったのは、暗《くら》い牢屋《ろうや》の中だったし、外に出たときは夜だったから。）

有無《うむ》をいわさぬ証拠《しょうこ》をつきつけられ、そのうえ、バロターリ先生はまだ生きていて、いまは自《じ》由《ゆう》の身《み》だということ、そして、あたしたちは先生の居所《いどころ》を知っていて、いつでも証人《しょうにん》として呼《よ》べるのだと聞かされた摂政《せっしょう》は、まっさおになった。そして、がっくりひざをついて、泣《な》きはじめたんだ。イザベッラの将来《しょうらい》を考えて自分を許《ゆる》してくれ、それから、あの子に罪《つみ》はないから罰《ばっ》しないでくれ、と。

　すると、お母さんはこう言った。
「わかりました。もしもルクレチアがそれでいいと言うなら、あなたがおかした罪《つみ》を表《おもて》ざたにすることはしません。あなたの娘《むすめ》のためにも。あの子が一生自分の父親をはじて、苦《くる》しみながら生きていくなんて、見るにしのびないことですから。赤んぼうがとりかえられてしまったのは、乳母《うば》たちの手ちがいによるもので、ただの事故《じこ》だった、と発表《はっぴょう》することにしましょう。ふたりの赤んぼうの世話《せわ》をしていた乳母《うば》たちも、もう亡《な》くなっているので、うそだと言える人もいませんからね。熱《ねつ》にうかされ、もうろうとしていた乳母《うば》のひとりが、赤んぼうを寝《ね》かすゆりかごをまちがえ、同じように病気《びょうき》におかされていたもうひとりの乳母《うば》も、そのまちがいに気づかなかったのだと言えば、だれもが信《しん》じることでしょう。
　そうすれば、ルクレチアは、イザベッラを傷《きず》つけることなしに、自分の地位《ちい》をとりもどすことができます。もちろんイザベッラは、王女のいとことして、宮殿《きゅうでん》にとどまることができるし、ピスキッローニ王家の姫《ひめ》としてのあつかいは、これからもかわりません。

それに、イザベッラがそばにいてくれるのは、この子にとっても、ありがたいことなのです。なにしろわたしの娘《むすめ》は、本人のせいではありませんが、少々おてんばに育《そだ》ってしまったので、だれか宮廷《きゅうてい》の礼儀《れいぎ》作法《さほう》を教えてくれる人が必要《ひつよう》ですから。とはいえ、見たところ、この子がテオドーラ大公妃《たいこうひ》にすなおにしたがうとは思えません。それより、同じ年ごろの娘《むすめ》がお手本をしめしてくれたほうがいいでしょう。イザベッラのような。

ところで、ウッジェーリ公、あなたの罪《つみ》が、なんの罰《ばつ》もなく許《ゆる》されると思ってはなりませんよ。今晩《こんばん》、閣議《かくぎ》を招集《しょうしゅう》して、ほんとうの王女が玉座《ぎょくざ》にもどられたことを発表《はっぴょう》しなさい。そしてその後、ご自分は今回のできごとによってとつぜん強い信仰心《しんこうしん》にめざめたゆえ、摂政《せっしょう》の職《しょく》をわたしにゆずって、『いばらの冠会《かんむりかい》』の修道院《しゅうどういん》に入り、そこで余生《よせい》をすごすことにきめた、と発表《はっぴょう》するのです」

これを聞いた摂政《せっしょう》は、あまりうれしそうじゃなかった。なぜって、お母さんが選《えら》んだ修道院《しゅうどういん》は、都《みやこ》から遠くはなれた、へんぴで暑《あつ》さ寒《さむ》さのきびしい土地にあったたし、その修道会《しゅうどうかい》の修道士《しゅうどうし》たちは、アリーゴ・フィリプッチみたいに、祈《いの》りと、くいあらためのきびしい生活に、一生をささげているんだから。しかも、いっしょに暮《く》らしているのに、仲間同士《なかまどうし》で話をすることも、かた

く禁《きん》じられているんだって。話していいことばは、顔を合わせたときの「兄弟よ、死《し》を忘《わす》れることなかれ」っていう、あいさつだけ。どう？　すごくたのしそうなところだろ！　でも、摂政《せっしょう》があのおそろしい地下牢《ちかろう》で囚人《しゅうじん》たちにさせている暮《く》らしにくらべたら、天国みたいなもんだけどね！

そうそう、あたしがお母さんにさいしょにお願《ねが》いしたのは、囚人《しゅうじん》たちを全員地下牢《ぜんいんちかろう》から出してほしいってことだった。

「でも、人殺《ひとごろ》しなどの危険《きけん》な囚人《しゅうじん》もいるんですよ」

とお母さんは反対《はんたい》したよ。だけどあたしは言ったんだ。

「わかってます。でも、その人たちをどこかの農場《のうじょう》に住《す》まわせて、日の光の下で働《はたら》けるようにしたらいいと思うんです。そうすれば、罪《つみ》をつぐなうだけじゃなくて、自分のためにもなるし、ほかの人たちのために役《やく》だつことにもなるでしょう」って。

ときどき思うんだけど、王女さまになっていいことは、他人《たにん》にバカバカしいって思われても、命令《めいれい》さえすれば実行《じっこう》できるってことだね。

話をもどすと、お母さんは、摂政《せっしょう》に、ほかに道はないってことをはっきりわからせた。その修道院《しゅうどういん》にひきこもるか、裁判《さいばん》を受《う》けて牢《ろう》に入るか、どちらかを選《えら》ぶしかないって。そして牢《ろう》に入ったりしたらイザベッラが不幸《ふこう》になるって。

摂政《せっしょう》は、長年人に命令《めいれい》したことしかなかったから、はらわたが煮《に》えくり返《かえ》る思いだっただろうけど、けっきょく、言われたとおりにしたんだ。

イザベッラには、お母さんがひとりでほんとうのことをうちあけた。想像《そうぞう》がつくだろうけど、かわいそうにイザベッラはひどくとり乱《みだ》したそうだよ。むりもないよね。お母さんだと思っていた人がじつはおばさんで、おじさんだと思っていたのがほんとうはお父さんだって知らされたんだもの。しかも、お父さんは、つぎの日宮廷《きゅうてい》をはなれて修道院《しゅうどういん》に入ってしまうというんだから。

それにくわえてイザベッラは、自分はじつはグリンダという名前で（でも、あたしたち、これからも、いままでどおりにイザベッラと呼《よ》ぶことにしたんだ。あたしがルクレチアという名前を変《か》えないことにしたようにね）、ほんとうは王女ではないのに、何年ものあいだ玉座《ぎょくざ》にすわりつづけていたって知ったわけだろ。そして、人前で平気《へいき》で足を見せて、火の輪《わ》くぐりや二回《にかい》宙返《ちゅうがえ》りはできるけど、司教《しきょう》や大使《たいし》にちゃんとしたおじぎひとつできない、テオドーラ大公妃《たいこうひ》のことばをかりれば、『シラミだらけのきたない小娘《こむすめ》』のこのあたしが、ほんとうの王女だということも知ったんだし。

　でも、イザベッラはりっぱだったよ。あたしは、はじめて会ったときから、イザベッラのこと、きだてがよくてかしこい子だって思ってたんだけど、ほんとうにそうだったよ。あたしのお母さんもりっぱだった。お母さんはイザベッラにこう言ったんだ。

「あなたはこれからもわたしの娘《むすめ》よ。あなたもわたしのことを、母親だと思ってちょうだい。これからはルクレチアもかわいい娘《むすめ》だけれど、だからといって、あなたがもうかわいくないなんてことはありませんからね」そして、イザベッラをだきしめたんだ。それから、「あなたがお父さんに会いたいときは、いつでも修道院《しゅうどういん》に会いに行っていいんですよ」とも言ってあげた。

　するとイザベッラは、ほっとしたように大きなため息《いき》をついて、こう言ったんだ。「わたし、うれしくてしかたないわ。だって、もう、頭に冠《かんむり》をのせているってだけで、ぶさいくな人とむりやり婚約《こんやく》させられたり、死刑《しけい》に立ち会ったり、テオドーラ大公妃《たいこうひ》と食事《しょくじ》をしたりしなくてすむんだもの。でも、かわいそうにルクレチア、こんどはあなたが王女として、いやなことをぜんぶひきうけなくちゃいけないのよ」

　すると、お母さんは、こまったような目であたしを見た。きっと、ちゃんとした家の娘《むすめ》のような身《み》なりはしていても、王家の娘《むすめ》としてみんなの前に出すには、あまりにみっともないって思ったんだろうね。

「急《いそ》いで、召使《めしつか》いにおふろを用意《ようい》させましょう！　髪結《かみゆ》いには髪《かみ》をととのえさせましょう。イザベッラ、仕立《した》て屋《や》に王女の衣装一式《いしょういっしき》を作らせるあいだ、あなたの服《ふく》を何枚《なんまい》か、この子にかしてあげてちょうだい。すこし幅《はば》をつめたり、たけを短《みじか》くしたりすれば着《き》られると思うから」

　でも、あたしは、お母さんが考えているとおりにしたくはなかった。だから、できるかぎりていねいなことばを使《つか》ってたのんだんだ。

「お母さま、わたしは、お母さまにふたたび会えて、とてもしあわせです。そして、家がらや立場や責任《せきにん》からにげるつもりはありません。でも、だからといって、礼儀作法《れいぎさほう》にしばられた宮廷《きゅうてい》で、かごの中の鳥のような生活をする気もないのです。わたしはまだ十二歳《さい》ですし、二十歳《はたち》になるまでは、お母さまが摂政《せっしょう》として国を治《おさ》めていただけませんか？　そのあいだわたしは、身分《みぶん》をかくして、これまでのように国じゅうをまわり、わたしの国《くに》の人々がなにを望《のぞ》み、なにを悩《なや》み、なにをほんとうに必要《ひつよう》としているのか、知るようにつとめます。そのほうが、きっと将来《しょうらい》のためになると思うんです。法律《ほうりつ》を作り、正義《せいぎ》を守《まも》り、国の発展《はってん》を考えなければならない女王にとっては、そのほうが、銀《ぎん》のフォークとナイフを正しく使《つか》えたり、上品《じょうひん》におじぎができたりすることよりも、ずっとずっとたいせつだと思うんです。それに、そのときが来れば、一週間で、あれやこれやの礼儀作法《れいぎさほう》をおぼえてみせます。お母さまもごぞんじのとおり、わたしは芸人《げいにん》として育《そだ》ったので、いろんな役《やく》がらをすぐにおぼえて演《えん》じる訓練《くんれん》を積《つ》んできていますから」

お母さんは、びっくりしてあきれたように言った。

「でも、あなたは王位継承者《おういけいしょうしゃ》なのですよ！　公式行事《こうしきぎょうじ》に出ないわけにはいかないわ！　国民《こくみん》はあなたの姿《すがた》を見たがるでしょうし、貴族《きぞく》や外国の大使《たいし》も、あなたに敬意《けいい》を表《ひょう》しにやってくるのよ」

「お母さまがわたしのかわりをつとめてくださるしかありません。それとも、儀式《ぎしき》になれているイザベッラに、金髪《きんぱつ》のかつらをかぶってもらって、新しい王女だと紹介《しょうかい》するか……」とあたしは答えた。

でも、イザベッラはいやだと言った。

「わたしは十二年間も王女の役《やく》を演《えん》じてきたのよ。もううんざりだわ。わたしは外の世界《せかい》を知りたいの。ねえ、ルクレチア、わたしをいっしょにつれていってちょうだいな。あなたの一座《いちざ》の一員《いちいん》としてやとってくれないかしら？　きっとすぐに、なにかおもしろい芸《げい》ができるようになってみせるわ」

「まあ、とんでもない！」と、お母さんはあきれ返《かえ》っていた。

でもけっきょく、お母さんはおれてくれたんだ。ね、言ったとおりでしょ、あたしのお母さんはかしこくて心の広い女性《じょせい》だって。そのかわりあたしは、何日間かは身《み》なりをととのえて、イザベッラの服《ふく》を着《き》ることを承知《しょうち》したんだ。そして摂政《せっしょう》が、閣議《かくぎ》で貴族《きぞく》や大臣《だいじん》やミレナイの人々に紹介《しょうかい》してくれたんだけど、イザベッラがそばについていて、どんなふうに体を動《うご》かして、なにを言えばいいのか、ずっとささやいてくれたから、だいじょうぶだった。

身《み》のまわりの整理《せいり》をすませた摂政《せっしょう》は、これ以上《いじょう》ないってほどふきげんな顔で、修道院《しゅうどういん》へむかって出発《しゅっぱつ》した。そのあとお母さんはふたたび閣議《かくぎ》を招集《しょうしゅう》して、大臣《だいじん》や貴族《きぞく》たちにこう伝《つた》えたんだ。よその国では、若《わか》い王子たちが見聞《けんぶん》を広め、いろいろなことを学ぶために、諸国《しょこく》を見てまわる長期旅行《ちょうきりょこう》に出かける慣例《かんれい》があるけれども、それにならって、新しい王女も、いとこの姫《ひめ》とともに、長旅《ながたび》に出すことにしたと。

もちろん、あたしたちがどんな旅行《りょこう》をするのかは、くわしく説明《せつめい》しなかった。でも、大臣《だいじん》たちは、あたしたちがおおぜいの教師《きょうし》や召使《めしつか》いにつきそわれて旅《たび》するんだろうと思ったにちがいないよ。だって、自分がおともにくわえてもらえないと知ったテオドーラ大公妃《たいこうひ》が、死《し》ぬほど腹《はら》をたてていたから。

そのことで大公妃《たいこうひ》がお母さんにあんまり文句《もんく》を言いつづけたもんだから、あたしは、心をしずめてもらうために、大公妃《たいこうひ》にはしばらく『はだしのカルメル修道会《しゅうどうかい》』の修道院《しゅうどういん》に行ってもらったらどうでしょうって、お母さんにすすめたんだ。

宮殿《きゅうでん》を発《た》つ前に、やっておかないと気がすまないことがもうひとつあった。それはアスプラ夫人《ふじん》に罰《ばつ》をあたえること。アスプラ夫人《ふじん》はいま、囚人《しゅうじん》のために新しくできた農場《のうじょう》で、夜明けから牛の乳《ちち》しぼりと宿舎《しゅくしゃ》の掃除《そうじ》をしているよ。

それから、緑《みどり》のふくろう亭《てい》は学校に変《か》えたんだ。あそこで働《はたら》いていたメイドや台所《だいどころ》の下働《したばたら》きたちが、いろんなことを勉強《べんきょう》できるように、優秀《ゆうしゅう》な先生を送《おく》ったよ。

霧降砦《きりふりとりで》の十二人の海賊《かいぞく》たちには、いろんな度数《どすう》のメガネと補聴器《ほちょうき》が入った箱《はこ》を送《おく》っておいた。でも、へんに思われないように、ほかの友だちにはなにも送《おく》ってない。あたしはあいかわらず貧《まず》しい旅芸人《たびげいにん》だと思わせておかなきゃいけないからね。それにあたし、人に親切にしたり、よろこばせたり、まごころをこめてつきあったおかげで好《す》かれるのはいいけど、ものをあげて好《す》きになってもらうんじゃ、ほんとうの友だちとはいえないって、思うんだ。

イザベッラとあたしは、毎週手紙を書く、少なくとも四カ月に一度《いちど》は会いにもどるとお母さんに約束《やくそく》して、宮殿《きゅうでん》をあとにした。そして、プラターレで動物《どうぶつ》たちをひきとって、新しく巡業《じゅんぎょう》をはじめたんだ。ポリッセーナは、どうしてあたしが宮廷《きゅうてい》で飼《か》われている動物《どうぶつ》たち――いまではあたしのものになったペンギンやキリンやゾウガメやなんかのめずらしい動物《どうぶつ》たち――を一座《いちざ》にくわえなかったのかしら、って思ってるんだろ？

もちろん、めずらしい動物《どうぶつ》がいたら、すばらしい見世物《みせもの》になるとは思ったよ。でも遠い国からやってきたあの動物《どうぶつ》たちは、巡業《じゅんぎょう》につれていかれてしあわせかな？　って考えたんだ。巡業《じゅんぎょう》につれていくとなると、そういう動物《どうぶつ》たちはおりに入れてつれまわらなきゃならない。あんたはほんの二、三時間、牢《ろう》に入れられただけで、腹《はら》はたつわつらいわで、おかしくなりそうだったじゃない。あたしはあんたほど繊細《せんさい》じゃないけど、気持《きも》ちはよくわかる。かといって、宮廷《きゅうてい》の動物《どうぶつ》園《えん》にとじこめたままにしておくのもいやだった。だから、動物《どうぶつ》たちを生まれ故郷《こきょう》に帰して自由《じゆう》の身《み》にしてやるよう、命令《めいれい》した。

もちろん、あたしの一座《いちざ》の動物《どうぶつ》たちは話がべつだよ。サルたちとクマはこの国のおりの中で生まれたから、いまさらひとりで生きていくなんてできないだろうし、犬とガチョウはもともと人に飼《か》われる動物《どうぶつ》だしね。それに、あたしとあの子たちは、もう別《わか》れるなんて考えられないほど深《ふか》いきずなで結《むす》ばれてるんだ。あんただって、シロバナを手ばなすなんて、もう考えられないだろ？

そういうわけで、ラムジオ一座《いちざ》はこれまでと変《か》わりなし！　たったひとつちがうのは、あんたのかわりをいまはイザベッラがつとめてることだけ。イザベッラの芸名《げいめい》は『巨人女《きょじんおんな》のクロリンダ』っていうんだよ。竹馬を使《つか》ったとってもゆかいな芸《げい》をおぼえたんだ。いまは、とんぼ返《がえ》りや二回宙返《にかいちゅうがえ》りの練習《れんしゅう》もしてる。きっと、すぐにあたしよりじょうずになると思うよ。これで、『クモ男ルドビコ』もいれば、ラムジオ一座《いちざ》はかんぺきなのにね。もちろん、あんたは根《ね》っから芸《げい》が好《す》きだったわけじゃないし、ほんのちょっと一座《いちざ》に身《み》を置《お》いていただけだったのはわかってる。まあ、しかたないよね。生きる道は人それぞれだから。
早くシロバナに会って、またださしめたくてたまらない。あたしたちは、復活祭《ふっかつさい》の前日には
チェパルーナに着《つ》く予定《よてい》よ。あんたのお父さんが許《ゆる》してくれたら、いつものように倉庫《そうこ》に泊《と》まら
せてもらうね。それから、この手紙の内容《ないよう》はだれにも話さないでね。あんたのお父さんとお母さ
んにも言っちゃだめ。あたしのなかよしのイッポリタにだけは話してもいいけど。でも、ほかの
人にはぜったいに秘密《ひみつ》にするように言っておいてね。
おとなになったら、ときどき宮殿《きゅうでん》に会いに来てくれるよね。
イザベッラも、くれぐれもよろしくって言ってるよ。

あなたの忠実《ちゅうじつ》な友、ルクレチア

ルクレチアがもしも王女さまじゃなかったら、ぜったい作家になるべきだわ、と、手紙を読み終《お》え
たポリッセーナは思いました。
そのとき、封筒《ふうとう》の中から羊皮紙《ようひし》が一枚落《まいお》ちました。ピスキッローニ王家の印章《いんしょう》がおしてあるその
紙には、こう書かれていました。

親愛《しんあい》なるポリッセーナ

あなたはとうとう家族《かぞく》が待《ま》っている自分の家にもどったのね。もうすぐあなたをだきしめられると思うと、うれしくてしかたないわ。

ところで、ご家族《かぞく》には、旅《たび》のあいだにあなたが侯爵《こうしゃく》になったっていうことは話したの？　あなたにあたえた爵位《しゃくい》は有効《ゆうこう》なものだから、安心《あんしん》してちょうだい。こういうことにはだれよりもくわしいテオドーラ大公妃《たいこうひ》も太鼓判《たいこばん》をおしたんだから。そのわけは、まずだいいちに、おふれの中で爵位《しゃくい》をあたえることを約束《やくそく》したのが、わたしのおばさまだからよ。おばさまは正真正銘《しょうしんしょうめい》の王《おう》妃《ひ》だから、だれでも好《す》きな人を貴族《きぞく》にすることができるの。それに、わたしのように王女のいとこにすぎなくたって、貴族《きぞく》の称号《しょうごう》をあたえることはできるのよ。

ともかく、あなたの身分《みぶん》について、だれも異議《いぎ》をとなえたりすることのないよう、この手紙をもって、ルクレチアとわたしは、あなたが侯爵《こうしゃく》であることを公式《こうしき》に証明《しょうめい》します。これからは、あなたの称号《しょうごう》は『子ブタ侯《こう》ポリッセーナ』よ。

愛《あい》をこめて。もうすぐ会えるのをたのしみに。

王女のいとこグリンダ（またの名をイザベッラ）

王女イザベッラ（またの名をルクレチア）

「それで、あなたの冒険仲間《ぼうけんなかま》は、どんなすてきな便《たよ》りをよこしたの？」お母さんがたずねました。

「わたしが侯爵《こうしゃく》だって……」と、ポリッセーナは、ほこらしくてたまらずにそう言いかけて、あわてててことばをのみこみました。イザベッラったら、ほんとうにうっかり者《もの》なんだから。この紙をだれかに見せたりしたら、イザベッラとルクレチアの秘密《ひみつ》がばれちゃうじゃないの。きっと、わたしたちがみんな二十歳《はたち》になって、ルクレチアが女王になったら、これをみんなにも見せることができるわ。でも、それまでは、『子ブタ侯《こう》ポリッセーナ・ジェンティレスキ』という称号《しょうごう》は、わたしだけのすてきな秘密《ひみつ》よ。教えてあげるのはイッポリタだけ。

ポリッセーナはなにごともなかったように答えました。

「もうすぐチェパルーナに来るって。いつものようにうちの倉庫《そうこ》に泊《と》まりたいんだって。それから、クロリンダっていう名の新しい子が一座《いちざ》にくわわったそうよ。動物《どうぶつ》じゃなくて、女の子よ」

「そのクロリンダって子も養子《ようし》にすると言ったほうがいいかな？」お父さんがたずねました。

「ううん。それにやっぱりルクレチアだって、一年じゅうずっとひとつの屋根《やね》の下で暮《く》らすのはむりだと思うの。だから、養子《ようし》にするのは、やめておいたほうがいいと思うわ」

お母さんもうなずきました。

「自由《じゆう》に生きている鳥を、かごの中にとじこめるべきじゃないかもしれないわね。でも、ルクレチアには、ここを自分の家のように思ってほしいわ。来てくれれば、いつでも大歓迎《だいかんげい》よ。それから、泊《と》まってもらうのも倉庫《そうこ》じゃなくて、いちばん上等《じょうとう》な部屋《へや》よ、アニェーゼがなんと言おうとね」

「それよりお母さん、テンペスタル村の漁師《りょうし》の息子《むすこ》で、ベルナルドって子がいるんだけど……」ポリッセーナは、ためらいがちに言いました。「とっても貧《まず》しい生活をしてるけど、すごく頭のいい子なの……だから、ベルナルドをチェパルーナで勉強《べんきょう》させてあげることはできないかしら？　いっしょに暮《く》らしていたあいだ、ベルナルドは、まるでお兄さんみたいにわたしをかばってくれたし……」

前に考えたように、ベルナルドを大臣《だいじん》にとりたてるというわけにはいきませんが、大きくなったら、ルクレチアにたのんで、宮廷《きゅうてい》でなにかいい仕事《しごと》を見つけてあげることができるかもしれません。ひょっとしたら、ベルナルドはイザベッラと結婚《けっこん》することだってあるかもしれないのです……。

ポリッセーナは、シロバナをうでにかかえ、窓《まど》から通りをながめました。もうすぐこの道を、ふたりのお姫《ひめ》さまがひきいる動物曲芸団《どうぶつきょくげいだん》がやってくるでしょう。

窓《まど》の外に目をやりながら、ポリッセーナの頭の中は、もういろいろな空想《くうそう》でいっぱいでした。

# 日本の読者《どくしゃ》のみなさんへ

ビアンカ・ピッツォルノ

小さいときから、わたしは本の虫でした。八歳《さい》か九歳《さい》のころには、本に夢中《むちゅう》になるあまり、食事《しょくじ》の時間もわすれて両親《りょうしん》によくしかられました。十二歳《さい》になるまでには、すでに数えきれないほどの本を読んでいました。

その中に、とりわけ好《す》きな物語《ものがたり》がいくつかありました。そのほとんどは十九世紀《せいき》に書かれたもので、赤んぼうのときに誘拐《ゆうかい》されたり、べつの子どもと取《と》りかえられたりしてみなしごになった主人公《しゅじんこう》が、おとなにいじめられたり、つらい目にあったりしながら、いろいろな冒険《ぼうけん》を重《かさ》ねたのちにふたたび家族《かぞく》とめぐりあう、というような筋立《すじだ》てのお話でした。さいごは幸《しあわ》せな結末《けつまつ》に終《お》わるのですが、とちゅうは悲《かな》しくてなみだをぽろぽろ流《なが》さずにはいられないような感動的《かんどうてき》な物語《ものがたり》です。

やがて大学で文学を勉強《べんきょう》するようになって、わたしは、子どものころ好《す》きだった物語《ものがたり》には共通《きょうつう》する要素《ようそ》がいくつかあることを発見《はっけん》しました。たとえば、主人公《しゅじんこう》が自分の生まれを知らないでいるとか、すてられた赤んぼうが身《み》につけていた物《もの》が手がかりとなってのちに素性《すじょう》が明らかになるとか、物語《ものがたり》の最後《さいご》に謎《なぞ》がときあかされるとかいった設定《せってい》です。

よく見てみると、そうした設定《せってい》は、本の中だけではなく、劇《げき》や映画《えいが》やテレビドラマにもしばしば使《つか》われていました。

そこでわたしは、自分も同じような設定《せってい》を用い、主人公《しゅじんこう》の運命《うんめい》に読者《どくしゃ》がはらはら、どきどきするような、スリルとサスペンスに満《み》ちていて、しかもユーモアがあって笑《わら》うこともできる、わたしだけの物語《ものがたり》を書いてみたくなりました。古典的《こてんてき》な物語《ものがたり》の枠組《わくぐ》みを借《か》りながら、現代《げんだい》の子どもたちが楽しめる新しいお話を作ろうと思ったのです。

自分がすて子《ご》だったと知るや、『わたしはきっとお姫《ひめ》さまなんだわ』と夢見《ゆめみ》るポリッセーナと、動物曲芸団《どうぶつきょくげいだん》をひきいるルクレチア。ふたりは、十九世紀《せいき》のフランス人作家マロが書いた『家なき子』の主人公《しゅじんこう》レミに似《に》ていますが、現代《げんだい》の少女たちにも似《に》ています。彼女《かのじょ》たちがいだく思いや夢《ゆめ》や不安《ふあん》やよろこびに、今の子どもたちと通じるところがあるからです。ポリッセーナたちの冒険《ぼうけん》の物語《ものがたり》には、成長《せいちょう》し、変化《へんか》し、自分と家族《かぞく》や社会との関係《かんけい》を見つめ、将来《しょうらい》を思《おも》い描《えが》く、すべての子どもたちの姿《すがた》があります。この物語《ものがたり》には、わたしが子どものころに読んだ本の世界《せかい》と、当時のわたしの人生、そして、こんにちわたしに経験《けいけん》や不安《ふあん》や希望《きぼう》を語ってくれる若《わか》い読者《どくしゃ》の人生がつまっているのです。

ポリッセーナとルクレチアの冒険《ぼうけん》の旅《たび》の物語《ものがたり》を読みながら、日本の読者《どくしゃ》もまた、はらはらと冒険してくれることを願《ねが》っています。

# 訳者《やくしゃ》あとがき

ひょっとしたら、自分はお父さんとお母さんのほんとうの子どもじゃないのかも……？　小さいころ、親にひどくしかられたときなどに、ふとそんな思いにとらわれたことのある人は少なくないでしょう。でも、もしも、その考えがただの空想《くうそう》ではなくて、現実《げんじつ》だったとしたら……。『ポリッセーナの冒険《ぼうけん》』は、主人公《しゅじんこう》の女の子ポリッセーナがそんな衝撃的《しょうげきてき》な事実《じじつ》を知ってしまったところから始《はじ》まります。

時は十八世紀《せいき》、物語《ものがたり》の舞台《ぶたい》はイタリアを思わせる、とある国。裕福《ゆうふく》な商人《しょうにん》の娘《むすめ》で十一歳《さい》のポリッセーナは、ある日いじわるな友だちから、自分はもらい子で、両親《りょうしん》の実《じつ》の娘《むすめ》ではない、ということを聞かされます。しかも、もらわれる前は修道院《しゅうどういん》に捨《す》てられていて、だれの子かもわからないというのです。

ほんとうのお父さんとお母さんを探《さが》し出《だ》そう、そう決意《けつい》したポリッセーナは、家を飛《と》び出《だ》して旅《たび》に出ます。そこでまず出会ったのは、動物曲芸団《どうぶつきょくげいだん》ジラルディ一座《いちざ》の旅芸人《たびげいにん》の女の子ルクレチアでした。座長《ざちょう》が亡《な》くなったばかりで、自ら一座《いちざ》を率《ひき》いることにしたルクレチアは、ポリッセーナに、いっしょに旅《たび》をしよう、と申《もう》し出《で》ます。こうして、二人の女の子と、セントバーナード犬のラミーロ、クマのディミトリ、チンパンジーのランチロット、バーバリーザルのカシルダ、ガチョウのアポロニアからなる曲芸団《きょくげいだん》の動物《どうぶつ》たち、それにポリッセーナが修道院《しゅうどういん》でもらった子ブタのシロバナを加《くわ》えた一行は、ポリッセーナの家《か》族《ぞく》を見つける手がかりをたどりながら、さまざまな人々や事件《じけん》と出会います。けれども、実《じつ》の親が見つかったかと思われるたびに、それを打《う》ち消《け》す新たな事実《じじつ》が飛《と》び出《だ》し、物語《ものがたり》は意外《いがい》な展開《てんかい》で進《すす》んでゆき、最後《さいご》には思いもかけない結末《けつまつ》が待《ま》っています。

この『ポリッセーナの冒険《ぼうけん》（原題 Polissena del Porcello）』（一九九三年）を書いたビアンカ・ピッツォルノは、現代《げんだい》のイタリアを代表《だいひょう》する児童《じどう》文学作家です。一九四二年にサルデーニャ島《とう》のサッサリという町に生まれた彼女《かのじょ》は、大学で古典文学《こてんぶんがく》と考古学と映画《えいが》について学び、卒業後《そつぎょう》は放送局《ほうそうきょく》に勤《つと》めて、主《おも》に子ども番組の制作《せいさく》にたずさわりました。そうした仕事《しごと》のかたわら児童書《じどうしょ》を書きはじめ、やがて専業《せんぎょう》の作家に転《てん》じました。今日までに三十冊《さつ》を超《こ》える作品《さくひん》を発表《はっぴょう》していますが、写実的《しゃじつてき》なものから空想的《くうそうてき》なものまで、小学校低学年《ていがくねん》向《む》きのものからヤングアダルトものまでと、幅広《はばひろ》い作風で知られています。代《だい》表作《ひょうさく》には、本作のほかに、『ホームステイの異星人《いせいじん》』（一九七九年・未訳）、『ラビーニアとおかしな魔法《まほう》のお話』（一九八五年、小峰《こみね》書店）、『聴《き》いてよ、わたしの心を』（一九九一年・未訳）、『トルナトラス（先祖返《せんぞがえ》り）』（二〇〇〇年・未訳）などがあり、どの作品《さくひん》もたくさんの子どもたちに読まれています。また一九九六年には、長年にわたる児童文化《じどうぶんか》への貢献《こうけん》が高く評価《ひょうか》され、ボローニャ大学から教育学《きょういくがく》の名誉博士号《めいよはくしごう》を贈《おく》られています。

『ポリッセーナの冒険《ぼうけん》』は一九九三年に出版《しゅっぱん》された作品《さくひん》で、イタリアでたいへん人気を博《はく》しただけではなく、ドイツ語、フランス語、スペイン語にも訳《やく》されています。

読んでいただければわかると思いますが、この作品《さくひん》の魅力《みりょく》は、まずなんといっても、わくわくドキドキさせられる、山あり谷ありの起伏《きふく》にとんだストーリー展開《てんかい》でしょう。主人《しゅじん》公《こう》が旅《たび》をするお話ですから、物語《ものがたり》の舞台《ぶたい》はつぎつぎと移《うつ》り変《か》わっていき、その行く先々でポリッセーナたちがでくわすできごとと、そこで出会う人々の口から語られる話が、あたかも鎖《くさり》の輪《わ》のようにつながっていきます。そして、一つ謎《なぞ》が解《と》けるとまた新たな謎《なぞ》が浮《う》かび上《あ》がってきたり、前のほうでさりげなくふれられたことが後の展開《てんかい》で大きな意味《いみ》をもってきたりして、最後《さいご》にすべてが明らかになるというしかけになっています。まるでジグソーパズルの絵ができあがっていくのを見るようなおもしろさに、読者《どくしゃ》はぐいぐい引《ひ》きこまれてしまうのです。でも、これから読みはじめる人のために、物語《ものがたり》がどんなふうに展開《てんかい》するのか、ここでくわしく語るのはやめておきましょう。ともかく、計算しつくされた筋立《すじだ》てに、主役《しゅやく》から脇役《わきやく》にいたるまで、個性豊《こせいゆた》かなさまざまな登場人物《とうじょうじんぶつ》を配《はい》して物語《ものがたり》を織《お》り上《あ》げた手腕《しゅわん》はじつにみごとで、物語作家として名高い作者《さくしゃ》の、まさに面目躍如《めんもくやくじょ》の作《さく》品《ひん》と言えます。

ところで、この物語《ものがたり》の中には、イタリア人にはよく知られていても日本の読者《どくしゃ》にはなじみの薄《うす》いことがらが出てくるので、すこし解説《かいせつ》をしておきましょう。

第一部《だいいちぶ》「チェパルーナの町で」の中に、農夫《のうふ》の若者《わかもの》が修道院《しゅうどういん》の壁《かべ》にはめこまれた大きな筒《つつ》の形をした物入《ものい》れに子ブタを入れようとして、それを見たポリッセーナが赤んぼうを捨《す》てているのだとかんちがいする場面《ばめん》があります。この物入《ものい》れはイタリア語で「ルオータ」といいますが、木でできた円筒形《えんとうけい》の一種《しゅ》の回転《かいてん》とびらのようなもので、回転《かいてん》とびらと同じように筒《つつ》をまわすと、物《もの》を入れる口が壁《かべ》の外側《そとがわ》に現《あらわ》れたり内側《うちがわ》に引《ひ》っこんだりします。ルオータは、中世《ちゅうせい》から十九世紀末《せいきすえ》ごろまでイタリアなどの国々で、教会、修道院《しゅうどういん》、病院《びょういん》などに設置《せっち》され、さまざまな事情《じじょう》から子どもを育《そだ》てられない人々が密《ひそ》かに赤んぼうを捨《す》てる手段《しゅだん》として使《つか》われていました。子捨《す》てはもちろんよくないことですが、現実《げんじつ》にそうしたことがある以上《いじょう》、捨《す》てられる子どもの命《いのち》を守《まも》るためにも、ルオータのような公《おおやけ》の受《う》け入《い》れ場所《ばしょ》が、必要《ひつよう》だったのです。

　捨《す》てられた子にとって、壁《かべ》に開《あ》けられた穴《あな》であるルオータを通《とお》りぬけることは、もう一《いち》度《ど》生まれ直すようなものでした。たとえばその場所《ばしょ》が聖母《せいぼ》マリアに奉《ささ》げられた教会であれば、「聖母《せいぼ》の子ども」として生《う》まれ変《か》わる、というふうな象徴的《しょうちょうてき》な意味合《いみあ》いがあったのです。受《う》け入《い》れられた子どもたちは、だれかの養子《ようし》になって引《ひ》き取《と》られることもあれば、施設《しせつ》で育《そだ》てられることもありました。施設《しせつ》で育《そだ》てられた子どもは、音楽の教育《きょういく》を受《う》けて音楽家や歌手になることが多かったそうです。またルオータは、捨《す》て子《ご》の受《う》け入《い》れ口になっていただけではなく、外出が禁止《きんし》されている修道院《しゅうどういん》では、修道士《しゅうどうし》や修道女《しゅうどうじょ》たちの日々の生活に必要《ひつよう》な食料《しょくりょう》を受《う》けとったり、信者《しんじゃ》が物《もの》を寄付《きふ》したりするためにも使《つか》われていました。このお話の中にも、人々が修道院長《しゅうどういんちょう》に悩《なや》みごとの相談《そうだん》にのってもらうお礼《れい》に、卵《たまご》や小麦粉《こむぎこ》や油《あぶら》などを置《お》いていくというくだりがあります。

　もう一つ説明《せつめい》しておきたいのは、「産着《うぶぎ》」と訳《やく》した言葉《ことば》についてです。これは今日のベビー服のようなものではなく、帯《おび》のような細長い布《ぬの》をさしています。当時の西洋《せいよう》には、こうした布《ぬの》で赤んぼうの体をぐるぐる巻《ま》きにする習慣《しゅうかん》がありました。生まれて間《ま》もない赤んぼうは体がやわらかいので、こうしておかないと背骨《せぼね》がまがると信《しん》じられていたのです。これに当たる日本語がないので、やむをえず「産着《うぶぎ》」と訳《やく》しましたが、読むときには、そのようなものを思いうかべていただければと思います。

作者《さくしゃ》も「日本の読者《どくしゃ》のみなさんへ」の中でちょっとふれていますが、『ポリッセーナの冒険《ぼうけん》』は、実《じつ》の親をさがす主人公《しゅじんこう》が旅芸人《たびげいにん》の一座《いちざ》に加《くわ》わって旅《たび》をするという点で、フランスの有名《ゆうめい》な児童《じどう》文学作品《さくひん》『家なき子』に似《に》ています。しかし、『家なき子』の主人公《しゅじんこう》が男の子であるの対《たい》して、こちらの主人公《しゅじんこう》は女の子。そのうえ、旅《たび》の一座《いちざ》を率《ひき》いる座長《ざちょう》も女の子です。これは、とても重要《じゅうよう》な違《ちが》いです。

作者《さくしゃ》は子どものころ、ふつうは男の子が読むような冒険《ぼうけん》小説《しょうせつ》も大好《だいす》きだったそうですが、冒険《ぼうけん》小説《しょうせつ》の中で活躍《かつやく》するのはきまって男の主人公《しゅじんこう》であることに、いつも不満《ふまん》を感《かん》じていたと言います。また、本に登場《とうじょう》する女の子が、性格《せいかく》にしても行動《こうどう》にしても、あまりに「女の子らしい女の子」という、型《かた》にはめこまれた描《えが》かれ方をしているのに、うんざりしていたそうです。もっと個性豊《こせいゆた》かで存在感《そんざいかん》のある女の子を主人公《しゅじんこう》にした、わくわくするようなおもしろい冒険物語《ぼうけんものがたり》を書きたい、そんな思いが、この作品《さくひん》にはこめられているにちがいありません。「親さがしの旅《たび》」という、一見、古めかしい内容《ないよう》のお話を、作者《さくしゃ》は独《どく》自《じ》の視点《してん》と語り口によって、今日の読者《どくしゃ》にふさわしい、まったく新しい物語《ものがたり》としてよみがえらせたのです。

それにしても、この本に登場《とうじょう》する二人の女の子の個性的《こせいてき》なことや、元気のいいことはどうでしょう。裕福《ゆうふく》な家庭《かてい》で何不自由《ふじゆう》なく育《そだ》ち、ちょっと世間知《せけんし》らずなところはありますが、元気がよく、泣《な》いたり笑《わら》ったり感情《かんじょう》が豊《ゆた》かで、空想好《くうそうず》きなポリッセーナ。それに対《たい》して、小さいときから旅回《たびまわ》りの生活を送《おく》ってきたおかげか、たくましくてしっかり者《もの》で、持《も》ち前《まえ》の知恵深《ちえぶか》さでポリッセーナを助《たす》けるルクレチア。対照的《たいしょうてき》な二人ですが、どちらが主役《しゅやく》といってもいいほど、くっきりとした輪郭《りんかく》で生き生きと描《えが》かれています。はたして読《どく》者《しゃ》のみなさんは、二人のどちらに、より親しみを感《かん》じるでしょうか。

原書で三百ページ近く、日本語版《ばん》では軽《かる》く四百ページを超《こ》えてしまった長い作品《さくひん》ですが、ポリッセーナたちといっしょに旅《たび》をしているような気持ちで、楽しみながら訳《やく》すことができました。とはいえ、曲《ま》がりなりにも読者《どくしゃ》のみなさんにお届《とど》けできるような訳文《やくぶん》に仕上《しあ》げることができたのは、こなれていない所や問題点《もんだいてん》を徹底的《てっていてき》に洗《あら》い出《だ》してくださった徳間書《とくましょ》店《てん》の米田佳代子《よねだかよこ》さんのおかげです。また、訳出《やくしゅつ》中に生じたさまざまな疑問《ぎもん》については、東京大学で教鞭《きょうべん》をとっておられるルイジ・チェラントラさんにご教示《きょうじ》いただきました。

この場を借《か》りてお礼申《れいもう》し上《あ》げます。

二〇〇四年　秋

長野　徹

【訳者】
**長野徹（ながのとおる）**
1962年山口県に生まれる。東京大学文学部卒業。同大学院博士課程終了（イタリア文学専攻）。1995年〜96年イタリア政府給費留学生としてパドヴァ大学文学部に留学。現在はイタリア文学の研究、紹介に従事している。訳書に『光草（ストラリスコ）』『ラビーニアとおかしな魔法のお話』『おじいちゃんの桜の木』（ともに小峰書店）がある。

【画家】
**クェンティン・ブレイク（Quentin Blake）**
1932年イギリスのケント州に生まれる。ケンブリッジ大学、チェルシー美術学校で学ぶ。ケイト・グリーナウェイ賞、ボローニャ・ラガッツィ賞のほか、1999年にはイギリス王室から初代名誉児童文学作家の称号を授かり、2002年には国際アンデルセン賞も受賞、イギリスを代表する児童文学作家のひとりに数えられている。絵本に、『アーミテージさんのすてきなじてんしゃ』（あかね書房）、『ふしぎなバイオリン』（岩波書店）、『天使のえんぴつ』（評論社）など、挿絵ではロアルド・ダールの作品など多数ある。


**【ポリッセーナの冒険《ぼうけん》】**
POLISSENA DEL PORCELLO
ビアンカ・ピッツォルノ作
クェンティン・ブレイク絵
長野徹訳 Translation © 2004 Toru Nagano
464p、22cm NDC973

ポリッセーナの冒険
2004年11月30日　初版発行
2010年 7 月25日　3刷発行
訳者：長野徹
装丁：鈴木ひろみ
フォーマット：前田浩志・横濱順美

発行人：岩渕　徹
発行所：株式会社　徳間書店
〒105-8055 東京都港区芝大門2-2-1
TEL(048)451-5960(販売) (03)5403-4347(児童書編集)　振替00140-0-44392
本文印刷：日経印刷株式会社　カバー印刷：株式会社トミナガ
製本：大口製本印刷株式会社
Published by TOKUMA SHOTEN PUBLISHING CO., LTD., Tokyo, Japan.　Printed in Japan.
徳間書店の子どもの本のホームページ　http://www.tokuma.co.jp/kodomonohon/

ISBN978-4-19-861953-4